CEUX QUI DORMENT EN CES MURS

Né en 1951, Serge Brussolo est l'auteur de nombreux thrillers d'épouvante qui l'ont imposé comme le maître français du genre. Un digne rival de Stephen King.

SERGE BRUSSOLO

Ceux qui dorment
en ces murs

THRILLER

PLON

ISBN : 978-2-253-12513-6 – 1ʳᵉ publication LGF

« Et pourtant, que de monstruosités il avait déjà vues en ce lieu haïssable ! »

Howard Phillips Lovecraft,
*La Quête onirique
de Kadath l'inconnue.*

« Puis j'entendis une voix qui criait du haut du ciel :
"Sortez, ô mon peuple. Fuyez-la, de peur que complices de ses fautes vous n'ayez à pâtir de ses plaies…" »

Apocalypse de saint Jean.

1

Un fantôme vêtu de lin blanc

L'homme consulta le calendrier. On était le dernier jour du mois d'avril, il était temps de faire les comptes. Ouvrant le registre posé sur la table, il se demanda combien d'hommes, de femmes, il lui faudrait tuer aujourd'hui…

Il entrebâilla l'armoire en teck où l'attendait, suspendu à un cintre, le costume de lin blanc emblème de sa fonction. D'un œil scrutateur, il examina le chapeau tropical, blanc lui aussi, d'une paille si fine, si souple qu'on pouvait le rouler dans une poche sans qu'il se déforme. Il poussa un soupir de soulagement, tout était parfait. Lorsqu'il jouait les bourreaux, il aimait être impeccable, d'une élégance un brin démodée.

Allumant un torpedo *Bolivar, Belicosos Finos*, il se pencha sur le registre, vérifia additions et soustractions. Parfois, les chiffres s'équilibraient, sauvant de justesse le condamné. Alors, l'homme ricanait. « Cette fois, c'était à un poil près… », murmurait-il pour lui-même.

Sur un carnet à spirale, avec un crayon 2B, très gras, il recopia les noms des « punis », puis contrôla, dans la liste des châtiments, qu'il avait bien attribué, à chacun, la sanction adéquate. Depuis quelque temps, il éprouvait le besoin compulsif de vérifier, à dix reprises, le moindre de ses actes. Pour la centième fois de la journée, il toucha la clef de fer suspendue à son cou au bout d'un lacet de cuir. Une clef longue et complexe, taillée au laser, comme celles qui servent à verrouiller les coffres-forts des banques suisses. Il relut les noms, à voix basse, tel un écolier essayant de triompher des embûches d'une lecture hérissée de vocables inconnus.

— Il y aura cinq punis, ce soir…, annonça-t-il en se redressant, puis il se rappela qu'il était seul dans la pièce et que personne ne l'écoutait.

Cela aussi, il avait tendance à l'oublier.

Dans le minuscule cabinet de toilette aux équipements d'acier brossé il se rasa, puis se mit nu afin de se frictionner à l'eau de Cologne de la tête aux pieds. Il se méfiait des parasites véhiculés par les canalisations. Les amibes, la douve du foie, les filaires, et autres horreurs microscopiques qui profitent du moindre orifice naturel pour se faufiler dans le corps humain. Il ne pouvait se permettre d'être malade, diminué. *Il avait une mission.* Dans les milieux populaires, certains le surnommaient *le Maître d'école* ou encore *l'Homme du dernier jour*, parce qu'il frappait, régulièrement, le dernier jour du mois. On chuchotait ces sobriquets avec crainte, en regardant nerveusement derrière soi. Peu à peu, il était devenu une sorte de croque-mitaine pour adultes, car il punissait principalement les adultes. On parlait de lui dans les cafés, les bordels à matelots. Les intellectuels, eux, niaient farouchement son existence, et éclataient d'un rire méprisant lorsqu'on l'évoquait au cours d'un dîner mondain. Il préférait cela. Il avait lu dans les écrits d'un père de l'Eglise que la grande force du Diable est de faire croire qu'il n'existe pas. Il avait fait sien cet adage. Il ne tenait pas à ce qu'on parle de lui, il ne voulait pas devenir une vedette, comme ces pauvres détraqués de tueurs en série qui sévissent chez les *Yanquis* et n'ont qu'une idée fixe, figurer à la une des quotidiens. La célébrité ne l'intéressait pas.

Une fois parfumé, il se coiffa en utilisant de la Gomina, jouant à se donner un faux air de Carlos Gardel, le chanteur de tango que sa grand-mère, née en Argentine, vénérait à l'égal d'un dieu, puis il revêtit le costume de lin blanc. Ses gestes étaient empreints de sérénité. Dans ses poches, il répartit le petit matériel qui lui servait à distribuer les punitions, posa le chapeau sur ses cheveux calamistrés, et sortit dans la nuit formidable.

L'odeur de la jungle planait sur la grande cité blanche. Elle revenait chaque soir à l'assaut, dès que les automobiles cessaient de rouler. C'était un remugle puissant, obscène. Quelque chose de charnel, de *génital*… C'est du moins ce que pensait l'homme en blanc. Moisissure, pourriture, mort ou renaissance, il ne savait au juste. L'horreur fourmillante des insectes côtoyait la beauté des orchidées jaunes, rouges, bleues… Les vers forant l'humus cohabitaient avec les perroquets, les toucans aux ramages chatoyants.

Il marcha d'un pas égal entre les immeubles immaculés, si beaux. Ses talons sonnaient sur les trottoirs en mosaïque, copiés sur ceux de Rio de Janeiro. Chaque tour était une épure de béton, un jaillissement vers le ciel. En les contemplant, on comprenait aussitôt que la musique, la danse et l'architecture participaient

d'un même élan, d'une égale nécessité harmonique.
Un poète français, Mallarmé, avait jadis écrit quelque
chose à ce sujet.

« Si l'Olympe existait, songea-t-il, les dieux loge-
raient dans des maisons pareilles à celles-ci. » C'était
d'ailleurs là le problème. La cité était trop belle pour
ceux qui l'habitaient. Peu d'entre eux l'appréciaient à sa
juste valeur. Les associations de locataires avaient toujours de sottes récriminations, des critiques mesquines,
petites, si petites… Le refrain ne variait jamais : on voulait des *ajustements* pour rendre la vie quotidienne plus
pratique. Les imbéciles ! Ils habitaient une œuvre d'art
et aucun n'en avait conscience. Des bourgeois dépour-
vus de sens esthétique. Lourds. Incultes.

« Si on les écoutait, grommela l'homme au chapeau
blanc, on transformerait la Vénus de Milo en porte-
parapluies ! *Câos imundos !* »

Il avançait sans chercher à se cacher. C'était inutile,
on ne lui prêtait jamais attention. Il était invisible. Son
apparence convenable, un peu surannée, avait tout pour
rassurer l'observateur. Pourquoi se serait-on méfié de
lui ? N'avait-il pas l'air d'un parfait bourgeois ? D'un
illustrissimo Senhor, comme on disait ici, selon la for-
mulation désuète des années 50.

Bifurquant dans l'*avenida Colon*, il se dirigea vers
l'un des immeubles érigés le long du fleuve. Les systèmes de sécurité, portes automatiques et autres grilles
de protection ne l'arrêteraient pas. Il avait dans ses
poches les cartes magnétiques, clefs de sécurité et
passe-partout nécessaires. Cette toute-puissance lui donnait parfois l'illusion de traverser les murs à la manière
d'un fantôme. Enfant, il avait rêvé devant la célèbre gra-
vure qui représente le démon Asmodée soulevant le toit

des maisons pour épier les humains dans leurs vices cachés. Avec l'âge, il avait fini par devenir quelqu'un dans le genre d'Asmodée, *en mieux*.

Une mauvaise surprise l'attendait au pied du bâtiment, et son visage se crispa lorsqu'il découvrit le graffiti obscène tracé à la bombe à peinture sur l'un des murs du rez-de-chaussée. Aujourd'hui, on appelait cela des « tags », certains intellectuels dévoyés s'entendaient même pour considérer ces déjections comme de l'art. Pour lui, il s'agissait d'étrons étalés sur les façades. « Un singe barbouillant sa cage avec sa merde… *Bandeirante !* », songea-t-il, amer.

Il faillit sortir son calepin à spirale, c'était inutile, une mauvaise note supplémentaire n'ajouterait rien à l'affaire car le sort du coupable était d'ores et déjà arrêté. Au cours du mois écoulé, l'individu en question s'était obstiné à couvrir de graffitis plusieurs immeubles. Le fantôme en costume de lin blanc avait détesté cela. A l'heure de déterminer les punitions il avait consulté l'antique pénitentiel[1] auquel il se référait le 30 de chaque mois, et décidé d'assimiler les graffitis à une profanation religieuse. Un blasphème. Après tout, la ville n'était-elle pas un temple ?

Usant de son passe magnétique, il s'introduisit sans difficulté dans l'immeuble. Portes et ascenseurs étaient verrouillés au moyen de codes numériques gravés au laser sur des rectangles de polycarbonate de la taille d'une carte de crédit, comme dans les grands hôtels des Etats-Unis. Il savait que, à cette heure, il trouverait l'auteur des graffitis sur le toit de l'immeuble, occupé

---

1. Ouvrage qui, au Moyen Age, recensait les péchés des humains et les punitions dont chaque faute devait être frappée.

à écouter de la musique en fumant de la marijuana. Il s'appelait Cristobal Varga, travaillait au service de nettoyage et avait dix-huit ans. Comme tous les jeunes de la ville blanche, c'était un bon à rien, un imbécile, dont l'unique préoccupation consistait à dégrader sournoisement les lieux qu'il avait pour mission d'entretenir. Outre les graffitis, il lui arrivait de pisser sur les moquettes ou dans les bacs à orchidées des parties communes. Il va sans dire que chacune de ces fautes lui avait valu une *très* mauvaise note. « Pourtant je ne me suis pas acharné sur lui, songea l'homme. Je lui ai laissé sa chance. Combien d'heures ai-je passées à le suivre dans l'espoir de le surprendre accomplissant *enfin* une bonne action qui lui aurait permis de compenser ses mauvais points ? »

Oui, il avait épié Cristo Varga dans sa vie de tous les jours, comme il le faisait pour ceux dont la note mensuelle risquait d'entraîner une sanction dramatique. *Mais rien...* Cristo était irrécupérable.

L'homme en blanc entra dans l'ascenseur et pressa le bouton du « jardin d'agrément » installé au sommet de l'immeuble. Il y avait là une piscine, un court de tennis, ainsi qu'un solarium que les dames utilisaient pour papoter en sirotant des jus de fruits. La salle de gymnastique, avec ses appareils ultramodernes, était peu fréquentée car les locataires avaient atteint l'âge où s'extraire de son lit est déjà un exploit sportif. Comme en Floride, la population de la cité était presque uniquement composée de retraités aisés désireux de finir leurs jours dans un cadre prestigieux, médicalisé, loin des dangers inhérents aux métropoles.

L'ascenseur s'immobilisa au sommet du bâtiment. L'homme en sortit. Il lui fallut moins de dix secondes pour localiser Cristo Varga qui se dandinait au bord de la piscine, ses ridicules petits écouteurs enfoncés dans les oreilles, un mégot de marijuana piqué au bout d'une épingle. Il chantonnait d'une voix aiguë, essayant d'imiter le *gangsta' rap* dont il écoutait la chanson. Ces gosses étaient tous pareils, ils se complaisaient dans leur fange au lieu de lutter pour s'élever à la force du poignet, comme il l'avait fait lui-même, en des temps anciens. C'était l'une des raisons pour lesquelles il n'éprouvait aucune indulgence à leur égard.

En règle générale, il détestait les jeunes, toujours prêts au saccage, ne respectant rien. De sales petits prédateurs s'appliquant à salir, à dégrader, ce qu'ils ne comprenaient pas. Il aurait aimé qu'on leur interdise de circuler à l'intérieur de la cité. En Floride, certaines résidences réservées au troisième âge étaient radicalement prohibées aux moins de cinquante ans[1].

A pas feutrés il se glissa derrière Cristobal, un grand type dégingandé aux cheveux crépus, et le frappa à la nuque avec une matraque plombée. Le *mulatinho*[2] tomba sur le carrelage, inanimé. Ce fut ensuite un jeu d'enfant de le faire basculer dans la piscine et de le maintenir sous l'eau à l'aide de la gaffe servant à repêcher les détritus. Le premier coup l'avait probablement tué, mais l'homme au costume de lin blanc préférait prendre ses précautions, aussi compta-t-il jusqu'à deux cent avant de relâcher son étreinte. Lors de l'enquête, on attribuerait le malaise de Cristo à la drogue. On penserait que sa tête avait heurté le carrelage et qu'il avait coulé dans la piscine sans même s'en rendre compte.

---

1. Authentique.
2. Métisse.

L'affaire serait classée. Elles l'étaient toutes. Jamais aucun policier n'avait suspecté l'intervention occulte du Maître d'école.

Quand le corps commença à flotter, bras et jambes écartés, le fantôme se redressa en sifflotant, s'approcha de la rambarde qui faisait le tour de la terrasse et contempla la forêt en attendant que les éclaboussures sur ses vêtements sèchent. Il ne se lassait jamais de ce spectacle. La lune était pleine, ce soir, et la canopée frissonnait, résonnant de milliers de cris étranges, envoûtants. Les perroquets et les colibris voletaient autour des flamboyants. L'homme respira à fond, s'emplissant les poumons du profond remugle végétal. Derrière lui, Cristobal Varga dérivait dans l'eau bleutée. Les écouteurs, enfoncés dans ses conduits auditifs, continuaient à diffuser leur stupide rengaine.

Le fantôme consulta sa montre, il estima qu'il était encore trop tôt pour exécuter les autres punitions, aussi s'installa-t-il sur une chaise longue, près de la piscine, et ferma les yeux. Les moustiques ne le piquaient jamais, sans doute parce qu'il avait du sang indien dans les veines, c'est du moins ce que lui racontait sa nourrice lorsqu'il était petit. Il s'endormit. Quand il s'éveilla, une heure plus tard, il sortit de sa poche des lunettes de vision nocturne, une merveille de la technologie japonaise, à peine plus encombrantes qu'une paire de verres solaires. Les amplificateurs de lumière étaient logés dans les branches ; d'un simple déclic on activait les circuits des micro-puces, les ténèbres se dissolvaient alors comme par magie et les choses apparaissaient avec netteté, baignées dans une lueur sous-marine qui donnait l'impression de se promener au sein d'une ville engloutie. L'homme s'approcha de la rambarde, compta les fenêtres sur l'immeuble d'en face. Il tenait à s'assurer que tout le monde dormait. Il ne fut pas déçu, on se couchait tôt à Sâo Carmino.

Il consulta encore une fois son calepin. Il devait rendre visite à deux personnes qui s'étaient *très mal* conduites au cours du mois écoulé : Santos Valero Castillera, un ancien dirigeant de sociétés ayant fait fortune dans la viande bovine, et Adela Picato, mariée à un vieillard tétraplégique.

Le premier violait avec régularité la jeune Indienne de treize ans qui venait chaque matin faire le ménage de ses cent trente mètres carrés ; la seconde empoisonnait consciencieusement son époux au moyen d'une toxine végétale indécelable à l'autopsie. A deux pas de l'Amazone, il était facile de se procurer ce type de poison ; la *macumba*[1] faisant office de médecine parallèle, les revendeurs ne manquaient pas !

L'homme au costume de lin avait découvert le pot aux roses lors d'une surveillance de routine, alors qu'il examinait la façade à la jumelle. Les appartements étaient équipés de vitres miroirs s'opacifiant graduellement en fonction de la lumière solaire. Les fenêtres, véritables glaces sans tain, donnaient aux locataires l'illusoire certitude que personne ne pouvait les observer. C'était vrai dans la plupart des cas, mais le fantôme possédait des jumelles spécialement traitées, émettant un faisceau laser qui s'infiltrait entre les pigments noyés dans le verre pour aller chercher les images de l'autre côté de la barrière de protection visuelle. Grâce à cet

---

1. Sorcellerie.

équipement de pointe, commandé au Japon, il pouvait sonder l'intimité des plus honorables… et surprendre leurs secrets.

Ainsi, chaque matin, Santos Valero Castillera, après avoir avalé une dose conséquente de Viagra, se jetait sur sa femme de ménage indifférent aux sanglots silencieux de la gamine. Il savait qu'il ne risquait pas grand-chose. Les pauvres avaient besoin de travailler. La fille reviendrait le lendemain, quoi qu'il lui en coûtât. Si elle avait fait mine de refuser, son père l'aurait rouée de coups.

Adela Picato, elle, souhaitait la mort de son mari pour hériter de sa fortune et fuir Sâo Carmino. Elle comptait regagner Rio de Janeiro où l'attendait un amant de vingt ans plus jeune qu'elle, maître nageur sur la Barra de Tijuca.

Dans les deux cas, le fantôme se souciait peu de la morale commune. Le viol, le crime l'indifféraient. Contrairement à ce qu'on aurait pu croire, la vraie victime n'était ni l'adolescente ni l'infirme, non, la victime *c'était la ville*… En effet, en violant sa femme de ménage, Valero l'empêchait de faire convenablement son travail et nuisait à l'entretien de l'appartement. En outre, il poussait la gamine à commettre, dans un esprit de vengeance, de menues dégradations, d'humbles sabotages, qui constituaient autant d'agressions contre l'immeuble.

Quant à Adela, son obsession d'aller se réinstaller à Rio de Janeiro était un véritable outrage pour la cité blanche. Un outrage que l'homme au costume de lin refusait de tolérer. Comment pouvait-on envisager de retourner dans cette porcherie où fleurissaient la délinquance, les taudis, et un taux de pollution inégalé dans toute l'Amérique latine *alors qu'on habitait un paradis* ?

Oui, à ses yeux, les vrais crimes, c'étaient ceux qu'on perpétrait contre la cité. Voilà pourquoi Adela Picato et Santos Valero avaient écopé de fort mauvaises notes… et seraient, le soir même, punis comme ils le méritaient.

L'homme décida qu'il était temps de passer à l'action. Tout dormait. Les dernières fenêtres encore illuminées s'étaient obscurcies. Il gagna l'ascenseur, appuya sur le bouton du rez-de-chaussée et traversa la rue pour s'introduire dans l'immeuble d'en face.

Il se sentait bien, ses mains ne tremblaient pas. Usant des cartes magnétiques il grimpa chez Valero, l'ancien courtier en viande, et se glissa dans l'appartement. Sur la pointe des pieds, il marcha vers la chambre. Valero vivait seul, il se couchait tôt après avoir ingurgité ce que les Anglais appellent un *night cup*, en l'occurrence deux verres bien tassés de cognac français trois étoiles. Le fantôme s'approcha du lit. Le P-DG retraité ronflait, enroulé dans ses draps, les lunettes encore sur le nez, dans la position où l'ivresse l'avait foudroyé. Le fantôme sortit de sa poche une seringue remplie d'une substance paralysante, utilisée par les anesthésistes du monde entier. Il fit perler une goutte de produit à la pointe de l'aiguille et piqua celle-ci dans le gros orteil gauche du dormeur. Valero eut un sursaut, se redressa sur un coude et retomba aussitôt dans l'inconscience, en proie au sommeil hypnotique de la drogue. L'homme au costume de lin blanc rangea la seringue dans sa petite boîte de métal, puis consulta sa montre. Inutile de se presser. Il disposait de trois bonnes heures pour achever sa besogne. Otant sa veste, il se rendit dans la cuisine et se prépara un sandwich au saumon fumé, qu'il dévora avec appétit. Un verre d'un excellent champagne français le désaltéra, puis il choisit un cigare dans l'humidificateur du salon et le fuma à petits coups. C'était un *grand Corona Cohiba, siglo III.* Il éprouvait toujours un plaisir sensuel à s'installer chez un étranger, à l'insu de tous, à utiliser ses affaires personnelles. Quand il eut terminé son *Cohiba*, il lava assiette et couverts, remit les objets en place, et retourna dans la chambre.

Là, après avoir pris une profonde inspiration, il brisa le bras droit de Valero sur son genou, comme une branche morte. L'os émit un craquement sourd mais le dormeur ne broncha pas. Il en irait autrement à son réveil ! Pour accréditer la thèse de l'accident, le fantôme fit tomber le courtier en viande de son lit, de cette façon, si la bonne prévenait la police, les flics qui découvriraient le blessé mettraient l'accident sur le compte d'une perte d'équilibre due à l'ivresse.

L'homme au costume de lin remit sa veste. Au moment de quitter l'appartement, il glissa un petit morceau de carton rectangulaire dans l'encadrement d'un miroir. C'était en réalité un bon point comme les maîtres d'école en distribuaient aux élèves studieux, une cinquantaine d'années auparavant. A la fin de chaque mois, les écoliers échangeaient leurs bons points contre des images pieuses, des buvards ou de naïfs insignes honorifiques. Le dessin s'y trouvant imprimé représentait un garçonnet aux bras croisés, le front ceint d'une couronne de laurier. Au-dessous, on pouvait lire :

Les bons élèves font les bons citoyens.
Les bons citoyens font les bons élèves.

Le carton était assez banal pour qu'on le considère comme un souvenir d'enfance, mais suffisamment sibyllin pour amener la victime à réfléchir sur ce qui venait de lui arriver. Jusqu'à présent peu de « punis » avaient fait appel à la police. Tout se déroulait comme si chacun d'eux avait deviné ce qui s'était passé à la faveur de la nuit. Certains, après la deuxième sanction, quittaient la ville sans demander leur reste, d'autres s'amendaient, mais il en était qui s'obstinaient dans l'erreur, comme Cristo Varga, avec ses graffitis.

Le fantôme regagna l'ascenseur. Il lui fallait maintenant se rendre chez Adela Picato, l'empoisonneuse, *celle qui voulait quitter la ville*. Cette ingrate qui méprisait le paradis où on lui avait donné la chance de s'épanouir.

Comme précédemment, il se glissa dans l'appartement au moyen de la carte magnétique. Le mari malade dormait dans une chambre éloignée de celle d'Adela. Aucune infirmière ne venait jamais s'occuper de lui, sa femme assurant tous les soins. Si Adela se donnait tant de mal pour jouer les épouses dévouées, c'était pour avoir le champ libre. Une infirmière aurait pu en effet s'étonner de voir l'infirme saisi de violents malaises après chaque ingestion de médicaments !

Le fantôme se rendit dans la chambre du tétraplégique. On n'avait pas lésiné sur l'équipement médical. Le vieillard reposait sur le dos, bardé de sondes et de cathéters, inconscient. Il ne parlait plus depuis longtemps, sa dernière embolie ayant touché les centres nerveux du langage. Jadis, il avait été un homme puissant, féroce, impitoyable. Il avait régné sur le commerce du caoutchouc et amassé une immense fortune. Sur le tard, fuyant le sol de Rio qui commençait à devenir brûlant en raison des scandaleux tripotages financiers dont il était l'instigateur, il avait emménagé dans la cité blanche, coincée entre la jungle et un fleuve si large qu'en le regardant on avait l'illusion de contempler la mer… loin de tout. Sa *très* jeune femme, Adela, l'y avait suivi sans regimber, car elle ne tenait pas à se faire souffler son mari par une aventurière spécialisée dans l'écrémage des milliardaires âgés, elle avait eu trop de mal à le convaincre de l'épouser !

Le fantôme regagna le couloir, se faufila dans la chambre d'Adela. Il n'était pas inquiet. Dépressive, victime d'une *saudade* chronique, elle abusait des somnifères, elle ne risquait donc pas de s'éveiller en sursaut lorsqu'il s'approcherait du lit. Fidèle à son *modus operandi*, il la piqua à l'orteil pour l'anesthésier, puis, à l'aide d'un couteau prélevé dans la cuisine, lui creva l'œil droit.

Ce fut rapide, sans fioritures. Encore une fois, pour accréditer la thèse de l'accident, il brisa sous son talon le verre posé sur la table de chevet, en disposa les débris sur le matelas, et retourna Adela sur le ventre. De cette manière, avec un peu d'imagination, les flics concluraient qu'elle s'était blessée en s'empalant sur les tessons.

Avant de quitter l'appartement, il coinça le traditionnel bon point dans l'encadrement d'un tableau de maître.

Les bons élèves font les bons citoyens…

Il était satisfait, tout s'était déroulé à la perfection. Il avait œuvré en bon artisan, humble mais consciencieux, attentif à demeurer en retrait, dans l'ombre. Il ne tenait pas à se placer sous les feux des projecteurs, la célébrité lui importait peu. Il l'avait connue, jadis, dans une autre vie, il n'avait aucune intention de repasser par là.

D'un pas alerte, il s'enfonça dans la nuit, faisant joyeusement tinter la mosaïque des trottoirs sous ses talons. Il y avait encore beaucoup d'autres noms sur le calepin à spirale, et le jour ne tarderait plus à se lever. Il lui fallait accomplir sa tâche sans faillir, n'était-il pas le croque-mitaine de la ville blanche ?

2

Le potager du diable

— *Yeye… Eja. Yemanja…* Mère des poissons et mère des eaux. *Yeye… Eja.*

Le halètement montait dans le brouillard d'insectes au-dessus du bidonville, véritable psalmodie de machine à vapeur purgeant son trop-plein d'énergie par mille soupapes.

— *Yeye… Eja…*

Le lieutenant Manuel Corco ferma les yeux et se cramponna au volant poisseux comme si la voiture de patrouille allait soudain disparaître, engloutie par le fleuve de goudron amolli coulant entre les rives de l'avenue Sâo Emilio. La litanie qui s'échappait de l'église spirite enfla sous sa calotte crânienne, décuplant sa migraine. Il étreignit le volant à s'en blanchir les phalanges.

— … *Yemanja*, chantaient les fidèles derrière les parois d'adobe rouge de l'église de Sainte-Anita-du-Crépuscule. *Yemanja…*

Leurs voix s'éraillaient au fil des minutes, grimpaient dans l'aigu. Les syllabes désarticulées se confondaient à présent en un seul ululement. Une sorte de coup de glotte de chien fou hurlant à la lune parce qu'il vient de voir s'y dessiner la face d'un démon. La cérémonie terminée, tous ces gens se précipiteraient vers le fleuve pour y noyer des centaines de bouquets de fleurs, de poupées à l'effigie de la reine des eaux, avec l'espoir que cette dernière exaucerait leurs vœux.

Corco secoua la tête. Des images folles se succédaient sous ses paupières. Des images cuisinées par la chaleur tropicale, des images de sieste qui tourne à l'aigre, « de hamac mal accroché », comme on disait ici.

— Hé ! lieutenant, ça ne va pas ?

Segovio s'agitait sur le siège gluant de transpiration.

— *Hé ! lieutenant ?*

Corco se redressa, rouvrit les yeux.

— C'est rien. La chaleur…

Segovio hocha la tête, pas convaincu. *Pas rassuré.* Corco le trouva minable avec son uniforme aux boutonnières distendues par la graisse, son ceinturon cliquetant qu'il portait sans panache. Segovio, assis sur une serviette-éponge pour préserver la peau de son cul des irritations provoquées par le contact des sièges de simili-cuir.

« Ça paraît idiot à raconter, disait-il souvent, mais je suis allergique au synthétique, ça me flanque des boutons… Une sorte de folliculite. La base des poils s'infecte. C'est dégueulasse et douloureux. J'ai beau me talquer, rien n'y fait… »

Le lieutenant se mordit la lèvre supérieure pour refouler un rire méchant.

— C'est rien, répéta-t-il, c'est la chaleur.

Segovio reporta son regard sur l'église de Sainte-Anita-du-Crépuscule. La chaleur faisait vibrer l'air et dessinait des mirages de taches d'huile sur la route sèche. Le lieutenant s'observa dans le rétroviseur, à la dérobée, essayant de porter sur son visage un coup d'œil étranger. Il avait un profil ascétique de matador ou d'inquisiteur. On sentait sous la peau tendue sur les os une énergie dévoratrice vouée à l'implosion.

Derrière l'église spirite s'étendait le labyrinthe du bidonville. Des baraques de cartons, de tôle ondulée, des épaves d'autocars et de roulottes. Une chaîne ininterrompue de casemates invraisemblables se subdivisant à l'infini. Des cabanes impossibles défiant les lois de la pesanteur. La *favela*, « le territoire de transit », comme on l'appelait pudiquement ici.

Sâo Carmino avait été bâti sur l'une des rives de l'Amazone, à un endroit où le fleuve atteignait vingt kilomètres de large et cinquante mètres de profondeur. Cargos et paquebots le remontaient sans risquer de s'échouer puisque les eaux restaient navigables pour les gros vapeurs jusqu'à quatre mille kilomètres de l'embouchure. Comme il n'existait aucune route sur les berges, les seuls moyens d'y parvenir, ou de s'en évader, étaient l'avion et les multiples caboteurs qui sillonnaient l'Amazone en tous sens. Prise entre la jungle et l'eau, la ville restait fragile, vulnérable. Il suffisait d'un rien pour la faire basculer du mauvais côté. Pour s'en convaincre il n'y avait qu'à contempler les *urubus*[1], perchés de manière incongrue au sommet des plus hautes tours. La forêt piétinait au seuil des boulevards, là où le

---

1. Vautours.

goudron se desquamait pour se changer en pistes poussiéreuses. La cité restait en état de siège, menacée par la vitalité de l'enfer vert. Le grouillement végétal ne demandait qu'à s'étendre, qu'à reconquérir le territoire volé par les promoteurs.

« La forêt est le potager du diable », avaient coutume de répéter les vieilles femmes. Corco prenait cet aphorisme au pied de la lettre. Dans ses délires il voyait la forêt comme une monstrueuse Sargasse, un piège rampant capturant et digérant la ville avec voracité. Curieusement, la *favela* lui rappelait la forêt… Leur stratégie était la même : bourgeonnement et extension. Le bidonville reproduisait au cœur même de la cité blanche le lent travail de la végétation.

Pour toutes ces raisons, et quelques autres encore, le lieutenant Manuel Corco détestait le « territoire de transit » et ses habitants.

3

Le petit livreur
et la sorcière aux seins de cuir

Le camion-citerne hors d'usage était couché sur le flanc, au milieu des baraques de cartons, pachyderme mort en des temps anciens et sur lequel sonnaient les gifles de terre rouge rabattues par le vent. A force de bricolage, on avait fini par le transformer en roulotte. C'était là qu'habitaient Abaca la sorcière et son neveu David, un adolescent de douze ans.

La chaleur, déjà trop forte, venait de le réveiller. La citerne surchauffée craquait en se dilatant. David s'assit sur sa natte. Il était petit pour ses douze ans, et on le croyait volontiers plus jeune. Son corps mince deviendrait maigre et nerveux, mais, pour l'heure, les courbes dodues de l'enfance cachaient encore l'angulosité des os sous la chair brune. Il avait les cheveux longs, très noirs, une chevelure d'Indien.

Il s'ébroua. Des rais de lumière dorés tombaient des crevasses lézardant la citerne, découpant dans la pénombre des trajectoires de faisceaux laser.

« *Zouiii !* » pensa l'enfant en mimant un coup de sabre cosmique imaginaire. Des paravents improvisés à l'aide de vieux draps découpaient l'espace interne du cylindre en une suite de chambres de volume égal. Deux ans plus tôt, David partageait encore la natte de tante Abaca, à l'avant de la citerne. Puis la vieille femme s'était aperçue que son neveu commençait à bander dans son sommeil, aussi l'avait-elle exilé à l'arrière de la « maison », en lui recommandant toutefois de ne point trop « se manipuler » s'il ne voulait pas perdre ses dents et ses cheveux avant d'avoir atteint l'âge adulte... Se manipuler. C'était le terme qu'employait Abaca dès qu'elle évoquait une quelconque activité sexuelle.

David se redressa et alla puiser de l'eau dans le seau disposé à l'entrée de la pièce. Elle était déjà chaude. Il s'aspergea, se rinça la bouche, se mouilla les cheveux. Tante Abaca était intraitable sur le chapitre de la propreté. A la différence des autres habitants du bidonville, elle refusait de se laisser aller, arguant du fait qu'elle « avait un rang à tenir ». Le garçon s'habilla en hâte, après avoir pris soin de secouer ses vêtements pour en chasser les cafards. Ecartant le rideau, il passa dans la « pièce » suivante.

Il s'agenouilla devant le réchaud de camping et alluma le gaz sous le cul noirci de la cafetière. Tout autour s'amoncelait une incroyable quantité de pots et de flacons emplis de substances louches. La cuisine servait aussi de laboratoire à tante Abaca, et il convenait d'y manier bols et calebasses avec prudence si l'on ne voulait pas absorber par mégarde le résidu d'une préparation aux vertus surprenantes. Le garçon coupa l'alimentation du réchaud, versa le liquide noir dans un quart métallique propre. Il buvait son *cafezhino* sans sucre, « en vrai *macho*[1] ». Puis il avala un reste de *féjouade* pour se caler l'estomac.

D'où il se tenait, il pouvait embrasser la moitié de la *favela*. Il songea pour la millième fois que la citerne avait infiniment plus d'allure que les petites baraques vautrées dans la poussière.

Le garçon se déplia, gagna le seuil. Tante Abaca se tenait en plein soleil, sur son rocking-chair rafistolé dont elle entretenait le balancement en donnant des petits coups de tête. « Elle a l'air d'un lézard », songea David. Tante Abaca avait cinquante ans. Grande et maigre, elle offrait au regard une peau brune, épaissie, qui évoquait davantage le cuir ciré que la chair humaine. Toujours vêtue de noir, elle cachait ses cheveux sous un foulard noué à la bohémienne, mais le gosse savait qu'ils lui descendaient au creux des reins, et avaient la couleur du fer. Elle conservait en permanence les paupières à demi baissées, comme si elle était plongée dans une transe somnambulique. Depuis deux ans, elle passait ses journées recroquevillée dans le vieux rocking-chair, ne se levant ni pour boire ni pour pisser.

« C'est pour ça qu'elle se racornit, avait coutume de décréter cet imbécile de Buzo dès qu'on abordait le sujet, elle sèche au soleil comme les peaux de bêtes ramenées par les *Caboclos*[2]. Elle est en train de se momifier. Un jour tu ne pourras même plus la déplier, elle sera devenue aussi rigide qu'une vieille godasse ! »

---

1. En Amérique latine le qualificatif *macho* n'a pas forcément la connotation péjorative qu'on lui attribue chez nous.
2. Indiens.

Abaca ne quittait son siège qu'à la tombée de la nuit. Elle s'enfermait alors dans son laboratoire, et…

David fit un pas en avant. Le fauteuil d'osier crissait de façon irritante. *Crriii… Criii…* Un froissement de criquet se frottant les pattes.

Abaca avait des cuisses longues aux muscles saillants. David l'épiait souvent pendant qu'elle procédait à sa toilette.

« Je t'assure qu'elle a des seins, avait-il lancé à Buzo, ça ne se voit pas quand elle est habillée, mais elle est loin d'être plate. De beaux seins de cuir… comme des ballons de foot sans coutures. »

Des ballons de foot sans coutures. Cette image les avait fait rêver.

4

Sentinelle, à la frontière des ténèbres

Les phalanges du lieutenant Corco avaient blanchi sur le volant. La chaleur faisait craquer la carrosserie de la voiture de patrouille. « Les pneus sont en train de fondre », pensa-t-il.

Depuis quelque temps il était assailli par d'étranges phobies, fugitives mais intenses, dont il s'étonnait après coup.

« C'est normal, philosophait Segovio lorsque des collègues évoquaient devant lui leurs difficultés d'adaptation, moi aussi je viens de la ville, d'une *vraie* ville, pas d'un décor de théâtre comme Sâo Carmino. Avant de débarquer ici, j'avais même jamais vu la jungle ! »

Le lieutenant avait suivi un trajet identique, passant des labyrinthes urbains à l'enfer vert. Rien ne l'avait préparé à ce voisinage étouffant. La forêt était là, au bout des avenues, proximité grouillante et humide. Entrelacs de troncs et de lianes pourrissants. D'orchidées, de flamboyants, de jacquiers et de palmiers royaux. La sève courait au long des fibres. Une sève épaisse qui colmatait tout, bouchait les blessures des feuilles en trente minutes, redressait les herbes foulées et accélérait les processus de régénération. La forêt était tout à la fois profondeur et jaillissement. Mâle et femelle. Elle s'engendrait elle-même à chaque minute. Elle pourrissait et croissait sur sa pourriture. C'était un abîme feuillu, une caverne où n'entrait jamais la lumière, la canopée captant à elle seule quatre-vingt-quinze pour cent de l'énergie solaire et quarante pour cent des précipitations.

A Sâo Carmino, lorsqu'on voulait dire d'une coutume qu'elle se perdait dans la nuit des temps, on disait qu'elle « venait de la forêt ». Corco avait cette expression en horreur. *Ce qui venait de la forêt* ne pouvait qu'être nocif.

— *Le gosse*, rappela Segovio, c'est l'heure, il va bientôt sortir… Sa tante, la sorcière, elle se balance dans son fichu fauteuil depuis l'aube. Elle me flanque la trouille, cette bonne femme.

Le lieutenant tressaillit. La *favela* ondulait dans les vibrations des couches d'air déformées par l'intense chaleur. Tout autour du terrain on avait planté des chevaux de frise. Le but de l'opération était d'empêcher la libre circulation des véhicules à l'intérieur du labyrinthe de casemates.

Segovio ouvrit la boîte à gants et en tira un paquet de papier huilé renfermant des galettes de manioc.

— Qu'est-ce que tu penses du gars qu'on a trouvé noyé dans la piscine, ce jeune qui faisait le ménage ? murmura-t-il en roulant le disque jaune d'une galette autour d'un piment. Il avait de la marijuana plein les poches. On a également signalé deux accidents bizarres dans l'immeuble d'en face. Un type qui s'est cassé le bras et une femme qui s'est crevé un œil. *La même nuit.*

A deux étages de différence. Tu y crois, toi ? Moi je pense que le mec et la nana couchaient ensemble. Lui, il est veuf, elle, elle est mariée avec un infirme. Ils ont dû se bagarrer. Une méchante scène qui a mal tourné. Il lui a jeté un verre à la figure, elle l'a poussé et il est tombé en porte-à-faux. Ni l'un ni l'autre n'a déposé de plainte. On a classé le dossier, mais c'est bizarre tout de même. *Et ça se produit encore le dernier jour du mois, comme d'habitude...*

Corco tressaillit.

— Ne recommence pas à me bassiner avec tes histoires de Maître d'école, cracha-t-il d'une voix sourde. Ce n'est qu'une légende... J'en ai assez d'être entouré de gens superstitieux. La *macumba*, c'est de la foutaise.

Segovio baissa la tête, penaud. Pour faire oublier sa bévue, il souffla :

— Le gosse, le petit livreur de diableries, il ne va plus tarder...

5

Le singe et le petit prince

David se faufila hors du camion-citerne, jusqu'à l'auvent où le fauteuil à bascule de sa tante crissait sur un rythme immuable.

— Enfin levé ? murmura tante Abaca sans même tourner la tête. Je te croyais mort, je me préparais à te faire incinérer. Ton paquet est prêt. Tu dois livrer la poudre de palmier de Floride au vieux Bombicho, sa prostate le travaille. La vigne sauvage, c'est pour Bagazo, à cause de ses coliques néphrétiques, il n'arrive plus à pisser… Le reste, tu connais… Et ne traîne pas avec ce vaurien de Buzo. Tu ne dois pas te frotter aux voyous du bidonville, tu as un rang à tenir. Penses-y parfois. Si tu te rabaisses au niveau des autres, on cessera de nous craindre… Et si ces pouilleux n'ont plus peur de nous, nous serons en danger. *Tu vois à quoi je fais allusion ?*

David hocha la tête, prit le paquet de toile au pied du fauteuil à bascule et s'éloigna entre les baraques. Le regard de tante Abaca pesait sur ses omoplates. Le gosse tourna à gauche, dans le dédale des cahutes. Une marmaille nue jouait dans la poussière, se barbouillant avec la merde des poules trottant en liberté.

Abaca avait beau dire, il ne renoncerait pas à voir Buzo-le-Singe. Tant pis pour son image de marque ! Sa tante avait probablement raison mais David craignait d'être mis en quarantaine. Etre le neveu de la « sorcière » n'avait rien de réjouissant. Buzo était l'un des rares gamins de son âge à ne pas trembler devant Abaca.

David serra le paquet sous son bras. Il sentait les formes dures des pots d'onguents contre ses côtes. Poudres, liqueurs, élixirs, pommades… Il partait ainsi chaque matin faire ses livraisons à travers la ville neuve. On le connaissait, il était le commissionnaire de la sorcière. Le petit livreur des forces obscures ! Les mixtures de tante Abaca ne l'étonnaient plus, il avait grandi au milieu des jattes de poisons végétaux, des coffrets de poussière immonde. Il ne cherchait même plus à savoir à quoi servait réellement cette pharmacopée du diable…

« C'est vrai qu'elle moud des crapauds, Abaca ? demandait Buzo. C'est vrai qu'elle met le sperme de singe en bouteille ? C'est… »

David haussait les épaules. Il y avait de tout dans le « laboratoire ». Le café *polota* côtoyait les fleurs carnivores séchées, cette fameuse *drosera rotundifolia* qu'on utilise dans le traitement de l'asthme et de la coqueluche. Le sucre de canne voisinait avec le tartrate de potasse, émétique réputé. La viande boucanée pendait à un clou, non loin des sachets de cantharide et de fourmis rouges qu'on broyait pour confectionner des irritants urinaires aux propriétés soi-disant aphrodisiaques.

Depuis son plus jeune âge, David avait toujours entendu parler d'inflammations de la vessie, d'écoulements urétraux, de règles douloureuses et de problèmes de ménopause. Les clients se succédaient mais les demandes restaient les mêmes. On voulait tour à tour calmer ou stimuler, vivifier ou apaiser. A douze ans, David voyait le monde des adultes sous la forme d'un monstrueux appareil génital rougeoyant et convulsé par les ondes de la souffrance. Cette vision avait contribué à mettre sa libido en veilleuse. Il n'était pas pressé de rejoindre les rangs de cette confrérie au ventre délabré qui semblait véhiculer entre les cuisses un mal pulsatile toujours suintant. Pour l'instant, il livrait les poudres en s'efforçant de songer à autre chose.

Comme il abordait un nouveau tournant du labyrinthe, Buzo-le-Singe surgit dans son champ de vision. C'était un garçon de quinze ans costaud et trapu, au crâne inégalement tondu. Il arborait un visage épais et bovin, au nez épaté.

— Salut, livreur du diable, ricana Buzo, levant la main en une parodie de salut fasciste, alors, on va livrer ses pizzas au jus de crapaud ?

David éclata d'un rire un peu forcé. Buzo était bête, mais rassurant. Et puis, c'était un ami. Un véritable ami. Pour survivre, il travaillait aux docks, avec son père, un homme prématurément vieilli qui déchargeait des sacs de manioc de quatre-vingts kilos sans jamais se plaindre. Le reste du temps il broyait de la canne à sucre pour en vendre le jus aux passants[1].

— Dis, enchaîna le gosse au crâne tondu, cette nuit, j'ai eu une idée géniale. Ta tante, la sorcière, elle ne pourrait pas nous fabriquer des pilules qui donneraient au foutre le goût du sirop de papaye ? Je suis sûr que les

---

1. Au Brésil, le jus de canne est une friandise très appréciée.

filles feraient moins de chichis pour nous sucer si nos queues crachaient du sperme parfumé à la mangue ou à l'ananas. On changerait de parfum en changeant de pilules. Hé! ouistiti, tu ne trouves pas ça superbe?

David approuva bruyamment pour masquer sa gêne. Il n'était pas encore habitué à la vulgarité de son camarade. Buzo ne fut pas dupe.

— Arrête, ouistiti, trancha-t-il, tu ris trop haut. On croirait une pucelle chatouillée. (Il parut réfléchir, puis ajouta, les sourcils froncés :) C'est vrai que t'es un gosse de riches, ça se sent. *Tu ne sais pas rire gras.* Faut rouler ton rire au fond de ta gorge comme on couve un glaviot bien épais. Si tu n'apprends pas à le faire, on ne te respectera jamais. Un homme qui rit se ramone la poitrine par la même occasion. Il fait remonter sur sa langue tout le bon goudron des cigarettes, il roule ça entre ses dents, y ajoute de la salive pour former une huître bien épaisse. Faut rire comme si tu te préparais à cracher dans la gueule d'un ennemi. Vu?

David acquiesça, furieux d'avoir été trahi, une fois de plus, par ses années de bonne éducation.

— Vous aviez du fric avant, toi et ta tante, hein? marmonna Buzo pris dans le rouage d'une idée fixe.

— Tu sais bien, lâcha David.

— Allez, reprit le gosse au crâne rasé, raconte-moi encore une fois le temps du fric, l'époque où vous étiez riches. J'aime bien ça. Vous aviez des chiottes en marbre et tu te torchais avec des mouchoirs de dentelle. Allez! commence : « Il était une fois un petit prince dont la tante exerçait la noble profession de sorcière de luxe… »

— C'est pas ça, tu exagères.

— Alors rectifie.

David soupira. Il n'aimait pas que Buzo souligne ainsi leur différence sociale. Pourtant il n'avait pas tort. C'était vrai que tante Abaca n'avait pas toujours officié au fond d'un bidonville. Elle avait dirigé une église jadis. L'église spirite des Ames-de-la-Forêt-Sanctifiée. Ils habitaient alors dans une grande ville. David ne se rappelait plus très bien. Souvent, en rêve, il revoyait les milliers de chandelles que les fidèles collaient sur les marches du temple à l'aide de trois gouttes de cire fondue. Une herse de petites flammes que les courants d'air faisaient onduler. Abaca avait le titre de grande prêtresse… *C'était avant.* Avant qu'elle tombe malade.

Lorsque la nostalgie faisait glisser Abaca sur la pente des confidences, il lui arrivait de murmurer en soupirant : « C'est un cigare qui a brisé ma carrière… Un *grand Panatela Lanceros.* Excellent, au demeurant. J'ai encore son goût de chocolat dans la bouche. Si longtemps après… »

David avait alors huit ans. Il se rappelait le cours privé où on l'avait inscrit, une jolie maison blanche avec des roses artificielles dans le hall, et une infirmière anglaise à coiffe amidonnée qui posait la main sur le front de tous les gosses passant à sa portée, comme pour s'assurer qu'aucun d'entre eux ne couvait une quelconque fièvre tropicale… Des gosses de commerçants aisés, de fonctionnaires à responsabilités. Quelques fils d'architectes ou de médecins.

Ne courez pas ! vous allez transpirer ! Combien de fois David avait-il entendu ces mots dans la bouche des institutrices ? La hantise de la sueur taraudait la cervelle de ces filles de bonne famille. Ne pas transpirer, c'était nier la loi des tropiques, nier la chaleur qui vous faisait la peau huileuse, le nez luisant. Rester sec, c'était se différencier de l'homme de la rue toujours suant, entortillé dans des vêtements humides. C'était nier la proximité des jungles, des moustiques et des mouches… *C'était être civilisé !*

*

Buzo laissa échapper un grognement. L'évocation avait allumé une étrange lueur dans ses yeux.

— C'est comme si j'les voyais, ces filles, murmura-t-il, le genre de pisseuses qui changent de culotte tous les jours ! Elles vous accompagnaient aux chiottes, les instites ? Elles vous tenaient la pine pendant que vous pissiez ?

— L'infirmière, oui, avoua David, mais uniquement pour les petits.

— Continue, coupa brutalement Buzo, raconte l'église… Quand ta tante régnait sur des milliers de fidèles…

Sortant du bidonville, les deux gosses commencèrent à zigzaguer entre les chevaux de frise. Une voiture de police attendait, de l'autre côté de la route. David enregistra l'image des deux flics figés, côte à côte. Le gros et le maigre. Le maigre avait l'air égaré, avec une mauvaise lueur dans la rétine. Buzo cracha dans la poussière.

— C'est ce cinglé de lieutenant Corco, observa-t-il. On dit qu'il commandait un escadron de la mort, dans le temps, c'est pour ça qu'il a dû quitter Rio de Janeiro et venir s'enterrer ici. Paraît qu'il emmurait les gauchistes vivants après leur avoir fricassé les couilles à la dynamo. Tu le savais ?

— Non.

— Faut faire gaffe avec lui. Il a des yeux d'*urubu*.

David longea le bord du trottoir. Ils passèrent devant l'église spirite de Sainte-Anita-du-Crépuscule. « Celle de tante Abaca était bien plus belle », songea l'enfant. Ici, à Sâo Carmino, les gens se donnaient du mal pour paraître riches, mais on les sentait crispés sur leur argent. Paralysés par la peur de manquer. Et puis, il y avait beaucoup de vieux, des retraités qui venaient finir leur vie dans une résidence de luxe, face au fleuve, loin de l'insécurité des grands centres urbains, de l'agitation sociale, des répressions armées. Sâo Carmino était pour eux un village de vacances géant. Une sorte de décor immaculé dont rien ne devait venir troubler la belle ordonnance.

— L'église ! insista Buzo. Raconte l'église…

L'église ? En ce temps-là, tante Abaca régnait sur le quartier chic de Sorrador. Ses fidèles avaient des professions prestigieuses : ingénieurs, experts-comptables, chefs du service des eaux… Abaca apparaissait devant l'autel, dans une robe de soie noire qui lui laissait les épaules nues. Elle allumait un cigare dont la fumée lui permettrait d'entrer en communication avec les démons… Sur l'autel s'alignaient les statues de plâtre des démons tutélaires : saint Georges terrassant le dragon… mais qui servait en réalité de substitut à Ogoun Ferraille, le terrible dieu de la guerre et du fer. La Vierge Marie, qu'on vénérait sous le nom de Yemanja, mère des poissons et des eaux… Saint Jean-Baptiste et saint Jérôme, encore, et…

6

Exécution secrète

Il devait être midi quand l'homme en costume de lin blanc franchit la lisière du bidonville. Son arrivée provoqua la stupeur. D'une baraque à l'autre, on se mit à chuchoter. Il s'engagea dans le labyrinthe sans cesser de sourire. Ses yeux, sous l'ombre du chapeau, scrutaient les visages avec une telle insistance que les voyous les plus endurcis tournaient aussitôt la tête. Sa présence fut ressentie comme un viol, une provocation, aucun bourgeois n'aurait osé s'aventurer à l'intérieur du cloaque. Il fallait que le fantôme soit en possession de pouvoirs effrayants pour agir ainsi. « C'est lui..., commença-t-on à murmurer. Ne le regardez pas. *C'est lui.* » Personne ne prononça son nom, et les mères se dépêchèrent de rappeler les enfants qui jouaient au seuil des cabanes. « Pour qui vient-il ? bredouillaient les commères. Ce n'est pourtant plus son jour. La fin du mois est passée depuis hier. »

« C'est qui ? C'est qui ? », piaillaient les marmots ; on les faisait taire d'une taloche.

L'homme se dirigea vers le camion-citerne. Abaca, dans son fauteuil à bascule, le regarda s'approcher sans même bouger un cil. Mais le voyait-elle seulement? L'homme s'arrêta sous l'auvent de toile, attira une chaise et s'assit en face de la sorcière.

— Tu sais qui je suis? demanda-t-il.

— Oui, fit Abaca sans s'émouvoir, tu es le Maître d'école… D'autres te surnomment l'Exterminateur. Pour ma part je trouve ces sobriquets stupides. Que me veux-tu? M'annoncer que tu m'as donné une mauvaise note?

— Non, répondit le fantôme, c'est à peine si tu existes. On ne note pas quelqu'un qui bouge moins qu'une momie. Et puis, nous sommes de la même race, toi et moi. Tu es une sorcière, et moi… moi, je suis une sorte de spectre, n'est-ce pas? Nous sommes faits pour nous entendre.

Abaca resta silencieuse, à se balancer doucement. On sentait que la présence du tueur la laissait indifférente.

— Pourquoi viens-tu me voir? s'enquit-elle au bout d'une minute.

— Parce que je m'ennuie, fit l'homme au costume de lin blanc. J'ai besoin de parler à quelqu'un, mais je manque d'un interlocuteur capable de me comprendre. Toi et moi sommes sur la même longueur d'onde.

— Alors tu veux me demander en mariage? demanda Abaca, et elle partit d'un rire sourd qui décontenança l'assassin.

Il n'avait guère l'habitude qu'on lui manque de respect.

— Je préfère te prévenir que je suis enceinte d'un démon, et cela depuis des années, reprit la sorcière. Nul ne peut prévoir quand j'accoucherai de cette horreur. Si tu souhaites devenir mon mari, il est préférable que tu l'apprennes car tu devras tuer ce bâtard de l'enfer à peine sera-t-il sorti de mon ventre.

L'homme tressaillit. Pendant un court moment il s'interrogea. Se moquait-elle de lui ou avait-elle définitivement perdu l'esprit ? Il opta pour la seconde explication qui avait le mérite de le rassurer.

— Non, fit-il d'un ton attristé, je cherche une oreille amie. Je suis déprimé. Les habitants de Sâo Carmino me déçoivent chaque jour un peu plus. J'ai beau les punir, leur conduite ne s'améliore pas. Je voulais te dire que ça ne peut pas continuer ainsi. J'estime que je leur ai laissé suffisamment le temps de s'amender.

— Qu'envisages-tu, alors ?

— Je vais attendre encore un peu… pas trop, car ma patience est à bout. Si les notes ne remontent pas, je serai forcé de punir tout le monde.

— Comment cela ?

— *Je détruirai la ville.*

*

Adela Picato avait peur… mal également. La souffrance, elle pouvait s'en affranchir grâce aux analgésiques prescrits par le chirurgien, mais contre la peur, hélas, elle restait sans défense.

Ce matin, elle s'était réveillée le visage en sang, *un œil crevé…* L'infirmière, qui venait chaque jour s'occuper de son mari tétraplégique, l'avait découverte vautrée au milieu des draps tachés de rouge, hagarde, stupide, n'éprouvant rien, telle une droguée au cerveau court-circuité par les hallucinogènes.

— Je ne comprends pas que la douleur ne vous ait pas sortie du sommeil, avait grommelé la nurse en appelant les secours. Vous aviez bu ? Vous aviez pris des somnifères ?

Adela ne comprenait pas davantage. On ne se crève pas un œil sans faire un bond au plafond, le contraire l'eût étonnée.

L'infirmière effectua les premiers soins en attendant l'ambulance, puis examina le lit d'un air soupçonneux, comme si elle espérait y déceler des traces d'orgie.

— Il y a des tessons, des éclats de cristal, grogna-t-elle. Manifestement, vous avez perdu connaissance et vous êtes tombée la tête la première sur le verre que vous teniez à la main.

Ça se tenait… Le problème c'est qu'Adela n'avait pas bu le moindre centilitre d'alcool au moment de se mettre au lit. Tout cela était étrange, inexplicable…

D'abord, elle avait été abasourdie par le côté irrationnel de l'événement, puis elle avait pensé à sa beauté gâchée, son visage détruit.

« *Ce n'est pas le plus important*, lui souffla une voix au fond de sa tête. *Un danger plus grave te menace. Ce n'est pas le moment de jouer les coquettes.* »

Adela ne savait d'où lui venait cette certitude, mais elle était là, fichée en elle, relativisant presque à l'excès le traumatisme de l'accident.

« *Non*, se répéta-t-elle, *ce n'est pas le plus important, il y a autre chose… Quelque chose dont je dois me préoccuper avant tout.* »

C'est alors qu'elle aperçut le bon point coincé dans l'encadrement du tableau…

Les infirmiers se présentèrent enfin, polis, efficaces. L'ambulance la conduisit à la clinique. Une clinique

spécialisée dans la gériatrie. Malgré tout, le médecin de
service s'occupa de son œil de façon compétente.

— Vous ne le perdrez pas, affirma-t-il, on peut le
recoudre, mais le nerf optique a été lésé, vous ne verrez
plus grand-chose de ce côté. Toutefois, si l'infection
s'y met, il faudra l'enlever.

— *L'enlever ?* balbutia Adela.

Le chirurgien sourit. Ses dents étaient d'une blancheur improbable.

— Pas de panique, lâcha-t-il. Aujourd'hui on réalise
de très belles prothèses articulées qui suivent les mouvements des muscles au lieu de rester fixes, comme
c'était le cas jadis.

En temps normal Adela se serait lamentée en se tor-
dant les mains ; pas aujourd'hui. Aujourd'hui elle avait
peur, pas d'être défigurée, non, d'autre chose... de ce
bon point trouvé dans le vestibule, pour être exacte.

On l'opéra. Ayant les moyens de s'offrir des soins
à domicile, elle demanda à être transportée chez elle
dès son réveil. Les cliniques l'avaient toujours terrifiée. Elle ne s'y sentait pas en sécurité. Un gros tampon
de gaze sur l'œil, elle s'installa dans sa chambre, les
rideaux tirés.

Là, elle ouvrit le tiroir de la table de chevet où elle
avait rangé le bon point juste avant qu'on l'emmène.
C'est en touchant ce rectangle de carton jauni orné
d'une devise ringarde qu'elle comprit enfin à qui elle
avait affaire.

Les bons élèves font les bons citoyens.
Les bons citoyens font les bons élèves.

Quelle connerie ! Il lui fallut un moment pour se rappeler l'utilité du bout de papier. Elle avait entendu parler du système des bons points par sa grand-mère, jadis.

Brusquement, elle fit la liaison : bon point… école…
instituteur… *Maître d'école.*

« Tu sais qui t'a punie, n'est-ce pas ? lui souffla de
nouveau la voix qui bourdonnait sous son crâne. Et tu
sais également pourquoi… Ce ne serait pas arrivé si tu
n'avais pas essayé d'empoisonner ton mari. *Il* t'a vue.
Il sait tout. Tu as eu tort de prendre ces histoires de
croque-mitaine à la légère. »

Elle n'osait prononcer son nom à voix haute… Jusqu'à présent elle avait toujours haussé les épaules en
l'entendant. Pour elle, il s'agissait de contes inventés
par les indigènes. De ces fadaises que les vieillards
prennent plaisir à rabâcher avec l'espoir, toujours
déçu, d'effrayer les jeunes. *Le Maître d'école…* Non,
ce n'était pas possible, il ne pouvait exister ! Et pourtant, qui d'autre aurait pu apprendre qu'elle intoxiquait,
jour après jour, Jaime Picato, son mari trop vieux, trop
malade, trop riche ? Elle avait toujours observé les plus
grandes précautions. Les poisons étaient cachés dans
le coffre encastré où elle rangeait ses bijoux, ni l'infirmière ni la femme de ménage ne pouvaient les avoir
trouvés.

Elle s'endormit, assommée par les analgésiques.
Quand elle reprit conscience, elle était dans un tel état
de panique qu'elle ne pouvait plus réfléchir rationnel-
lement. La vie de poupée choyée qu'elle avait menée
jusqu'à aujourd'hui ne l'avait nullement préparée à
affronter les situations de crise. Elle sentit qu'elle serait
incapable de rester une minute de plus à Sâo Carmino
sans devenir folle de peur. « Il faut que je parte, se dit-
elle. Je dois quitter cette saloperie de ville. Le Maître
d'école ne me suivra pas à l'autre bout du pays… Il a
trop à faire ici, avec tous ces gens à surveiller. »

Oui, elle allait partir sans attendre. Partir pour ne jamais revenir. Elle n'avait aucune idée de ce qui se passerait ensuite. Elle abandonnerait Jaime ici, aux bons soins de l'infirmière. N'ingérant plus de poison, le vieillard irait sans doute mieux au bout d'un certain temps… De toute manière, elle s'en fichait ! Elle désirait ardemment revenir à la civilisation. Rio, par exemple, avec sa Barra de Tijuca[1] où elle avait passé tant d'heures fiévreuses. Vivre à Ipanema, à Leblon[2]… Autant d'endroits où elle pourrait côtoyer de jeunes hommes débordant d'hormones, dont le slip abritait une bête bien vivante, toujours prête à dresser la tête ! Incapable de demeurer plus longtemps allongée, elle se leva en titubant. Une douleur sourde palpitait au fond de son orbite blessée, comme si un cœur minuscule y avait élu domicile.

L'argent… Bien sûr, ce serait le gros problème. Elle devrait faire une croix sur l'héritage de « papa » Jaime Picato, mais il lui restait ses bijoux, et le compte joint que son époux, de guerre lasse, avait fini par lui accorder. Ce n'était qu'un compte secondaire, *très secondaire* – la vraie fortune du vieillard étant entre les mains de ses avocats – mais, en se restreignant un peu, Adela y trouverait de quoi rebondir… Acheter un salon de beauté, peut-être ? En attendant mieux. Elle était encore désirable, une autre occasion se présenterait sûrement.

— Que faites-vous debout ? grogna l'infirmière en la découvrant occupée à vider la penderie.

— Je m'en vais, balbutia Adela. Je pars pour Miami, consulter un spécialiste… (Elle improvisait maladroite-

---

1. Plage longue de 30 kilomètres, fréquentée par les amoureux.
2. Secteurs résidentiels de luxe.

ment.) Je viens de l'appeler, il m'a affirmé qu'on pouvait tenter une greffe si je me présentais à la clinique avant que mon œil soit complètement cicatrisé.

— C'est absurde, s'offusqua la nurse. Dans votre état il est déconseillé de prendre l'avion. La pression pourrait déclencher une hémorragie.

— Laissez-moi ! hurla Adela à bout de nerfs. Allez donc vous occuper de mon mari si vous voulez être payée ! Je serai absente quarante-huit heures, pas davantage.

L'infirmière haussa les épaules. C'était une grosse femme aux biceps impressionnants, acquis à l'hospice de Sâo Conceiçao, à force de soulever des vieillards impotents à bout de bras.

— De toute façon vous ne trouverez aucun avion, lâcha-t-elle en tournant les talons. Le prochain vol décolle dans trois jours. Vous savez bien qu'il n'y a pas de liaison quotidienne depuis la dernière saison des pluies.

Mais Adela n'écoutait pas. De toute sa vie, elle n'avait jamais daigné prendre en compte le moindre conseil, elle n'allait pas commencer aujourd'hui ! Elle se fiait à son instinct. Comme les animaux. D'ailleurs, elle s'était toujours vue comme une jeune femelle impitoyable, aux appétits féroces.

Ayant claqué la porte de la chambre, elle entreprit de remplir une valise. Puis elle ouvrit le coffre mural pour récupérer ses bijoux… *et les flacons de poison.* Il était hors de question qu'elle les laissât derrière elle. « Je m'en débarrasserai en arrivant à l'aéroport », décida-t-elle. La tête lui tournait mais elle parvint tout de même à s'habiller. Il lui déplaisait de sortir sans avoir pris le temps de se maquiller, hélas, le pansement qui lui couvrait la moitié du visage ne permettait guère d'envisager les savants arrangements dont elle avait le secret. A bout de souffle, elle s'immobilisa un instant face à la baie vitrée. D'où elle se tenait, elle jouissait d'une perspective embrassant tout Sâo Carmino. Au-dessus de la forêt, les aras bariolés menaient grand tapage.

— Tu vois ! murmura-t-elle à l'intention du Maître d'école, tu as gagné. J'ai compris la leçon. Je m'en vais. Je n'empoisonnerai plus mon vieux mari. Tu n'auras plus besoin de me punir. C'est entendu ? Tu vas me ficher la paix ?

L'espace d'une seconde elle tendit l'oreille, comme si une voix allait résonner, tombant du ciel, pour lui annoncer qu'elle était désormais libre d'aller où bon lui semblait. Le silence, seul, lui répondant, elle s'ébroua, consciente d'être en train de perdre la tête.

— *Eu porto*[1] ! cria-t-elle, la valise dans une main, le *beauty-case* dans l'autre. Je vous passe un coup de fil en arrivant à Miami.

L'infirmière ne répondit pas. Adela s'en moquait. Dans l'ascenseur elle fut prise d'une angoisse insurmontable et ne put s'empêcher de regarder entre ses pieds, comme si le plancher de la cabine allait soudain s'ouvrir pour la précipiter dans le vide. « Je deviens dingue ! » haleta-t-elle. Elle n'osait contempler son image dans le miroir qui lui faisait face, de peur d'apercevoir l'horrible pansement. « Chaque chose en son temps, soufflat-elle. D'abord se sortir du piège. Ensuite, le chirurgien esthétique… Ensuite, un nouveau petit "papa", si possible plein aux as. »

---

1. Je m'en vais.

Elle ne recommencerait à respirer qu'une fois assise dans l'avion qui l'emporterait loin de Sâo Carmino. Si elle croyait au Maître d'école, elle ne pensait pas toutefois que son pouvoir occulte pût dépasser les limites de la ville. C'était un démon local, affreusement efficace, soit, mais dont l'influence restait circonscrite au périmètre de la cité blanche.

Elle poussa un soupir de soulagement lorsque la cabine s'immobilisa au rez-de-chaussée. Plantée au milieu du hall, Adela s'escrima sur son portable pour appeler un taxi. Elle ne pouvait pas conduire dans son état, sa vision était floue et elle ne voulait pas courir le risque d'emboutir un autre véhicule.

Le taxi se rangea devant l'immeuble dix minutes plus tard.

— A l'aéroport, ordonna-t-elle. *Estou com muita pressa*[1].

— Je veux bien, *illustrissima Senhora*, gémit le conducteur, mais le prochain départ a lieu dans trois jours…

Adela tapa du pied avec colère.

— Ça ne fait rien, lança-t-elle sans réfléchir, file… Je louerai un avion privé. Ça doit se trouver.

L'homme haussa les épaules, fataliste, et appuya sur l'accélérateur. Qu'en avait-il à battre, après tout, si cette pimbêche se retrouvait à faire le pied de grue sur le tarmac désert ! Il connaissait ce genre de pétasse dont tout le boulot consistait à écrémer les vieux richards de la cité.

Instinctivement, Adela jeta un coup d'œil par la lunette arrière afin de s'assurer qu'on ne la suivait pas.

---

1. Je suis très pressée.

« Saleté de ville ! songea-t-elle, remâchant sa rancune. Alors que j'étais si près de réussir… » Oui, elle s'était montrée habile, patiente. Et pourtant, Dieu sait si la patience n'était pas sa qualité première ! Combien de fois avait-elle failli céder à la tentation de forcer sur la dose de poison ? Pour en finir plus vite avec « papa » Jaime, pour hériter enfin du pactole…

Comment le Maître d'école l'avait-il démasquée ? Jouissait-il d'un don de double vue ? En ce moment, elle n'était pas loin de le croire. « Enfin, c'est terminé ! pensa-t-elle avec force, comme s'il s'agissait d'expédier un message télépathique à l'autre bout de la terre. Tu entends ? J'arrête. Je quitte ta foutue ville. On en reste là, d'accord ? »

— On y est, *Senhora*, annonça le conducteur. N'hésitez pas à m'appeler si votre vol se fait attendre.

Adela comprit qu'il se moquait d'elle. Elle paya et sortit en claquant la portière. Qu'il aille au diable, lui aussi ! Dans sa colère, elle égratigna sa précieuse valise en peau de porc, ce qui la mit en rage.

Il lui fallut trois minutes pour constater que l'aérodrome et les pistes d'envol étaient effectivement vides. Un employé somnolent lui confirma ce que lui avaient déjà dit l'infirmière et le chauffeur : le prochain long courrier décollerait dans trois jours, pas avant. Non, il n'y avait pas d'avion-taxi pour le moment.

Cette fois, Adela recula, à bout de forces, vidée. Il lui semblait que tout conspirait pour la retenir prisonnière à Sâo Carmino. « Je ne dois pas passer une nuit de plus ici, songea-t-elle au comble de la confusion. Si je reste, je mourrai avant l'aube. »

Elle ne savait d'où lui venait cette prémonition, mais tout son être lui criait de fuir, à n'importe quel prix.

La douleur dans son œil blessé se fit plus forte. Elle
tituba jusqu'au distributeur d'eau et avala un nouveau
cachet. Ses tempes bourdonnaient. Elle dut résister à la
tentation de s'allonger sur l'une des banquettes du hall,
elle s'y serait endormie. Elle s'aperçut qu'elle tournait
en rond et que les employés l'observaient à la dérobée,
inquiets. Il est vrai qu'avec son énorme pansement elle
n'offrait guère une image rassurante. Elle lutta pour ne
pas fondre en larmes. Les cachets l'avaient assommée,
diminuant sa présence d'esprit. Sans eux, elle aurait
sûrement trouvé une solution !

Soudain, un homme âgé vêtu d'un costume de lin blanc
s'avança pour la saluer, le chapeau à la main. Il avait dû
être diablement beau dans sa jeunesse. Aujourd'hui, il
était empâté, le torse en barrique, la gueule carrée. Fort,
tout de même, avec des mains épaisses, qu'on devinait
d'une puissance peu commune. Son costume, coûteux,
avait quelque chose de démodé, comme ses souliers à
deux couleurs. Adela ne s'en étonna pas outre mesure.
Sâo Carmino était remplie de vieillards habillés selon
les canons des années 50. La nostalgie était de règle et
ne choquait personne. Le bonhomme devait affection-
ner ce style de *private joke*.

— *Illustrissima Senhora*, fit-il avec une exquise politesse, excusez-moi, mais j'ai surpris votre conversation
avec l'employé… Je me présente, Cristobal Pendragon,
je dispose de mon propre avion et je me prépare justement à m'envoler pour Rio de Janeiro. Si vous voulez profiter de l'occasion, je me ferai une joie de vous
emmener. Je déteste piloter seul. Le survol de la jungle
est si monotone.

Adela hésita. En d'autres circonstances elle aurait
refusé, mais elle était blessée, à bout de nerfs, terrifiée,

et puis… Et puis il s'agissait d'un « papa », d'un vieil homme, *sans doute riche*. « Il a son propre avion, il vit à Rio de Janeiro, il n'est pas trop décati… », récapitula-t-elle.

Elle se préparait à repartir de zéro, dans ces conditions, un protecteur n'était jamais de trop.

— J'ai… j'ai eu un accident de voiture, mentit-elle, je dois consulter un spécialiste au plus vite.

L'homme acquiesça.

— Mon automobile est dehors, indiqua-t-il. Je n'utilise pas cet aérodrome, vous savez ce que c'est : trop de paperasserie… trop de taxes… j'ai ma piste privée, derrière mon *estancia*[1]. Je vais m'occuper de vos bagages.

Déjà, il s'était emparé de la valise et du *beauty-case*.

Une Mercedes attendait devant le bâtiment, sur le parking désert. « Un ancien modèle, nota Adela, mais en parfait état. » Cristobal Pendragon (quel drôle de nom !) lui ouvrit galamment la portière. Elle s'installa sur la banquette. « Son visage me dit quelque chose…, songea-t-elle. Je l'ai déjà vu, mais où ? » Un ancien acteur de cinéma ? Un chanteur populaire des années 60 ? Ma foi, ça n'avait rien d'impossible, Sâo Carmino abritait de nombreuses vedettes aujourd'hui oubliées.

L'homme s'assit au volant et démarra. Très vite, le lourd véhicule tourna le dos à la ville pour s'engager sur une route serpentant à travers la jungle. Adela luttait contre la somnolence. Trop de cachets… Si seulement elle avait pu s'étendre.

---

1. Propriété.

Machinalement, elle jeta un bref coup d'œil au journal posé sur la banquette, à côté d'elle. Un gros titre proclamait : « Inauguration triomphale de Sâo Carmino, la nouvelle Brasilia, le président s'est rendu à pied de l'hôtel de ville à… »

Adela fronça les sourcils, saisit le quotidien pour en vérifier la date de parution. Elle tressaillit. *Le journal avait été imprimé trente ans plus tôt…* Qu'est-ce qu'il fichait là, sur la banquette arrière d'une Mercedes ?

Elle fut tentée de poser la question, puis haussa les épaules, en quoi cela lui importait-il ? Elle réalisa que Pendragon n'avait cessé de lui faire la conversation mais qu'elle n'avait pas retenu un mot de ses propos. Il semblait très à l'aise, rompu à ce genre de situation. Un homme du monde. Un seul problème, la voiture sentait le moisi. Il ne devait pas l'utiliser souvent. Il est vrai que tout pourrissait si vite sous ces latitudes !

Le véhicule ralentit. Adela distingua un grand bâtiment de béton blanc entre les arbres. Elle s'en étonna. Quand il avait parlé d'*estancia*, elle s'était attendue à une bâtisse dans le style baroque portugais, typiquement coloniale, pas à ce… à ce bunker ! La demeure, moderne en diable, était plantée à l'entrée d'une piste lézardée étirant son ruban au milieu de la végétation. Un petit avion, blanc lui aussi, semblait attendre. Ce n'était nullement un *learjet*, plutôt un coucou à hélice ! Il s'agissait en fait d'un Lockheed-Lasa 60, un monomoteur de tourisme à train tricycle âgé d'une quarantaine d'années, mais Adela l'ignorait.

— Entrez donc, la pria Pendragon. Installez-vous à l'ombre, je dois aller régler le régime au compte-tours et laisser chauffer le moteur. J'en profiterai pour charger vos bagages.

Ayant poussé la porte de la maison, il s'écarta pour la laisser passer et s'éloigna en direction du tarmac. Adela franchit le seuil. Les baies vitrées étaient immenses, bizarrement ovoïdes. Les parois de béton brut auraient pu abriter une usine de tracteurs. Adela ne connaissait rien à l'art moderne, encore moins à l'architecture, n'empêche, les dimensions grandioses la mettaient mal à l'aise. Dieu ! que ça manquait d'intimité ! Et puis, l'odeur de moisi, ici aussi…

« Il ne doit pas venir souvent, constata-t-elle. C'est inhabité, ce truc… Il n'a pas de domestiques, les vitres n'ont pas été faites depuis des années. » Au reste, ça ne signifiait pas grand-chose. Pendragon utilisait peut-être rarement cette baraque. Ou bien, seul – célibataire, veuf… –, n'en occupait-il qu'un seul étage ? « Qu'est-ce que j'en ai à foutre, après tout ? » soupira-t-elle.

Le bar, immense lui aussi, était couvert de poussière. Sur les murs, de grandes photos en noir et blanc montraient Pendragon en compagnie de personnalités de la politique et des arts. Il s'agissait donc d'un homme connu ! Cela la rassura. Elle s'approcha des cadres. Sur les clichés, il avait l'air beaucoup plus jeune. Combien ? Vingt-cinq, trente ans de moins ? Un bruit de moteur la fit sursauter, c'était l'avion « qui faisait son point fixe » comme ont coutume de dire les hommes à qui ces formules énigmatiques servent de mot de passe. Sur la table basse, une pile de journaux jaunis parlait d'événements anciens dont Adela conservait un souvenir lointain. « Des trucs qui se sont produits quand j'étais petite fille… », réalisa-t-elle.

Elle frissonna. A l'intérieur de la maison le temps semblait s'être arrêté. Même les appareils qui l'entouraient appartenaient à un autre âge : le meuble pick-up, le téléviseur encastré dans son bahut d'acajou… Qui possédait encore un téléviseur-bahut, à part l'homme de Néandertal, bien sûr ?

— *Es bom.* Nous pouvons y aller, annonça Pendragon debout sur le seuil. Voulez-vous boire quelque chose avant de partir ? Un petit verre de *cacha* ? Fumer une cigarette, peut-être ?

Elle refusa.

Pendant qu'ils se dirigeaient vers la piste, il se crut forcé d'expliquer :

— C'est une vieille maison, pleine de souvenirs. Je n'y viens plus guère. J'habite au centre de Sâo Carmino. C'est plus commode pour mon travail.

« Je m'en fous », faillit lui rétorquer Adela.

L'avion était vieux, lui aussi, mais sans taches de rouille. Pendragon l'aida à y grimper.

— Je crains, hélas, que les ceintures de sécurité ne soient hors d'usage, s'excusa-t-il, mais ne craignez rien, je roulerai prudemment.

C'était sûrement une plaisanterie ? Elle grimaça un sourire. Il s'installa derrière le palonnier et lança la machine. Le fuselage se mit à trembler. L'instant d'après, l'avion roulait sur la piste. Quand les roues quittèrent le sol, Adela se sentit mieux. Ils grimpèrent au-dessus de la forêt et survolèrent la canopée qui moutonnait jusqu'à la ligne d'horizon. C'était impressionnant et beau, à condition, toutefois, d'aimer ce genre de spectacle affreusement répétitif.

— Dans combien de temps arriverons-nous ? demanda-t-elle.

— Dans un quart d'heure, répondit Pendragon.

— Quoi ? insista-t-elle, croyant avoir mal compris.

— Un quart d'heure, répéta l'homme, c'est à ce moment-là que vous descendrez.

Adela fronça les sourcils. Qu'est-ce qu'il racontait, ce vieux taré ? Pour rallier Rio de Janeiro il fallait compter plusieurs heures de vol… Elle allait le rappeler à l'ordre quand, brusquement, tout devint clair, il lui sembla qu'elle se vidait de son sang.

— *Vous*…, balbutia-t-elle. C'est vous, n'est-ce pas ? Le… le Maître d'école…

L'espace d'une seconde elle crut qu'elle allait s'évanouir, puis sa combativité naturelle reprit le dessus.

— Pourquoi ? aboya-t-elle. J'ai renoncé à empoisonner mon mari. Je quitte la ville… Vous avez obtenu ce que vous vouliez, non ? Pourquoi vous acharnez-vous sur moi ?

— Non, tu n'as pas compris, dit placidement l'homme qui prétendait s'appeler Cristobal Pendragon.

— *Quoi ?* Qu'est-ce que je n'ai pas compris ?

— La nature de ta faute. Que tu empoisonnes ton mari, je m'en fiche. Tu peux exterminer tout un asile de vieux si le cœur t'en dit, ça ne me fait ni chaud ni froid.

— Je… je ne comprends rien… Si ce n'est pas ça, alors quoi ?

— Tu voulais quitter la ville, tu voulais tourner le dos au paradis. C'est ça, ton vrai crime. On ne s'en va pas de Sâo Carmino. On ne claque pas la porte de l'Eden.

— Vous êtes fou…

L'homme eut un sourire, et, tout à coup, Adela Picato se rappela où elle l'avait vu.

— Je sais qui vous êtes…, bredouilla-t-elle, comme si la chose avait encore de l'importance.

Ce furent ses dernières paroles. Brusquement, l'homme pivota sur son siège de manière à pouvoir lui expédier un coup de pied en plein ventre. La jeune femme fut violemment rejetée contre la portière qui n'était pas fermée. Ne bénéficiant pas de la protection d'une ceinture de sécurité, elle bascula dans le vide sans pouvoir se retenir à quoi que ce soit.

Il lui sembla qu'elle tourbillonnait interminablement pendant que la cime verte des arbres lui sautait au visage. Juste avant qu'elle s'empale sur une branche, son regard rencontra celui d'un singe. Il la regardait fixement, comme s'il attendait là depuis longtemps, pour prendre livraison de son cadavre.

Le petit avion, lui, s'éloigna dans un bourdonnement de moustique entêté.

7

Le juge, la veuve et les tartines de confiture

En arrivant au pied des premiers immeubles, Buzo se mit à traîner la savate.

— Bon, j'me casse, lança-t-il d'un air renfrogné, de toute façon, moi, on ne me laisserait pas entrer… Et puis j'te ferais du tort. Vaut mieux que t'y ailles seul. Va donc livrer tes saloperies.

David hocha la tête.

— Je passerai te chercher ce soir, dit Buzo en s'éloignant, je monte une expédition au cimetière de voitures, faut que tu viennes. Si tu restes tout le temps dans les jupes de ta tante tu vas finir pédé, sûr.

David grimaça.

— Au cimetière de voitures ? répéta-t-il la gorge sèche. Ça va mal finir, tu sais bien que les frères Zotès sont fous à lier…

— Ce soir, trancha Buzo en faisant volte-face, un peu avant minuit.

Il était inutile de discuter. David marcha tête basse vers l'immeuble de marbre. Le café noir, trop huileux, allumait une flamme d'irritation entre les parois de son estomac. Il se haussa sur la pointe des pieds pour atteindre le bouton du portier automatique défendant l'accès du hall.

Le palmier de Floride pour la prostate du vieux Bombicho, avait dit tante Abaca… David n'aimait pas beaucoup Bombicho, un gros homme chauve, aux mains moites, qui le recevait en robe de chambre rouge. Ancien juge d'instruction, il collectionnait les sondes urinaires ainsi qu'un grand nombre d'instruments d'exploration génitale. Assis derrière son bureau d'ébène, il passait ses journées à polir et astiquer des explorateurs à boule olivaire, des filiformes coudées ou en baïonnette. David se sentait mal à l'aise en sa présence. Parfois Bombicho ouvrait un tiroir, brandissait une longue tige métallique en balbutiant : « Tu vois, mon garçon, ça, c'est une bougie de 30, et ça une seringue à instillations en argent… »

Ses gros doigts fouillaient dans des coffrets, en extirpant des serpents de caoutchouc rouge qu'il nommait « sondes de Percuzzio » ou « seringue urétrale de Mélampi ». Les tiges d'acier brillant couvraient le dessus des meubles, emplissaient les vases. Et la voix essoufflée du vieillard continuait son énumération : « Bougies béquillées, bougies dilatatoires. Des instruments de collection, précisait-il, tous antérieurs à 1920, mais répertoriés par le grand congrès d'urologie de Paramaïcan… Tu n'étais pas né, bien sûr. »

On disait que Bombicho avait occupé autrefois un poste important en Argentine, qu'il avait été juge du tribunal extraordinaire des délits d'exception quand la *junte* du colonel Castigo était au pouvoir. Son départ à la retraite et sa fuite au Brésil avaient coïncidé avec le délabrement de son appareil urinaire. C'est à cette époque qu'il avait commencé à collectionner le matériel d'urologie en usage au début du siècle.

— C'est moi, dit David, la bouche contre la grille du haut-parleur, je viens pour la livraison.

La porte de verre blindé s'entrouvrit en grésillant. Le garçon traversa le hall. La climatisation ronflait, déversant une bourrasque d'air glacé sur l'étendue de marbre luisant. La construction déserte, trop propre, faisait naître dans le crâne de David des images de caveau. Sâo Carmino était un funérarium pour vieillards aisés. Une antichambre du néant où les retraités venaient exposer leurs os au soleil en attendant que la Camarde s'avance sur le seuil pour appeler leur nom.

David frissonna. Les dalles brillaient d'un éclat plastifié. Tous les matins, un escadron de femmes de ménage envahissait la place, balais, chiffons et cireuses brandis comme des lances. Le gardien les surveillait, attentif au moindre de leurs gestes. Pendant une heure elles frottaient, encaustiquaient la maison de haut en bas. Personne ne se plaignait, cela fournissait du travail aux petites gens.

David pénétra dans l'ascenseur, la gorge nouée. La cabine tapissée de velours bleu le mena au huitième. Comme à l'accoutumée, Bombicho le reçut en peignoir de soie écarlate, une tige d'acier nickelé entre les doigts.

— Tu vois, murmura-t-il d'emblée, c'est un explorateur à boule. Un numéro 50. Pour l'introduire, il faut attraper le gland entre le pouce et l'index. Maintenir sans trop serrer, et enfoncer doucement l'explorateur après l'avoir huilé. Oh ! c'est tout un art !

David bredouilla une formule de politesse et fouilla dans son sac de toile à la recherche du remède.

— Ah ! cette bonne Abaca, soupira le gros homme, il n'y a que ses préparations qui me soulagent. Les autres médicaments me font autant d'effet que l'eau du robinet… Pose ça sur la desserte et prends l'argent, là, dans la coupelle.

David s'exécuta. Il ne voulait pas être impoli, mais brûlait de tourner les talons et de s'enfuir. Il ne pouvait détacher son regard des jambes maigres et blanches que dévoilait la robe de chambre mal fermée. (Volontairement mal fermée ?)

— Tu veux un chocolat, s'enquit l'ex-juge, ou un soda ? Viens, assieds-toi, tu sais qu'on peut jouer aux baguettes chinoises avec une poignée de sondes… ou même battre le tambour ?

David bégaya qu'il avait beaucoup de livraisons ce matin et que les malades n'étaient guère patients. Bombicho lui sourit et lui caressa les cheveux.

— Un jour, je t'emmènerai avec moi, décréta-t-il, nous ferons la tournée des antiquaires ensemble.

David dut se retenir pour ne pas bondir dans l'ascenseur. Au moment où les portes se refermaient, il lui sembla que le sourire du collectionneur se déformait vilainement, et qu'une lueur de colère brillait au fond de ses yeux. « J'ai été maladroit, songea-t-il, j'aurais dû… J'aurais dû lui faire plaisir en acceptant de tripoter une minute ses saloperies de tiges de fer… Généralement ça lui suffit. »

Qu'aurait donc fait Buzo en pareille circonstance ? Aurait-il frappé le vieux ? Se serait-il débrouillé pour lui extorquer de l'argent ?

David quitta l'immeuble. Il devait se rendre chez Maria da Bôa, une veuve d'une soixantaine d'années dont le mari, ancien militaire, était mort un an plus tôt, trois mois à peine après leur installation à Sâo Carmino. C'était une femme douce et triste qui s'approvisionnait auprès de tante Abaca en multiples remèdes contre les troubles de la ménopause. Elle passait ses journées sur son balcon, accoudée à la rambarde, les yeux fixés sur le fleuve. Elle souffrait de la solitude et maudissait son époux de l'avoir entraînée dans cet asile de luxe, pour lui fausser compagnie le seuil à peine franchi ! « Regarde, disait-elle au garçon en désignant les vieillards déambulant sur la promenade, le long du fleuve, on dirait des iguanes qui se chauffent au soleil. Tu ne trouves pas qu'ils ont le même profil ? Et ces fanons qui pendent sous leur menton ! Je suis sûre que lorsqu'ils enlèvent leur chapeau, on voit des écailles sur leur crâne chauve ! » Elle riait, sourdement, produisant une trémulation proche du sanglot. David se demandait si elle utilisait les remèdes de tante Abaca, ou si elle se servait de ce prétexte pour se donner l'illusion d'une compagnie.

C'était une belle femme, épanouie, à la chair laiteuse, issue de la haute bourgeoisie blanche. On la devinait minée par une indolence proche de la neurasthénie. David l'aimait bien. Dès qu'il arrivait, Maria le poussait dans la salle de bains, le déshabillait et le savonnait d'abondance avant de lui noyer les cheveux sous un kilo de mousse. Elle jouait à déverser une demi-douzaine d'essences parfumées dans la baignoire. Des produits à base d'algues, des machins relaxants, raffermissants, désincrustants qui teintaient l'eau en bleu, en rosé ou en violet. David se laissait faire. Les doigts fourrageaient dans ses cheveux, les peignes démêlaient les longues mèches noires.

« C'est une vieille salope, avait décrété Buzo, en fait elle meurt d'envie de te tripoter le robinet. Un jour ou l'autre, tu verras, elle te gobera l'anguille aveugle avant que t'aies eu le temps de comprendre ce qui t'arrive ! »

Pour une fois, Buzo se trompait. David en était persuadé. Maria jouait à la poupée pour meubler le vide de son existence. Elle trouvait probablement commode ce fils de location avec qui elle jouait à la maman l'espace d'une heure. Le supporter toute la journée aurait été au-dessus de ses forces.

David s'abandonnait avec délices. Après le bain, Maria sortait sa trousse de manucure pour lui tailler les ongles. Elle l'enveloppait dans un peignoir épais comme un manteau de fourrure, puis elle allumait la télévision.

Le soleil entrait à flots par la baie vitrée, mais la climatisation maintenait la température à un niveau agréable. Maria disparaissait dans la cuisine, revenait avec un plateau chargé de tartines de confiture. « Tu es si maigre, gémissait Maria, il faut te remplumer. Mon pauvre Benito est resté svelte jusqu'à soixante-cinq ans et ça ne l'a pas empêché de mourir à cause du cholestérol. Tiens, mange ! » Elle l'engraissait comme une ogresse de conte de fées, comme si elle s'était fixé pour but de le changer en poussah. Cette heure de lessivage et de gavage forcé devait la mettre en règle avec sa conscience pour toute une semaine. « Je suis bonne, se récitait-elle le soir au moment de s'endormir, sans moi ce pauvre gosse dépérirait. Je suis son oasis au milieu de la *favela*. Il doit penser à moi, là-bas, au fond de sa décharge, et compter les jours qui le séparent de notre prochaine rencontre. »

David jouait le jeu, acceptait les crèmes, les eaux de toilette. « Tu es si mignon, roucoulait la veuve, quel dommage que tu n'aies pas la peau plus claire ! Il ne faut pas s'exposer au soleil, tu sais, ça donne mauvais genre… »

David se demandait souvent si elle ne le récurait pas dans le seul but de l'éclaircir !

David jeta un rapide coup d'œil par-dessus son épaule. Il eut l'impression fugitive que la voiture de police le suivait au ralenti, sournoisement. C'était idiot, il ne faisait rien de mal ! Il lui sembla que les yeux du lieutenant brillaient à travers le pare-brise poussiéreux du véhicule de patrouille, et il éprouva un frisson désagréable.

La voiture de police ronronnait en longeant la bordure du trottoir… David s'engouffra dans l'immeuble de la veuve. Il courut jusqu'à l'ascenseur et enfonça le bouton du onzième. Un nœud s'était formé à la hauteur de son plexus. Le lieutenant Corco… *L'Urubu*… « On aurait dit qu'il m'attendait », se répéta-t-il en sortant de la cabine. Et cette constatation fit jaillir une sueur d'angoisse à ses tempes. La porte du palier s'ouvrit. Maria da Bôa s'avança, souriante, une serviette-éponge sur l'épaule.

— Je te guettais, dit-elle, tu es en avance, c'est bien…

David se força à sourire, mais il pensait aux flics, en bas. La veuve lui passa la main dans les cheveux, lui caressa le front.

— Oh non, gémit-elle, tu as encore couru. Tu es tout en eau !

8

Mort héroïque de Santos Valero Castillera

Santos Valero Castillera était de mauvaise humeur. Le plâtre immobilisant son bras cassé pesait une tonne et lui donnait d'horribles démangeaisons. Sur la table basse du salon, très exactement au milieu de la plaque de verre trempé, le bon point froissé semblait le considérer d'un œil ironique. Santos était assez âgé pour savoir ce qu'était un bon point, même si, élève exécrable et batailleur, il n'en avait jamais reçu.

Enfant de pauvres, né en Colombie, sanguin et violent dès son plus jeune âge, il s'était élevé à la force du poignet. Ses parents ayant émigré au Brésil, il avait vécu dans un bidonville des *Morros*, ces collines abandonnées aux pauvres, par les urbanistes de Rio. Cela lui avait forgé le caractère, du moins se plaisait-il à le répéter. Entré à treize ans en tant que manœuvre aux abattoirs généraux de Sâo Paulo, il avait fini propriétaire d'une immense conserverie. Un tour de force qui n'était pas à la portée du premier venu. Les instituteurs qui s'étaient tellement moqués de lui, jadis, devaient se retourner dans leur tombe !

Santos grommela un juron et se versa maladroitement un nouveau verre de *cacha*. La colère, la frustration faisaient battre le sang à ses tempes. Lorsqu'il s'était réveillé, le bras cassé, son premier réflexe avait été de penser que, ivre mort, il avait perdu l'équilibre en se levant pour pisser. Depuis son emménagement à Sâo Carmino, il s'enivrait souvent au crépuscule, pour remédier à la *saudade*, ce cafard qui s'emparait de lui chaque fois que la nuit descendait sur la jungle.

« J'ai peut-être forcé la dose… », avait-il songé. Au vrai, la douleur ne l'avait pas réveillé. C'était cela qui lui paraissait suspect. Il savait, pour en avoir fait l'expérience, que la souffrance a plutôt tendance à vous dessaouler. « Comment ai-je pu me péter le bras et continuer à roupiller comme un bébé ? » ne cessait-il de se demander. *C'était invraisemblable.* Seule une anesthésie médicale aurait pu expliquer le phénomène. Il avait fini par trouver la solution en avisant le bon point jauni, coincé dans l'encadrement d'un miroir. Les légendes qui couraient à Sâo Carmino lui étaient immédiatement revenues à l'esprit. Santos était superstitieux. Dans le domaine de la religion, il s'abstenait de jouer les esprits forts. Il méprisait les intellectuels qui prétendent tout connaître des rouages de l'univers… et se prennent les pieds dans leurs lacets dès qu'il s'agit de faire trois pas hors de leur bibliothèque !

Son opinion arrêtée, il appela Sudor Guanero, un ancien ouvrier des abattoirs qui lui tenait lieu de chauffeur et d'homme à tout faire. Sudor l'avait suivi dans son exil, tel un chien fidèle. « Emmène-moi, Patron, avait-il supplié lorsque la disgrâce avait frappé Santos Valero. Sans toi, je vais m'emmerder comme un rat mort. Je ne saurai pas quoi faire de mes journées, je picolerai. Dans six mois je serai mort. »

Dix minutes après que Santos eut raccroché le téléphone, Sudor se présenta au seuil de l'appartement. Il habitait un studio au premier étage de la résidence, dans le quartier des domestiques, ce qui lui permettait de draguer les bonnes à tout faire. C'était un homme courtaud, massif, un ancien tueur ayant abattu des milliers de bovins à coups de maillet. La vue du bon point amena une grimace sur son visage ingrat.

— Patron, souffla-t-il, faut pas rigoler avec ce truc. Ça veut dire que le Maître d'école t'a dans le collimateur. Si tu ne fais pas amende honorable, il va te faire des misères. De grosses misères.

Santos Valero ne put retenir un frisson. Courageux, ne reculant jamais devant l'affrontement physique (y trouvant même un certain plaisir), il était obscurément terrifié par le monde occulte, la *macumba*. S'il ne croyait à aucune des grandes religions institutionnelles, il prêtait une oreille attentive aux histoires de fantômes, de démons, de possession… Le moindre féticheur lui flanquait la chair de poule.

— Pourquoi moi ? grogna-t-il.

Sudor se dandina, gêné. Il savait son patron esclave de gros besoins sexuels. Jadis, au temps des abattoirs, Santos Valero se soulageait en culbutant une ouvrière au hasard des frigorifiques. Cela ne prenait jamais plus de trois minutes ; il cessait d'y penser à la seconde même où il remontait la fermeture Eclair de sa braguette. En cas de plainte, une poignée de billets de banque aplanissait les choses. Ici, à Sâo Carmino, il en allait différemment.

— La… la petite qui fait le ménage, bredouilla Sudor, tu m'as dit que tu la « fabriquais », non ?

Santos leva les sourcils, ébahi. Il dut presque accomplir un effort de mémoire pour comprendre à quoi son *factotum* faisait allusion. Il se vit culbutant l'adolescente sur le canapé du salon. Jamais elle n'avait tenté de le repousser ni de se défendre. Jamais, non plus, il ne l'avait vue pleurer. La chose accomplie, elle reprenait ses occupations ménagères avec cette apathie propre aux *Caboclos*. Au moment où elle s'en allait, Santos lui glissait un gros pourboire pour solde de tout compte. Pas un mot n'était prononcé durant ces divers échanges, voilà comment il concevait ses rapports avec les femmes.

— *Carajo !* gronda-t-il. C'est une Indienne… ça n'a pas d'importance. Tout son village a dû lui passer dessus avant moi !

— Peut-être que le Maître d'école ne voit pas la chose du même œil, patron, bredouilla Sudor. Ce genre de type a de la moralité…

— De la moralité ! Avec une Indienne !

Santos éclata d'un rire rageur. Tout cela lui semblait du dernier grotesque. Une fois de plus, il se prit à regretter le bon temps des abattoirs, lorsqu'il régnait en maître incontesté sur un royaume de chambres froides, de carcasses suspendues à des crochets. Il n'avait jamais été du style à rester planqué dans son bureau, à fumer le cigare, comme ces petites tarlouzes diplômées des grandes écoles ! Non, tout le jour, on le voyait arpenter les couloirs, inspecter les chaînes de dépeçage, corriger un agitateur politique, trousser une gamine nouvellement embauchée… Il n'avait jamais craint de se mouiller. Même quand il avait fallu se débarrasser de certains syndiqués trop grandes gueules, il avait mis la main à la pâte, et la chose s'était réglée dans le secret d'un frigorifique, au moyen d'une batte de base-ball. Là encore, Sudor l'avait aidé à jeter les corps dans le broyeur où finissaient les bas morceaux destinés aux aliments pour chiens. En ce temps-là, les choses étaient saines, propres, carrées. On ne finassait pas.

— Y a peut-être quelqu'un qui pourrait t'aider, patron, proposa Sudor Guanero. La sorcière de la *favela*, Abaca. Elle en sait long sur ces trucs.

Santos hocha la tête, intéressé. Contrairement aux bourgeois de Sâo Carmino, le bidonville ne l'effrayait pas. C'était son monde. Enfant, il avait vécu, lui aussi, dans une baraque en tôle, baigné par le vacarme des écoles de samba. Il lui était, plus d'une fois, arrivé d'étrangler une souris entre le pouce et l'index alors qu'elle essayait de se faufiler dans sa paillasse.

— Bonne idée, grommela-t-il, allons la voir. Je veux en avoir le cœur net, j'aime pas laisser traîner les choses.

Sudor s'inclina, et descendit au parking souterrain récupérer la voiture. Santos Valero s'habilla simplement, d'une ample chemise hawaïenne comme en portaient les GI stationnés à Pearl Harbor, pendant la guerre du Pacifique. Adolescent, Santos était tombé amoureux de ce type de vêtement en assistant à la projection du film *From Here to Eternity*[1] au cinéma en plein air improvisé par le prêtre de son *morro*. Bien qu'il ne voulût pas se l'avouer, cette passion reposait en partie sur le fait qu'il entretenait une ressemblance physique avec l'un des acteurs : Ernst Borgnine, spécialiste des rôles de salopard.

---

1. En français, *Tant qu'il y aura des hommes*, film célèbre des années 50.

Avant de quitter l'appartement, il glissa dans sa ceinture un petit automatique Bayard fabriqué en 1924 par l'armurier belge Pieper Herstal, et qui ne pesait que quatre cent cinquante grammes dans sa version 7,65. Son père avait jadis acheté cette minuscule merveille en Colombie. Au fond du coffret, un feuillet publicitaire taché d'huile proclamait : *Arma automática que se carga por la fuerza del retroceso. Modelo de bolsillo. Calibre fuerte. Peso reducido. Pequeñas dimensiones. De 6 a 8 tiros según la dimensión del cargador.* Une pièce de collection qu'il aimait tout particulièrement et qui fonctionnait comme à sa sortie d'usine.

Il avait hâte de régler ce problème stupide. S'il fallait payer, il paierait. Heureusement, il avait pu quitter Sâo Paulo en emportant un magot assez considérable. Sa mise à la retraite anticipée ne l'avait donc pas privé des moyens financiers auxquels il s'était habitué au cours des dernières années. Malgré tout, il regrettait d'avoir dû prendre la fuite à cause de cette regrettable histoire de viande avariée… La presse avait prétendu que ses conserves gâtées se trouvaient à l'origine de centaines d'intoxications mortelles dans l'arrière-pays. C'était possible, il n'en savait foutre rien… Parfois, une panne interrompait la sacro-sainte chaîne du froid, des germes nocifs se développaient, mais bon… on n'allait tout de même pas jeter des tonnes de barbaque sous prétexte que… Non, mais ! Jadis, avant que le confort amollisse la population, les gens auraient avalé cette viande avancée sans inconvénient. « On aurait forcé sur les piments, et hop ! le tour aurait été joué ! » songea Santos avec amertume. Mais voilà, le pays n'était plus peuplé que de tarlouzes anémiées, prêtes à succomber au premier virus. Tout le mal venait de là. De cette dégénérescence sociale et génétique. Trop d'études, trop de diplômes, trop d'heures passées à surfer sur Internet, voilà où ça menait…

Quoi qu'il en soit, il avait dû prendre la poudre d'escampette avant qu'on réclame sa tête. Les protections dont il jouissait au gouvernement l'y avaient aidé. Depuis, il s'étiolait à Sâo Carmino, cette ville de vieillards si convenables, si ennuyeux.

— On y est, patron, annonça Sudor en arrêtant la voiture devant les chevaux de frise marquant la lisière du bidonville.

— Garde la bagnole, grogna Santos, je trouverai bien tout seul.

Son bras plâtré en travers du ventre, il entra d'un pas ferme dans le dédale des baraques. Il n'eut pas de mal à se faire conduire chez la sorcière. C'était une belle femme (sans doute une *mulatinha*), qui se balançait dans un rocking-chair, au pied d'un camion-citerne renversé.

Sans y avoir été invité il s'assit devant elle et lui exposa la raison de sa visite. Il n'aimait pas les préambules.

— Je veux savoir si c'est vrai, conclut-il, cette histoire de Maître d'école… et dans ce cas, qu'est-ce que je dois faire pour me mettre en règle avec lui. J'ai de l'argent, je peux dédommager la partie plaignante. Tu vois, je fais preuve de bonne volonté…

Il se força à sourire. Il avait de belles dents, mais un sourire de requin aux yeux froids. On avait l'impression qu'il s'apprêtait à mordre.

— L'argent n'y fera rien, soupira Abaca. Ça ne fonctionne pas ainsi. Si tu veux effacer ton ardoise, tu dois réparer. Réparer vraiment, par une bonne action.

Quelque chose qui t'engagera réellement, pas une aumône.

Santos grimaça. Ça devenait trop compliqué à son goût. Il n'osa s'emporter car la sorcière l'impressionnait. Son regard semblait voir d'un autre monde. Elle ne paraissait pas tout à fait humaine.

— Oui ? fit-il, appréhendant ce qui allait suivre.

— Cette gosse que tu violes, suggéra Abaca. Il serait peut-être bon que tu l'épouses. Je pense que le Maître d'école apprécierait cette sorte de réparation.

Santos se releva d'un bond. Jamais il n'avait entendu pareille sornette ! *Epouser une Indienne !* Et quoi encore ? Pourquoi pas une guenon, tant qu'on y était ? Les Indiens n'avaient jamais été fichus d'apprendre le *brasileiro*[1], ils communiquaient au moyen d'une espèce d'espéranto inventé par les jésuites au XIXᵉ siècle, c'est tout dire !

Comme il ne voulait pas laisser éclater sa colère devant la sorcière, il déposa rapidement quelques billets sur la table, et prit congé. Il traversa la *favela* en état second, sans voir les gens qui le dévisageaient avec curiosité. Il maudit Sudor Guanero de l'avoir conduit ici. Voilà ce qui arrivait quand on demandait conseil à des imbéciles !

Alerté par la mine renfrognée de son patron, le chauffeur se garda bien de l'interroger. Le retour se fit en silence. Arrivé devant l'immeuble, Santos éprouva une intense panique à l'idée de se retrouver encore une fois seul entre les murs de son luxueux appartement.

---

1. Portugais parlé au Brésil, très différent de celui en usage à Lisbonne.

— Rentre, ordonna-t-il à son *factotum*, je vais marcher un peu.

Sudor lui jeta un regard inquiet, il faisait 55 °C à l'ombre. Personne ne se promenait à cette heure de la journée. Santos s'éloigna, courroucé, inquiet. Son bras plâtré le démangeait de plus en plus, l'empêchant de réfléchir.

Se marier avec la femme de ménage… Quel délire ! Santos sortait peut-être d'une famille de pas-grand-chose, mais, au moins, ses parents lui avaient appris qu'il était de pur sang hispanique, et qu'il déshonorerait sa lignée s'il s'unissait à une quelconque fille d'esclave noir ou indien.

— Tu n'as rien d'autre, lui répétait sa mère. Que ça… ce sang d'Espagne qui coule dans tes veines, du bon sang de Castille. Ne le gâche pas en le mélangeant à… à n'importe quoi !

Il avait fait le serment de ne jamais se métisser, il avait tenu parole tout au long de sa vie, et voilà que cette sorcière lui proposait de… Il étouffait de rage contenue. Il réalisa soudain qu'il entretenait cette colère à dessein pour oublier la peur qui couvait sous la cendre. Qu'arriverait-il s'il ne « réparait » pas ? Le Maître d'école le punirait de nouveau, voilà tout…

« Ce salaud pourrait me couper la main, songea-t-il, ou pire encore, me… *me châtrer* ? »

Les curés ne disaient-ils pas : « *Tu seras puni par où tu as péché* » ? La sueur lui inonda le visage. L'image du bon point dansait dans son esprit. L'allusion était claire. Il avait mal agi, il devait donc se corriger, retrouver le droit chemin.

Se sentant devenir fou, il entra dans un bar et se saoula ignoblement à la *cacha*. Le serveur dut appeler un taxi pour le faire ramener chez lui. Là, Santos Valero s'effondra sur la moquette, vomit, et dormit dans ses déjections jusqu'à l'aube.

Le lendemain, en dépit d'une affreuse gueule de bois, il fut repris par ses vieux démons : quand l'Indienne se présenta pour faire le ménage, il la jeta sur le canapé et la posséda. Comme les autres fois, elle ne résista pas et attendit passivement que Santos jouisse. Elle ne pouvait se permettre d'être renvoyée ; son père, son grand-père et ses frères l'auraient battue. Sa paie les faisait tous vivre. Etant tous de pur sang Ayacamaras, aucun homme de sa famille n'aurait pu envisager de travailler pour les Blancs sans se déshonorer. La seule occupation envisageable pour les mâles du clan était la guerre, ou, à défaut, la chasse. Les femmes, elles, n'étaient pas tenues de se conformer à de telles règles (ce qui rendait leur vie plus facile, n'est-ce pas ?).

— Comment… comment t'appelles-tu ? aboya Santos qui se sentait tout à coup contraint de faire assaut d'amabilité.

— Esaña, murmura l'adolescente en remontant sa culotte.

— Hum, grogna Santos. C'est… c'est joli. Tiens, tu t'achèteras quelque chose.

Et il lui fourra dans la main une poignée de billets.

Il avait honte de lui. Pas d'avoir forcé cette fille (non, ça, c'était la nature) mais de se rabaisser à lui faire la conversation. Comment en était-il arrivé là ?

Esaña disparut dans la salle de bains. Dix minutes plus tard, elle en sortait pour reprendre ses travaux ménagers.

« Me marier…, songea Santos, *me marier avec ça…* »

L'après-midi, il entreprit de sillonner la ville en distribuant d'énormes aumônes à chaque mendiant qui croisait son chemin. Il espérait que le Maître d'école le voyait. « Salopard, pensait-il, tu me regardes, au moins ? Vois un peu comme je suis bon ! Je viens de foutre en l'air plus de six mille dollars. C'est assez, non ? Il t'en faut davantage ? » Mais la sensation de menace demeurait là, fichée au creux de son estomac. Son instinct lui soufflait qu'il s'agitait en pure perte. Abaca avait raison, l'argent n'arrangerait rien, c'était trop facile puisqu'il était riche.

Le soir, il invita Sudor à dîner dans un restaurant de poisson. Là, ils s'attablèrent devant une montagne de *camaroes*[1] accompagnées de féjouade et de quelques litres de vin rouge à 14°.

— J'ai la trouille, lui avoua-t-il. Ces histoires de *macumba*, ça me dépasse. Qu'est-ce que je dois faire à ton avis ?

— Le bien, répondit Sudor, l'air grave, une miette de chair de crevette collée au coin de la bouche. *Le vrai bien…* Tu vois, patron ? Je ne sais pas m'exprimer, mais sortir un bébé d'une maison en feu, par exemple, il me semble que ça remettrait les compteurs à zéro. Oui, si tu faisais un truc comme ça, le Maître d'école effacerait ton ardoise.

Santos hocha la tête, il comprenait le sens général de la chose, oui… C'était une bonne ruse, mais les maisons ne prenaient pas feu comme ça, et puis, sauver un

---

1. Grosses crevettes.

bébé des flammes, à son âge, il n'était pas sûr d'y parvenir. Ces derniers temps, il avait pris du poids et ses genoux renâclaient dans les montées.

— Sauver un gosse, oui…, marmonna-t-il d'un ton rêveur.

Il se demandait déjà si… s'il ne serait pas possible d'organiser quelque chose. Une sorte de sauvetage public, en présence de témoins. Un acte de courage exemplaire dont la presse parlerait et que le Maître d'école ne pourrait ignorer. Incendier une maison, dénicher des parents qui acceptent d'y oublier leur bébé, ça risquait d'être long et compliqué… non, il fallait faire simple.

L'appétit lui revint avec l'espoir, et il commanda un second dessert. Il avait toujours apprécié le sexe, le vin et les gâteaux.

Il commençait à entrevoir la sortie du tunnel. « D'abord, songea-t-il, trouver un gosse, douze ans, pas plus, qui acceptera de jouer la comédie moyennant une centaine de dollars. Lui demander de se foutre à l'eau, au jour et à l'heure décidés. Il fait semblant de se noyer. Je passe sur la rive, me promenant, le cigare au bec. N'écoutant que mon courage, je me jette à l'eau. Avec un bras dans le plâtre c'est courageux, non ? Je le ramène sur la berge. Il est sans vie. Je le ranime en lui faisant du bouche à bouche… Il revient d'entre les morts. Comme par hasard, un photographe de presse est là, il prend un cliché de la scène qui paraît à la une de la gazette locale le lendemain matin. » Oui, vu de cette manière ça paraissait bien. (Sauf l'histoire du bouche à bouche qui le dégoûtait un peu. On pouvait y remédier en engageant une fille au lieu d'un garçon.) Il se demanda s'il devait en parler à Sudor Guanero ou bien tout arranger lui-même. Sudor était très superstitieux, il refuserait peut-être de collaborer, de peur de s'attirer les foudres du Maître d'école. Hélas, depuis son arrivée à Sâo Carmino, Santos avait négligé d'établir des contacts avec une population qu'il méprisait, il ne savait donc à qui s'adresser.

Il ne put fermer l'œil de la nuit, tournant et retournant son plan dans sa tête. Le découragement s'empara de lui et, cédant au désespoir, il envisagea enfin de demander la main de la petite Indienne à son père (qu'il imaginait sous les traits d'un sauvage affublé d'un étui pénien, la face criblée de cicatrices tribales, et vivant recroquevillé dans une hutte sur pilotis à la lisière de la jungle). N'était-ce pas plus simple, en vérité? « Je me marie, récapitula-t-il. Je m'arrange pour que ça se sache en ville. Un mariage avec une Indienne, ça ne compte pas. Tôt ou tard, j'aurai bien l'occasion de fuir ce trou, alors j'abandonnerai cette idiote sur le côté de la route, et je repartirai de zéro. »

L'important c'était de solder son compte avec le Maître d'école, d'assurer sa sécurité. Le reste était secondaire. Pour l'instant, il était cloué à Sâo Carmino car ses amis politiques lui avaient ordonné de n'en pas bouger jusqu'à ce que le scandale de la viande avariée soit oublié, ce qui pouvait prendre un certain temps. Trois ou quatre ans… ou cinq… ou…

Au matin, quand Esaña se présenta, il rassembla son courage pour lui demander :

— Veux-tu m'épouser? Je t'aime bien et j'ai de l'argent. Tu ne serais pas malheureuse.

L'adolescente le toisa comme s'il venait de proférer une énormité.

— Je ne me marierai jamais avec un Blanc, dit-elle sèchement. Mon père et mes frères me tueraient.

Elle n'avait jamais autant parlé depuis que Santos la connaissait. Cette sentence énoncée, elle saisit l'aspirateur et entreprit de nettoyer les cent trente mètres carrés de l'appartement avec son flegme habituel.

Accablé, Santos Valero n'eut même pas le courage de la violer. En désespoir de cause il revint à sa première idée, convoqua Sudor, l'emmena déjeuner et lui exposa son plan.

— Tu as bien compris ? s'inquiéta-t-il. Tu expliques au gosse qu'il doit faire semblant de se noyer… tu arranges le coup avec le photographe. Il faut que ça fasse vrai. Je veux un beau titre dans le journal, un truc du style : « Handicapé par son bras plâtré, il n'hésite pas une seconde à risquer sa vie pour sauver un enfant. »

Sudor grimaça.

— Patron, gémit-il, c'est de la triche. Je suis pas sûr que le Maître d'école appréciera.

— Si tu te débrouilles bien, il n'en saura rien, s'obstina Santos.

Sudor demeura absent tout l'après-midi. Quand il revint, ce fut pour annoncer que la « représentation » aurait lieu le lendemain matin, à 10 heures pile, le long de cette jetée qu'on appelait « la Promenade des Iguanes » parce que de nombreux vieillards avaient coutume de s'y dorer au soleil.

— Le gosse qui tombera fera du vélo au ras du quai, expliqua Sudor. A un moment, il feindra de perdre l'équilibre. Une fois dans l'eau, il jouera les noyés. A toi de le sortir du bouillon et de le ranimer. Désolé pour le bouche à bouche, je n'ai pas trouvé de fille qui marche dans la combine. Le journaliste se pointera au bon moment.

Santos se frotta mentalement les mains, ça se présentait bien. Il espérait que le gamin jouerait la comédie avec conviction.

Il passa une mauvaise nuit et se leva à l'aurore, les paumes moites. Une pointe d'angoisse lui agaçait le plexus. Serait-il capable de se débrouiller une fois dans l'eau? Il y avait des années qu'il n'avait pas réellement nagé. Il se rappela soudain qu'ici, les berges ne descendaient pas en pente douce mais s'interrompaient brutalement, en à-pic, telle une falaise plongeant à cinquante mètres. S'il coulait, il s'enfoncerait comme une enclume et personne n'aurait le temps de le repêcher, surtout pas les vieillards racornis sur les bancs de la promenade! Et puis, il fallait compter avec les *piranhas*, fréquents dans la région, et que les villageois pêchaient pour les vendre au marché[1].

Mal à l'aise, il s'habilla légèrement pour n'être pas entravé par les étoffes trempées lors du plongeon, puis s'en alla à pied vers le rivage. Il avait été convenu que Sudor ne l'accompagnerait pas. « Si tu viens, lui avait expliqué Santos, on ne comprendra pas que je plonge au lieu de t'envoyer, toi, sauver le gosse. Tu es plus jeune, en meilleure forme, j'ai un bras dans le plâtre… et puis c'est toi le larbin, non? Il faut que je sois seul, sinon ce ne sera pas crédible, on soupçonnera l'arnaque. »

Il fut déçu de trouver la promenade déserte. Il était trop tôt, les vieux n'avaient pas encore émergé de leur lit. Tant pis. Il avait hâte d'en finir. S'appliquant à prendre l'air dégagé, il longea le fleuve d'un pas tran-

---

1. Exact.

quille. Le timbre du vélo le fit tressaillir. Le gosse le doubla par la gauche, monté sur une machine rouillée, vétuste, puis se rapprocha du bord. « Ne va pas trop loin, petit crétin ! » l'injuria mentalement Santos.

Soudain, d'un coup de guidon maladroit, le garçonnet expédia la bicyclette dans le vide. Dès qu'il fut immergé jusqu'au cou, il commença à se débattre en hurlant qu'il ne savait pas nager. Il brassait des torrents d'écume. Santos arracha son chapeau, se défit de ses mocassins et plongea. L'eau lui parut affreusement froide, et il eut la désagréable surprise de découvrir qu'il nageait beaucoup plus mal que dans son souvenir. Malgré tout, il se porta à la hauteur du gosse qui, dès que la main de Santos Valero se posa sur lui, feignit de s'évanouir.

A présent, il fallait gagner l'échelle de fer et se hisser sur le quai. Santos s'affola. Son plâtre l'handicapait terriblement. L'épreuve se révélait plus difficile qu'il ne l'avait imaginée. Il but la tasse. « *Carajo !* songea-t-il, si ça continue c'est le mioche qui va me sauver ! » Arrivé au bas de l'échelle, il approcha sa bouche de l'oreille du garçonnet pour lui souffler :

— Ne fais pas le mort, sinon je ne pourrai pas te hisser sur le quai, je n'ai qu'un bras valide !

L'enfant comprit le message et, mine de rien, grimpa les échelons comme un somnambule avant de s'effondrer sur la promenade, les yeux clos, respirant à peine. Santos le suivit avec dix secondes de retard, à cette différence près qu'il se sentait, lui, *réellement* sur le point de perdre connaissance.

Tout de suite, il se pencha sur le gosse en criant :

— Petit ! Eh, petit ! accroche-toi ! Je suis là… *Es bom.* (Finalement il avait renoncé au bouche à bouche et décidé de ressusciter l'enfant au moyen de quelques bonnes paires de claques. C'était aussi bien… et moins dégoûtant.)

Un homme coiffé d'un chapeau blanc émergea d'un buisson. Il brandissait un gros appareil photographique. Le journaliste ! Pas trop tôt ! Santos lui jeta un rapide coup d'œil. Le photographe était coquettement vêtu d'un costume de lin blanc un brin démodé. Planté sur le quai, il considérait la scène d'un œil ironique.

— Eh ! s'impatienta Santos, qu'attendez-vous pour faire votre boulot ? Je pèle de froid. Je viens de sauver ce môme de la noyade. Sans moi, il y restait…

L'inconnu abandonna l'appareil sur un banc. Il ne paraissait pas pressé.

— Santos, cesse cette comédie, tu es ridicule, murmura-t-il, en plus tu n'as rien compris à ce que j'attendais de toi.

— Quoi ? Quoi ? haleta Valero à bout de forces.

Soudain, à travers la brume de confusion qui envahissait son esprit, une certitude émergea.

— Toi…, cracha-t-il. C'est toi, le Maître d'école ? *Carajo !* J'ai essayé de réparer. J'ai proposé à la fille de m'épouser, elle a refusé… Que pouvais-je faire d'autre ?

L'homme en costume de lin blanc haussa les épaules.

— Je me moque de cette fille, lâcha-t-il. Tu aurais pu en violer dix, vingt, cent comme elle sans que ça me dérange, si, par ailleurs, ta conduite ne l'avait pas poussée à se venger sur l'immeuble.

— Quoi ? répéta Santos.

Il aurait voulu se relever mais ses jambes refusaient de lui obéir.

— Chaque fois que tu la baisais, continua le diable au chapeau blanc, elle traçait des graffitis dans les couloirs, rayait les miroirs du hall, renversait de l'eau de Javel sur les dalles de marbre. C'est à cause de toi qu'elle faisait ça. Elle ne pouvait pas te frapper, alors elle reportait sa haine sur l'immeuble. C'est pour ça que tu vas payer. Tu comprends maintenant ?

— Non… Tu es dingue, mec !

— Peut-être. Je l'admets. L'ennui, vois-tu, c'est que tu as essayé de me duper en simulant ce sauvetage de carnaval. Cela, je ne puis le tolérer. Si la chose s'ébruitait, je perdrais la face. D'habitude, je n'applique les punitions que le dernier jour du mois, mais dans les cas spéciaux, comme le tien, j'ai pour règle d'intervenir en urgence. Tu m'as pris pour un imbécile, tu vas en payer le prix.

L'homme au costume de lin plongea la main dans sa poche. Il la ressortit armée d'une seringue dont il frappa Santos Valero à la gorge.

— Anesthésique opératoire, expliqua-t-il. Très efficace. Tu vas te noyer en dormant. Peut-on rêver mort plus douce ?

— Hein ?

Du même mouvement fluide, le Maître d'école piqua le garçonnet étendu sur le quai, et qui feignait toujours l'inconscience. Puis il alla s'asseoir sur le banc pour attendre que la drogue fasse effet. Cela demanda une dizaine de secondes. Dès que Santos Valero s'effondra sur l'enfant, l'homme en blanc se releva et poussa les deux corps dans le fleuve. Ils coulèrent à pic. A cet endroit, le fond était à cinquante-cinq mètres.

Après s'être séché les mains avec son mouchoir, le diable au chapeau blanc vérifia que le quai était toujours

désert. Derrière lui, dans les buissons, reposait le corps
du journaliste recruté par Sudor ; il l'avait assommé un
instant plus tôt afin de lui voler son appareil, comme ça,
pour blaguer. Satisfait, il s'éloigna. Alors qu'il quittait
la Promenade des Iguanes, le premier vieillard s'engageait sur le quai, assis dans un fauteuil roulant poussé
par une nurse en uniforme coquet.

Le tueur souleva son couvre-chef immaculé pour les
saluer.

9

Lutins noirs

Le lieutenant Manuel Corco s'ébroua. Le jour baissait. Dans quelques minutes, la nuit tomberait sur la ville avec cette rapidité propre aux tropiques. Les lampadaires s'allumeraient au long des rues, bataillant contre l'obscurité. Pour l'heure, il entendait ses collègues s'agiter dans les bureaux adjacents, pressés de quitter l'hôtel de police. Le gros Segovio se trouvait déjà dans les vestiaires. Il avait quitté son uniforme, enfilé des vêtements civils et se coiffait avec le plus grand sérieux en mouillant son peigne sous le jet du lavabo. Ses cheveux noirs, plaqués sur son crâne, lui donnaient l'allure d'un danseur de tango pour concours de banlieue.

— Vous ne rentrez pas ? lança-t-il en apercevant le lieutenant dans le miroir.

— Pas encore… Un rapport à taper… A demain.

Corco s'éloigna, remontant le couloir désert. Il aimait cette heure de la journée, quand le bâtiment se vidait et que les hommes rentraient chez eux pour s'endormir devant la télévision. Une bière à la main, il fila dans son bureau, qui était petit mais d'une propreté monacale.

On avait cru le punir en l'exilant ici, on s'était trompé, il n'avait jamais éprouvé autant de plaisir à servir une communauté. A Sâo Carmino il était le gardien d'un temple encore vierge… et qui devait le rester !

— Y a quelqu'un ?

La voix grave, teintée d'accent *yanqui*, venait de retentir dans le couloir. Le lieutenant sursauta. Un homme de haute taille, très corpulent, franchit le seuil du bureau. C'était un colosse au crâne presque chauve, dont la lèvre supérieure s'ornait d'une moustache d'un blond grisâtre, trop longue, qui lui donnait l'air d'un chef viking vieillissant. Vêtu d'un costume de tissu tropical, il trimballait un appareil photo en bandoulière. « Matt Meetchum, énuméra mentalement le lieutenant. Américain, journaliste et fouille-merde. »

L'homme s'assit en soupirant. Il transpirait beaucoup. Il avait une stature de bûcheron et le regard dur d'un homme qui en a trop vu. « Peut-être un ancien correspondant de guerre », estima le lieutenant.

— Vous ne regagnez pas vos foyers, marmonna le nouveau venu d'un ton distrait, vous êtes de permanence ?

— Toujours en train de fouiner, Meetchum ? lâcha Corco sans se donner la peine de répondre. Et ce *grand* reportage sur Sâo Carmino, ça avance ?

L'Américain hocha la tête.

— Doucement, oui, mais c'est bizarre, plus j'interroge les gens, plus j'ai l'impression de me déplacer de lit en lit à l'intérieur d'une gigantesque clinique… Tous ces vieux dans leurs caveaux de marbre blanc.

— Vous faites du mauvais esprit. Sâo Carmino est un paradis. Sa situation géographique est excellente :

pas de marécages, peu de moustiques. Une criminalité encore nulle. Pas de fièvres.

Le journaliste laissa échapper un grognement dubitatif. L'énorme moustache qui masquait sa bouche dissimulait le pli de ses lèvres, lui fabriquant un masque impénétrable. Ses moues, amusées, ironiques ou méprisantes restaient cachées derrière ce rideau de théâtre qu'on avait envie de supprimer d'un coup de tondeuse. Manuel Corco froissa une feuille de papier. Il se méfiait du bonhomme et le soupçonnait de préparer un article caricatural sur la ville vierge. Parfois, il ne savait pourquoi, Meetchum lui faisait l'effet d'un ancien *Hell's Angel* reconverti, embourgeoisé…

— C'est drôle, marmonna ce dernier, le regard perdu, en me promenant le long du fleuve cet après-midi, j'ai vu que Sâo Carmino possédait une joaillerie de premier choix. Les gens achètent des bijoux ? A leur âge, ça semble surprenant.

— Pas tant que ça. Les femmes savent qu'elles ont perdu tout attrait physique, alors elles essaient de susciter le désir en s'accrochant des trésors au cou, aux oreilles. Ce sont pour la plupart d'anciennes coquettes, des veuves qui ont passé les deux tiers de leur vie dans les cocktails et les salons de thé climatisés. Elles se retrouvent ici, à Sâo Carmino, avec un compte en banque bourré à craquer et une espérance de vie limitée… Elles essaient d'oublier le tic-tac de l'horloge en s'achetant de beaux jouets. Pourquoi vous intéressez-vous à ça ? Vous espérez un hold-up ? Il y en a déjà eu un, il y a quelque temps. Important. On n'a retrouvé ni le voleur ni le butin.

— Non. Je me promène, j'observe. Je suis allé contempler la *favela*, observa Meetchum, le « cloaque », comme on l'appelle. J'ai appris qu'il regroupait en fait beaucoup d'anciens ouvriers ayant travaillé à la construction de Sâo Carmino. Ça m'a rappelé Brasilia. Quatre-vingt mille habitants dont soixante mille anciens ouvriers, trop pauvres pour rentrer chez eux une fois la ville bâtie, et condamnés à rester prisonniers des faubourgs. Il paraît que les travailleurs qui ont bâti Sâo Carmino n'ont pas été payés et qu'ils attendent depuis des années ce qu'on leur doit. C'est vrai ?

Manuel Corco fit la moue.

— En partie, oui. Une faillite frauduleuse. L'un des entrepreneurs n'a pas été en mesure d'honorer son contrat jusqu'au bout. Mais l'affaire va être portée devant les tribunaux. Ces gens seront dédommagés.

— Quand ?

— Je ne peux pas vous répondre, ce n'est pas de mon ressort.

Meetchum se redressa sur son siège, fouilla dans la poche intérieure de sa veste, en tira deux Montecristo N° 5. Corco refusa d'un signe de tête.

— Vous savez à quoi tout cela me fait penser ? fit le journaliste. A Carthage… Carthage refusant de payer son armée de mercenaires, et se retrouvant assiégée par elle. Vous ne trouvez pas qu'il y a une certaine similitude ?

— Nous ne sommes assiégés par personne ! rétorqua vivement Corco. Vous exagérez tout ! Ce bidonville est un abcès qui peut dégénérer en gangrène, c'est vrai. Il rassemble une centaine d'ouvriers au chômage et leurs familles, mais cela n'a rien d'inquiétant. Ce qui nous gêne, c'est que le labyrinthe de baraques s'est développé autour d'un ancien cimetière de voitures appartenant aux frères Zotès. Ajo et Zamacuco. Ces types sont des débiles profonds, des ferrailleurs alcooliques. Nous avons peur qu'ils fassent des émules et transforment le cloaque en cour des miracles. Si cela se produisait, la cité serait envahie par des bandes mettant les rues en coupe réglée. De plus, ces gens-là se reproduisent comme des lapins. Dans cinq ans ils seront plus nombreux que la population légitime de Sâo Carmino.

En entendant le terme légitime, Meetchum fronça les sourcils.

— Je vois, fit-il, une chose est sûre, ce ne sont pas vos vieillards fortunés qui repeupleront la ville.

— Ne faites pas d'ironie facile, trancha le lieutenant en réprimant un sursaut d'irritation. Ceux qui ont acheté des appartements ici l'ont fait pour être à l'abri des agressions du monde moderne. Ils ne veulent pas entendre parler de grève, de répression policière, de crise gouvernementale. Ils souhaitent la paix…

— La paix des cimetières ?

— Vous avez tort de rire. Peut-être serez-vous comme eux dans quelques années ?

Meetchum alluma son cigare avec ces afféteries chères aux spécialistes. Corco eut une crispation nerveuse à l'idée que la fumée de cet étron allait noircir la peinture blanche du plafond.

— Et si le contrôle du cloaque vous échappe ? insinua le journaliste.

— Si la *favela* devient un foyer de troubles, nous la raserons, lâcha le lieutenant.

— J'ai examiné la main courante de l'hôtel de police, murmura soudain le journaliste, j'ai remarqué un truc bizarre. *Chaque dernier jour du mois, la ville devient le théâtre d'une multitude d'accidents.* Les autres jours, il ne se passe rien, mais soudain, le 30 ou le 31, tout semble se dérégler. A quoi attribuez-vous cela?

— C'est le jour de la paie, les ouvriers se mettent à boire. Une fois ivres, ils se querellent. Voilà tout.

Meetchum plissa les yeux, dubitatif. Corco comprit que le gros homme ne lâcherait pas prise.

— Ces accidents étranges touchent aussi la population privilégiée, fit le journaliste d'un ton sournois. Personne n'est épargné. J'ai relevé un nombre incalculable de bras et de jambes cassés.

— Ils sont vieux, vous savez, avec l'ostéoporose, la moindre chute peut entraîner une fracture.

— Mouais… mais les yeux crevés? Les oreilles coupées? Allez-vous me dire qu'il s'agit d'une mauvaise coordination motrice?

Le lieutenant s'agita.

— Où voulez-vous en venir? aboya-t-il. Ne finassez pas, vous me faites perdre mon temps. Je vous l'ai dit, nos pensionnaires sont âgés, il faut compter avec la démence sénile. Il arrive que l'un d'eux sorte tout nu dans la rue, ou se tranche une oreille en essayant de se raser.

— J'ai entendu des choses. Une curieuse légende. Celle du Maître d'école, vous la connaissez? Une espèce de bourreau qui agirait dans l'ombre, distribuant mauvaises notes et punitions.

Corco haussa les épaules.

— C'est un conte à dormir debout, qui date des premiers temps de l'alphabétisation, expliqua-t-il. Quand les missionnaires sont arrivés ici, ils ont tenté d'éduquer la population locale. Les Indiens ont détesté ça. Pour dissuader leurs gosses d'aller en classe, ils leur racontaient que les instituteurs leur briseraient les membres s'ils ne savaient pas leurs leçons.

— Hum… hum…, fit Meetchum. En tout cas, cette peur semble encore vivace dans l'esprit des gens du coin.

— Ce sont des ignorants. Beaucoup ne savent ni lire ni écrire.

Meetchum se leva, l'air songeur. « Il transforme déjà tout ce que je viens de lui dire, tempêta intérieurement le lieutenant, il déforme mes propos, bâtit des titres à sensations ! » Le journaliste marmonna quelque chose que le lieutenant n'entendit pas, et prit congé.

Corco demeura un moment figé sur sa chaise. Il réalisa qu'il était trempé de sueur et que ses mains tremblaient. Il fallait qu'il se calme, qu'il procède au plus vite à un exorcisme. Il se rendit dans les vestiaires, arracha ses vêtements et entra dans la salle carrelée des douches. Là, il alterna jets glacés et bouillants. Peu à peu, sa nervosité reflua. Il devait se méfier de Meetchum. Primitivement délégué à Sâo Carmino par une revue d'architecture new-yorkaise, le scribouillard avait depuis quelque temps cessé de s'intéresser au problème de la résistance des matériaux en milieu tropical, pour fouiner dans ce qu'il appelait « le terreau imaginaire de la ville ». Le cloaque le fascinait, comme la tache blanche d'un territoire inexploré sur la carte d'un jésuite espagnol à l'aube du XVIIe siècle.

Corco se sécha avant d'enfiler un jean et un blouson de toile bleu marine. Dans le placard cadenassé de son vestiaire il prit un pistolet automatique Webley & Scott Mark 1, qui fut l'arme réglementaire de la Royal Navy durant deux guerres mondiales, une boîte de cartouches et un réducteur de son qu'il avait lui-même bricolé avec une section de tuyau et de la paille de fer. Il jeta ce matériel en vrac dans une musette et quitta l'hôtel de police sans saluer le planton. Sur le parking, il grimpa dans une Sierra Bonita, une petite voiture noire piquetée de rouille de marque mexicaine, puis mit le cap sur la sortie ouest de Sâo Carmino.

La nuit pesait sur la ville, si épaisse que la lumière des réverbères avait du mal à la dissoudre. Corco roulait lentement, vitre baissée. Au fur et à mesure qu'il avançait, le murmure de la forêt s'amplifiait, comme s'il se rapprochait d'une côte battue par les lames d'une mer en furie. Avec l'obscurité, la jungle se réveillait. C'était un moment pénible, la manifestation concrète du grand chaos végétal. Parfois, le lieutenant se laissait aller à penser que la forêt poussait davantage durant la nuit! Les racines, les lianes, les écorces se gorgeaient des rayons de la lune. Une sève argentée coulait à flots dans leurs fibres, dilatant les feuilles, et les animaux affolés – tatous, pécaris, singes hurleurs – couraient au milieu du grand fouillis végétal en expansion, sautant et rampant pour ne pas être empalés par ces branches plus hautes de seconde en seconde. La forêt grouillait aux portes de la cité, mâchonnant l'extrémité des boulevards, suçotant l'asphalte comme une lanière de réglisse...

C'était l'instant critique où la ville endormie gisait dans sa vulnérabilité. Il suffisait d'un moment d'inattention pour que la jungle grignote le périmètre de goudron délimité par les urbanistes.

Corco freina, arrêtant le véhicule au beau milieu de l'avenue. Cent mètres plus loin, l'asphalte se desquamait, donnant naissance à une piste ouverte à coups de bulldozers dans l'épaisseur de la forêt. De petites silhouettes voûtées, bossues, sautillaient au ras du sol, hésitant à progresser en terrain découvert. On eût dit des gnomes montant à l'assaut de la cité. Corco ouvrit la portière, chargea le pistolet et vissa le silencieux au bout du canon. Prenant appui sur son avant-bras gauche, il aligna la tache mouvante des farfadets aux mains pendantes et pressa la détente. Il tira six fois en l'espace de cinq secondes. L'énorme réducteur de son étouffait les détonations, les ramenant à une série de claquements brefs. Au bout de la rue, les gnomes s'affaissèrent, fauchés nets. Enfin le percuteur frappa le vide.

Corco s'ébroua. Il était couvert de sueur, un spasme déformait sa lèvre supérieure. Il se redressa, engagea un nouveau chargeur et s'avança d'un pas prudent vers l'endroit où étaient tombés les lutins noirs. Marcher ainsi à la rencontre de la forêt lui demandait un effort considérable. Chaque fois qu'il devait le faire, des bouffées de superstition envahissaient son esprit. Il s'agissait la plupart du temps de souvenirs d'enfance ou de bribes de contes folkloriques qui s'accrochaient à sa mémoire.

Il s'agenouilla. Les farfadets étaient là. Velus, noirs, tissés avec la peluche même de la nuit. L'hécatombe avait groupé leurs cadavres en un tas nauséabond qui empestait le suint et l'urine. Le lieutenant avança la main… *Des singes.* Une demi-douzaine de bonobos aux crânes éclatés. Corco rit nerveusement. C'était là son avertissement. Un avertissement symbolique à la jungle, à la nuit… aux forces obscures qui menaçaient la cité. Il secoua la tête, dégrisé. Après avoir glissé l'arme dans sa ceinture, il enfila des gants de cuir et ramassa les singes morts en les attrapant par une patte. Les cadavres pesaient lourd au bout de son poignet, mais il était soulagé d'avoir fait un exemple. D'avoir montré à la jungle qu'elle n'aurait pas la partie belle avec lui !

D'ordinaire, en Amazonie, on ne trouve guère que des singes de petite taille : saïmiris, singes hurleurs ou singes araignées. Les bonobos n'étaient pas à leur place, ici, à Sâo Carmino. Un zoologue anglais, un peu fou, les avait importés d'Afrique au début du siècle dernier. A sa mort, l'élevage s'était dispersé dans la forêt où il avait si bien proliféré que les dix spécimens initiaux avaient engendré plusieurs centaines d'individus. Corco détestait les Anglais. N'étaient-ils pas à l'origine de la faillite de Manaus[1] ?

Il jeta les corps dans le coffre de la voiture. Il s'en débarrasserait plus tard, après leur avoir fait accomplir le tour de la ville. Il agissait toujours ainsi, ayant lu dans une revue historique que les héros de l'Antiquité grecque avaient coutume de traîner les cadavres de leurs ennemis sous les remparts des cités. Depuis, Corco les imitait, dédiant sa victoire à Sâo Carmino.

Au moment où il refermait le coffre, il songea qu'il aurait aimé faire de même avec les autres gnomes infestant la cité, *les gnomes humains*… Et notamment ces enfants qui erraient dans les rues, l'œil en éveil, à la recherche d'un mauvais coup. Corco n'était pas idiot, il devinait que les gosses étaient téléguidés par les frères Zotès, et que, sous couvert de livraisons à domicile, ils pratiquaient la pire des prostitutions. Le réseau commençait à s'implanter, alimentant les derniers fantasmes de vieux vicieux malades de solitude. Il y avait ce garçon (ce… David ?) qu'on prétendait neveu d'une sorcière, et qui s'attardait plusieurs heures chez certains clients !

---

1. Pendant longtemps Manaus fut la capitale mondiale du caout-chouc, la légende raconte qu'elle fut ruinée à cause des Anglais qui décidèrent de cultiver l'hévéa en Asie.

David… Celui-là, Manuel Corco le pistait tout particulièrement depuis qu'il l'avait surpris accoudé au balcon
d'une certaine veuve trois semaines auparavant. Grâce
à ses jumelles de patrouille, le lieutenant avait observé
que la femme et l'enfant avaient les cheveux mouillés.
En outre, ils étaient tous deux drapés dans de vastes pei-
gnoirs de bain. La femme (une certaine Maria da Bôa)
ne cessait de caresser les cheveux du gamin avec un air
de gourmandise équivoque! Voyant cela, Corco avait
été submergé par le dégoût. *Ainsi, il avait vu juste.* Le
garçonnet n'était qu'une petite pute déguisée en livreur!
Un giton qui promenait son charme languissant d'un
appartement à l'autre, passant sans distinction des bras
d'une femme sur le retour à ceux d'un vieux juge un
peu toqué… Corco possédait tous les noms, toutes les
adresses. Oh! bien sûr, il n'était pas question de s'en
prendre à des citoyens aisés ayant soutenu la campagne
électorale du maire, mais on pouvait attaquer le mal à
la racine, empêcher ces gosses pervertis d'induire en
tentation d'honnêtes citoyens. Derrière tout cela, il y
avait l'ombre des Zotès. Deux rois de pacotille régnant
sur une cour des miracles enfantine. Ne disait-on pas
qu'ils dressaient les adolescents comme des chiens de
combat en vue de se constituer une garde prétorienne?
    D'un mouvement de manche, Corco épongea la
sueur qui coulait sur son visage. Là-bas, sur la piste,
d'autres singes venaient de dégringoler des arbres pour
flairer le sang de leurs congénères massacrés. « Plus on
en tue, plus il en sort! » songea le policier en refrénant
une brusque angoisse. Les petites silhouettes torses se
déplaçaient en zigzag au ras de l'asphalte. Le lieutenant
fut saisi par la crainte d'avoir à repousser l'assaut de
la meute en colère. Les singes, lorsqu'ils se déplacent

en bande, sont parfois d'une extraordinaire agressivité et n'hésitent pas à attaquer des proies beaucoup plus grosses qu'eux.

Corco se glissa dans la voiture et referma la portière. Lançant le moteur, il piqua vers la zone lumineuse délimitée par les lampadaires. Des chocs mous contre la carrosserie lui révélèrent que les bêtes l'avaient pris en chasse. Il accéléra, pensant que les singes n'oseraient pas remonter l'avenue. Il était un peu honteux de prendre la fuite.

Au moment où il remontait l'*avenida Colon* il aperçut un inconnu assis sur un banc, à l'arrêt du *lotacâo*[1]. Un homme en costume de lin, coiffé d'un chapeau blanc à larges bords. Dans l'entrebâillement de son col de chemise brillait un pendentif, une amulette d'acier. Quelque chose qui ressemblait à une clef... Le quidam fixait Corco droit dans les yeux, avec une insistance ironique. Ses mains jouaient avec un carnet à spirale et un crayon, comme s'il dessinait la perspective de l'avenue. *A cette heure ?* « Sa tête me dit quelque chose, songea le lieutenant. Où ai-je déjà vu ce guignol ? » Il fut tenté de s'arrêter pour demander à l'inconnu ce qu'il fichait là. Il y renonça, réalisant que le bonhomme avait peut-être assisté à l'exécution des singes.

« Curieux pèlerin..., pensa-t-il. Il continue de me fixer comme s'il se fichait de moi. »

Agacé, il accéléra.

---

1. Autobus.

10

Cérémonie funèbre

David sentait sa nervosité croître avec la venue de la nuit. Malgré les torrents de lumière déversés par les Scialytique de la salle d'embaumement, il ne pouvait s'empêcher de jeter de fréquents coups d'œil à la fenêtre dont le verre cathédrale s'opacifiait lentement dans le dos d'Octavio Bagazo, thanatopracteur de son état. Le vieil homme en blouse blanche s'agitait avec des gestes saccadés. Souffrant d'un asthme chronique dû à l'humidité tropicale, il avait engagé David un an plus tôt pour nettoyer la salle et les instruments.

L'enfant soupira en retroussant les manches de sa blouse de laborantin. C'était un vêtement d'adulte qui lui recouvrait les mains et les pieds. Chaque fois qu'il surprenait son reflet dans un miroir, il se faisait l'effet d'un nain au service d'un savant fou.

La nuit avait passé au goudron l'unique fenêtre grillagée, donnant sur le boulevard. Le carrelage immaculé, les néons ne le protégeaient plus contre l'invasion nocturne. David frissonna. L'éponge gorgée d'eau se changea en méduse entre ses doigts. « Tu déconnes, pensa-t-il, tu joues à te faire peur. *Arrête.* » En fait, il détestait cette besogne qui le contraignait chaque soir à vider des poubelles débordant de choses innommables.

La boutique de pompes funèbres se cachait derrière une façade dépourvue de vitrine, au fronton de laquelle était inscrit : « Institut de beauté ». Difficile de faire mieux en matière d'euphémisme ! « Ordre du maire, radotait Bagazo. A Sâo Carmino, on ne doit pas parler de la mort. Il ne faut surtout pas démoraliser les retraités en leur mettant sous les yeux une devanture noire surmontée de la mention "Pompes funèbres", ce serait du dernier mauvais goût ! Ils sont tous concernés, tu comprends, mon petit ? Tu connais le proverbe, on ne prononce jamais le mot corde dans la maison d'un pendu. Et puis, ce n'est pas vraiment un mensonge, tu sais de quel nom les pharaons désignaient les endroits où l'on préparait les momies ? *Per-Néfer*… ça signifie très exactement salon de beauté… »

David ne le contrariait jamais. De temps à autre, entre deux coups d'éponge, il se contentait d'un grognement poli. En réalité, il déployait de véritables prouesses pour éviter d'apercevoir les cadavres sur lesquels s'affairait le praticien. « Tu t'habitueras ! » avait rigolé Buzo le jour de son engagement, et David l'avait cru. Mais à présent il travaillait depuis un an chez Octavio et le dégoût ne le quittait pas. Il commençait à désespérer de ses qualités viriles, pourtant il ne lui serait pas venu à l'idée d'abandonner. Les quelques billets que lui jetait le vieux amélioraient le budget d'Abaca, ni la tante ni le neveu ne pouvaient se payer le luxe de renoncer à cet apport complémentaire. Par conséquent, David serrait les dents et s'obligeait à scruter le carrelage.

Parfois, cependant, Bagazo l'appelait, réclamait son aide pour tenir un flacon, dérouler un tuyau, et il ne pouvait échapper au spectacle des chairs blanches, des poils gris. Des vieux, rien que des vieux.

« On m'a interdit le corbillard, radotait Octavio, alors que j'avais un si beau fourgon ! Il a fallu que je le repeigne en blanc, comme une camionnette de laitier ! J'ai l'air d'un marchand de glaces là-dedans. Quand je m'installe au volant, j'ai l'impression de partir livrer des yaourts et de la crème fraîche. Quelle misère ! »

Il disait vrai. Le maire avait formellement interdit qu'on évacue les corps en plein jour, sous les yeux de la population. Les transports s'effectuaient de nuit, dans la plus grande discrétion. « Les habitants de Sâo Carmino ont un pied dans la tombe, répétait Bagazo, il leur faut oublier que l'échéance est proche. Aucun nuage ne doit venir troubler leurs dernières vacances sur cette terre… Voilà ce que m'a expliqué le maire. Moi, je crois que les vieux le couchent sur leur testament, oui ! »

David tourna le robinet, plongea sous l'un des éviers pour chercher la boîte de Crésyl. Il avait enfilé des gants de caoutchouc rouge qui lui faisaient des pattes d'extra-terrestre. « De quoi te plains-tu ? aurait grogné Buzo, au moins la boutique du croque-mort est fraîche ! Tu as l'air conditionné ! Qu'est-ce que tu dirais si tu devais décharger des sacs de manioc sur les docks, par 55 °C à l'ombre, comme mon paternel m'oblige à le faire ? » D'une certaine manière, c'était vrai. Mais David savait que la fraîcheur régnant dans le magasin montait directement des tiroirs réfrigérés de la morgue.

— Tu sais que les familles se déplacent de moins en moins pour assister aux enterrements ? lança soudain le thanatopracteur. Plus personne ne veut entreprendre le voyage. Ils se contentent d'envoyer des chèques pour payer les frais de cérémonie. Quelle pitié !

David hocha la tête sans se compromettre. Pour venir à Sâo Carmino, il fallait survoler le *sertâo*[1] pendant des heures, ce qu'aucun citadin n'envisageait sans une crispation à l'estomac, ou bien entreprendre une interminable croisière sur un caboteur délabré qui remontait l'Amazone durant une semaine avant d'atteindre la lagune au bord de laquelle se dressait la cité vierge. Dans un cas comme dans l'autre, le périple se présentait sous les auspices les plus défavorables. La ligne aérienne desservant la ville était assurée par des charters, de vieux Convairs des années 60, ou encore d'antiques Dakotas achetés aux surplus américains, et qui transportaient pêle-mêle des cochons vivants, des caisses de conserves ou des containers de marijuana. Pour rallier Sâo Carmino, il fallait s'asseoir au milieu du fret et serrer les cuisses tout le temps que l'avion mettait à survoler la forêt dans le bruit de ferraille des moteurs. « C'est normal, ce vacarme ? hurlaient anxieusement les passagers. — Oui ! ricanaient les pilotes. Ne vous en faites pas, ça provient des éclats de DCA allemande qu'on n'a pas réussi à retirer des moteurs après la guerre ! » S'agissait-il d'une boutade ? On en doutait vu l'état de délabrement des appareils. Quoi qu'il en soit, peu de gens sautaient de joie à l'idée de survoler la jungle. On redoutait la panne, le *crash* au beau milieu des arbres. L'imagination s'enfiévrait à l'évocation des dangers fermentant sous la canopée dégoulinante de lianes. On pensait aux animaux, aux prédateurs… à ces tribus indiennes minuscules qui s'obstinaient à survivre en perpétuant des pratiques héritées de l'âge de pierre.

---

1. Amazonie.

— Plus personne ne se déplace, radota Bagazo, ils envoient un chèque pour le cercueil en zinc et demandent qu'on rapatrie le corps dans une grande ville. C'est idiot, les pilotes détestent transporter des cadavres, ils estiment que ça porte malheur.

On prétendait, en effet, que les cercueils, chargés à Sâo Carmino, arrivaient rarement à destination.

— Ils les balancent dans le vide ! grogna le croquemort. Ces salauds d'aviateurs ! Dès qu'ils survolent la forêt, ils ouvrent la trappe de largage et jettent les boîtes dans la jungle, au hasard… A l'arrivée, ils maquillent les bordereaux et inventent des erreurs d'aiguillage.

Sans doute la chose ne se produisait-elle pas systématiquement, mais l'anecdote, mille fois répétée, avait pris valeur de certitude.

— Eh ! ouistiti ! lança le croque-mort avec une soudaine jovialité. Tu sais qu'on a du nouveau, ce soir ? Un arrivage tout frais. Un type de dix-huit ans, bourré de *ganja*, qui s'est noyé dans une piscine.

D'un ample mouvement du bras, il écarta le drap recouvrant l'un des patients en attente. Le corps maigre et nu d'un jeune homme aux cheveux crépus apparut dans la lumière. Sur l'étiquette accrochée à son orteil, David lut : Cristo Varga.

— Superbe ! haleta Bagazo. Enfin un cadavre appétissant. Regarde cette peau soyeuse, ce pubis bien noir. Ça va nous changer des vieilles badernes ! Je le répète : les jeunes ne meurent pas assez à Sâo Carmino, c'est bien dommage.

— J'ai entendu parler de lui, murmura David. On dit que c'est le Maître d'école qui l'a tué parce qu'il avait tracé des graffitis sur un immeuble.

Le thanatopracteur tressaillit.

— *Faut pas prononcer ce nom-là*, souffla-t-il. Ce sont des choses qui nous dépassent.

— Mais il existe vraiment ? insista l'enfant. Y en a qui disent oui, d'autres non. Je voudrais savoir.

— Je l'ignore, chuchota Bagazo. Moi, en tout cas, j'y crois. Sinon, pourquoi à chaque fin de mois verrait-on autant d'*accidents*, hein ? Il est là, il nous observe, et si on se conduit mal, il vient nous présenter l'addition. Avec lui, tout le monde a son carnet scolaire, même les adultes. Il nous a tous répertoriés, toi, moi, les jeunes, les vieux. Nous sommes ses élèves. Il nous donne de bons et de mauvais points. C'est pour ça qu'il faut bien se tenir. Crois-moi, c'est plus efficace que les leçons de morale des curés !

Il s'interrompit, mal à l'aise, et rabattit le drap sur la dépouille de Cristo Varga.

David rangea les outils. Sous le suaire, Cristo Varga avait le profil d'un fantôme.

— Je vais m'habiller, conclut le vieil homme, range tout comme je te l'ai appris. Ensuite, nous irons enterrer le gros Samson Panchilla... J'ai prévenu Papanatas, le curé. Sa fille, qui vit à Belem, a envoyé assez d'argent pour payer une messe. Ce sera presque un vrai enterrement.

David jeta un nouveau coup d'œil aux vitres de verre dépoli. Elles étaient noires. Barbouillées de haut en bas par la confiture des ténèbres. Quelque chose gargouilla au creux de son ventre, une bulle de colique. Le premier frémissement d'une diarrhée d'angoisse. « J'ai douze ans et je n'ai plus peur de la nuit, se récita-t-il. Quand on est capable de bander, on s'en fiche de l'obscurité ! » Mais c'était un raisonnement idiot. Ici, même les adultes avaient peur de l'obscurité. De la nuit, de la forêt… et du *Maître d'école.*

Un jour, tante Abaca avait dit : « Ton patron pomponne les morts en espérant obtenir leur reconnaissance. Il les cajole comme des idoles, pour qu'ils lui servent d'intercesseurs auprès des puissances obscures. Ainsi, il croit qu'aucun d'entre eux ne reviendra le hanter. Il imagine que les cadavres, lorsqu'ils bavardent entre eux, dans la terre des cimetières, se disent : "Laissons ce bon Octavio tranquille, il s'occupe si bien de nous." »

David essora le faubert. A intervalles réguliers, son regard errait sur le profil dessiné par le drap blanc. La perspective d'un enterrement nocturne lui mettait la sueur aux tempes. Il se racla la gorge et toussa fort, pour faire du bruit. Il aurait volontiers tapé des pieds s'il n'avait craint d'éveiller la colère du vieux croquemort. Lorsqu'il était avec Buzo, il jouait les endurcis et inventait des histoires macabres, dont il puisait les différentes péripéties dans les séries télévisées qu'il suivait chez Maria da Bôa, mais, ce soir, face à la fenêtre enduite d'encre, il n'avait plus envie de rire. Surtout avec ce cadavre sur la table de travail, ce Cristo Varga que le Maître d'école avait noyé en punition de ses fautes. De mauvaises images lui mangeaient la tête. Pourquoi pensait-il justement au corps de Mario Danza, le bijoutier de la Promenade des Iguanes, abattu derrière son comptoir un an plus tôt ? Un vilain mort, ça c'est sûr. David avait failli vomir en découvrant la tête éclatée par la balle de fort calibre et la boîte crânienne ouverte tel un bocal empli de confiture de méduses. « On va avoir du mal à le rendre présentable celui-là, avait gémi Bagazo, on dirait qu'il a essayé d'arrêter un boulet de canon avec sa tête ! »

Mario Danza, dont on n'avait jamais capturé l'assassin malgré un bouclage immédiat de la ville. Un assassin qui avait pris la fuite en emportant une centaine de millions en pierres précieuses. Non ! Il ne fallait pas penser à Mario Danza, le joaillier qu'on avait placé dans son cercueil un chapeau enfoncé au ras des sourcils. La police avait arpenté la ville en faisant hurler les pneus des voitures, dressé des barrages, bloqué le port et le terrain d'aviation. En vain. Le tueur s'était évaporé. « Il a filé dans la jungle, disait-on, son squelette doit pourrir entre deux arbres à fièvre. Un fou. Un *Yanki*, les témoins l'ont vu sortir de la boutique : un homme maigre et blond… A l'heure qu'il est, les moustiques et les vers ont nettoyé sa carcasse. »

Les gouttes tombant du robinet faisaient un vacarme disproportionné en s'écrasant au fond de l'évier. Bagazo réapparut, vêtu d'une redingote noire et d'un chapeau melon. Il s'arrêta une seconde pour enfiler des gants de cuir boutonnés au poignet.

— On va y aller, décida-t-il, le père Papanatas doit s'impatienter. Prends les outils et rejoins-moi dans le fourgon.

David s'exécuta. La porte du garage était déjà ouverte. A l'arrière de la camionnette blanche, on devinait une boîte anonyme, rectangulaire et sans fioritures. Une caisse dépourvue d'ornements, et qui aurait pu passer pour un emballage commercial n'eût été la qualité du bois sélectionné pour sa fabrication. Bagazo fit reculer le plateau élévateur qui lui avait permis de hisser le cercueil à l'intérieur du fourgon. David grimpa dans le véhicule et, pour fermer les portes, s'installa à califourchon sur la boîte. Trois minutes plus tard, le corbillard blanc s'engageait dans l'avenue Isabelita. Bagazo roulait au ralenti, au rythme d'un cortège imaginaire. C'était cela qui lui manquait le plus : la longue file de pleureuses se déplaçant dans le sillage du camion, cette théorie de voiles noirs serpentant sur l'asphalte. Il regrettait de ne plus sentir le parfum trop sucré des couronnes accrochées aux flancs du fourgon. Aujourd'hui, il enterrait comme un voleur, la nuit, au volant d'une camionnette de laitier.

— Ça finira mal ! grommela-t-il sans réaliser qu'il parlait à voix haute. Bientôt, les morts n'accepteront plus d'être mis en terre à la sauvette. Ils se rebelleront... Et, ce jour-là, ce sera terrible...

David s'agita sur son « siège ». Il détestait quand Bagazo sombrait dans le délire prophétique. Il avait beau ne pas être superstitieux, cela finissait par lui faire peur. Le corbillard remonta doucement l'avenue en direction de la sortie de la ville, car le maire avait interdit qu'on installe un cimetière au beau milieu de Sâo Carmino. « Les immeubles possèdent en moyenne quinze étages, déclarait-il lorsqu'on abordait le sujet, cela signifie que leurs habitants auraient en permanence le cimetière sous les yeux ! Voilà pourquoi j'ai décidé qu'on l'installerait à la sortie nord de la ville... *dans la jungle*, là où les flamboyants feront écran. »

Les pneus chuintaient sur le goudron ramolli. Au fur et à mesure qu'on s'éloignait du centre, les réverbères s'espaçaient. Bagazo dut allumer les phares, mais le double halo n'avait pas assez de puissance pour percer l'obscurité de la forêt.

— C'est comme si on tentait d'éclairer une cathédrale avec une lampe de poche ! maugréa le croque-mort.

David transpirait. Un jour les morts se vengeraient, c'était sûr. Ils remonteraient des ténèbres pour exiger des comptes. Le maire avait tort de ne songer qu'au confort des vivants.

Le corbillard cahota en s'engageant sur la piste terreuse que personne n'empruntait jamais. Ces tranchées de verdure, ouvertes lors de la construction de la ville, se refermaient peu à peu. Faute d'un entretien régulier, la route se laissait grignoter par la forêt. Bagazo donna un coup de volant à droite. Sur le bas-côté, un ange de marbre blanc, submergé par les plantes grimpantes, indiquait l'emplacement du cimetière. « On dirait un gladiateur pris dans un filet, songea David. Juste avant qu'on lui donne le coup de grâce. » A partir de là, la voie se détériorait. Une végétation insolente jaillissait d'entre les pierres pour cingler le fourgon. David serra les dents. On avait l'impression que des mains claquaient sur la carrosserie comme pour inviter les intrus à rebrousser chemin.

— Merde! jura Octavio, il n'y a même plus de lumière! Les singes ont encore bouffé les fils!

David esquissa un signe de croix. Le pire était encore à venir. Il allait falloir descendre le cercueil dans la fosse creusée au cours de l'après-midi par les ouvriers municipaux, puis se mettre à pelleter la terre noire, grouillante d'insectes, pour recouvrir la caisse. *Carajo!*

Bagazo passa la tête par la portière pour appeler le prêtre dont le vélomoteur était appuyé contre la grille d'entrée.

— Mon père? Hé! Mon père? Où vous cachez-vous?

Une lumière dansa dans l'allée principale. Une lampe tempête tenue à bout de bras.

— Moins fort, Bagazo ! lança l'homme de Dieu en sortant de l'obscurité, un peu de respect pour ceux qui dorment en ces murs !

Octavio haussa les épaules. Le père Papanatas était grand, décharné, nanti d'une calvitie huileuse et d'une peau jaunâtre. Sa soutane noire, dans laquelle il avait tendance à flotter, ne permettait guère de discerner les contours de son corps. Véritable tenue de camouflage, elle achevait de le confondre avec la nuit. En fait, on n'apercevait que sa tête et ses grandes mains cireuses qui paraissaient flotter dans les ténèbres. David ouvrit les portes arrière, sauta sur le sol. Des animaux indiscernables s'enfuirent dans l'herbe. Il serra les fesses. Le prêtre portait des *rangers* de l'armée chilienne, Bagazo des bottes de cheval qui montaient haut sous son pantalon. Lui, David, avait les jambes nues, un short et de minables sandalettes. Il essayait de voir où il mettait les pieds.

— Regarde donc ce que tu fais ! vitupéra Octavio. Tu vas me balancer dans la fosse ! (Puis, se tournant vers le prêtre, il lança :) Vous allez me donner un coup de main pour descendre la caisse, mon père, ce gosse a des bras en coton… Et, ce soir, nous avons affaire au gros Samson Panchilla, une sacrée barrique, oui !

Papanatas étouffa une exclamation scandalisée. Déjà Bagazo lui avait lancé une courroie de cuir. La lanterne, posée à l'angle d'une pierre tombale, n'éclairait plus au-delà de dix pas. La nuit de la jungle étouffait la lumière. David aida de son mieux à la manœuvre. De toute manière, il savait qu'on le laisserait pelleter seul. Des choses bougeaient dans l'obscurité, sautaient de stèle en stèle. Personne ne venait se recueillir ici. C'était un cimetière où n'entraient que les ouvriers de la mort… et les défunts. Jamais une famille ne montait le chemin pour fleurir les tombes. La maintenance du lieu était assurée par des fidèles bénévoles du père Papanatas, que la jungle effrayait. La plupart du temps, le prêtre se servait du cimetière comme d'une punition. « Vous direz trente Pater et trente Ave, décidait-il du fond de son confessionnal, et puis… vous irez désherber le cimetière dimanche prochain… » Les pécheurs frissonnaient en entendant la sentence, car personne n'aimait cet enclos aux murs couverts de mousses et de végétation rampante, enkysté entre les palétuviers comme un défi à la forêt.

Le cercueil descendait, au milieu des halètements de Bagazo. La terre noire s'éboulait entre les grosses chaussures militaires du prêtre. Soudain, David perçut un ricanement suivi d'un bruit de dents qui claquent. Sa peau se hérissa et il tendit la main vers la lanterne.

— Des singes ! souffla-t-il. Mon père ! Il y a des singes…

— Quoi ? gémit le curé en se débarrassant de la courroie qui lui sciait les épaules.

Il avait vite compris. En bande, les singes devenaient redoutables. La construction de Sâo Carmino les avait expulsés de leur territoire et ils n'avaient jamais pardonné aux hommes de s'être approprié leur ancien paradis. Depuis, ils vivaient à la lisière de la ville, hargneux, hostiles, sujets à de brusques manifestations d'agressivité. On les voyait parader sur les pelouses des squares, exhibant leurs organes génitaux en guise de défi comme cela se pratique couramment en langage simiesque[1]. Bagazo saisit la lanterne pour la lever au-dessus de sa tête.

— Merde ! jura-t-il, j'ai oublié mon flingue. (Il possédait un pistolet à répétition automatique Browning, modèle de guerre, 9 mm, huit coups dont la poignée pouvait s'ajuster sur une crosse-gaine en bois qui transformait l'arme en carabine, et qu'il avait plusieurs fois exhibé avec fierté devant David.)

Le halo lumineux provoqua la fuite d'une demi-douzaine de silhouettes courtaudes qui s'éparpillèrent entre les stèles. L'adolescent éprouva un coup au cœur.

— *Ils sont blancs !* coassa-t-il. *Ils sont blancs !*

— Allons, coupa sévèrement le prêtre, pas d'affabulation !

— Si ! s'emporta l'enfant. Je les ai vus…

— Ma foi, hasarda Bagazo, il me semble aussi que…

Ils se regardèrent, frémissants, talonnés par le désir de sauter dans la fourgonnette et de faire demi-tour, abandonnant le cercueil à ciel ouvert.

— *Blancs ?* ânonna Papanatas, d'une voix étranglée.

Bagazo fit un pas en avant. Des mâchoires claquèrent dans les ténèbres. Les animaux s'énervaient. David eut envie de retenir le croque-mort par le pan de sa veste. Il avait entendu d'affreuses histoires d'hommes déchiquetés par des singes furieux. Mais Bagazo s'obstinait. Il avança entre les tombes et la lumière cogna sur le mur du fond…

— *Carajo !* siffla-t-il avec un haut-le-corps. Ils… ils ont déterré les cercueils !

---

1. Authentique.

David sentit ses cheveux se hérisser sur sa nuque. Les yeux dilatés, il entrevit une troupe de singes pelés, au milieu d'un champ de terre saccagé. Ils avaient labouré le sol de leurs mains, arraché les herbes, rejeté la tourbe sur les dalles, mettant à nu plusieurs cercueils dont ils avaient fracassé les couvercles à coups de pierres. Papanatas se signa. David n'avait plus une goutte de salive. Dans le halo jaunâtre de la lampe, il crut apercevoir de longues griffures sur le bois des caisses… et même des lambeaux de vêtements épars. « Ils ont déshabillé les morts ! » songea-t-il, plein d'une terreur superstitieuse.

Les animaux sautillaient en grimaçant, les lèvres retroussées, dévoilant leurs dents jaunes. Ils souffraient de pelade. Ainsi dénudés, ils ressemblaient plus que jamais à des lutins. L'un d'eux était occupé à mordiller une montre de gousset en or.

— Mon Dieu, sanglota le prêtre, qu'est-il arrivé ?

— Bordel ! C'est évident, répondit Bagazo, on n'avait pas encore posé de dalle sur les tombes, les singes en ont profité pour gratter la terre. Pas étonnant ! Les ouvriers communaux ne se donnent même plus la peine de creuser des fosses assez profondes, voilà le résultat !

— Mais pourquoi sont-ils… *nus ?*

— Il faut tout vous expliquer, mon père ! Vous ne comprenez donc pas qu'ils ont fracturé les cercueils pour bouffer les morts ? Les produits d'embaumement les ont intoxiqués. Voilà pourquoi ils perdent leurs poils !

— Mais je croyais que les singes mangeaient des fruits…

— Pas toujours, mon père, pas toujours. Surtout lors-qu'ils sont en guerre.

Bagazo hésitait à reculer malgré la crampe qui lui sciait le bras. Il avait peur, en donnant le signal de la retraite, de déclencher l'hallali. David essaya de maî-triser ses genoux qui s'entrechoquaient. On disait que les animaux sauvages reniflaient l'odeur de la défaite chez leurs adversaires, et qu'elle les incitait à passer à l'attaque. Les singes émettaient maintenant des pépie-ments hargneux en projetant des poignées de terre en direction des intrus. « Ils ont bouffé les morts ! » avait dit Bagazo. David n'en croyait pas ses oreilles. D'où il se tenait, et en raison de sa petite taille, il ne pouvait apercevoir le contenu des cercueils, mais le croque-mort, lui, en voyait assez pour ne conserver aucune illu-sion.

— On va reculer au ralenti, dit Octavio, surtout ne leur tournez pas le dos ! Ils sont sept, ils nous mettraient en charpie.

La horde s'agitait, dents découvertes. L'un des mâles lança un objet qui frappa David à la joue avant de rico-cher sur une stèle. Le garçon vit qu'il s'agissait d'une paire de boutons de manchettes ! De gros boutons en or.

— Il faudra revenir avec des fusils ! éructa Bagazo. Tout ça, c'est la faute du maire, construire un cimetière en pleine jungle ! Quelle connerie !

Ils grimpèrent à tâtons dans la camionnette, les yeux toujours fixés sur les animaux.

— Attention, souffla Octavio, David, file à l'arrière et rabats le hayon. Vous, mon père, refermez votre por-tière sans la claquer. Si vous les effrayez, ils se jetteront sur le pare-brise et le feront éclater.

David se coula sur le plancher pour atteindre le fond du véhicule. Ses doigts tremblaient. Quand la fourgonnette fut bouclée, Bagazo relâcha le frein à main et laissa le corbillard descendre la pente sans mettre le contact. Il ne lança le moteur qu'au moment où les roues touchèrent la poussière de la piste. Alors qu'il amorçait un virage pour rejoindre la ville, David jeta un dernier coup d'œil par la vitre arrière. Il lui sembla que les singes les poursuivaient en brandissant des gourdins. Il ferma les yeux, le cœur battant.

Trois minutes plus tard, le fourgon roulait sur l'avenue Isabelita.

— Je vous l'avais dit, triompha Bagazo dont le visage luisait à la lumière des réverbères, ça finira mal ! Si vous croyez que les morts vont apprécier de se faire bouffer par des macaques ! Ça nous portera malheur ! On commence par les cadavres, et on finit par les vivants ! Si on se laisse faire, ces bestioles de merde se glisseront bientôt dans nos lits pour baiser nos femmes… Oh ! pardon, mon père !

David éclata d'un rire frénétique. Il se tut, réalisant qu'il avait uriné dans son short.

11

Le tueur de réfrigérateurs

A minuit, tante Abaca s'arracha à l'étreinte du rocking-chair pour gagner son « laboratoire ». Elle parcourut les cinq mètres qui la séparaient de la citerne d'un pas hésitant, à la manière d'une marionnette privée de fils et qui se retrouverait soudain confrontée au problème de l'attraction terrestre. Elle avait dormi toute la journée, en plein soleil, et sa peau paraissait encore plus cartonneuse que de coutume. Lorsque David pénétra dans l'abri de tôle, elle était agenouillée devant le réchaud de camping, et la flamme bleue, l'éclairant par en dessous, lui sculptait un visage de sorcière. L'enfant sortit de ses poches les quelques billets gagnés au cours de la journée et les glissa dans la boîte métallique qui tenait lieu de cagnotte. Abaca ne se retourna pas. David souleva la couverture faisant office de rideau de séparation et passa dans l'autre « pièce ».

Ce qui venait de se passer au cimetière le hantait, il savait d'ores et déjà qu'en dépit de sa fatigue il ne trouverait pas le sommeil. Il se déshabilla, s'aspergea d'eau tiède et enfila les vêtements qu'il conservait dans un sac en plastique, hors de portée des cafards. Son short empestait l'urine, il le plongea dans le seau. Alors qu'il se repeignait, un tapotement d'ongles retentit, de l'autre côté de la paroi métallique. *Buzo*… David soupira. Il avait eu son compte d'émotions fortes, et la perspective d'une incursion sur le territoire des frères Zotès était loin de l'exciter. C'était une bravade inutile qui risquait de se solder par une rixe sanglante, mais Buzo ne voudrait jamais l'admettre. L'apprenti voyou adorait s'imposer des défis de ce genre. « C'est comme ça qu'on sait combien pèse vraiment une paire de couilles », répétait-il à l'envi. Le tapotement se fit impatient. David haussa les épaules et écarta le chiffon qui masquait le trou découpé dans la tôle.

— Alors, souffla Buzo, tu te grouilles ?

Il avait passé des vêtements sombres et poussé le camouflage jusqu'à se barbouiller la figure avec une graisse noirâtre, à la façon des commandos de marine. David faillit céder au découragement. Une seconde, il fut sur le point de lancer : « Arrête de faire le con, Buzo, tu ne sens pas que quelque chose se prépare ?… Quelque chose de grave qui va s'abattre sur la ville et la ravager ? » Au moment où ces mots se formaient dans son esprit, il écarquilla les yeux, terrassé par l'ineptie d'une telle déclaration. Où était-il allé chercher une pareille absurdité ? La fatigue, sûrement… Il comprit qu'il était encore sous le coup de l'incident du cimetière ; il devait réagir. Sans plus réfléchir, il se hissa jusqu'à la lucarne et se laissa glisser à l'extérieur. « *Tu ne sens pas que quelque chose est en marche ?* » Il secoua la tête pour chasser cette pensée gênante.

— J'te guettais, chuchota Buzo en l'aidant à se recevoir, tu rentres tard. J'avais peur que ta tante me repère. Elle est restée toute la journée en plein soleil. A un moment, je me suis dit qu'elle allait prendre feu et que je ferais bien d'aller lui jeter un seau d'eau… Finalement, je n'ai pas osé. Pourquoi elle reste comme ça, à cuire ?

— Pour s'abrutir et dormir comme une souche. Elle dit que la chaleur anesthésie le démon qui est en elle.

— Elle est possédée ?

— C'est ce qu'elle croit. Elle dort pour forcer le démon à faire de même, elle se tait pour éviter que le démon ne parle par sa bouche. C'est un truc qu'elle s'est mis dans la tête. On n'y peut rien. Un jour, au cours d'une cérémonie d'exorcisme, le déroulement des opérations lui a échappé. Elle a été victime d'un retour de flammes. C'est trop long à expliquer.

Buzo grimaça, ne sachant quelle attitude adopter. Tante Abaca le mettait mal à l'aise. Il aurait aimé se moquer d'elle, mais chaque fois qu'il s'apprêtait à lancer une saillie à son propos les mots mouraient sur sa langue.

— Tu veux vraiment aller chez les Zotès ? hasarda timidement David. Et si on tombe sur les *capangas*[1] ?

Buzo roula des épaules.

— Mais j'espère bien qu'on va tomber sur les *capangas* ! ricana-t-il, la lippe pleine de méchanceté. Je ne retrouverai le sommeil que lorsque j'aurai écrasé ces petits enculés !

David baissa la tête. Il soupçonnait Buzo d'être fasciné par la garde prétorienne des frères Zotès. Son rêve secret était d'en faire un jour partie. On racontait que les brocanteurs ne vous acceptaient dans leur clan

------

1. Tueurs, hommes de main.

qu'au terme d'épreuves initiatiques imaginées par Ajo, le cerveau de la famille Zotès. Ces épreuves mystérieuses alimentaient les conversations des adolescents à l'intérieur du bidonville. Avec le temps, elles avaient pris les dimensions fantasmatiques d'un rituel des plus sadique. « Il paraît qu'il faut manger la merde des frères Zotès pendant trois jours ! murmurait-on. — Oui, oui… et boire leur pisse ! — Et se faire enculer à sec par Zamacuco ! — Et… »

A force de radotages, les théories les plus folles finissaient par prendre une épaisseur qu'on n'osait plus contester. Et puis, les Zotès étaient fous, tout le monde le savait. Ce présupposé autorisait les pires spéculations. Les douze adolescents qui servaient d'hommes de main aux brocanteurs jouissaient d'un prestige quasi divin auprès des enfants de la *favela*. On voyait en eux d'étranges samouraïs, des écuyers sacrés chevaliers au sommet d'une montagne d'ordures. On les enviait. On les craignait.

Buzo marchait à pas lents, attentif aux bruits de la nuit. Des baraques de tôle et de planches montait une cacophonie feutrée faite de pleurs de nourrissons, de radios en sourdine, de couples s'injuriant ou faisant l'amour… Les télévisions, qui fonctionnaient grâce aux dérivations pirates branchées sur les lignes électriques de Sâo Carmino, emplissaient les casemates d'une lumière bleue, irréelle.

— T'as la trouille ? s'enquit Buzo.

La feinte assurance du voyou agaça David. Pour reprendre l'avantage, il entreprit de lui raconter l'épisode du cimetière, n'hésitant pas à déformer la réalité.

— Alors, j'ai aperçu les singes ! haleta-t-il. Chacun d'entre eux tenait un bras ou une jambe de macchabée entre les dents. Tu les aurais vus décortiquer la chair pourrie ! Le vieux Bagazo a failli tomber dans les pommes. Le curé est grimpé en équilibre sur une stèle pour réciter le rituel d'exorcisme. C'était l'angoisse… Le chef des macaques m'a jeté un crâne, comme un ballon de foot, j'ai manqué de le recevoir en pleine poire. Il est tombé à mes pieds. Y avait encore des cheveux, mais plus d'oreilles, ça non… *plus d'oreilles.*

Il continua ainsi pendant trois minutes, s'amusant de la stupeur de son compagnon.

— Bagazo dit qu'ils vont envahir la ville, conclut-il, qu'ils vont venir récupérer leur ancien territoire.

Curieusement, cette dernière assertion mit fin à sa joie, et il fut soudain gagné par la certitude qu'il avait eu tort d'inventer ces fadaises. « Il est certaines heures de la nuit où il faut se méfier de ce qu'on dit, avait coutume de réciter tante Abaca, il est des moments où nos mots montent directement au ciel, comme la fumée un jour sans vent. Et l'on ne sait jamais qui, sous le manteau de l'obscurité ou le masque des nuages, peut justement se trouver à l'écoute. »

La *favela* se clairsemait, ouvrant une clairière au milieu du terrain vague. Des carcasses de voitures surgissaient de terre, çà et là, faisant le gros dos, leurs capots maculés par la fiente des *urubus*. Buzo s'agenouilla derrière l'une d'elles.

— Attends, chuchota-t-il, faut observer…

David se recroquevilla contre une portière rouillée. D'ordinaire, les expéditions nocturnes se terminaient ici, en terrain neutre. Aller plus loin, c'était entrer en zone interdite. C'était chasser sur le domaine des Zotès. David contempla le profil de Buzo. A la moue boudeuse, au front plissé, il comprit que l'apprenti voyou s'apprêtait à faire une ânerie. La lune laissait tomber une lumière bleue au centre du bidonville, éclairant l'espace ouvert dans le fouillis des baraquements. Le terrain nu, délimité par un fouillis de barbelés, faisait penser à ces maladies de peau qui dessinent des taches dans la fourrure des animaux.

David faillit tirer sur la manche de son compagnon pour le supplier de faire demi-tour, mais il eut honte. Il plissa les yeux, guettant les *capangas* dont il redoutait l'apparition. C'étaient des orphelins dont les parents avaient succombé aux fièvres. Ajo Zotès les avait recueillis et dressés à le servir. Ils assistaient les brocanteurs dans leurs rapines et veillaient sur la zone interdite comme des sentinelles. Ils violaient indifféremment les filles et les garçons surpris en train de franchir la frontière séparant le bidonville du cimetière de voitures.

Au-delà des barbelés, on distinguait un amoncellement de coffres blancs, entassés telles des briques énormes. C'étaient des réfrigérateurs volés que Zamacuco (l'aîné des frères Zotès, le colosse…) amassait en attendant de les descendre sur son dos, jusqu'au rivage, pour les charger sur le caboteur du receleur qui passait deux fois par mois récolter le fruit de leurs exactions. En attendant l'heure du ramassage, les réfrigérateurs érigeaient un rempart métallique autour du camp des brocanteurs.

David se mordit la lèvre. L'attirance de son ami pour le clan des brocanteurs le dégoûtait. Ajo et Zamacuco Zotès n'étaient pas des maîtres qu'on pouvait envisager de servir avec fierté. Tous deux, d'âges indéterminés,

avaient sillonné l'Amérique latine avant de venir échouer
à Sâo Carmino. Ajo était décharné, rongé par une armée
de parasites intestinaux. Il avait longtemps ambitionné
d'intégrer une école de samba, à Rio, mais son caractère exécrable l'avait fait expulser de partout. Il avait
conservé de son bref passage sur les *morros* la détestable habitude de cogner du poing sur les bidons et les
fûts qui traînaient dans l'enceinte du camp. Zamacuco,
lui, taillé en colosse, s'était exhibé dans les foires[1].
C'était un lutteur émérite, d'une force stupéfiante, mais
à qui les torgnoles avaient fait perdre la boule. Abîmés
par l'alcool et la drogue, les Zotès avaient débarqué à
Sâo Carmino alors qu'on en creusait les premières fondations. Ils s'y étaient installés, trafiquant avec les entrepreneurs ; assurant, quand l'occasion s'en présentait, le
rôle de briseurs de grève. Ils fournissaient des femmes
aux ouvriers, et distillaient de l'alcool. La fin des travaux
coïncida avec l'arrivée des nouvelles forces de police.
Ajo et Zamacuco choisirent prudemment de se replier
en attendant que la roue tourne. Ils gardaient le moral.
Pourquoi se seraient-ils inquiétés ? La misère et le vice
ne restaient-ils pas leurs meilleurs alliés ? « Y aura toujours de vieux salopards, répétait Ajo-le-Maigre, ici
comme partout ailleurs. Faut simplement attendre qu'ils
montrent le bout de leur pine ! Quand on est presque
mort et qu'on a du fric, c'est le moment ou jamais de
réaliser ses fantasmes, pas vrai ? » Zamacuco ne parlait
plus depuis longtemps. Ses muscles semblaient s'être
développés aux dépens de son cerveau. Aussi imposant

---

1. En Amérique latine, les catcheurs jouissent d'un prestige
considérable. Ils deviennent souvent des héros de bandes dessinées
ou de séries télévisées.

qu'un lutteur de sumo, il continuait à pratiquer un entraînement des plus fantaisiste.

La population du bidonville craignait les deux frères Les adolescents, eux, étaient carrément hypnotisés par les évolutions du monstrueux lutteur, lorsqu'il jaillissait de sa baraque, nu, la bedaine et les pectoraux frottés à l'huile de palme.

On murmurait qu'Ajo détestait tante Abaca. La sorcière lui faisait de l'ombre. Elle affaiblissait son pouvoir occulte. Elle l'empêchait de régner sans partage. Tant qu'elle vivrait dans l'enceinte du bidonville, les Zotès ne seraient que des seigneurs de second ordre. Ils avaient la force, soit. Mais Abaca, elle, détenait la magie !

— Hé ! hoqueta soudain Buzo, regarde ! *Le voilà !*

David se ratatina, les mains glacées, la respiration courte. La porte de la baraque occupant le centre du terrain vague venait de s'ouvrir à la volée, livrant passage à une créature que la lueur d'une lampe à pétrole nimbait d'une auréole jaunâtre. C'était un colosse obèse et nu, à la peau olivâtre, dont le ventre s'affaissait sur le haut des cuisses en plis successifs. Il brillait d'un éclat huileux, statue de graisse aussi ferme qu'un pneu de semi-remorque bien gonflé. On sentait que les coups ricochaient à la surface de cette chair caoutchouteuse sans atteindre aucun nerf. Zamacuco était enveloppé dans ses bourrelets comme un chevalier dans son armure. Il marchait en se dandinant dans la nuit bleue. Sa tête minuscule s'ornait d'un chignon à la mode indienne, une sorte de pelote noire dans laquelle il avait fiché une plume jaune.

« C'est une machine, se répéta David, Ajo-le-Maigre doit le piloter au moyen d'une télécommande ! »

De sa démarche hésitante, le géant s'approcha de l'amoncellement de réfrigérateurs et noua ses bras autour de l'un des appareils. Sans effort apparent, il en souleva un au-dessus du sol et entreprit de le serrer contre sa poitrine.

— On dirait un gorille étouffant un homme ! chuinta Buzo.

A présent l'ancien lutteur grognait en assurant sa prise. Ses épaules tremblaient comme un tas de gelée. Le coffre métallique du réfrigérateur craquait en se déformant…

— Il va en faire une boule, murmura Buzo. Il est aussi fort qu'une presse hydraulique !

David avala sa salive. D'où il se tenait, il voyait la porte se tordre sous l'étreinte. La peinture émaillée s'écaillait au fur et à mesure que la tôle s'incurvait. L'affrontement avait quelque chose de grotesque et de terrifiant. Grotesque parce qu'il opposait un homme à un appareil électroménager inerte, terrifiant parce que le lutteur malaxait le coffre de fer comme il l'aurait fait d'une boîte en carton !

Enfin, Zamacuco laissa retomber son « adversaire » dans la poussière. Le frigo s'abattit sur le côté, sa porte aux charnières disloquées s'ouvrit telle une mâchoire béante.

— Il est fou, déclara Buzo, il se croit toujours sur un ring en train de disputer un match, comme au temps de sa jeunesse. Il n'a plus de *challengers*, alors il s'en prend aux frigos. Il tord, il plie, il malaxe. Dans sa tête il entend les applaudissements de la foule.

— Pourquoi est-il dingue ? s'enquit David d'une voix mal assurée.

— Il a reçu pas mal de gnons, mais ce n'est pas la seule raison. En fait, Ajo le dopait avec des mixtures de sa composition avant chaque match, ça a fini par lui monter au cerveau. Il paraît que, vers la fin, Zamacuco se prenait pour la réincarnation d'Ogoun Ferraille, et il massacrait les lutteurs qu'on lui opposait. Il a tué un type dans un camp de chercheurs d'émeraudes, du côté de Mines Geraes, au cours d'un défi amical. Ce jour-là les Zotès ont failli se faire lyncher. Mon père m'a raconté que Zamacuco a littéralement cassé le mec en deux en l'écrasant contre sa poitrine. Les hallucinogènes dont le gavait Ajo lui avaient fait perdre la boule. Il criait : « Je suis Ogoun, seigneur du fer et des éclairs ! Je suis Ogoun Ferraille ! » Le pire, c'est qu'il n'en est pas resté là. Tu sais ce qu'il a fait ensuite ?

— Non.

— Il a commencé à sautiller autour du ring, le cadavre entre les bras, et puis brusquement il s'est mis à le manger…

— *Quoi ?*

— A le dévorer, tu as bien entendu ! C'est un rite en usage dans certaines tribus indiennes, on bouffe l'ennemi qu'on vient de tuer pour se pénétrer de ses vertus. Zamacuco avait perdu les pédales ! Il faisait tout le tour du ring en remorquant le macchabée, et à chaque nouveau tour de piste il baissait la tête et mordait dans la barbaque, à grands coups de dents. Il arrachait la viande des épaules, des bras, comme un fauve, en secouant la tête pour rompre les tendons.

David se ratatina davantage dans l'obscurité.

— C'est pas vrai, couina-t-il avec une voix de fille, tu racontes ça pour me foutre la trouille !

— Pas du tout, s'indigna Buzo, t'auras qu'à demander à mon père ! Il était là quand ça s'est passé, c'était il

y a dix ans, quand il travaillait à la compagnie des caout-
choucs et qu'il faisait le ramassage du jus d'hévéa.
Zamacuco était devenu dingue. Il mâchonnait la viande
du mort en recrachant les poils et les bouts de tissu. Il
y avait du sang partout, sur le ring, sur les spectateurs
des premiers rangs…

David ferma les yeux. Il lui semblait assister à la
scène. Il voyait le catcheur obèse barbouillé de sang, la
bouche pleine. Le visage de Zamacuco était rouge, ses
lèvres se retroussaient sur ses dents… *sur ses crocs.* Il
baissait la tête, mordant au hasard, emportant un morceau de biceps, dénudant un peu plus les os à chaque
nouvelle bouchée… Dans la salle les spectateurs recu-
laient, terrifiés.

— Il a eu de la chance, épilogua Buzo, si les flics
n'avaient pas confisqué les armes à l'entrée de la salle,
tous les spectateurs auraient été enfouraillés ! Je te laisse
imaginer leur réaction ! Zamacuco aurait encaissé trois
kilos de plomb.

— La police n'a rien fait ?

— Si, on l'a arrêté pour la forme, mais Ajo a graissé
la patte aux gardiens. Il a pris la fuite dans la nuit, avec
son frère. L'Amazonie, c'est une terre de sauvages,
faut s'attendre à tout.

David se frictionna les épaules. Il avait froid. De
l'autre côté des barbelés, le colosse avait repris sa gymnastique ridicule. On l'entendait souffler tel un taureau
dans l'arène.

— Qu'est-ce qu'il fait ? hasarda David.

— Il essaie de tordre des barres de fer. Il est malade.
Un de ces quatre matins une veine lui pétera dans le cerveau et il tombera raide mort.

— Dis… Il… Il a vraiment mangé son adversaire ?

— Ouais. Pas entièrement, bien sûr, mais un bout. Il paraît que les os des bras et des épaules étaient à nu. Mon père n'est pas du genre à inventer des histoires.

Ils se turent. Le catcheur huileux trépignait sur place, comme rendu fou par l'absence d'adversaire. On le sentait avide d'en découdre.

— C'est la faute d'Ajo, souffla Buzo, il lui a court-circuité les neurones avec ses contes à dormir debout.

Il fit une pause avant d'ajouter :

— Tu te souviens du type qui avait cambriolé la bijouterie de la Praça do Constituçao ?

— Oui. Celui qui a tué Mario Danza, le joaillier ? La police ne l'a jamais retrouvé… C'est Bagazo qui a embaumé Danza, il avait la tête éclatée, même que…

— *On l'a enterré avec un chapeau melon*, je sais, tu me l'as raconté trois cent dix fois. C'est pas ça l'important. L'important c'est que le voleur est venu se planquer ici !

— Ici ?

— Oui. Il espérait que les Zotès lui feraient remonter le fleuve jusqu'à l'estuaire, avec le bateau du fourgue. Le malheur pour lui, c'est que dès qu'il a franchi l'enceinte des barbelés Zamacuco lui est tombé dessus et lui a brisé les reins. Et ensuite…

— Tu ne vas pas prétendre que… ?

— Si, mon gars ! Zamacuco l'a dévoré, de la tête aux pieds. C'est pour ça que les flics ne l'ont jamais retrouvé. Il était dans le ventre du catcheur ! Il mange huit kilos de viande par jour ; le cambrioleur *yanqui* n'a pas dû lui durer plus d'une semaine. Moins si Ajo lui a donné un coup de main… ou plutôt *un coup de dents* !

David haussa les épaules. Cette fois, Buzo allait trop loin. Son histoire ne tenait pas la route. Il laissa fuser un rire incrédule dont les dernières notes sonnèrent faux. Le doute l'assaillit. Zamacuco semblait si sauvage… si peu humain. On finissait par se demander si Ajo n'avait pas élevé la muraille de barbelés dans le seul but de retenir son frère prisonnier. David s'ébroua. Allons, tout ça relevait de la légende urbaine ! Le lutteur n'était qu'un pauvre débile, un étrangleur de frigos, rien d'autre. Et le père de Buzo avait probablement imaginé ces fariboles pour dissuader son fils de s'approcher du territoire des Zotès.

— *Hé ! Regarde !* haleta le voyou en pointant l'index vers les barbelés.

Zamacuco s'était lancé à la poursuite d'un chat errant. Malgré son poids il se déplaçait avec rapidité. De temps à autre il se baissait, ramassait une pierre, et la jetait en direction de sa proie. L'un des cailloux frappa l'animal à la nuque et l'étourdit. Le géant fit alors trois pas, tendit les mains et saisit le petit félin par la tête et la queue. Indifférent aux coups de griffes, il éleva la bestiole au-dessus de sa tête, comme pour l'offrir en holocauste à une mystérieuse divinité, puis, sans lâcher son prisonnier, il commença à écarter les bras. David vit l'animal s'allonger, se distendre telle une pâte qu'on étire. Le corps de la bête se disloqua sous la force qui l'écartelait. Et brusquement, alors que les pattes esquissaient un dernier sursaut de défense, le ventre du chat se déchira, laissant pleuvoir ses viscères sur la tête de Zamacuco.

David se détourna et vomit. Buzo lâcha un juron. Zamacuco, lui, continuait à tirer, les bras levés au ciel. Le chat craqua, se séparant en deux parties.

— Trop cool…, murmura Buzo.

Maintenant, Zamacuco hésitait, contemplant dans chacune de ses mains une moitié de la bête… et ne sachant qu'en faire. Finalement, il jeta la dépouille au hasard, se nettoya d'une paume distraite et prit la direction de la baraque au petit trot.

— Woufff! soupira Buzo, tu parles d'un cinglé!

— Et tu voudrais aller là-bas le narguer! attaqua rageusement David. Au moins, tu as vu ce qui t'attend!

Ils restèrent face à face, mais l'incident du chat les avait dégrisés. La magie de la balade nocturne se dissipa. Jusqu'à présent, ils avaient joué à se faire peur en sachant qu'aucun danger réel ne les menacerait tant qu'ils resteraient du bon côté des barbelés. Le sacrifice du matou avait brouillé les cartes. A la lueur de ce minuscule carnage, les légendes les plus folles devenaient plausibles. David ne parvenait pas à chasser de son esprit l'image de Zamacuco écartelant l'animal.

Tu l'as entendu craquer, n'est-ce pas? Quand la peau s'est déchirée et que…

Il ne ferait pas la différence s'il s'agissait d'un enfant! Il l'attraperait de la même manière pour le…

L'image revint, insoutenable. Le ventre du chat se déchirant comme un sac de papier mouillé…

— Allez, on rentre, décida Buzo.

L'excitation avait déserté sa voix. Il passa son bras sous l'aisselle de David et l'aida à se relever. L'enfant se laissa faire. Il était faible comme un convalescent. Sans qu'il sût très bien pourquoi, la mort du chat prenait dans son esprit la dimension d'un signe prémonitoire… Jamais, jusqu'à maintenant, il n'avait senti avec autant d'acuité la fragilité de sa situation à l'intérieur du bidonville. Les Zotès occupaient le centre comme un volcan en pleine ébullition. Tante Abaca restait le seul rempart susceptible d'endiguer le déferlement de leur sauvagerie. Toutefois il ne fallait pas se leurrer : son influence diminuerait au fur et à mesure qu'elle cesserait d'exercer ses activités magiques. Or David devinait une lassitude grandissante chez sa tante. Une langueur analogue au sommeil maladif inoculé par certaines mouches tropicales. Abaca se ratatinait sur elle-même, victime d'une implosion au ralenti. Tôt ou tard, elle se laisserait aspirer par son tourbillon intérieur. Ce jour-là elle resterait prisonnière du rocking-chair et les Zotès pourraient lui voler sa couronne.

— Ça va ? demanda Buzo.

David émit un grognement évasif. La nuit avait été fertile en signes néfastes. *Les singes... le chat...* Une constellation noire s'organisait au-dessus de Sâo Carmino. L'obscurité avait une odeur de fumée.

« C'est idiot, se répéta l'enfant, je suis fatigué, rien d'autre. » Mais il savait qu'en choisissant cette explication il se mentait à lui-même.

Buzo s'arrêta à dix mètres de la maison-citerne.

— A demain, dit-il en s'éloignant.

David eut la sensation qu'il marchait plus vite que d'ordinaire et qu'il avait le dos rond des animaux effrayés.

12
Rage

Toute la nuit, David fut poursuivi par des rêves absurdes qui transformèrent son sommeil en une gigantesque partie de *scenic railway*. Ballotté par les cauchemars, il n'émergeait de l'inconscience que pour mieux retomber dans le gouffre aux chimères. Chaque fois qu'il ouvrait l'œil, il savait que la vague allait le rattraper pour l'aspirer à des profondeurs vertigineuses. Il crut voir Zamacuco, debout dans sa cabane. Dans la mauvaise lumière de la lampe à pétrole, le géant alignait les coupes gagnées à l'occasion des championnats de lutte indienne auxquels il avait pris part. Les trophées, aux formes alambiquées, brillaient dans la pénombre comme des urnes funéraires. Il y en avait des dizaines. Certains portaient, gravées sur leurs flancs, des pyramides aztèques ou des serpents à plumes. Le colosse les astiquait en marmonnant d'incompréhensibles litanies. Le rêve avait un tel caractère de réalité, que David eut l'impression d'être en train d'épier le débile par l'une des fentes de sa baraque. « Je rêve, se répétait-il, je vais me réveiller… Je ne suis pas là-bas, de l'autre côté des barbelés… Oh non ! » Mais déjà Zamacuco brandissait un chat efflanqué…

David se dressa en suffoquant, trempé de sueur. Le reste de la nuit ne fut pas meilleur. Au matin, il trouva tante Abaca installée dans le rocking-chair, les yeux mi-clos. Il lutta contre l'envie de la secouer en lui criant : « Tu n'es pas malade ! C'est dans ta tête ! Remue-toi, les Zotès volent au-dessus de nous comme des charognards. Si tu te laisses glisser, ils s'abattront sur la citerne. Résiste ! Fais un effort ! » Mais il ne dit rien. Depuis qu'elle avait été « empoisonnée » par la fumée d'un cigare, Abaca vivait en marge des vivants. David l'avait accompagnée dans sa déchéance. Il avait descendu un à un tous les degrés de l'échelle sociale. Il était passé d'un pensionnat huppé aux logements pourris des bas quartiers. Il avait troqué ses vêtements de prix contre des hardes. D'écolier studieux, il était devenu livreur de potions magiques.

Un cigare avait causé la ruine d'Abaca. Un pur havane *totalmente hecho a mano*, un de ces barreaux de chaise délectables que Fidel Castro offrait jadis au Che. Abaca utilisait les *Cohiba* pour les cérémonies d'exorcisme, lorsqu'il s'agissait de faire fuir le démon en soufflant de la fumée au visage d'un possédé. Quand tout allait bien, l'esprit malin quittait le corps de sa victime telle une bête dont on vient d'enfumer le terrier. *Quand tout allait bien...* Il fallait souffler en se concentrant, et en prenant garde de ne pas aspirer la fumée ainsi exhalée car le nuage de tabac se trouvait alors contaminé par les miasmes du démon. Un soir pourtant, tante Abaca avait été prise d'une quinte de toux. En reprenant sa respiration elle avait avalé les volutes diaboliques. « Je l'ai senti, disait-elle parfois, je l'ai senti dans ma bouche, comme le pénis d'un dieu... Il est descendu dans ma gorge, le long de mon œsophage, en dilatant mon tube digestif. C'était comme une trompe rêche, interminable. Elle s'est enfoncée dans mon estomac pour y cracher sa semence… Depuis, la chose s'y développe. Elle pousse, lentement. Un homoncule. Elle mange ce que je mange, elle boit ce que je bois… C'est pour cela que je jeûne : pour l'affaiblir, pour l'empêcher de se développer. Je ne veux pas de cet enfant maudit. »

S'estimant possédée, elle avait renoncé à ses fonctions de grande prêtresse au sein de l'église des Ames-de-la-Forêt-sanctifiée. L'argent avait cessé d'affluer. Il avait fallu déménager, abandonner les quartiers élégants. « Un jour, je le vomirai, décrétait-elle dans ses périodes d'optimisme. Quand il sera devenu trop faible, il ne pourra plus s'accrocher à mon ventre, je le rejetterai, je le cracherai au fond d'une cuvette. Tu le piqueras au bout d'une badine et tu le mettras à rôtir dans le feu ! »

David acquiesçait avec ferveur, quoique ce programme lui parût plutôt répugnant. Il préférait imaginer le diablotin parasite sous la forme de l'un de ces petits personnages de guimauve que les gosses s'amusent à faire roussir au-dessus d'une flamme pour les enrober d'une délicieuse croûte caramélisée.

Ce matin-là, tante Abaca lui parut plus fragile que de coutume. Inquiet et fatigué, il ramassa le sac de toile contenant les potions et prit le chemin de la cité pour effectuer sa tournée de livraisons. Contrairement à ce qu'il avait espéré, le soleil et le ciel bleu ne dissipèrent pas ses angoisses. Des images chaotiques continuaient à s'entrechoquer dans son cerveau. Il passa chez Bombicho pour lui apporter une poudre

concoctée par Abaca. A peine avait-il franchi le seuil
de l'appartement que l'ancien juge voulut lui montrer
la nouvelle sonde urinaire qu'il venait de recevoir
par la poste, mais David s'enfuit, évitant les mains
moites de l'affreux bonhomme. Comme Maria da Bôa,
Bombicho commandait plus de remèdes qu'il n'en
avait besoin dans le seul but d'attirer le petit livreur
chez lui. Combien de temps cela durerait-il ? Finirait-il
par se lasser ? Quoi qu'il en soit, David se sentait en
danger chaque fois qu'il se risquait dans l'antre du collectionneur. Il n'osait en parler à tante Abaca, l'état de
leurs finances ne leur permettait pas de se priver d'un
bon client.

Il se rendit ensuite chez Maria. La veuve avait confectionné une montagne de beignets à la confiture, qu'elle
avait disposés sur la table de marbre du balcon.

— Je t'attendais, lança-t-elle, on va gentiment déjeuner. Installe-toi.

Elle portait un peignoir d'éponge moelleux, dont
la fente révélait une cuisse grassouillette et blanche.
Incroyablement blanche. Elle s'assit de l'autre côté de
la table et servit le maté dans des bols de porcelaine.
Elle parlait de choses sans importance, énumérait les
incidents ménagers qui peuplaient le désert de son existence. Dans sa bouche, la description d'une assiette se
brisant sur le carrelage de la cuisine, ou des régurgita-
tions d'un évier bouché prenait des allures apocalyp-
tiques. A l'entendre, l'appartement douillet, dont elle
sortait le moins possible, était une jungle pleine de dangers où chaque tâche ménagère était l'occasion d'une
formidable aventure. Les beignets formaient une boule
caoutchouteuse dans l'estomac de David. Il n'avait pas

vraiment faim, mais conserver la bouche pleine le dispensait de parler.

— Le ciel est si bleu, s'extasiait la veuve, tu sais qu'à Sâo Paulo le nuage de pollution est si dense qu'on ne distingue plus la couleur du ciel depuis des années ?

— Hon… non…, fit David.

Alors qu'il tendait la main vers son bol, les singes apparurent sur la pelouse entourant le bâtiment. Ils étaient deux. Pelés… presque nus. La distance gommant leur aspect simiesque, on aurait pu les prendre pour des nains. Des nains ou des enfants. Cette similitude se trouvait renforcée par le fait que les bonobos, à la différence de bien des primates, marchent comme les humains et sont capables de se tenir debout sans prendre appui sur leurs bras. La gorge de David se serra tandis que la voix de Maria dérapait dans l'aigu.

— Alors… Cette saleté de lave… de lave-vaisselle…, ânonna-t-elle, débitant son discours tel un robot qui s'enraye.

David fronça les sourcils, les singes ne sortaient jamais de la forêt en plein jour. Pour les surprendre, il fallait s'avancer à la lisière du *sertâo*. Là, avec un peu de chance, on pouvait entrapercevoir quelques silhouettes velues, mais jamais les bêtes ne s'avançaient en « territoire ennemi ». Jamais.

Sur la pelouse les singes commencèrent à copuler. Maria détourna la tête. David avala la bouillie du beignet qui lui emplissait la bouche. Le discours de la veuve devenait incohérent. Sur la pelouse, les bonobos emboîtés l'un dans l'autre poussaient des grognements. Il devenait impossible de les ignorer. Maria se redressa en heurtant la table. La théière se renversa et

David n'eut que le temps de s'écarter pour ne pas être ébouillanté.

— C'est… c'est dégoûtant ! hurla la veuve d'une voix déchirante. Mais que fait la police ?

Elle se rua dans l'appartement, le visage dissimulé dans une serviette de table, abandonnant David au milieu des beignets.

— Ferme les yeux ! hurlait-elle du fond de la salle de bains. Je t'en supplie, ferme les yeux si tu veux rester un enfant !

David repoussa sa chaise et attrapa son sac. Assise au bord de la baignoire, Maria sanglotait en reniflant. David choisit de s'éclipser.

Une fois dans la rue, il ne put se retenir de jeter un coup d'œil en arrière… Les singes étaient toujours là. Le mâle mordait la nuque de sa partenaire et lui griffait les flancs. Maintenant, des fenêtres s'ouvraient, çà et là des retraités essayaient de séparer les animaux en rut en leur jetant des seaux d'eau. Absorbés par leur besogne, les bonobos n'y prêtaient pas attention.

David s'éloigna. Il n'avait pas parcouru cent mètres qu'un hurlement fusa du square de la Rénovation. C'était un cri de femme âgée, à la voix rauque, que la terreur changeait en un croassement. Le garçon hésita, puis se décida à traverser la rue. Le square tenait le milieu entre la piste d'atterrissage pour hélicoptère de combat et le monument aux morts. On n'avait pas lésiné sur le granit. La fontaine de marbre y était surmontée d'un « ange » teutonique que n'aurait pas renié Arno Breker. Les jours de forte chaleur, elle était surtout appréciée des dames qui y trempaient des mouchoirs pour se bassiner les tempes. Les messieurs, eux, s'en tenaient généralement éloignés, les problèmes de prostate s'accordant mal avec le clapotis incessant du jet d'eau.

David dut faire un véritable effort pour pousser le portillon de métal. Il se sentait en infraction. « Ne t'en mêle pas ! » lui souffla une voix intérieure. Mais la vieille femme hurlait, une main piquetée de taches hépatiques pressée sur la poitrine. Son ombrelle blanche avait roulé sur le sol. C'était une septuagénaire anguleuse, vêtue de tissu tropical immaculé et coiffée d'un chapeau à voilette comme en portaient les dames de qualité au début du siècle. Le vent poussa l'ombrelle sur les graviers du chemin…

La vieille femme hurlait. L'ombrelle roula un peu plus, démasquant le singe accroupi sur la pelouse. Un singe que la pelade avait dénudé, au faciès glabre. Il tenait un animal entre ses mains noueuses, un de ces chiens d'appartement que les vieilles personnes aiment tant. Un caniche peut-être ? Le chien était mou, sa tête ballottait de droite à gauche. Le singe lui avait rompu les vertèbres cervicales en le secouant de toutes ses forces. David fit un pas. Le primate grogna en l'apercevant et se mit à secouer le chien de plus belle. La tête du caniche roulait en tous sens. « Elle va se détacher ! » pensa David. Il reconstitua mentalement la scène. La femme promenait son chien quand le singe avait surgi des buissons. Elle avait crié, le caniche avait peut-être tenté de s'interposer pour protéger sa maîtresse. Mal lui en avait pris… David s'immobilisa, ne sachant que faire. Il avait peur du macaque dont les mâchoires claquaient. Les cris de la dame en blanc lui vrillaient les oreilles… Soudain, avant d'avoir réalisé ce qui arrivait, il reçut le cadavre du chien en pleine poitrine et perdit l'équilibre. Au moment où ses fesses entraient en contact avec les gravillons, il vit le primate bondir dans les fourrés et sauter par-dessus la grille du square. David grimaça en repoussant la dépouille du caniche.

— Popino ! hurla la dame. Popino !

David se redressa. La femme l'écarta d'une bourrade et s'agenouilla près du caniche dont la tête déjetée la fixait sans la voir.

— Popino ! gémit-elle encore une fois.

David haussa les épaules et s'éloigna en clopinant. A l'instant où il sortait du square, il aperçut le singe meurtrier de l'autre côté du trottoir. L'animal se dandinait d'une patte sur l'autre, les cuisses écartées de manière à exhiber ses organes sexuels, ce qui – chez les siens – passe pour une affirmation virile doublée d'une invite au combat. David recula en prenant soin de ne pas tourner le dos à la bête. « Il va m'attaquer, pensa-t-il, il va me casser le cou… » David serra les doigts sur le sac contenant les pommades. Si l'animal faisait mine de l'agresser il le frapperait à la volée avec l'espoir que les pots lui fendraient le crâne. Par bonheur, une voiture déboucha à l'angle de la rue, provoquant la fuite du macaque. David s'ébroua. Il fut bousculé par la vieille femme qui sortait du square, le caniche dans les bras. Perdant son chapeau à voilette, elle se mit à courir au long de l'avenue, le visage plissé par les larmes.

— Il a assassiné Popino ! hurla-t-elle en tournant au coin du boulevard de l'Ascension.

David réprima l'envie de galoper qui lui montait dans les jambes. Déjà les téléphones sonnaient d'un appartement à l'autre pour colporter l'événement. Leurs timbres stridents jaillissaient des fenêtres pour cascader au long des façades, emplissant les rues de leur cacophonie.

Des couples se pressaient aux balcons. Les messieurs, brandissant des jumelles, scrutaient la perspective du boulevard telles des sentinelles guettant du haut d'un donjon le déferlement des barbares.

— Qu'est-ce qui se passe? criaient les femmes, le buste écrasé sur l'appui des fenêtres.

— Un meurtre… Il y a eu un meurtre au square.

— Oh! mon Dieu!

David rasait les murs. Il sentait le poids de tous ces regards sur sa tête. C'étaient comme des pierres jetées du haut d'un toit.

— Et ce gosse, sifflait-on, qu'est-ce qu'il fiche à traîner chez nous? Sa place est à la *favela*, non?

*

Dans les jours qui suivirent, la fièvre grimpa de façon alarmante. Les singes multiplièrent les incursions, envahissant les lieux publics. On les vit s'accoupler sur le capot des véhicules en stationnement, grimper le long des lampadaires, ou déféquer à l'intérieur des cabines téléphoniques. Certains escaladèrent les façades, entrèrent dans les appartements en passant par les fenêtres, les balcons! Chaque fois qu'un chien essayait de les mettre en fuite il était tué. Les dépressions nerveuses se multiplièrent, alimentées par les récits des vieillards traumatisés. « Il… il a bondi sur le rebord de la fenêtre, balbutiait-on, il était horrible, avec un corps sans poil. On aurait dit un enfant attardé… Mon petit Yorkshire s'est mis à aboyer en l'apercevant, et le singe l'a soulevé par la peau du dos… Oh! c'était affreux! Il l'a tenu en l'air devant lui, comme si ça l'amusait de voir le pauvre chien remuer les pattes en couinant de douleur… et puis… *et puis il l'a jeté dans le vide.* Du septième étage. Je l'ai entendu rebondir sur la façade. Il y a eu un choc, un jappement… et… et… Après, le macaque a volé la nourriture sur la table de la cuisine, puis il est reparti par où il était venu en se laissant glisser le long des canalisations. Depuis je vis les volets clos. »

En l'espace de quarante-huit heures, le lieutenant Corco reçut une dizaines de plaintes analogues. Le téléphone ne cessait de sonner, et lorsqu'on demandait aux plaignants de passer à l'hôtel de police pour signer leur déclaration, ils explosaient en invectives chevrotantes : « Vous êtes fou ! il est hors de question que je sorte tant que des macaques se promèneront dans nos rues ! Qu'attendez-vous pour les chasser ? Ils vous font peur ? »

Devant tant de mauvaise foi, Corco luttait pour conserver son calme. Pendant ce temps, les plaintes affluaient. Le maire finit par froncer les sourcils.

— C'est quoi, cette histoire ? aboya-t-il au nez du lieutenant, qu'il reçut dans un couloir entre deux réunions du bureau d'urbanisme. Vous ne pouvez rien faire ?

— Si, proposa Corco, je peux distribuer des fusils à mes hommes et organiser un safari…

— Allons ! gronda le maire. Et pourquoi pas des grenades ? Vous n'allez tout de même pas patrouiller dans les rues en tirant à tort et à travers. C'est trop dangereux. Au premier coup de feu les gens se précipiteront aux fenêtres, la moindre balle perdue peut déclencher un drame ! Je ne veux pas que l'un de mes administrés s'écroule fusillé par un flic maladroit ! Non, il n'en est pas question. Essayez la manière douce, la ruse. Pourquoi pas des fruits aspergés de narcotique ou un truc du même genre ?

Corco baissa la tête, refrénant sa colère. A l'instant où il sortait de la mairie il avisa trois bonobos accroupis au soleil qui déféquaient en chœur sur les marches de l'hôtel de ville. Ce spectacle lui mit le sang aux tempes, il sentit sa main droite chercher instinctivement la crosse de son arme de service. Il recouvra son sang-froid à grand-peine. Les singes le regardaient en retroussant les lèvres, dévoilant leurs dents jaunes. Ils se déplièrent enfin, flairèrent les tas d'excréments, y trempèrent les doigts, reniflèrent encore, et se dispersèrent dans les buissons en fracassant les brindilles des arbustes d'agrément.

Une fois dans sa voiture, Manuel Corco inspira à fond, essayant d'évacuer la boule de colère qui lui obstruait le cerveau. Roulant vers le commissariat, il remarqua que Sâo Carmino prenait des allures de ville assiégée. Les immeubles offraient au regard des façades aveugles, aux volets soigneusement descendus. Balcons et terrasses étaient vides, comme les rues et les squares. Seuls quelques vieux messieurs téméraires se promenaient encore sur la berge du fleuve. Quand on leur demandait si tout allait bien, ils touchaient le rebord de leur chapeau de paille du bout des doigts en lançant : « Un ancien soldat est toujours sur le qui-vive, lieutenant ! Ne craignez rien, un vieux colonel est encore une bonne sentinelle. » Ces rodomontades d'ancêtres exaspéraient Manuel Corco. Qu'auraient-ils

pu faire si les singes avaient soudain décidé de les attaquer ? Les chasser à coups de canne ?

Au commissariat, il tomba sur Matt Meetchum qui
l'attendait dans son bureau en fumant un mince cigare.
Le journaliste mâchonnait sa moustache d'un air pen-
sif. Des perles de sueur brillaient sur son crâne chauve.
« On dirait une courge qui transpire ! » pensa Corco en
s'asseyant.

— Alors, attaqua le policier, vous êtes dans votre
élément ?

— De quoi parlez-vous ? s'étonna l'Américain en
écarquillant les yeux d'un faux air naïf.

— Du caca ! explosa Corco, vous aimez ça, vous,
les journalistes ! Avec les singes vous êtes servi, non ?
Ils n'arrêtent pas de chier. Dans une semaine, ils auront
transformé Sâo Carmino en tinette géante !

— Vous vous emballez. Il me semble que les chiens
de vos petits vieux avaient entrepris de décorer les trottoirs bien avant l'arrivée des singes, non ?

— Peut-être, mais les chiens n'allaient pas chier sur
les toits des voitures, eux !

Meetchum haussa les épaules avec cette lenteur molle
des *Yanquis* qui souffrent de la chaleur. Le devant de
sa chemise était trempé. Il puait. La sueur et l'eau de
toilette. 50-50. Corco se passa la main sur le visage. Il
ne devait pas s'énerver. La présence de Meetchum flat-
tait le maire.

— D'après vous, marmonna Corco d'un ton plus
conciliant, pourquoi cette invasion ?

Meetchum écrasa son cigare dans le cendrier.

— J'ai beaucoup discuté avec les gens, dit-il de sa
voix basse et traînante, on m'a raconté que la construc-

tion de la ville a chassé les singes de leur territoire. Une histoire semblable s'est produite au Kenya, dans les années 50. Des missionnaires avaient rasé un coin de forêt pour ériger une église et un dispensaire. Les chimpanzés qui occupaient l'endroit ont mal supporté la chose : un matin, à l'aube ils sont tombés sur la mission et ont tout saccagé. Ils ont même déchiqueté l'un des prêtres qui tentait de s'interposer. Vous savez que deux chimpanzés en colère peuvent écarteler un homme de ma corpulence sans le moindre effort ?

— *Je sais.* A votre avis, c'est pour cette raison qu'ils tuent les animaux domestiques ? J'ai quinze plaintes dans ce casier : des chats, des chiens auxquels ils ont tordu le cou.

— Sûrement. Ils s'en prennent aux animaux parce qu'ils n'osent pas *encore* attaquer les humains. Je dirais qu'il s'agit d'une répétition. Ils se font la main sur les Yorkshires avant de passer à la taille supérieure. D'ordinaire le bonobo est pacifique, et même fort sociable. Son intelligence lui permet de communiquer aisément avec les humains. Ce qui se passe ici s'éloigne vraiment des schémas comportementaux habituels.

Corco secoua la tête, incrédule.

— Mais enfin, remarqua-t-il, jusqu'à maintenant ils étaient restés dans la forêt…

— Mmouais…, admit Meetchum, mais il semble qu'on les ait persécutés. J'ai pu parler avec un vieillard insomniaque qui habite à la sortie de la ville. Il m'a affirmé avoir assisté à des hécatombes nocturnes menées par un mystérieux personnage qui – selon lui – fusillerait les singes à l'aide d'une arme munie d'un silencieux… C'est une histoire rocambolesque, mais qui peut justifier l'énervement des bêtes. Leur patience est à bout. En ayant assez d'être exterminées, elles attaquent à leur tour. On peut les comprendre, non ?

Corco baissa les yeux, mal à l'aise. *Ainsi quelqu'un l'avait surpris dans sa besogne d'assainissement ?* « C'est peut-être Meetchum lui-même, songea-t-il avec une bouffée de haine, il m'a suivi l'autre soir… Oui, ce ne peut être que lui ! Et voilà qu'il me sert cette histoire de vieillard insomniaque pour me faire comprendre qu'il a barre sur moi… »

— Et que dit le maire ? murmura le journaliste. Il compte prendre des mesures ?

— Non, avoua Corco, rien de radical. On agira avec les singes comme avec les gens de la *favela* : aucune répression ouverte tant qu'ils ne commettront pas de dommages sérieux. Le maire veut que nous coursions les bonobos pour leur faire bouffer des somnifères. C'est du délire ! A croire que le *Wild World Fund* a des actions à Sâo Carmino !

— Vous ne les aurez pas facilement, riposta Meetchum. Leur intelligence est très supérieure à celle des singes ordinaires. Ils auront vite fait d'analyser la situation et de développer des stratégies de riposte.

Ils furent interrompus par un septuagénaire qui portait le cadavre d'un teckel dans un sac-poubelle.

— C'est le chien de ma femme, décréta-t-il d'un ton qui n'admettait pas la réplique, un singe l'a étranglé alors qu'elle lui faisait faire le tour du pâté de maisons pour qu'il puisse enfin pisser ailleurs que sur la moquette. J'ai dû faire venir le médecin. J'ai cru qu'elle allait perdre la tête ! Allez-vous faire quelque chose, vous, *les jeunes* ? Ou bien comptez-vous sur les vieillards pour remettre de l'ordre dans cette ville ? Si c'est le cas, sachez que Sâo Carmino ne manque pas d'anciens soldats et que…

Corco engagea une feuille dans sa machine à écrire. Il aurait pu réciter d'avance ce qu'allait dire le vieil homme. Il commença à taper. Sur le bureau, les yeux morts du teckel le contemplaient du fond du sac-poubelle, entre le téléphone et le pot à crayons.

13

Les revenants

A la fin de la semaine, la psychose prit un tour inattendu. Octavio Bagazo, l'entrepreneur de pompes funèbres, commit l'erreur de conter dans les gargotes la scène qui s'était déroulée au cimetière lors de la dernière inhumation clandestine. Il faisait chaud, il avait beaucoup bu pour oublier l'odeur du formol, et ses mots amplifièrent ses pensées au point de leur donner un tour qui frappa les consommateurs et figea les ricanements sur les lèvres des incrédules.

— J'étais là, gronda-t-il d'une voix sépulcrale, et Papanatas, le prêtre, également ! Il pourra confirmer ! Les bonobos ont déterré les morts pour les manger ! C'est pour ça qu'ils sont devenus fous. Les produits d'embaumement les ont intoxiqués. Ils sont en plein délire... comme sous l'influence d'une drogue.

Il fit une pause, goûta le silence qui régnait dans le bar d'ordinaire bruyant et ajouta :

— Il y a peut-être une autre explication... Une explication qui fait dresser les cheveux sur la tête quand on y réfléchit...

Il fit une nouvelle pause. Un remous agita la foule des clients.

— *Et si l'âme des morts était passée dans le corps des singes ?* dit-il en détachant les syllabes. Hein ? Vous y avez pensé ? Les Indiens prétendent que l'esprit des ancêtres enfouis dans la terre passe dans le maïs que nous mangeons[1]. Si les singes ont dévoré les cadavres, il est évident que l'âme des défunts est maintenant en eux.

— Arrête, Bagazo, coupa le patron, il ne faut pas parler de ces choses-là, ça porte malheur !

Et il se signa. Comme beaucoup de Brésiliens il était *très* superstitieux. Lors de la fête des Ames, il n'omettait jamais d'allumer des bougies au coin des rues, devant les petits autels de carton disposés à cet effet.

— Ha, ha ! ricana l'embaumeur, *se taire* ! Toujours se taire ! Vous croyez que le silence peut tout arranger ? Mais ouvrez donc les yeux ! Vous ne comprenez pas que nous avons mérité ce qui arrive aujourd'hui ? Les morts viennent nous réclamer des comptes ! Ils ont enfilé la peau des singes comme un vulgaire manteau ! Ils utilisent les animaux comme des véhicules, des supports, mais ce sont des pensées d'hommes qui courent sous ces crânes velus, des pensées d'hommes en colère. Ils sont sortis de la jungle pour nous dire : « Honte à vous qui ensevelissez vos morts à la sauvette ! Honte à vous qui avez banni les cérémonies de sépulture et relégué nos dépouilles sacrées aux confins de la ville, comme on le fait des ordures ! » Oui, voilà ce que disent les fantômes habillés en chimpanzés qui courent dans nos rues. Les animaux ont mangé la chair humaine, et l'esprit des défunts est passé en eux, comme l'esprit

---

1. Authentique.

du Christ descend en vous quand vous avalez l'hostie consacrée du père Papanatas !

— Tu blasphèmes ! hoqueta le cafetier.

— Non ! vociféra Bagazo atteignant aux confins du délire éthylique. C'est vous qui blasphémez, vous qui avez honte des morts ! Mais maintenant il faut payer le prix de l'outrage !

Sur ces derniers mots il s'affaissa, et on dut l'allonger sur une banquette.

Il est difficile de déterminer si Bagazo croyait à ce qu'il disait, quoi qu'il en soit la graine était semée. L'information voyagea de bouche en bouche à travers Sâo Carmino. Bientôt chacun sut que le cimetière exilé aux limites de la cité avait été profané par les singes et que…

La théorie transsubstantielle émise par Bagazo troubla les esprits. Le père Papanatas fut assailli de coups de téléphone. Il avait assisté au phénomène, on attendait qu'il tranche dans un sens ou dans l'autre. L'homme d'Eglise vit son carnet de rendez-vous se remplir à une vitesse hallucinante. Brusquement, chacun éprouvait le besoin de se confesser. « Pouvez-vous passer le plus vite possible ? » lui chuchotait-on dans l'écouteur. Agacé, il consultait son agenda et prenait les coordonnées du solliciteur comme un médecin organisant sa tournée. Depuis que les singes erraient dans les rues, l'église restait vide. Les gens avaient peur de quitter leur appartement. On faisait livrer la nourriture et l'on n'ouvrait la porte qu'après avoir inspecté le couloir à travers le judas. Soucieux de l'âme de ses ouailles, le père Papanatas avait institué la confession à domicile. Il se déplaçait sur rendez-vous, allant d'un immeuble à l'autre d'un pas pressé auquel il essayait de conserver un semblant de dignité. On le faisait entrer dans des logements obscurs, aux volets clos où chacun chuchotait. Il s'asseyait, écoutait, réconfortait…

Lorsque Maria da Bôa lui demanda son aide, il la plaça en tête de liste. Maria était l'une des bienfaitrices de la nouvelle église de Sâo Carmino. A la mort de son mari, elle avait fait don d'un ciboire ancien en or martelé ayant appartenu, disait-on, à l'un des pères évangélisateurs de l'Amazonie.

Papanatas se rendit sans tarder chez la veuve qui menait une existence recluse et s'affichait rarement dans les salons de thé, à la différence de ses congénères.

Maria le reçut dans la pénombre, volets tirés. Il vit qu'elle avait posé sur une table de marqueterie le gros revolver d'ordonnance de feu Benito da Bôa, son mari. Cette précaution le fit sourire car il imaginait mal la main potelée de la dame se refermant sur cette crosse conçue pour une paume d'officier.

— Je suis inquiète, lui murmura Maria, on m'a répété les propos de l'embaumeur. Si l'âme des morts habite les singes, on ne peut plus décemment tuer ces animaux… Les abattre équivaudrait à manquer une seconde fois de respect aux esprits courroucés qui les hantent ! Ah ! mon père, nous avons été bien coupables en refusant l'idée de la mort prochaine. Pourquoi le maire a-t-il ainsi flatté notre orgueil ? Nous avons voulu oublier qu'il nous faudrait bientôt comparaître devant le Créateur, c'est un péché, un grave péché !

— Ne vous emballez pas, intervint le prêtre que cette fougue mettait mal à l'aise, vous prenez trop au sérieux les déclarations d'un homme ivre. Ne vous laissez pas empoisonner par le climat de fantasmagorie qui règne en ville. La chaleur échauffe les imaginations…

Il parlait d'une voix atone, débitant un laïus de réconfort, cent fois récité depuis le début de la semaine. Mais, au fond de lui, les images flamboyaient, inquiétantes : *Les singes émergeant des herbes folles poussant entre les tombes. Les singes rosâtres dont l'affreuse nudité faisait ressortir les organes sexuels…*

Depuis l'épisode du cimetière, Papanatas ne pouvait plus trouver le sommeil dans l'obscurité. Il conservait une lampe allumée près de son lit, et certains soirs il lui arrivait de coincer le dossier d'une chaise sous la poignée de sa porte. Il s'en voulait de tant de lâcheté, mais il était troublé. En fait il se sentait coupable. *Complice.* Jamais il n'aurait dû faire le jeu du maire en acceptant d'ensevelir les morts à la sauvette. Il avait commis une faute en cautionnant cette mascarade. Il avait été faible, trop faible. Un vieux fonds de superstition lui soufflait qu'il serait le premier à qui les fantômes viendraient demander des comptes, et cette perspective n'avait rien de réjouissant.

— J'ai entendu dire que les produits d'embaumement avaient rendu les singes immortels, chuchota Maria da Bôa, qu'en pensez-vous, mon père ?

Cette fois Papanatas eut du mal à masquer son irritation. Une semaine de murmures moites, de tressaillements et de cauchemars répétitifs avait usé sa résistance nerveuse.

— Ma fille ! hoqueta-t-il, ce ne sont que des macaques…

Mais au même instant une voix intérieure lui souffla : « *En es-tu bien sûr ?* » Il prit soudain conscience de sa fragilité. Ayant durant vingt années exercé son ministère dans les quartiers aisés de Rio de Janeiro (Ipanema,

Leblon), il avait voulu, aux abords de la quarantaine, se donner l'illusion de jouer les missionnaires en se portant volontaire pour cette église dressée aux abords de la jungle. Ce projet à peine conçu, il s'était abandonné aux délices de l'imagination. Tapi dans le nid douillet de son presbytère, il avait, durant les deux mois précédant son départ, construit mille récits fabuleux dont il était le héros. Cette imagerie naïve l'enchantait, et il avait passé de longues heures les yeux dans le vague, se complaisant à inventer des dangers fictifs alors qu'il savait, de source sûre, que la ville dont il aurait la charge était une cité de haut standing peuplée de cadres supérieurs à la retraite, et qu'il ne serait nullement question pour lui d'évangéliser les *Caboclos*. Oui, il avait joué à se faire peur, il avait cultivé des fantasmes puérils et vaniteux dont il aurait dû avoir honte, créant du même coup des situations valorisantes où sa foi et son dévouement triomphaient toujours. « Je pars pour la jungle ! » s'était-il répété avec volupté en s'asseyant dans l'avion qui l'emportait vers Sâo Carmino. Deux ans s'étaient écoulés… Deux ans de sinécure, et voilà que, au moment où il s'y attendait le moins, surgissait le danger. La menace. Une menace qu'il cernait mal, et qui n'avait rien d'excitant. Il découvrait qu'il avait peur de l'aventure, et que le côtoiement de la forêt l'emplissait d'angoisse. Aujourd'hui, l'inquiétude de ses fidèles déteignait sur lui. Au fil des jours, sa voix perdait sa sérénité. Il bafouillait, s'emmêlait dans son latin. L'image des singes nus le hantait. « Ils ont bouffé les cadavres ! » avait crié Bagazo. *Dieu !*

— Mon père ? fit Maria étonnée par le silence subit de l'homme d'Eglise. *Mon père ?* Vous vous sentez mal ?

Papanatas se redressa, balbutia l'un de ces discours de réconfort tout faits auxquels il avait recours lorsque l'inspiration lui manquait, et prit congé.

Maria da Bôa resta seule, décontenancée par la fuite du prêtre. La lumière pénétrant par les fentes des volets dessinait des rais éblouissants dans la pénombre. Pour comble de malheur, la climatisation était tombée en panne le matin même, et il régnait à l'intérieur des appartements une chaleur éprouvante. Maria se redressa. La robe noire très stricte qu'elle avait passée pour recevoir le prêtre collait à ses cuisses. Des taches d'humidité s'agrandissaient sous ses aisselles et sa culotte lui rentrait dans la raie des fesses comme une ficelle mouillée. Elle eut envie d'une douche. Cependant, l'idée de se mettre nue la fit reculer. Depuis le début des « événements », elle vivait en état d'urgence. Il lui arrivait de dormir habillée, les chaussures aux pieds, une petite valise et une lampe torche placées à la tête du lit, dans l'attente d'un ordre d'évacuation. (*Comme lors des émeutes de 67, lorsque son mari avait dû…*)

Se dénuder pour entrer dans la baignoire, c'était se placer en position d'infériorité, c'était abaisser son seuil de vigilance. Elle s'immobilisa à l'entrée de la salle de bains, une main sur le sein gauche, aspirant avec difficulté l'air surchauffé qui entrait par la fenêtre du salon. En vraie dame de qualité, elle avait passé la majeure partie de sa vie dans des appartements, des salles de spectacle ou des voitures munies de systèmes de conditionnement d'air. Dès son plus jeune âge, on lui avait appris à ne pas s'exposer au soleil de manière à préserver la pâleur de sa chair et à ne pas brunir comme les métèques des bas quartiers. Elle avait rarement souffert de la chaleur. Dans son esprit, le mot « climat » fonctionnait comme une abréviation du vocable « climatisation ». La météo se réduisait pour elle à un bouton gradué encastré dans la moulure d'une bibliothèque. Un bouton magique qui vous préservait de la sueur et de la migraine. On le tournait à droite ou à gauche, et la brise soufflait, emportant la fumée des cigares, faisant cliqueter les pendeloques des lustres. Maria n'avait jamais connu la morsure du soleil, si ce n'est au cours de brefs trajets pour rejoindre sa limousine climatisée. Pour toutes ces raisons, l'haleine de four qui montait du dehors lui semblait l'émanation même d'un brasier apocalyptique. La transpiration la dégradait, la ravalant au rang de ces femmes du peuple dépoitraillées, dont les épaules nues brillaient toujours d'un éclat huileux.

Elle happa l'air avec une maladresse de poisson agonisant. Le manque d'oxygène avivait ses bouffées de chaleur. Un étau lui comprimait la gorge et la poitrine. Elle tituba, se raccrocha au lavabo. Pour un peu, elle se serait couchée nue au fond de la baignoire sous le jet d'eau froide tombant du robinet. Elle abaissa la fermeture Eclair de sa robe, puis se ravisa… Non. Elle devait rester vigilante. En alerte. Sur la commode le revolver d'ordonnance trônait, un tas de ferraille graisseux, pesant. Jamais elle n'oserait s'en servir pour tirer sur les singes… Le prêtre ne lui avait apporté aucun réconfort et son désarroi demeurait complet. L'âme des morts habitait-elle la chair des animaux, *oui ou non* ? Le père Papanatas s'était dérobé, elle l'avait bien senti.

Elle ne pouvait s'empêcher de penser à son mari, Benito, enterré aux limites de la ville, dans ce petit cimetière qu'elle avait alors jugé pittoresque, mais qui prenait aujourd'hui un aspect des plus sinistre. L'idée, *affreuse*, ne cessait de tarauder sa conscience. Quelles tombes avaient profanées les primates ? Pourquoi n'avait-on pas dressé une liste des cercueils éventrés ? Par négligence ou… parce que personne ne tenait à connaître la vérité ? « Allons ! se morigéna-t-elle, parle donc franchement pour une fois ! *Dis-le !* Allez ! Dis-le… Les… *les singes ont-ils dévoré mon mari ?* »

La chair de poule lui couvrit les bras. Si elle avait eu du courage, elle aurait appelé le vieux Bagazo, mais elle n'était qu'une femme seule, trop blanche et que la chaleur privait de toute combativité. Relatée par un journal satirique de Rio, l'aventure aurait pris ce tour grotesque qui fait s'esclaffer les lecteurs à la terrasse des cafés, mais ici, à la lisière de la jungle, dans ce territoire de bout du monde, les cadavres dépecés du cimetière sauvage ne faisaient rire personne.

Maria se massa les tempes. C'était un geste qui ne lui apportait aucun soulagement mais qu'elle avait emprunté à sa mère, une Portugaise pure souche, née à Lisbonne. Elle s'imagina un court instant au milieu d'un salon, une coupe de champagne à la main, racontant l'anecdote à un auditoire de vieilles perruches à la peau tendue par les liftings successifs. « Très chères… C'était un pays de sauvages ! Pensez donc, les cimetières sont remplis de chimpanzés qui déterrent les cadavres pour les dévorer… »

Non, ce n'était pas drôle. Du moins pas ici, en ce moment. Son mariage avec Benito avait été un mariage de raison, auquel elle avait donné son plein consentement. Elle n'avait nourri aucune passion pour cet homme de vingt-cinq ans son aîné, et si sa mort l'avait contrariée, elle ne l'avait nullement attristée. Maria était une veuve tranquille que n'assaillait aucun souvenir heureux. Elle avait vécu avec indolence, s'appliquant à demeurer décorative. Rien ne l'avait préparée à ce qui se passait aujourd'hui.

Non, elle n'oserait jamais refermer la main sur la crosse du gros revolver. Elle pivota sur ses talons, oppressée, tiraillée par l'impression que la pénombre changeait de texture dès qu'elle avait le dos tourné. C'était comme si l'appartement tout entier pesait sur ses épaules. Par une curieuse opération mathématique, les six pièces lui apparaissaient soudain comme une interminable addition de coins et de caches potentielles. Le salon, les chambres n'étaient plus qu'une suite d'angles obscurs, de replis. Les placards devenaient des trous, des terriers, les canalisations se changeaient en galeries. La maison révélait son véritable visage de champ de bataille… de territoire d'invasion.

Maria s'adossa au mur. Comment avait-elle pu être dupe ? Comment avait-elle pu un jour se sentir à l'abri au milieu de ce piège ? Une menace émanait des meubles et des objets familiers. Une sorte de cri silencieux vibrant sur une fréquence imperceptible aux humains. Sa bouche tremblait. Ses mains perdirent toute chaleur. « Benito va venir, pensa-t-elle, il sera dans la peau d'un singe… et je n'arriverai pas à le reconnaître ! »

Immédiatement, elle maudit sa crédulité. Il n'y avait rien de magique dans cette histoire. « Ce ne sont que des macaques, se répéta-t-elle, des singes malades qui réclament leur ancien territoire… »

Mais elle regarda dans la direction des volets roulants. Peut-être était-il imprudent d'ouvrir les fenêtres ? Abandonnant soudain toute logique, elle se demanda si le petit David ne pourrait pas lui fournir un charme ou un talisman susceptible de la protéger de l'invasion simiesque. Sa tante n'était-elle pas peu ou prou sorcière ?

— Je paierai un bon prix, murmura-t-elle à haute voix… Oui, un bon prix !

Elle était si vulnérable, si fragile, avec sa chair blanche. Trop blanche.

14

La légion blanche

Le père Papanatas réduisit la vitesse du vélomoteur sur lequel il était juché en équilibre précaire. D'ici trois minutes, il aurait quitté la cité et s'enfoncerait dans la forêt. La ville se tenait derrière lui désormais. A partir de cette minute, chaque tour de roue le rapprochait du vieux cimetière exilé dans la touffeur de la jungle. Tenaillé par la mauvaise conscience, il avait décidé de se rendre là-bas pour établir un inventaire précis des tombes profanées par les bonobos. De cette manière, il pourrait répondre aux interrogations de ses ouailles et cesser d'éluder le problème, comme il le faisait depuis une semaine, avec lâcheté.

Le vélomoteur tressauta sur les cailloux. Papanatas lâcha le guidon pour s'assurer qu'il avait bien glissé sa Bible dans la poche de sa soutane, puis il obliqua et prit le chemin du cimetière. Pour se donner du courage, il se répéta qu'il était de son devoir de faire taire les rumeurs. Une fois recensés les dégâts occasionnés par les singes, il pourrait ramener les choses à leur juste proportion. Il était en effet urgent d'enrayer la psychose collective qui gagnait ses fidèles avant qu'elle ne prenne une ampleur alarmante ; pour cela il devait les rassurer. « Les rassurer, eux… *ou te rassurer, toi ?* » souffla une méchante petite voix au fond de son crâne. Il secoua la tête, agacé, et ralentit. Il était arrivé. Après avoir couché le vélomoteur dans les hautes herbes, il s'engagea sous le couvert. Aussitôt la végétation l'enveloppa de son écrin moite, le coupant du reste du monde. Le prêtre était inquiet, les événements des derniers jours avaient ouvert une brèche dans sa tranquillité. Des relents de superstition l'assaillaient le soir. Au moment où il se glissait dans ses draps, il se surprenait à regarder bouger les ombres au plafond. Des contes, des souvenirs de mauvaises lectures, lui revenaient en mémoire… A plusieurs reprises, la nuit dernière, il s'était assis sur son lit en inspirant à fond pour chasser le poids invisible qui lui comprimait la poitrine.

Sâo Carmino n'était une ville neuve qu'en apparence. Il y avait trois siècles de cela, bien avant que les excavatrices creusent les fondations de l'actuelle cité, un village portant un nom identique se dressait le long du fleuve. Avant que soit érigée l'église de béton et de Plexiglas qu'occupait à présent Papanatas, il existait une mission, un bâtiment rustique laborieusement élevé par les pères fondateurs au cœur de la jungle. Le prêtre âgé, dont Papanatas était venu prendre le relais, lui avait expliqué ces choses… Il lui avait également parlé des légendes en vigueur chez les Indiens Ayacamaras. A l'époque, Papanatas était jeune, il n'avait prêté qu'une oreille distraite à ces billevesées ethnologiques. Le père Felipe était si vieux… il lui arrivait de s'endormir au milieu d'une phrase. Comment prendre au sérieux un homme qui avait oublié le nom de l'ordre auquel il appartenait ? Aujourd'hui Papanatas regrettait sa légèreté.

Le père Felipe n'avait-il pas parlé d'un territoire sacré jalousement gardé par un juge tout de blanc vêtu ?

« Vous trouverez des documents dans l'ancienne mission, avait-il marmonné, et aussi un mémoire que j'avais commencé à rédiger pour tromper l'ennui. Si le cœur vous en dit… Vous savez, nous sommes ici au bout du monde, et les soirées sont parfois longues. »

Papanatas se promit d'aller jeter un coup d'œil du côté des ruines de l'ancienne chapelle. Un territoire sacré, avait dit Dom Felipe. Un territoire sur lequel régnait jadis un prêtre jouissant du droit de vie et de mort sur ses fidèles. Oui, c'était quelque chose dans ce genre… Papanatas lutta pour rassembler ses souvenirs.

« On le surnommait le Grand Comptable, avait expliqué Dom Felipe. Mais d'autres l'appelaient le Maître d'école. Il avait le droit d'aller et venir dans la cité, d'entrer n'importe où, d'observer les gens dans leur vie intime, de jour comme de nuit… *et de leur attribuer des notes.*

— Des notes ? s'était étonné Papanatas. Comme… comme un instituteur ?

— Oui, il considérait les habitants de la cité comme ses élèves. Des élèves turbulents, indisciplinés. Il les observait sans jamais intervenir dans leurs actes, les laissant agir à leur guise. En apparence, les villageois étaient libres de faire ce qu'ils voulaient : voler, escroquer, forniquer, tuer… Aucune milice, aucune police n'était là pour les empêcher de nuire. Sâo Carmino était une ville sans loi. Une agglomération remplie de jouisseurs, de voleurs, de fornicateurs à qui personne ne reprochait leur conduite. Personne, sauf le Maître d'école, qui les notait. Bonne action, mauvaise action… Il avait établi un barème. Une sorte de pénitentiel comme les moines en utilisaient au Moyen Age, où chaque faute se trouvait répertoriée. A la fin de l'année, il faisait les comptes.

— Et ?

— Ceux qui n'avaient pas obtenu la moyenne étaient punis. Cela dépendait de la note obtenue. Parfois il leur brisait un membre, s'introduisait chez eux, la nuit, profitant de leur sommeil pour leur crever un œil… Il punissait les adultes et les enfants, sans établir de distinction. Ceux qui avaient obtenu une très mauvaise note, il les tuait.

— *Il les tuait ?*

— Oui, et personne ne se serait avisé de l'en empêcher. C'était le prix à payer. Toute l'année on avait le droit de se conduire comme un porc, mais le 31 décembre, on vous présentait l'addition… Le plus intéressant dans ce système, c'est que le juge demeurait en retrait douze mois durant. Effacé, invisible. Jamais il ne manifestait sa réprobation. Il s'appliquait à se faire oublier. Son dessein secret était d'amener les gens à pratiquer l'autodiscipline. Comme je vous l'ai déjà dit, il n'y avait pas de lois écrites dans la cité, pas de police non plus, et pas de prison. Si un homme en tuait un autre, il n'était ni lynché ni arrêté. Il continuait à circuler librement… La seule différence, c'est qu'à présent une *très* mauvaise note figurait en regard de son nom sur le registre du Grand Comptable. Une mauvaise note que seul un grand bienfait pourrait effacer. Avec ce système, tout le monde avait une seconde chance. On pouvait assassiner son voisin en toute liberté à condition de sauver cinq enfants de la noyade. Tout reposait sur la compensation, le rééquilibrage.

— C'est une très curieuse légende… », avait bâillé le jeune Papanatas.

Dom Felipe avait détourné les yeux, sans qu'il puisse déterminer si c'était là un signe de mépris ou de gêne.

« Il n'est pas certain que ce soit une légende, avait conclu le vieux prêtre en se levant péniblement. Mais vous aurez le temps d'y réfléchir, mon jeune ami. Comme je vous l'ai dit, les soirées sont fort longues. »

Alors qu'il remontait le chemin menant au cimetière, Papanatas eut un étourdissement. Le souffle lui manqua et il eut l'impression qu'un mur de verre lui interdisait d'aller plus loin. Il recula en titubant. L'air vibrait dans ses conduits auditifs, et le bourdonnement ainsi produit masquait les autres bruits de la forêt. La lumière du jour coulait en rais verdâtres de la voûte végétale. Les orchidées jaunes semblaient scintiller d'un éclat fluorescent, qui blessait le regard.

« *Un juge vêtu de blanc. Le Grand Comptable… Son carnet de notes sous le bras, un crayon coincé derrière l'oreille, comme un épicier…* » Les paroles de Dom Felipe sonnaient aux oreilles du prêtre, réverbérées par un écho imaginaire. Papanatas rassembla son courage et repartit à l'assaut du raidillon. Dans son sac, la Bible pesait une tonne. Il leva les yeux en direction du cimetière. Crispant les cuisses, il fit encore deux pas. Les lézardes qui constellaient les monuments funéraires parurent se dilater dans les vibrations de l'air surchauffé. Elles laissaient suinter des colonnes d'insectes. Ces théories grouillantes se répandaient dans l'herbe avec une extraordinaire vélocité pour converger vers les pieds du prêtre. « Si tu ne te décides pas à bouger, songea Papanatas, ces saletés vont finir par escalader tes souliers et s'introduire à l'intérieur de ton caleçon, sous ta soutane. » Cette éventualité le fit frissonner. Il savait qu'il contemplait là les véritables seigneurs de la forêt tropicale. Beaucoup de gens imaginent à tort que les maîtres de la jungle sont de grands animaux bardés de griffes et de crocs, ils se trompent, la vraie faune, la plus nombreuse en tout cas, c'est celle des insectes qui recouvre le sol de sa flaque mouvante. « Bouge ! se répéta-t-il. Ne reste pas planté là comme un crétin. »

Des scolopendres commencèrent à se rassembler autour de ses chaussures, hésitant encore à les escalader. Il s'aperçut qu'il était couvert de sueur. Une seconde, il imagina les mille-pattes courant sur ses mollets, ses cuisses, se faufilant sous les ourlets de son caleçon militaire, s'empêtrant dans les poils de son pubis… Il s'ébroua et se remit en marche, serrant les dents chaque fois que ses semelles écrasaient de nouvelles carapaces. D'un pas qu'il voulait décidé, il entra dans le cimetière. Là, il tira un bloc de son sac et gribouilla un relevé topographique des tombes profanées. Il fut soulagé de constater qu'il n'y en avait pas beaucoup. Encore une fois, l'imagination populaire avait exagéré les choses.

Il essayait de faire vite, de peur de se retrouver encerclé par les singes. Hélas, les noms n'étaient pas toujours lisibles. Il lui faudrait se reporter au registre des inhumations conservé à la sacristie. Plusieurs cercueils avaient été défoncés à coups de pierres. Le bois pourri à cœur n'avait guère opposé de résistance. Comme il achevait son croquis, il avisa une bâtisse ensevelie sous les lianes et comprit qu'il s'agissait du presbytère mentionné par Dom Felipe. La prudence lui conseillait de rebrousser chemin sans plus tarder, mais la curiosité le poussait à visiter cette ruine. Pourquoi ? Il n'en avait aucune idée. « C'est stupide, dangereux, se dit-il, ça doit grouiller de vermine, de serpents. »

Mais, déjà, il avait atteint la véranda. D'une main mal assurée, il écarta le rideau de lianes masquant la porte. La mousse espagnole enveloppait tout, les lichens avaient soudé les volets. Sans plus réfléchir, il expédia un coup de pied dans le battant qui s'ouvrit dans un nuage de spores et de poussière végétale. Papanatas fouilla dans son sac, à la recherche de la torche électrique. Si le plancher et les meubles avaient verdi, l'intérieur de la maison ne présentait pas l'état de délabrement auquel on aurait pu s'attendre. La lumière provoqua la fuite éperdue d'un million de blattes, mais, dans l'ensemble, la baraque n'avait rien d'une épave. Papanatas fit trois pas sur le parquet moussu, écrasant douze scarabées. Il se trouvait dans une bibliothèque... ou un bureau. Les murs disparaissaient sous des dizaines d'étagères surchargées de gros volumes dont les reliures de maroquin avaient moisi. Il s'en approcha. « Ce ne sont pas des livres, constata-t-il. On dirait plutôt des registres d'état civil. Ils sont classés par ordre chronologique. »

Promenant le halo de la lampe au long des rayonnages il réalisa que les archives remontaient très loin en arrière. Intrigué, il passa dans l'autre pièce, elle aussi tapissée de registres. Ceux-ci paraissaient encore plus anciens. Au fur et à mesure qu'on régressait à travers les âges, les volumes prenaient l'aspect de vénérables codex dont les couvertures de bois avaient été équipées d'une charnière de cuir à cinq nerfs. Consultant les dates, Papanatas haussa les sourcils. *Les recensions remontaient à près de trois siècles !* Il prit conscience qu'il se trouvait en présence d'un travail d'archivage initié par les fondateurs de la communauté. Un véritable trésor pour un historien ! Un trésor qui pourrissait au fond de la jungle depuis le départ de Dom Felipe. Il se sentit coupable de négligence. Cela ne l'étonnait pas de sa part, il avait toujours été mondain, soucieux de briller dans les salons par des péroraisons habiles qui faisaient étinceler les yeux des femmes.

Posant la torche sur la table, il entreprit de dégager l'un des volumes. Ce fut comme s'il essayait d'extraire une brique d'un mur. L'humidité et le lichen avaient soudé le livre à ses voisins d'étagère. Les manipulations de Papanatas mirent en fuite un troupeau d'araignées multicolores. Sans doute une mère et ses cent rejetons. Enfin, après avoir beaucoup peiné, il coucha le volume sur la table vermoulue et l'ouvrit. La reliure émit un craquement, les pages demeurèrent collées. Il dut s'aider de son canif pour les séparer.

Des colonnes de noms et de chiffres s'étalèrent devant ses yeux. « Naissances, mariages, décès… », songea-t-il tout d'abord, mais, en y regardant de plus près, il comprit qu'il se trompait. Il ne s'agissait pas de dates, mais bel et bien d'une… *notation*, comme un instituteur en porterait en regard des patronymes de ses élèves.

Brusquement, la sueur lui couvrit le front. « Ce n'est pas un registre d'état civil, se dit-il. C'est… *c'est l'un des carnets de notes du Grand Comptable.* »

Il eut un mouvement de recul instinctif, puis, se penchant sur la page tavelée de moisissure, où s'obstinaient à courir trois cancrelats, il entreprit de déchiffrer les listes consignées à l'encre noire. Des noms, des notes… positives ou négatives, ajoutant ou retranchant.

Desiderio Calvez : + 3, – 5, – 7, + 2...
Conchita Valdez : + 4, + 4, – 8...

Et cela continuait, à l'infini, au fil des mois. A la fin de chaque année, le 31 décembre, le Comptable récapitulait, dressant le bilan des douze mois écoulés. Chaque habitant se voyait attribué *sa* note. Si elle était négative, il convenait de se reporter au barème du pénitentiel pour déterminer quel châtiment on se devait d'appliquer. Fasciné, Papanatas tourna les feuillets. Il éprouvait quelque difficulté à déchiffrer cette écriture ancienne, agrémentée de fioritures et d'arabesques.

Enfin, il lut :

• – 2 : *deux coups de bâton.*
• – 4 : *un bras cassé.*

Plus bas, les choses se gâtaient.

• – 8 : *un œil crevé.*
• – 10 : *deux yeux crevés.*

Le prêtre se redressa. Il ne voulait plus lire, et pourtant une affreuse curiosité le poussait à continuer. Il lui sembla qu'on parlait de maison incendiée, d'enfants jetés dans un puits, d'amputations diverses. C'en était trop. Il ferma le livre, soulevant un nuage de moisissure. A l'aide de son mouchoir, il s'épongea le visage. Ce qui l'effrayait, c'était le nombre des registres. Toutes ces années... Toutes ces vies... Cela signifiait que le premier comptable avait passé le relais à un second juge, que ce dernier avait transmis son sacerdoce à un troisième comparse qui, lui-même... « A l'infini, songea Papanatas, horrifié. Il n'y a pas eu un seul surveillant mais des dizaines. Une véritable armée. Une confrérie. Une société secrète. »

Pendant trois siècles, peut-être davantage, des hommes s'étaient relayés, dans l'ombre, pour punir la

cité. A la différence des super-héros de bandes dessinées, ils n'intervenaient pas pour empêcher les crimes
et les délits. Leur action n'avait rien de préventif, elle
s'exerçait après coup, sans publicité aucune. En secret.
Il s'agissait d'une étrange chevalerie dont la mission
consistait uniquement à punir. « Des comptables armés
de poignards… », pensa Papanatas en regagnant la première pièce. Cette fois, il examina avec plus d'attention
les dates imprimées au dos des registres. Il vit que les
plus récents dataient d'une vingtaine d'années à peine.

Il eut une brusque illumination. *Dom Felipe…* Dom
Felipe avait-il fait partie de la confrérie ? Avait-il lui
aussi distribué notes et punitions sans en souffler mot
à personne ? Papanatas se rappelait leur ultime entre-
vue, juste avant que le vieil homme regagne Rio de
Janeiro pour finir ses jours entre les murs de l'hospice
où venaient agoniser les prêtres gâteux. Un doute le
saisit. *Le bonhomme n'avait-il pas, à mots couverts,
essayé de lui passer le relais ?* « C'est bien possible,
pensa-t-il. Je n'ai rien compris, alors il n'a pas insisté.
Peut-être a-t-il estimé, également, que je n'avais pas le
profil requis. J'étais jeune, trop mou… un vrai curé des
beaux quartiers. Il a dû me mépriser. »

Afin de vérifier sa théorie, il saisit le dernier registre
et le feuilleta. Il ne vit qu'une suite de patronymes et
de chiffres. Seule l'encre était plus noire, moins déla-
vée par le temps. La collection s'arrêtait là. Le reste
de l'étagère était vide. Personne ne s'était présenté
pour reprendre le flambeau après la défection de Dom
Felipe. « Il comptait sur moi, pensa Papanatas. J'ai
déçu ses espérances. »

Après avoir vérifié la date, au dos du registre, il cal-
cula que le vieux prêtre avait cessé de jouer les bour-

reaux à l'âge de soixante ans. « C'est à cette époque qu'il a eu des problèmes de santé, décida-t-il. Sans doute n'avait-il plus la force physique nécessaire pour punir ses ouailles ? » Il rejeta le dossier sur la table, tout à la fois dégoûté, effrayé et fasciné. S'il en avait eu le courage, il aurait mis le feu à la bicoque pour faire disparaître cette littérature blasphématoire. Ramassant la lampe et le sac, il se contenta de sortir, bien décidé à oublier sa découverte.

Au moment où il dégringolait les marches de la véranda, il aperçut un inconnu à l'entrée du cimetière. Un homme en costume de lin blanc, coiffé d'un chapeau à larges bords. Le quidam l'observait à travers le rideau de lianes, sans bouger. Papanatas eut l'impression qu'il tenait quelque chose entre ses mains, un carnet à spirale et un crayon, comme s'il esquissait un croquis du vieux cimetière. « Sa tête me dit quelque chose, se dit-il. Où l'ai-je vue ? Il ne fait pas partie de mes fidèles. Sans doute un artiste du dimanche… » Il fut tenté de marcher à la rencontre de l'homme pour le saluer, et lui rappeler qu'il était dangereux de s'aventurer ainsi sur le territoire des singes, mais à peine eut-il esquissé un pas dans sa direction que celui-ci recula pour se dissimuler derrière les lianes. « Curieux pèlerin… », songea le prêtre. Tandis qu'il titubait pour récupérer le vélomoteur, il eut l'impression que l'individu l'observait encore. Oui, il était toujours là, tapi derrière les lianes, ne se donnant pas la peine de se dissimuler réellement, comme un enfant qui joue à devenir invisible en se cachant derrière son doigt.

De façon irraisonnée, Papanatas se sentit menacé. Par bonheur, le vélomoteur se trouvait où il l'avait laissé. Il se dépêcha de l'enfourcher. L'instant d'après, il caracolait sur la piste.

Il se promit d'avaler un verre de *cacha* dès son retour au presbytère... et de dormir douze heures d'affilée. « Du repos, pensa-t-il, il me faut du repos... sinon je vais perdre la tête ! » Il regagna le boulevard Sâo Emilio avec soulagement. Durant le trajet qui le ramenait chez lui, il n'osa pas regarder une seule fois par-dessus son épaule, de peur de s'apercevoir que l'homme en blanc le suivait.

15

Terreurs nocturnes

« Hé ! Buzo, pensait David ramassé dans les mailles de son hamac, hé ! Buzo, dis-moi que la nuit n'a pas de poils, qu'elle n'avance pas courbée en touchant le sol de ses grandes mains moites. Hein ? Dis ? La nuit, on lui marche dessus, on l'aplatit sous nos semelles. C'est une merde noire, rien d'autre. Elle pue et elle nous colle aux talons, mais elle ne peut rien nous faire de plus ?… *N'est-ce pas ?*

« Tu as une sale impression, toi aussi, hein, Buzo ? L'impression que l'obscurité est un grand papier d'emballage goudronneux qui va nous envelopper d'une minute à l'autre, nous rouler dans ses plis comme les poissons morts qu'on entortille dans des journaux, les jours du marché. Oh ! c'est vrai que je me sens aussi faible qu'un poisson, j'ai la chair blanche, Buzo. Une chair de victime. Ma bouche et ma langue ont été faites pour l'hameçon, je le sais. Je n'ai pas ta tête carrée, ton crâne dur comme un casque. La peur me coule du cerveau, elle suinte par mes oreilles. Je suis une pieuvre timide qui se cache sous un nuage d'encre violette… mais ça ne servira à rien, je sais qu'ils me trouveront, ceux qui sortent de la forêt, la langue pleine de terre et les ongles cassés à force de gratter le couvercle des cercueils. Oh ! Buzo, raconte-moi que nous perdons la boule. Que ces fantômes sont des baudruches, des ballons qui se dégonfleront aux premières lueurs du jour en émettant un vacarme de coussin péteur !

« Ce ne sont que des chewing-gums dégueulasses, des bulles qu'on souffle entre ses dents et qui finissent par éclater en vous barbouillant la figure de plastique collant...

« Oh ! oui, j'ai envie de croire à ça, ce soir, dans la lumière qui baisse, avec cette lampe ridiculement jaune qui pendouille au-dessus de ma tête et ne parvient même pas à effrayer les cafards.

« Des spectres pétomanes, c'est bon, ça ! Des fantômes chambres à air, dont on dévisse la valve et qui deviennent tout mous, tout petits, tout ridicules comme une bite au terme d'une séance de branlette.

« J'essaie d'être aussi vulgaire que toi, ça me rassure, Buzo, ça me rassure... »

(*On dirait que...* L'éternel refrain des gosses, la formule magique pour l'impossible : *on dirait que...*)

« On dirait que les singes n'ont pas bouffé les morts, que Bagazo est un vieux pochard, et qu'il s'est trompé. Les singes ont simplement ouvert un cercueil déterré par les coulées de boue. C'est curieux, les singes, et puis ça a des mains, il faut que ça s'en serve, pas vrai ?

« Ils ont juste jeté un coup d'œil dans les boîtes, et piqué deux ou trois trucs : une montre, une médaille. C'est tout. C'est tout !

« On n'a pas besoin de ce qui sort de la forêt, Buzo. Les fantômes, on en a déjà plein sur la Promenade des Iguanes. Tu les as vus, les vieux, avec leurs cannes, leurs joues creuses… et toutes ces rides? On croirait des citrouilles qui se ratatinent, et ça ressemble sacrément à une tête de mort une citrouille, non? Nos fantômes, ils se baladent le long du fleuve, une sale petite lueur dans l'œil quand ils nous voient approcher. Nos fantômes n'aiment pas les gosses, Buzo. Ou alors il faudrait qu'on soit malades ou mal foutus… ça nous rapprocherait d'eux, ça nous rendrait moins menaçants.

« Je ne sais pas pourquoi ils ont tellement peur des singes, nos petits retraités en costume tropical, ça devrait les rassurer au contraire de savoir qu'il existe une vie après le grand saut. Si les morts se mettent à passer dans le corps des bonobos, finis les rhumatismes !

« Je déconne, Buzo, mais c'est parce que j'ai la trouille. Fourre-toi le bubble-gum de l'au-delà dans la bouche, vieux filou, et mâche ! Mâche ! Rumine-moi des fantômes parfumés à la menthe, au citron. Des fantômes éphémères dont les bulles claqueront comme une main humide sur la fesse d'une fille. Dis-moi que les spectres de la forêt ne sont pas plus dangereux que ceux des fêtes foraines, qu'ils ont le même goût de confiserie bon marché, la même odeur de sucre candi. Ce sont des fantômes pour train fantôme, des suaires rapiécés cousus sur des mannequins, des squelettes de plâtre qui s'effritent, des sorcières dont les cheveux de laine proviennent de vieux pulls détricotés à la hâte par une patronne de manège à la tête couverte de bigoudis.

« Dis-moi : "C'est rien que du bazar, ouistiti !" avec ta voix de garçon boucher qui traîne sur les syllabes.

« La Promenade des Iguanes est déjà hantée par des ectoplasmes à gilets de flanelle et bandages herniaires, on n'a pas besoin de renfort. Non, vraiment pas besoin.

« … Maintenant je vais dormir, du moins je vais essayer. Les adultes sont en train de devenir fous, Buzo, mon ami, mon frère. Une folie qui leur mange la raison et les transforme en vieux enfants qui puent la sueur aigre.

« Ce qui nous arrive n'est qu'une mauvaise série télé, une de plus. Et il nous suffira de tourner le bouton ou de changer de chaîne dès que nous commencerons à avoir trop peur. Tout va bien, compagnon.

« Je dors et les ténèbres ne me veulent pas de mal. Il est minuit, Buzo, la forêt n'est qu'un légume sans malice. Il est minuit, dormons en paix. »

Ainsi pensait David, en route vers le sommeil, enveloppé dans son hamac comme un animal pris au filet par des chasseurs affamés.

*

L'homme au complet de lin blanc s'assit à l'ombre d'un palmier. Il s'ennuyait. Depuis quelques semaines, il s'interrogeait sur l'efficacité réelle de son action. Les gens ne réagissaient pas assez vite à son goût. Cela tenait peut-être au fait qu'ils étaient vieux, prisonniers de leurs habitudes. Les punitions mensuelles n'avaient pas sur eux l'effet escompté. Aussi, le Maître d'école avait-il décidé de passer à la vitesse supérieure, de soumettre la ville à un gigantesque électrochoc. Il espérait que ce cataclysme agirait à la manière d'un révélateur. Dans la guerre comme dans les grandes épidémies, l'être humain tombe le masque et dévoile sa nature profonde. Il lui serait alors plus facile de décerner à la population une note collective. Si cette note était mauvaise, sa décision était prise, il détruirait la cité.

Il en avait les moyens puisqu'il avait envisagé cette éventualité depuis le début. « Oui, pensa-t-il, au lieu de les noter individuellement, je vais les noter collectivement. Ainsi je cesserai de m'éparpiller. Ce travail de fourmi m'épuise. C'est décidé : de leur conduite à venir dépendra le sort de la ville. Je préfère la voir se changer en un champ de ruines que de la savoir habitée par des impies. »

D'un étui en or blanc, il tira un mince cigare qu'il alluma en prenant son temps.

D'ores et déjà, les choses étaient en marche. Il avait provoqué l'électrochoc en inoculant aux singes une neurotoxine qui générait des manifestations d'agressivité incontrôlables. Il lui avait suffi pour cela d'un simple fusil de vétérinaire et d'une trentaine de fléchettes. Les primates avaient bien réagi. Quarante-huit heures après la « vaccination », sept bonobos s'étaient entre-tués à coups de poing, les autres avaient envahi la ville, reportant la haine pathologique qui bouillonnait en eux sur les humains. On verrait ce qu'il en sortirait… L'homme au complet de lin blanc attendait patiemment le résultat de l'expérience, son carnet à spirale ouvert sur les genoux. Ce serait la dernière note qu'il donnerait. Au terme de cette ultime épreuve, la ville serait sauvée ou détruite.

16

Babylone, la grande

Ajo Zotès sortit les vieilles jumelles de leur étui et les porta à ses yeux. Il se tenait en équilibre au sommet de la tourelle qui surplombait la baraque de Zamacuco à la façon d'un mirador. Les lentilles rayées lui renvoyaient l'image floue de la favela inondée par la lumière rouge du soleil couchant. Dans peu de temps les poils de la nuit allaient pousser sur la peau du ciel, enveloppant la ville d'un sombre pelage.

Ajo n'aimait pas les heures d'encre. Il avait appris très tôt qu'à partir du coucher du soleil les humeurs bouillonnent dans le corps de l'homme, lui emplissant la tête d'idées mauvaises. C'est la nuit que la maladie multiplie ses assauts, c'est la nuit qu'on se suicide. C'est la nuit qu'hommes et femmes s'accouplent…

Ajo reposa les jumelles. Le vent, s'engouffrant dans la gigantesque trouée ouverte par le fleuve à travers la jungle, sifflait dans les poutrelles du mirador. On aurait pu se croire au bord de la mer.

Ajo-le-Maigre secoua la tête. La nuit il faut faire du feu et du bruit pour éloigner les choses qui rôdent à la recherche d'un corps dans lequel elles pourront s'incarner. Il faut bouger, remuer, crier, tout, sauf dormir ! Seuls les imbéciles dorment. Les imbéciles et les victimes… Tous ceux qui ont la chair trop molle pour être des prédateurs hérissés de griffes et de crocs. Dormir, c'est s'offrir comme un appât. Les esprits s'approchent, se posent sur l'oreiller, et vous rentrent dans le corps par l'un ou l'autre des orifices naturels.

Pour dormir en paix dans le piège de la nuit, il faudrait se boucher les oreilles avec du coton, et les narines aussi… *et le trou du cul.* Sans oublier, bien sûr, le bâillon noué sur la bouche. Trop compliqué. Mieux vaut dormir le jour.

Ajo s'accouda à la rambarde. C'était un homme tout en nerfs et tendons, à la peau jaunâtre. Ses cheveux rasés à la mode militaire blanchissaient. Il portait une veste et un pantalon de treillis léopard à la toile couturée de reprises. Il aurait pu passer pour un être malingre, souffreteux, si ses mains n'avaient racheté la pauvreté de son apparence physique. Elles jaillissaient de ses manches comme deux battoirs recouverts de cals. La peau épaissie du tranchant était devenue si dure qu'elle avait perdu toute sensibilité. Les mains d'Ajo Zotès ressemblaient à des gants taillés dans le cuir d'un rhinocéros. Trop grandes, trop lourdes, elles paraissaient tirer la fragile carcasse de leur propriétaire vers l'avant, le condamnant à adopter une posture voûtée. Simiesque. « Des mains de karatéka ! chuchotaient les enfants. Ajo peut casser dix briques empilées d'un seul revers de poignet. » Ajo, qui connaissait ces fables et les entretenait, n'avait jamais pratiqué le moindre art martial. C'est en tapant sur des bidons rouillés que ses mains s'étaient peu à peu gainées de cals. Dans sa jeunesse, il avait vécu à Bahia et fréquenté les écoles de samba. Il avait abandonné, ne supportant pas d'être supplanté par des nègres qu'il n'arriverait jamais à égaler. Après… après il avait continué à taper sur des fûts vides par habitude. Et aussi pour effrayer les choses qui rôdent la nuit.

Ajo releva le col de sa veste de combat mitée. Le sang du soleil était froid, anémié. La lumière rouge qui coulait du ciel n'amenait plus aucune chaleur. Bientôt, elle coagulerait. « La nuit, c'est le boudin que les dieux fabriquent avec le sang du jour ! » avait coutume de répéter sa mère. Malgré les années, la phrase restait imprimée dans son esprit. Zamacuco s'en souvenait-il ? Non, probablement pas. Zamacuco avait perdu la boule.

Ajo regarda encore une fois le terrain vague délimité par la ceinture de barbelés pour vérifier qu'aucun singe n'avait osé franchir la frontière hérissée d'épines de métal. Ne voyant rien de suspect, il décida de redescendre. Le vent faisait craquer le mirador. « Un jour, il va nous tomber dessus », pensa Ajo en dévalant les échelons.

Il avait envie de boire, de se saouler, mais la prudence lui soufflait de rester sur ses gardes. Il pénétra dans le hangar qui lui servait à la fois d'habitation et de remise. Depuis qu'il était entré dans sa période mystique, Zamacuco ne vivait plus avec lui. Il avait choisi de se retirer dans l'appentis, et transformé ce réduit dépourvu de fenêtres en une bauge où mieux valait ne pas se risquer sans masque à gaz !

Ajo chercha des allumettes dans sa poche et alluma les diverses lampes à pétrole disposées autour de son hamac. Il avait l'électricité, mais vivait dans la crainte d'une coupure de courant qui l'aurait laissé dans le noir.

Les lampes à pétrole constituaient un rempart de sécurité, une sorte de pentacle au halo jaunâtre au centre duquel on pouvait bondir au moindre signe de ténèbres. Quand on vit à proximité de la jungle, il n'y a pas d'âge pour avoir peur du noir.

Quatre ou cinq vieilles voitures encombraient l'espace. La mousse poussait sur le caoutchouc de leurs pneus et des lézards passaient de temps à autre la tête à travers la grille des radiateurs. Des sacs-poubelle de cent cinquante litres reposaient sur le sol. Ils étaient numérotés et servaient de garde-robes à Ajo Zotès qui en détenait l'inventaire sur les pages d'un petit carnet graisseux. Il y avait les sacs d'urgence (qu'il fallait à toute force emporter en cas d'évacuation immédiate) et qui contenaient, outre de l'argent et des faux papiers artisanaux, plusieurs nécessaires de survie rachetés à des déserteurs de l'armée brésilienne. Il y avait des sacs de luxe ou d'apparat, bourrés de vêtements clinquants qu'Ajo ne mettait plus depuis que son frère avait renoncé à la compétition. Il y avait… Ajo soupira.

La nuit allait être mauvaise. Ce serait une nuit à *saudade*, à tristes souvenirs. Il tira le vantail du hangar et alla s'étendre dans son hamac. Zamacuco bougea de l'autre côté de la paroi de tôle, ses déplacements firent courir un bruit sourd au long des plaques rivetées. « Il se réveille », songea Ajo avec une crispation à l'estomac. Et l'idée que son frère allait soudain ouvrir la porte de sa bauge pour sortir faire ses exercices lui mit la sueur au front.

Depuis quelque temps, Zamacuco l'inquiétait. « Non, tu mens, corrigea-t-il, *il te fait peur*. C'est différent ! » Quand cela avait-il commencé ? Après l'épi-

sode démentiel du combat de Cuaïcan, sûrement… Ce
soir-là, il avait enfin compris que Zama n'était pas normal. Oui, quand il avait entendu craquer les vertèbres
du pauvre type et que l'autre cinglé… « Allons ! C'est
ton frère ! aurait dit leur mère, ne parle pas comme ça.
Tu dois veiller sur lui et le protéger. Il est fort mais il
a la tête faible. Les démons aiment les cerveaux vides,
ils peuvent s'y installer à leur aise. Il faudra que tu pro-
tèges Zama des mauvaises influences spirituelles. »

Protéger Zama ? Un type qui pesait cent cinquante
kilos et cassait les reins de ses adversaires sans même
s'en rendre compte. Comme sur le ring de Cuaïcan…

« Maman, aurait-il dû répondre, Zamacuco est fou
à lier. Je l'ai vu briser l'échine d'un catcheur, là-bas,
sur le ring d'une petite exploitation minière de Mines
Geraes. Et quand le type a rendu l'âme, Zama, ton cher
fils, s'est mis à le mordre ! Oui, tu entends bien : à le
mordre comme une bête qui a faim. Je crois que c'est
ce soir-là que mes cheveux sont devenus blancs, quand
je l'ai vu planter les dents dans la viande du cadavre
qui ballottait entre ses bras ! J'ai jeté l'éponge, je suis
monté sur le ring, mais tout le monde l'avait vu faire.
Et puis la marque de ses canines s'était imprimée en
creux dans la chair du mort. Tu imagines ? Je lui ai
dit : "Zama, arrête, lâche-le !" mais il n'entendait plus
rien, il avait l'œil vitreux… *et il mâchait. Il mâchait !*
J'ai aperçu, dépassant de sa bouche, un lambeau de
chair avec des poils frisottés. Tout de suite après, les
spectateurs ont commencé à nous bombarder avec des
bouteilles de bière. Et puis la police est arrivée. J'ai dû
graisser la patte au sergent pour qu'il nous laisse filer.
Toutes les primes de la saison y sont passées. Dans
la pirogue, j'ai dit à Zamacuco : "Pourquoi tu as fait

ça ?" et il m'a répondu : "Fait quoi ?" Il ne s'était rendu compte de rien ! *Mama*, ton fils aîné bouffe les gens, et tu voudrais que je veille sur lui ? Mais s'il ne s'agissait pas de mon frère, je l'aurais déjà tué ! J'ai failli le faire, dans la pirogue, pendant que nous filions le long du fleuve. Je me disais : "Il a perdu la boule, flanque-lui un coup de pagaie derrière les oreilles et bascule-le par-dessus bord. Les *piranhas* feront le reste." Mais c'était ton fils, c'est mon frère, et je n'ai pas osé. J'ai eu tort. »

Ajo s'agitait. La sueur trempait son *battle-dress*. Le monologue bourdonnait sous son crâne, un monologue inutile puisque la mère était morte cinq ans plus tôt, avant de connaître la disgrâce de Zama.

« Le malheur s'est produit quand on l'a laissé partir avec cette expédition, tu te rappelles ? reprit-il, soliloquant à voix basse dans un murmure de prière rageuse. C'était une expédition scientifique financée par une université américaine. Zama faisait fonction de chef porteur. Ils s'étaient perdus dans la jungle et seul Zamacuco s'en était tiré. A l'époque, des journalistes avaient prétendu qu'il avait survécu en mangeant de la chair humaine. En bouffant les cadavres de ses compagnons. Rien n'a été prouvé, bien sûr, mais je crois qu'ils avaient raison. C'est à ce moment-là que Zamacuco est devenu cannibale. Il y a pris goût ! Tu comprends ! Depuis, chaque fois qu'il se sent agressé, il retrouve le même réflexe. Dès que le danger s'amène, crac ! il recommence… »

Ajo se redressa d'un coup de reins. Ses mains énormes reposaient sur ses genoux comme des prothèses de caoutchouc mal ajustées. Il ne savait pas grand-chose de l'expédition perdue. Zamacuco n'avait jamais rien raconté. Depuis l'enfance, Zamacuco s'exprimait par monosyllabes. Avait-il vraiment mangé la chair de ses compagnons pour survivre ? Peut-être. *Sûrement…* C'était un garçon lourd, peu doué pour la course, et qui ne s'animait qu'entre les cordes d'un ring. Seul dans la jungle, il avait choisi le moyen le plus facile de se procurer de la nourriture. Pourquoi aurait-il cherché à se fabriquer des armes, à poser des pièges aléatoires dont il n'était guère capable d'imaginer le fonctionnement ? Non, il était allé au plus simple…

Ajo croyait bien se rappeler que l'expédition comptait une femme. Oh ! ni très jeune ni très jolie, mais une femme tout de même. Zamacuco avait-il commencé par elle ?

N'y tenant plus, Ajo-le-Maigre sauta sur le sol et alla ouvrir le coffre d'une vieille berline pour y prendre une bouteille de *cacha.*

Après l'expédition, Zamacuco avait pris un air rêveur des plus étrange. Une étincelle s'était mise à briller au fond de ses yeux bovins, comme si, tout à coup, il était devenu plus intelligent. C'est à ce moment-là qu'Ajo aurait dû se méfier et ne pas le refaire monter sur le ring. Puis il y avait eu Cuaïcan, et la fuite sur l'Amazone… Et enfin Sâo Carmino.

« *Mama*, gémit Ajo reprenant le fil de son monologue absurde. *Mama*, c'est pour lui que j'ai posé les barbelés, pour l'isoler entre les cordes d'un ring imaginaire, pour qu'il n'aille pas chercher ailleurs ! Tant qu'il attendra son adversaire sur le terrain vague, il ne sera pas tenté d'aller ravager le bidonville ! Au début je l'emmenais avec moi, pour la cambriole, mais il ne volait que des frigos ! Uniquement des frigos… Pour lui un réfrigérateur c'est le symbole de la richesse.

Quand nous étions dans la jungle et que nous lapions de l'eau tiède ou de la bière chaude, je disais : "Seuls les princes boivent glacé !" Ça l'a frappé. En volant des frigos il a l'impression de dépouiller les riches de leur bien le plus précieux. Il n'a pas toute sa tête. Mais c'est fini, je ne l'emmène plus sur les casses. Il est devenu trop bizarre ces derniers temps. Maintenant j'utilise les *capangas*, c'est plus prudent. Mais si, un jour, un pauvre type a l'idée idiote de se glisser sous les barbelés, ce sera une catastrophe. Zama croira qu'il s'agit d'un catcheur venu le défier et se jettera sur lui. Tu sais qu'il tue tout ce qui traverse le terrain vague ? Les chats comme les chiens ! Moi-même je n'ose plus aller pisser dehors après le coucher du soleil, j'ai peur qu'il ne me reconnaisse pas ! » Ajo but une nouvelle rasade. Il transpirait et une odeur rance émanait de son treillis. Sa grosse main fourragea dans ses cheveux blancs.

Et voilà à présent qu'on parlait de singes nécrophages. Les *capangas* avaient évoqué l'affaire devant Zama et Ajo avait vu à nouveau la mauvaise petite lueur pétiller dans l'œil du géant. « Les singes ont bouffé les morts ! » avaient braillé les gamins. Ajo avait failli les insulter et les chasser à coups de pied au cul, mais il avait préféré ne pas donner de relief supplémentaire à l'information. « Il n'a peut-être pas entendu ? » s'était-il répété tout au long de la soirée.

Mais Zamacuco avait bel et bien entendu. Depuis il s'agitait de manière anormale, et ses exercices d'entraînement avaient pris un tour plus violent. « Il y a vu un signe, un présage, je ne sais quoi ! tempêta intérieurement Ajo. Bon Dieu ! les dingues voient des signes partout, ils croient que le monde passe son temps à leur faire des clins d'œil ! »

La paroi de tôle trembla. Ça y était ! Zamacuco se levait. Dans deux minutes, il serait en train de trotter sous la lune à la recherche d'un adversaire digne de lui. Combien de temps se satisferait-il encore de cette inactivité ? « Tu ne le mèneras pas en bateau éternellement, Ajo ! Surtout maintenant avec cette histoire de singes… Est-ce qu'il croit que la jungle va lui envoyer ses champions ? Pourvu qu'il ne se mette pas dans le crâne d'aller nettoyer les rues de Sâo Carmino en affrontant les bonobos à mains nues ! »

De l'autre côté de la porte, un pas lourd fit vibrer les tôles du hangar. Le géant courait comme un éléphant qui charge.

Ajo lutta contre l'envie de se boucher les oreilles qui montait en lui. « Il va encore me casser un frigo, songea-t-il amèrement. Si le fourgue n'est pas passé avant la fin de la semaine, il ne me restera plus un seul appareil vendable ! » Il but une autre gorgée.

Un jour il serait peut-être contraint d'enchaîner Zamacuco comme une bête fauve ? Ou de le droguer en permanence pour le priver de sa force destructrice. De temps à autre, il lui arrivait d'ailleurs de verser des somnifères dans le vin du géant mais les produits semblaient n'avoir que peu de prise sur cette montagne de chair. « Allons, grogna-t-il, le cerveau embrumé par l'ivresse, tout n'est pas mauvais. C'est grâce à lui qu'on te respecte. Si tu ne pouvais pas le brandir comme un épouvantail, il y aurait belle lurette que les gens de la *favela* auraient arraché les barbelés pour venir camper sur ton terrain ! Zamacuco est ta force de dissuasion, laisse-le trotter et faire sa gymnastique du soir, il tient les gêneurs à l'écart. Si un jour quelqu'un s'avise de franchir la clôture, il y aura du sang sur l'herbe ! »

Ajo rota.

Du sang sur l'herbe… Cela s'était déjà produit du reste. Un an auparavant, le soir de ce maudit hold-up qui avait mis les flics sur les dents. Le casse de la joaillerie Danza. Une histoire bizarre dont on n'avait jamais connu le fin mot.

Danza était mort, fusillé d'une balle entre les deux yeux. Les flics n'avaient retrouvé ni le voleur, ni les bijoux.

Le voleur, Ajo savait où il se cachait. Mais les bijoux, ça, il n'aurait su le dire…

« Ça s'est passé il y a un an, *Mama*, monologua-t-il d'une voix de plus en plus pâteuse, la nuit tombait. J'ai vu ce type se faufiler sous les barbelés. Il était plein de sang et tenait un gros revolver à la main. Un de ces pétards comme on en voit dans les films américains, un de ces canons de poche dont le recul te brise le bras si tu as le malheur de t'en servir. Il rampait. Il était en sueur, plein de terre et soufflait comme un bœuf. J'ai remarqué qu'il saignait du ventre. Par bonheur, Zamacuco dormait encore, sinon il se serait jeté aussitôt sur le type au risque de prendre une balle entre les deux yeux. Je me suis approché, et le mec m'a braqué. Il a dit : "Je sais que votre terrain donne sur le fleuve et que vous avez un bateau, vous allez me conduire jusqu'à l'estuaire, jusqu'à Belem…" J'ai dit oui. Je savais que c'était le voleur, j'ai toujours un *scanner* branché sur la fréquence de police… »

Ajo se passa la main sur les lèvres. L'alcool lui desséchait la bouche.

Tout de suite après, l'homme s'étant évanoui, Ajo l'avait saisi par les pieds pour le tirer à l'intérieur du hangar. Un seul mot crépitait dans son esprit avec autant d'éclat qu'une enseigne sur le toit d'un casino à Las Vegas : *diamants!* L'homme qui saignait sur le ciment du hangar venait de voler pour plus d'un million de dollars US en diamants chez Mario Danza, le joaillier de la Promenade des Iguanes. *Un million de dollars US.*

Ajo réfléchissait vite dès qu'il s'agissait d'argent. Il avait attaché l'inconnu au pare-chocs d'une voiture et commencé à cisailler tous ses vêtements pour les fouiller. C'est ce moment qu'avait choisi Zamacuco pour faire irruption.

Il titubait, l'œil glauque. « C'est un catcheur ? demanda-t-il en avisant l'homme nu vautré dans la poussière. Il vient pour me défier ? » Ajo haussa les épaules, énervé. L'inventaire des poches de l'individu n'avait révélé qu'un paquet de chewing-gums à la fraise, des cigarettes et un briquet Zippo sans valeur.

« C'est un catcheur ? bégaya de nouveau Zama. Il vient pour me prendre le titre ? »

Ajo renonça à expliquer la situation à son frère aîné, il lui aurait fallu disposer de plusieurs heures, et les flics pouvaient débarquer d'un moment à l'autre. Il connaissait les planques utilisées par les chercheurs d'émeraudes. Il retourna le blessé sur le ventre et lui enfonça un doigt dans l'anus pour s'assurer qu'aucun tube inoxydable renfermant les pierres précieuses ne s'y trouvait dissimulé. Mais le cul de l'homme était vide. Désespérément vide. Ajo jura.

« Il a planqué le magot en ville, lança-t-il à Zamacuco, ça peut être n'importe où. Il faut le faire parler. Jette-lui de l'eau sur la gueule pour le réveiller, je vais chercher la lampe à souder… »

C'était là qu'il avait commis l'erreur. En ressortant pour prendre la boîte à outils à l'arrière du camion.

Il avait suffi d'une absence d'une minute. Une simple minute. Il savait qu'il aurait fallu peu de chose pour que le voleur se mette à table. Un petit coup de chalumeau sur les testicules et hop ! Qui peut résister à ça ?

Le butin se trouvait quelque part en ville sous la forme d'une bourse de cuir qu'on avait pu glisser derrière un panneau de signalisation ou enfouir dans la terre meuble d'un massif de fleurs. C'est la technique qu'il aurait employée, lui, Ajo, si on l'avait poursuivi.

Il avait pris la lampe à souder, une boîte d'allumettes et regagné le hangar. *Et là…*

Sur l'instant, il songea à saisir une barre de fer pour fracasser le crâne de Zamacuco, ou bien ramasser le revolver de l'inconnu et vider le barillet dans cette montagne de graisse, ou encore…

Zama tenait l'inconnu dans ses bras, ceinturé au plus étroit. Le buste de l'homme pendait en arrière, faisant un angle bizarre avec le reste du corps. Ajo ne mit qu'une fraction de seconde pour comprendre que Zama avait arraché le prisonnier du pare-chocs auquel il était attaché pour le serrer contre sa poitrine et lui briser les reins. L'homme était mort, la colonne vertébrale rompue. « Il voulait le titre, il l'a pas gagné, balbutia le géant. Ce n'était pas un bon catcheur. Zamacuco est toujours champion ! »

Ajo lutta pour refouler les larmes de rage qui lui gonflaient les yeux. Le voleur pendait entre les bras de son frère comme une poupée sans armature. Il était mort et personne ne retrouverait jamais plus les diamants ! La folie de Zamacuco venait de leur coûter un million de dollars.

Ajo avait mis longtemps à ravaler sa déception. Mais, ce jour-là, il avait compris qu'il devait se méfier de Zamacuco parce que Zamacuco était fou ! Fou à lier !

Un vacarme épouvantable s'éleva à l'extérieur. Ajo devina que son frère s'en prenait encore aux réfrigérateurs. Il jeta la bouteille et marcha vers la porte. L'alcool lui donnait du courage.

— C'est fini, ce bordel ? hurla-t-il dans l'entrebâillement du vantail.

Le lutteur s'agitait dans la lumière bleue de la lune. Il s'entraînait à arracher d'une seule main la porte d'un frigo. Zamacuco suspendit son geste et se mit à osciller, les yeux dans le vague. Ajo patienta. Il fallait donner le temps à l'information de grimper jusqu'au cerveau de la brute. Les nerfs du géant fonctionnaient au ralenti, ne transmettant les données qu'avec une extrême paresse. Lorsqu'il lui arrivait de se brûler, on constatait toujours un certain décalage entre le moment où la peau grésillait et celui où Zama commençait à grogner. « *Carajo !* Qu'il est impressionnant ! » constata Ajo en observant avec appréhension la silhouette du colosse. Il regrettait déjà de l'avoir invectivé.

Zamacuco lâcha la carcasse tordue du réfrigérateur et pointa le doigt vers Sâo Carmino dont les tours blanches illuminées dessinaient d'étranges monuments sur le gouffre noir de la jungle.

— *Babylone la grande*, articula-t-il d'une voix ensommeillée. *Babylone la grande, la mère des répugnantes putains de la Terre.*

Ajo fronça les sourcils, interloqué. Si le débile se mettait à réciter la Bible, c'est que l'heure du Jugement dernier allait bientôt sonner ! Il grimaça un sourire, puis réalisa que cette boutade approximative ne l'amusait pas du tout.

— Hé ! Zama, appela-t-il du ton apaisant qu'on emploie pour s'adresser à un chien qui montre soudain les crocs. Hé ! Zama, ça ne va pas ?

— Ils vont bientôt détester la putain, reprit le colosse, alignant des citations approximatives de l'Apocalypse. Ils lui arracheront ses vêtements, ils la mettront nue, ils en mangeront la chair, ils la consumeront par le feu !

Ajo recula. La voix de Zama vibrait dans la nuit. Cela faisait des mois que le géant n'avait cédé à un tel déluge verbal. Pourquoi éprouvait-il soudain le besoin de régurgiter ces bribes de catéchisme apprises, jadis, auprès des jésuites visitant les *favelas* ? Ajo se sentit gagné par un mauvais pressentiment.

Zamacuco se détourna pour faire face à la ville. Il se tenait immobile, les bras levés reproduisant l'attitude qu'il adoptait jadis, au moment où il posait le pied sur le ring.

— *Elle est tombée, elle est tombée, Babylone la grande. Elle vient de se changer en repaire de démons !* vociféra-t-il en avalant les mots.

Ajo s'avança jusqu'au seuil du hangar. La surprise l'avait dégrisé. La voix du lutteur devait porter jusqu'au boulevard. Les flics en patrouille devaient l'entendre, et aussi les petits vieux retranchés dans leurs clapiers de luxe. Zama braillait comme un porc qu'on égorge, un porc prophétique lançant des oracles au moyen de son groin souillé.

— Zama, arrête ! siffla Ajo.

L'inquiétude le rendait méchant et lui faisait oublier sa faiblesse musculaire. Pour un peu, il aurait giflé le géant.

Zamacuco se dandinait, les mains appuyées sur les cuisses, comme un *sumotori*.

— La jungle envoie ses soldats pour me défier, dit-il en continuant ses exercices, la reconquête commence. Ne t'inquiète pas, je les repousserai… C'est à Sâo Carmino qu'ils en veulent, mais ils s'en prendront peut-être aussi à nous. La colère rend aveugle…

— Ne parle pas tant, coupa Ajo-le-Maigre, tu vas te rendre malade.

— *Puis j'entendis une voix qui criait du haut du ciel…*

— Tais-toi…

— *Sortez, ô mon peuple. Fuyez-la, de peur que complices de ses fautes vous n'ayez à pâtir de ses plaies…*

— La ferme !

Zamacuco sourit avec indulgence. A cette seconde il avait l'air d'un moine guerrier. Sa physionomie trahissait une détermination sereine mais inflexible. « Je vais devoir le boucler, pensa Ajo, sinon il va rameuter tout le quartier. » Une grande lassitude tomba sur ses épaules. Un sentiment curieux fait d'abandon et de terreur. Quelque chose qui ressemblait à la capitulation fataliste qui vous saisit devant des événements dont on ne peut espérer prendre le contrôle.

Il tourna les talons et regagna le hangar. La nuit devenait trop noire à son goût. Les nuages étaient en train de manger la lune. Tout le monde dans la *favela* devait trembler à l'idée que Zamacuco puisse soulever

le rideau de barbelés et se lancer dans les ruelles séparant les baraques.

Ajo émit un rire sec, caquetant. Même Abaca, la sorcière, devait serrer les fesses !

— Ta citerne ne te protégerait pas contre les charges
de Zama ! dit-il à haute voix. Il enfoncerait la tôle de
ton château d'un seul coup de tête !

Il détestait Abaca, qu'il avait tenté de séduire lorsqu'elle avait débarqué dans le bidonville, son neveu
sous le bras. La guérisseuse l'avait repoussé avec
mépris, mais il n'avait jamais cessé de rêver à ses
fesses de cuir. S'il n'avait pas eu aussi peur de ses
maléfices, il se serait introduit depuis longtemps dans
la citerne, au beau milieu de la nuit, pour la violer…
Au besoin, il aurait demandé à Zamacuco de lui tenir
les bras et de l'empêcher de bouger ; les pratiques
sexuelles laissaient le géant indifférent. Il s'excita un
moment sur cette idée. Rêvant au ventre de cuir de la
belle magicienne. On la disait enceinte du démon. On
racontait que la semence du diable germait dans son
estomac depuis plus de dix ans. Encore une folle, une
de plus ! Mais elle connaissait les poisons végétaux,
l'heure n'était pas encore venue de l'attaquer de front.
Le neveu, il le dresserait. Avec son petit visage de fille
on en ferait un beau giton, il suffirait de lui agrandir le
trou du cul avant de le mettre en circulation, et le tour
serait joué !

Ajo avait plein d'idées en réserve. Avec l'aide
des *capangas*, il parviendrait à mettre la *favela* en
coupe réglée. Ce n'était qu'une question de patience.
Zamacuco était son épouvantail, sa force de frappe, son
ogive de muscles et de graisse. Les gens craignaient sa
seule vue. Certains voyaient, en lui, un zombie mani-

pulé par Ajo. Un mort à la bouche pleine de terre que les pratiques magiques avaient ramené à la lumière. Ajo se gardait bien de les détromper ! Souvent même, il polissait une légende plus ou moins macabre dont Zamacuco était le héros, et la mettait en circulation par petites touches, lâchant au compte-gouttes des bribes réticentes qui finissaient par passer pour des confidences. Les *capangas* constituaient le public malléable à souhait et farouchement crédule dont Ajo avait besoin pour ce type d'opération publicitaire. Aussi ne se privait-il pas de les utiliser en ce sens.

— *Elle est tombée, Babylone la grande...*, psalmodia la voix de Zamacuco à l'extérieur.

Ajo cracha un juron et partit à la recherche de la bouteille qu'il avait jetée sur le sol un instant plus tôt.

C'était décidément une mauvaise nuit. Et il n'aimait pas cette histoire de singes qu'on colportait de bouche à oreille. Si la tension montait en ville, les petits vieux de la Promenade des Iguanes exigeraient tôt ou tard des mesures exemplaires... Et si l'on commençait à chasser les singes à coups de fusil, il n'y avait pas de raison pour qu'on s'arrête en si bon chemin. On déciderait de vider du même coup tous les abcès en suspens. Notamment celui de la *favela*...

Cela n'arrangeait pas les affaires d'Ajo Zotès. Pas du tout. Il voyait clairement comment les forces de police pouvaient exploiter l'histoire des bonobos furibonds pour s'en prendre à une autre cible, plus réelle celle-là : le bidonville. Un type noueux et tordu comme le lieutenant Corco ne manquerait pas de sauter sur l'occasion qui lui était offerte. Si les habitants de Sâo Carmino étaient assez effrayés pour s'en remettre à la force armée, cela donnerait une sacrée purge ! Non, cette histoire de singes était mauvaise pour tout le monde. Il fallait que tout rentre dans l'ordre au plus vite. Au plus vite.

— *Ils en mangeront la chair !* hurla Zamacuco, seul dans la nuit. *Ils la consumeront !*

17

Comme une pelote d'épingles

Quand David quitta la *favela*, vers 10 heures, le ciel était blanc au-dessus du fleuve, décoloré par le rayonnement du soleil. Un cargo remontait lentement vers Manaus. L'air surchauffé vibrait, déformant les lignes des immeubles qui ondulaient de part et d'autre des trottoirs. Les mirages de la réverbération peuplaient l'asphalte de flaques d'eau imaginaires.

Dès qu'il eut dépassé l'enceinte des chevaux de frise, l'enfant hésita sur la conduite à tenir. La ville s'étendait devant lui, perspective de rues vides et d'immeubles aux volets clos. Il s'arrêta au seuil de ce décor sans figurants. Des images de feuilleton télévisé envahirent son esprit.

… Une cité irradiée, coupée du monde. Encore plus inquiétante le jour que la nuit. Derrière le rempart des volets fermés, ses habitants cachent d'affreuses mutations qui leur interdisent de sortir en plein soleil…

« Ce n'est qu'une ville de vieux, se répéta-t-il pour se donner du courage, une ville de trouillards qui se cachent à cause des singes qui copulent sur la pelouse du square ! »

Hélas, tout n'était pas aussi simple.

« Les singes qui ont mangé la chair des morts sont immortels ! » murmurait-on depuis quelques jours. On disait aussi que la police ne pouvait rien contre les bêtes, et que les balles s'enfonçaient dans le corps des primates sans les blesser. « C'est comme si on tirait sur un arbre, avait expliqué une commère à tante Abaca, la balle se fiche dans l'écorce mais l'arbre continue de pousser ! »

A l'intérieur du bidonville on s'amusait de cette calamité qui contraignait les riches à rester claquemurés, tels des assiégés. Il est vrai qu'aucun singe ne s'était encore risqué à l'intérieur de la *favela*. Les choses changeraient lorsqu'un mâle atteint de pelade ferait irruption au cœur du cloaque pour défoncer les baraques à coups de poing !

David avançait à petits pas, les yeux fixés sur les buissons bordant les pelouses. Le moindre bruissement le faisait sursauter, et il bondissait chaque fois de côté, s'attendant à voir une main surgir de la muraille végétale. On disait que les singes se cachaient à l'intérieur des haies, et que ces murets feuillus constituaient, pour eux, des tunnels fort commodes au sein desquels ils se déplaçaient à l'insu de tous.

David scruta les massifs. Les jardiniers municipaux avaient sculpté les branchages au sécateur, leur donnant la forme d'une série de créneaux. A certains endroits les buissons prenaient l'aspect d'un bilboquet ou d'un ballon de rugby. David choisit de marcher dans le caniveau. Il imaginait les singes se faufilant dans le fouillis des brindilles pour traverser la ville à couvert.

« Suivons le petit homme ! » ordonnait le chef, et l'armée simiesque se mettait aussitôt en marche, se faufilant d'un buisson à l'autre... telle une horde de fantômes se déplaçant dans l'épaisseur d'un mur.

« Crétin ! s'insulta mentalement David, tu devrais arrêter de regarder la télé avant de devenir aussi débile que Zamacuco ! »

Mais les buissons continuaient de remuer. Doucement...

« Il paraît que le chef de la horde tient une montre gousset à la main, lui avait confié Buzo la veille au soir, il la fait tourner au-dessus de sa tête en la tenant par la chaîne. C'est une belle montre en or, grosse comme un oignon. J'aimerais bien la lui piquer mais c'est dangereux. »

C'était *très* dangereux.

David accéléra, serrant le sac contenant les pots d'onguents contre sa poitrine. Du coin de l'œil, il ne cessait de guetter la muraille de feuilles. Une tête allait apparaître d'une seconde à l'autre, il le sentait, une tête grimaçante et nue... ou bien des mains aux ongles ébréchés, pleins de terre. Il haletait, craignant de précipiter la catastrophe en se mettant à courir. Il avait lu d'horribles histoires de gardiens de zoo déchiquetés par des singes en colère[1]. Il ne devait pas céder à la panique et surtout ne rien faire qui pourrait lui donner l'allure d'une proie facile.

Il dépassa les premiers immeubles, l'oreille tendue, n'osant se retourner. Les branches craquaient dans son dos. Etait-ce le vent ou les singes... les singes écartant les brindilles pour s'ouvrir un passage dans la masse élastique de la haie et débouchant sur le trottoir ? Il crispa ses muscles dorsaux, se préparant à l'assaut. Il

---

1. Authentique.

ne se faisait aucune illusion, si les bêtes l'attaquaient maintenant, personne n'interviendrait. Là-haut, derrière leurs volets, les vieux se contenteraient de détourner les yeux en se tamponnant le front à l'aide d'un mouchoir parfumé à la lavande. « Tu as vu ? chuchoteraient-ils. Dire que ça aurait pu nous arriver ! »

David ouvrit la bouche pour inspirer l'air surchauffé. La sueur inondait son visage, trempant sa chemise. Il introduisit un doigt dans l'entrejambe de son short pour tirer sur le slip gluant de transpiration qui lui rentrait dans les fesses.

Il réalisa qu'il n'avait jamais été aussi heureux de monter chez Bombicho !

Il secoua la tête. La ville était en train de devenir folle, et cela pour une douzaine de bonobos sortis de la jungle ! Dès qu'on se donnait la peine d'y réfléchir, on mesurait sans peine le ridicule de la situation. « Bien sûr, lui murmura une voix insidieuse, mais tu as peur, *toi aussi* ! »

L'immeuble de Bombicho était tout près maintenant. N'y tenant plus, le garçon se mit à courir vers la cage vitrée du hall. Les semelles de ses sandales pesaient une tonne. Dix mètres… Cinq mètres… Trois… Deux… Il poussa la porte vitrée à deux mains, se jeta dans l'entrebâillement et rabattit le panneau. Ensuite, seulement, il prit le temps de regarder par-dessus son épaule. La rue était vide. Aucun singe ne l'avait suivi. « Je deviens aussi taré que les autres ! » constata-t-il avec amertume.

Il se passa la main dans les cheveux. L'air conditionné séchait déjà la sueur sur sa peau. Il entra dans l'ascenseur, pressa le bouton. L'ancien juge allait-il encore lui prodiguer les sourires équivoques dont il avait le secret ? Il n'eut pas le temps de s'interroger plus avant car la cabine s'immobilisa. David sortit. Si Bombicho ne se tenait pas sur le palier, comme à l'accoutumée, sa porte était néanmoins entrouverte. Le garçon frappa deux coups discrets et attendit. Il fit la grimace. Cela sentait la mise en scène et il flairait la mauvaise surprise. Un Bombicho entièrement nu, par exemple, jouant les étonnés : « Tu as frappé, je n'ai rien entendu. Excuse ma tenue, je me croyais seul, n'est-ce pas… »

David avait trop souvent assisté au numéro de la robe de chambre qui bâille pour conserver la moindre illusion. Il frappa encore, s'impatientant. Il ragea. L'autre allait le laisser sur le seuil tant qu'il ne se déciderait pas à entrer de son propre chef. Mieux valait abréger la comédie…

D'un coup de paume, il repoussa le battant.

Tout d'abord, il ne distingua rien dans la pénombre qui régnait dans l'appartement, puis il fut frappé par une odeur fade de boucherie mal tenue.

— *O illustrissimo Senhor* Bombicho ? appela-t-il doucement. (Les vieux aimaient qu'on leur prodigue ces titres surannés en usage au siècle dernier, quand Manaus était encore la capitale mondiale du caoutchouc.)

Sa voix sortait mal.

— *Senhor* Bombi…

David se figea. Un spasme lui liquéfia le ventre, sa vessie lâcha… Dans la seconde qui suivit, un jet d'urine chaude coula de son short pour serpenter le long de sa cuisse. Le sac contenant les onguents lui échappa, l'un des récipients éclata sur le dallage de l'entrée.

Bombicho était assis sur la moquette, le dos au mur, les yeux et la bouche grands ouverts. Sa robe de chambre béante dévoilait le triste spectacle de son corps nu aux bourrelets pendants. Son sexe minuscule disparaissait dans la broussaille d'une toison pubienne mal teinte. Des varices dessinaient leurs ramures sur ses mollets.

David recula d'un pas. Il avait à peine remarqué la nudité de Bombicho. Pour l'instant, il ne voyait que les longues aiguilles métalliques plantées dans le cadavre à la manière des flèches criblant les statues de saint Sébastien. Les rais de lumière tombant des volets accrochaient des reflets de mercure à ces dards insolites.

« Les… les sondes urinaires ! songea David que la panique avait figé au milieu de l'appartement. On lui a enfoncé toute sa foutue collection de tiges de fer dans le corps ! Les bougies, les sondes, les explorateurs à boule, à… à… »

Son cerveau s'enrayait. Bombicho le regardait de ses yeux morts. Ainsi affaissé, le dos au mur, les jambes étendues, il ressemblait à un pionnier que les Indiens viennent de cribler de flèches. « Un hérisson, hoqueta David. On dirait un hérisson ! » Il ne pouvait détacher son regard des minces tiges d'acier qui crevaient la peau du vieillard. Il eut l'impression qu'il y en avait des dizaines… L'horreur du crime finissait par s'effacer devant tant de bizarrerie. « On lui a planté toute sa collection dans la peau ! nota le garçon. Mais qui ? Qui ? »

Bombicho avait très peu saigné.

« C'est une blague, pensa David, il veut me foutre la trouille, il va se relever et ricaner : "Je t'ai eu, hein,

petit ?"… » Mais Bombicho n'ouvrit pas la bouche. Il
était mort et bien mort.

David recula vers la porte. Il se promit que, dès qu'il
en aurait franchi le seuil, il se mettrait à hurler de toutes
ses forces. Il fit trois pas et tint parole.

18

Jeu de singe

— On lui a planté cinquante-sept tiges d'acier dans le corps, marmonna Corco avec réticence, ce sont des « bougies » ou des « explorateurs » de différents calibres. Pour parler clairement, disons qu'il s'agit de petites baguettes d'acier nickelé utilisées par les urologues pour l'exploration du canal urétral dans les affections de l'appareil génital masculin.

Meetchum hocha la tête et mâchonna sa moustache.

On avait repoussé les volets, la lumière entrait à flots dans l'appartement. Un médecin, perplexe, examinait le cadavre de Bombicho en écartant d'un geste las les mouches qui tournoyaient. C'était l'un des gérontologues officiant à Sâo Carmino, il n'avait aucune formation de médecine légale et restait démuni devant cette boucherie aux allures de crime rituel.

— Vous croyez qu'il y connaît quelque chose ? demanda Meetchum en désignant le médecin d'un mouvement du menton. C'est plutôt éloigné des rhumatismes, non ?

Corco grimaça.

— Nous n'avons pas de légiste criminel à Sâo Carmino, reconnut-il à contrecœur… La procédure voudrait que nous chargions le cadavre dans un cercueil en zinc pour l'expédier au centre médico-légal de Paramaïcan. Il faudrait réquisitionner un avion et trouver un pilote qui accepte de survoler la jungle en compagnie du cadavre d'un homme assassiné. Ça n'a rien d'évident. Mieux vaut se débrouiller par nos propres moyens.

Octavio Bagazo, le croque-mort, fit son entrée. On avait besoin de lui pour conserver le corps le temps de l'enquête. Les couloirs de l'immeuble étaient encombrés par une foule hagarde et apeurée qui chuchotait en bloquant les ascenseurs.

Meetchum fit le tour de l'appartement. Il se trouvait au commissariat en compagnie de Corco quand on avait annoncé la nouvelle. Le lieutenant n'avait pas osé lui interdire de suivre les premières investigations.

— Qu'est-ce qu'il faisait de tous ces instruments ? s'enquit le journaliste en triturant sa moustache blonde.

— Il les collectionnait. Il était un peu bizarre. Il traînait derrière lui un parfum de scandale. En d'autres temps, il avait présidé un tribunal d'exception en Argentine, plutôt expéditif à ce qu'on raconte. Il était venu ici se faire oublier.

— Que s'est-il passé d'après vous ? C'est un drôle de crime.

— Il y a deux explications possibles. Si l'on admet que Bombicho était pédophile, on peut penser qu'il a fini par s'attirer la haine de quelqu'un…

— La haine d'un gosse ?

— Ou des parents d'un gosse.

Meetchum fronça les sourcils.

— Des gosses, on n'en trouve qu'au bidonville, remarqua-t-il, je vois mal un maçon au chômage exécuter celui qui a perverti son fils en lui enfonçant patiemment des tiges de fer dans le corps. Il l'étranglerait, oui… ou lui casserait la tête à coups de marteau, mais ça…

— Je n'ai pas parlé d'un maçon, corrigea Corco, regardez donc le cadavre. Toutes ces aiguilles… ça ne vous fait pas penser à ces poupées d'envoûtement que les sorcières criblent d'épingles ?

— Peut-être… Oui. Vous n'allez pas prétendre qu'il s'agit du résultat d'un envoûtement ?

— Non, bien sûr. Mais je dis que le meurtrier s'est peut-être trahi en choisissant ce type de châtiment. Il y a une sorcière au bidonville. Une femme un peu dérangée du nom d'Abaca. Son neveu lui sert de garçon livreur… et Bombicho était l'un de ses clients.

— OK, je vois où vous voulez en venir : Bombicho persécutait le gamin, l'obligeait à satisfaire ses manies… L'enfant a fini par se plaindre à sa tante qui a décidé d'en finir avec ce client abusif ?

— C'est à peu près ça. Elle est venue ici pour obtenir du bonhomme qu'il laisse l'enfant tranquille, la discussion a mal tourné, et elle a fini par l'épingler avec ce qu'elle avait sous la main : les sondes métalliques…

Les deux hommes se tenaient immobiles face au cadavre hérissé de dards.

— Il a été tué dans la nuit, lança le médecin, j'essaierai d'être plus précis après l'autopsie.

Il se redressa et fit signe à Bagazo d'évacuer le corps.

— Il y a une autre possibilité, rêva Meetchum, *le Maître d'école l'a puni…*

Corco se raidit.

— Je vous ai déjà dit que le Maître d'école n'existait pas, siffla-t-il en baissant la voix pour ne pas être entendu des autres flics. C'est une légende urbaine. Un croque-mitaine, l'équivalent de votre *boggie man*.

— Vous savez où se trouve l'enfant en ce moment ? interrogea Meetchum changeant son fusil d'épaule.

— J'en ai une petite idée. Lorsqu'il s'est mis à hurler en traversant le hall, le gardien est sorti. Il l'a vu filer vers le centre-ville... Il a dû se réfugier chez Maria da Bôa, une autre de ses « bienfaitrices ».

Le journaliste s'approcha de la fenêtre, toucha les volets qu'on avait repoussés pour donner de la lumière.

— Ils étaient entrebâillés quand nous sommes arrivés, observa-t-il, il existe peut-être une troisième solution...

— Laquelle ?

— *Les singes.*

Corco sursauta.

— Vous êtes dingue ! Vous n'allez pas prétendre que...

— Et pourquoi pas ? Regardez, il y a une corniche à moins d'un mètre de la barre d'appui du balcon. Un singe pourrait aisément se hisser jusqu'ici et entrer dans l'appartement par l'entrebâillement des volets.

— Et ensuite ?

— Ensuite il se promène dans la pièce. Les sondes métalliques qui brillent attisent sa curiosité. Vous m'avez bien dit que Bombicho les étalait sur les meubles ?

— C'est ce que prétend la femme de ménage.

— Donc pas de vitrine ou de coffret, des tiges alignées, dont on peut s'emparer sans effraction. Le singe est attiré par les sondes, il en saisit une. Bombicho fait irruption, il se jette sur l'animal pour lui arracher l'instrument. Ils se battent, le singe poignarde le collectionneur…

— Et les cinquante-six autres ?

— Le singe a trouvé la manœuvre amusante, il a continué… Les enfants adorent les jeux répétitifs, les singes aussi. Il a ramassé les sondes les unes après les autres pour les planter dans le corps de Bombicho. Vous avez déjà vu des singes se servir de brindilles ? Ils les utilisent fort adroitement pour extraire les larves cachées au creux des termitières. Ils ne répugnent pas non plus à ramasser des bâtons pour se taper dessus.

Un silence pesant s'était installé dans la pièce. Bagazo et le médecin avaient suspendu leur macabre travail d'empaquetage. Les policiers gardant le couloir commençaient à tendre l'oreille…

— Bon sang ! *Parlez plus bas !* martela Corco. Vous allez déclencher une vague de panique !

Il saisit le journaliste par le bras et l'attira sur le balcon. La chaleur était effrayante. Ils titubèrent, aveuglés.

— Vous vous payez ma tête ou vous êtes sérieux ? attaqua le lieutenant.

Le trouble se lisait sur son visage.

— Ce n'est qu'une théorie, mais je ne cherche pas à me ficher de vous, répondit Meetchum, je dis qu'il faut se méfier des singes. Ils sont capables de tout. Ils ont pu cribler Bombicho par pur amusement, parce que le bruit des tiges de fer crevant la peau leur paraissait mélodieux. Il ne faut pas obligatoirement interpréter cette multitude de coups comme un acte de colère. Il pourrait s'agir d'un jeu. Y a-t-il des empreintes ?

— Non. La surface des explorateurs est trop réduite pour les retenir. On a relevé sur les meubles des marques inutilisables, grasses et brouillées, comme en produit une main moite. Mais n'importe qui a pu les laisser.

— J'attire votre attention sur le fait qu'il ne s'agit pas de singes ordinaires, insista Meetchum. Ce sont des bonobos d'origine africaine. Certaines sommités scientifiques les considèrent comme les primates les plus intelligents de la planète. Ils sont capables d'apprendre à lire, de maîtriser l'écriture, d'assimiler des codes[1].

Le lieutenant n'écoutait pas, il avait noté avec contrariété que de petits attroupements se formaient sur le boulevard. Les gens chuchotaient et levaient la tête dans leur direction. Plusieurs vieillards pointèrent même leur canne vers le balcon, dans un geste que Corco ressentit comme accusateur.

— Si c'était vrai…, soupira-t-il.

Puis il s'ébroua avec colère.

— Allons ! grogna-t-il, vous me feriez perdre la boule avec vos salades journalistiques. Il n'y a que deux suspects : le gosse ou sa tante. Ils avaient tous deux un mobile valable, se débarrasser d'un vicieux qui leur empoisonnait l'existence.

— Vous croyez ? fit Meetchum avec une moue dubitative. Si le vieux a tenté de séduire le gosse, la tante aurait eu tout intérêt à le faire chanter. C'était un ancien juge, quelqu'un de riche. Pourquoi aurait-elle assassiné la poule aux œufs d'or ? Moi, je ne vois que deux suspects : le Maître d'école ou les singes… A mon avis,

_____

1. Exact.

vous aurez du mal à leur mettre la main dessus pour les interroger !

Ils réintégrèrent l'appartement. Bagazo finissait d'introduire le cadavre dans une housse de caoutchouc noir à fermeture Eclair. Le médecin se grattait la tête, trahissant son malaise.

— Partons, ordonna Corco en saisissant l'Américain par le coude. Et ne répondez pas aux questions qu'on vous posera. Je vous supplie de ne pas ébruiter cette histoire de singe assassin si vous ne voulez pas déclencher une émeute.

— Une émeute du troisième âge ? Ce serait comique, non ?

— Vous vous amusez bien, n'est-ce pas ? grinça le lieutenant. Je suis sûr que vous avez inventé le truc du macaque meurtrier rien que pour m'emmerder !

Ils sortirent dans le couloir. Un chuchotement collectif salua leur apparition.

— Alors, vociféra un vieil homme en brandissant sa canne, vous savez qui a fait le coup ?

Corco s'engouffra dans l'ascenseur sans répondre. La théorie de Meetchum l'inquiétait plus qu'il ne voulait l'admettre.

L'affaire des singes avait installé un climat de psychose collective. La peur allait tôt ou tard engendrer l'agressivité. Déjà le vernis craquait. Les dignes vieillards d'hier vociféraient des imprécations. Dans peu de temps, on exigerait des têtes, et le recours à la violence n'effraierait plus personne.

Bombicho criblé d'aiguilles… C'était comme si Abaca avait apposé sa signature sur le front du cadavre ! Oui, Abaca, il fallait chercher dans cette direction… Corco jaillit de l'ascenseur, troublé.

Lorsque la voiture de patrouille remonta le boulevard, les policiers notèrent qu'un grand nombre de badauds stationnaient de chaque côté de la chaussée. Les bras ballants, la figure vide, ils fixaient le véhicule de service comme s'il s'agissait d'une limousine présidentielle. Beaucoup d'entre eux portaient encore leur pyjama sous un peignoir de soie. « Ça va dégénérer », pensa Corco avec un pincement à l'estomac.

19
Commando

David s'était réfugié chez Maria da Bôa. La veuve le vit bondir de l'ascenseur à 10 h 27, le visage blême, les cheveux collés par la sueur. Sans un mot, l'enfant courut s'installer devant la télévision dont il se mit à fixer les images avec une attention désespérée.

Maria ne l'avait jamais vu aussi agité… et aussi calme, tout à la fois. Elle comprit que quelque chose d'anormal s'était passé, et crut que le garçonnet venait d'être agressé par un singe. Pour s'assurer qu'il n'était pas blessé, elle le dévêtit et l'examina sur toutes les coutures. David se laissa faire sans opposer de résistance. Ses yeux restaient collés à l'écran de la télévision qui diffusait le soixante-douzième épisode de la série *Les Maîtres du Sabre*.

— Tu vas manger quelque chose, décida Maria.

Elle pensait que le fait d'ingérer de la nourriture apaiserait l'angoisse du gosse. Elle avait toujours eu foi en la vertu anxiolytique des gâteaux.

David avala sept tartines au beurre de cacahuètes. Il mâchait d'une manière mécanique. Maria songea qu'elle aurait pu tout aussi bien lui tendre une pantoufle barbouillée de confiture, il l'aurait pareillement engloutie. Il était de plus en plus pâle, les narines pincées. A la neuvième tartine, il vomit sur l'écran du téléviseur. *Les Maîtres du Sabre* disparurent sous un déluge grumeleux. Au même moment les policiers sonnèrent à la porte.

Tout d'abord, Maria éprouva une affreuse gêne. Elle était en peignoir, une serpillière à la main. David hoquetait, nu sur un fauteuil. Les vomissures coulaient en gouttes brunâtres sur la télé. Maria n'était pas idiote, elle eut tôt fait de repérer l'étincelle de la méchanceté dans les yeux du lieutenant. Elle comprit qu'il choisirait d'interpréter la scène dans ce qu'elle suggérait de plus négatif. Ses réflexes de grande dame se réveillèrent, elle décida qu'elle devait défendre son rang en faisant tout son possible pour contrarier les menées de ce minable fonctionnaire au sourire déplaisant.

Dès que Corco prononça le mot « meurtre », elle haussa les épaules.

— Ne soyez pas stupide, lieutenant, trancha-t-elle, cet enfant est en état de choc. Il est hors de question que vous l'interrogiez. Je suis une amie du maire, ainsi que du père Papanatas. Je vais les appeler pour vous éviter un abus de pouvoir qui nuirait à la poursuite de votre carrière…

Et, devant Corco dont les lèvres paraissaient suturées par la colère, elle décrocha le téléphone pour former le numéro personnel du maire.

*

La nuit tombait sur la *favela*. Le soleil se changeait en une pieuvre rouge étendant ses tentacules au ras de la mer.

Buzo cassa la tablette de chocolat pour en tendre la moitié à David qui se tenait recroquevillé, le dos contre le camion-citerne.

« Les poils de la nuit poussent sur la peau du ciel », songea David en portant à ses lèvres le chocolat mou.

— Les flics t'ont torturé ? demanda Buzo en mâchonnant la bouillie de cacao qui lui faisait les dents noires. Des tortures… *sexuelles* ?

— Non, lâcha David. Maria m'a accompagné à l'hôtel de police. Elle a exigé d'assister à l'interrogatoire. Le lieutenant était salement emmerdé…

— Alors ils ne t'ont pas torturé, observa Buzo déçu. Je croyais que tu allais devenir un héros, qu'ils t'enfonceraient des matraques dans le cul ou qu'ils te coinceraient le prépuce dans l'angle d'une porte. Tu aurais beaucoup souffert pour finalement t'écrouler en chialant…

— Le lieutenant m'a posé des questions. Il voulait savoir si la porte de l'appartement était ouverte quand je suis arrivé ou si j'avais les clefs, ou ci, ou ça… Je lui ai dit : « La porte était toujours ouverte, le truc de Bombicho c'était de se faire surprendre à poil, la bite à la main, en train de pisser, et de dire : "Oh ! pardon, je ne vous avais pas entendu venir !" Je n'ai jamais vu cette foutue porte une seule fois bouclée. Bombicho aurait eu trop peur de rater l'occasion de se faire reluquer. C'était un sale bonhomme. Il me tripotait les cheveux avec ses doigts moites. Des fois, en sortant de chez lui, je me plongeais la tête dans la fontaine de la Praça Parmido pour ne plus les sentir sur mon crâne.

— Tant que c'était sur le crâne ! ricana Buzo. Les flics croient que tu as fait le coup ?

— Je ne sais pas. Ils m'ont beaucoup parlé d'Abaca. C'est moche. J'ai l'impression qu'ils s'imaginent que c'est un crime rituel. A cause des aiguilles... Ça fait penser à une *dagyde*[1].

David déglutit. Le chocolat avait un goût rance. La présence de Maria drapée dans l'ombre occulte du maire l'avait protégé des foudres du lieutenant durant l'interrogatoire. L'enfant avait bien compris que, sans la présence de la veuve, Corco n'aurait pas hésité à le frapper. A plusieurs reprises, il avait vu les mains du policier esquisser le départ d'une gifle... puis retomber, impuissantes. David avait dû raconter dix fois son arrivée dans l'immeuble, la découverte du corps... *Non, il n'avait touché à rien. Non, il n'avait vu personne...*

A la fin, le lieutenant avait essayé de l'aiguiller sur des sujets sexuels. La présence de Maria da Bôa l'avait obligé à user de périphrases compliquées. S'ils s'étaient trouvés seuls, Corco lui aurait dit sans préambule : « Le vieux, il te tripotait, n'est-ce pas ? Et il te filait un pourboire pour que tu te laisses faire... Allez, avoue ! Tu étais sa petite femme... »

A cette simple idée, David sentait redoubler son envie de vomir. Il se rappelait avoir tout salopé chez Maria. En plus, il avait loupé la fin de l'épisode des *Maîtres du Sabre*.

« Vous devenez obscène, lieutenant ! » avait sifflé Maria, et Corco avait rougi.

On l'avait raccompagné au bidonville, jusqu'à l'enceinte délimitée par les chevaux de frise.

Corco était descendu, son adjoint, le gros Segovio, avait dit d'un air pas rassuré : « Vous êtes sûr qu'il faut entrer là-dedans, chef ? »

---

1. Poupée d'envoûtement qu'on perce d'aiguilles.

Ils étaient entrés, pas fiers, les yeux en coin, surveillant les abords des ruelles. Aussitôt les gens étaient sortis des baraques. Un air mauvais sur la figure. Ils savaient tous que si l'on arrêtait Abaca, le bidonville tomberait sous la coupe des frères Zotès. La sorcière était leur force de dissuasion, la seule capable de retenir Zamacuco en deçà des barbelés.

Tante Abaca était assise au fond du vieux rocking-chair, en plein soleil, occupée comme de coutume à faire cuire le démon qui poussait en elle. Le lieutenant s'était agenouillé pour la questionner. Il faisait affreusement chaud et la peau d'Abaca paraissait encore plus sèche que d'habitude.

« Où étiez-vous hier soir ? »

Abaca s'était mise à fredonner une chanson indienne. Sa bouche remuait à peine. On aurait cru une grande poupée de cuir. Peu à peu, la foule s'était rassemblée autour de la maison-citerne, constituant un cercle dont le silence pesait une tonne. Corco commença à transpirer...

Soudain, un homme fit un pas en avant.

« Elle était chez elle toute la nuit, lança-t-il. Je le sais, je suis insomniaque, je suis resté jusqu'à l'aube assis au seuil de ma cabane. »

Et d'un seul coup, tout le monde se souvint d'avoir vu David et Abaca au cours de la nuit passée, à croire que la *favela* entière souffrait d'insomnie. Les uns étaient passés à telle heure, les autres dix minutes après, établissant un va-et-vient de grand boulevard devant la citerne, et ceci de la tombée de la nuit jusqu'au lever du soleil. « Je l'ai vue, elle travaillait sur ses chaudrons. » « Le gosse, mais oui, il dormait. Oh ! on aurait dit un ange tombé du ciel. »

A la fin, Corco se redressa, vert de rage. Abaca fredonnait toujours.

— Qui a pu faire le coup ? répéta Buzo. Tout le monde se fichait de Bombicho. Sauf ta tante et toi, à qui il filait des sous. C'est vrai que vous êtes les seuls suspects.

— Non, répliqua David sortant de sa torpeur, il y a aussi le Maître d'école, mais le lieutenant refuse de croire à son existence.

— Ça tient pas debout, ouistiti. Le Maître d'école punit les mauvais élèves à la fin du mois. Le 30 ou le 31, or on est le 23, c'est trop tôt. Ce n'est pas lui qui a fait le coup. (Il parut réfléchir puis lâcha :) *Et si c'étaient les singes ?* Ils ont commencé par tordre le cou des chiens, pourquoi en resteraient-ils là ? Si ça se trouve, ils vont se mettre à zigouiller les gens au petit bonheur…

Les deux enfants s'observèrent en silence. L'hypothèse les excitait et leur faisait peur, tout à la fois.

A présent la nuit les enveloppait de son manteau obscur, c'était l'heure où les théories les plus folles prennent soudain un relief inquiétant. *Les singes… Les singes…* Ils se jugeaient stupides de ne pas y avoir songé plus tôt. Ils éprouvèrent le besoin de se rapprocher l'un de l'autre pour se sentir moins vulnérables. Buzo émit un ricanement trop appuyé et plongea la main dans son blouson de toile rapiécé. Il en tira un objet cylindrique que David prit tout d'abord pour une boîte de bière, et qui se révéla une bombe à peinture.

— Ce soir je monte une opération de commando, fit-il en chuchotant. Je passe sous les barbelés et je m'avance en territoire ennemi !

— Qu'est-ce que tu racontes? balbutia David, abasourdi.

— J'ai parié, dit sourdement Buzo; je ne peux pas me défiler.

— Qu'as-tu parié? Tu perds la tête ou quoi?

— Non, j'ai parié avec Azuceña, la fille de la mère Muco, que je me glisserais ce soir sous les barbelés des Zotès et que j'irais écrire mon nom sur l'un des frigos de Zamacuco.

— T'es dingue!

— Pas du tout. Si demain Azuceña voit marqué « Buzo le magnifique » sur l'un des frigos, elle enlèvera sa culotte et me laissera la dépuceler. Elle l'a juré.

David secoua la tête, anéanti. Il connaissait Azuceña, une petite allumeuse de quatorze ans, aux seins trop lourds pour son âge, et qui attisait les fantasmes des jeunes coqs du bidonville.

— C'est dangereux, ton histoire, hasarda-t-il. Si Zamacuco te surprend...

— J'aurai dix fois le temps de battre en retraite. Il est trop lent pour me rattraper à la course. Non, j'ai surtout besoin de toi pour faire le guet. Tu siffleras si tu vois Ajo grimper dans son mirador. OK?

David soupira. Les enfantillages de Buzo lui semblaient superflus, il avait eu son compte d'émotions pour la journée.

— Viens! supplia Buzo. Si je n'ai personne pour surveiller mes arrières, ça va devenir trop risqué.

— OK, capitula David. Mais ça va mal tourner, ton affaire...

— Tu dis ça chaque fois. Si je n'étais pas là pour te secouer, tu deviendrais un sacré trouillard!

Ils se mirent en marche. La nuit recouvrait le bidonville, et seules les lumières filtrant des baraques bali-
saient le tracé des ruelles. Buzo agitait sa bombe à
peinture, et la petite bille cachée à l'intérieur du cylindre
claquait de plus en plus vite au fur et à mesure que le
mélange se fluidifiait.

— La belle Azuceña ! rêva l'apprenti voyou, je vais
lui remonter les genoux de chaque côté des oreilles et
la clouer sur l'herbe. Elle va crier si fort que les singes
prendront peur et retourneront dans la jungle ventre à
terre !

Ces fanfaronnades laissaient David de glace. Il était
inquiet. Chaque fois qu'il se rapprochait du cimetière
de voitures, il avait l'impression de s'aventurer dans les
sables mouvants. C'était l'un de ces endroits du monde
où la nuit est plus noire qu'ailleurs. Les barbelés déli-
mitaient une zone malade qu'il aurait fallu assainir au
napalm.

— On arrive ! souffla Buzo en courbant l'échine.

Ils se dissimulèrent derrière les carcasses dont les
phares évidés touchaient les barbelés.

Buzo secoua sa bombe à peinture. David eut envie
de lui dire qu'il ressemblait à un sorcier agitant un gri-
gri pour faire fuir les esprits malfaisants.

— Ça va être rapide, murmura l'adolescent au crâne
rasé. Tu ouvres l'œil, si tu vois Zamacuco sortir de sa
porcherie, tu siffles, vu ?

— Vu. Mais ça va mal finir.

— T'occupe.

Buzo rampa vers les barbelés et David sentit les
battements de son cœur s'accélérer. Dans la lumière
de la lune, le hangar flanquant le mirador avait l'air

découpé dans du carton bleu. La texture des objets avait changé avec la nuit. Les épaves de voitures évoquaient d'énormes caramels mâchouillés, l'herbe ressemblait à du poil. Les barbelés brillaient comme des guirlandes de Noël. David reniflait l'odeur du danger. Il aurait voulu saisir Buzo par les pieds et le tirer en arrière.

Buzo avait atteint les barbelés. Ayant posé la bombe à peinture sur le sol il s'évertuait, au moyen d'un bâton, à soulever les fils de fer hérissés de piquants. Et soudain tout bascula…

Une paume moite s'abattit sur la bouche de David, le bâillonnant, tandis qu'une main s'insinuait dans son short pour lui tordre les testicules. Il n'eut pas le temps de se défendre.

— Si tu bouges, je te les arrache ! siffla une voix à son oreille, et il sentit des doigts de fer se refermer en tenaille sur son scrotum.

Il se convulsa sans parvenir à crier. La seconde d'après les *capangas* jaillirent de l'ombre. Ils étaient quatre. David comprit qu'ils s'étaient tenus jusqu'alors tapis dans le fossé d'écoulement serpentant autour des baraques. Il eut à peine le temps de penser (comme à la télé) : « Nous sommes tombés dans une embuscade ! », que les garçons se jetèrent sur Buzo. L'un d'eux s'assit sur son dos, le maintenant au sol, et à l'aide de deux tournevis cruciformes, lui cloua les mains sur l'herbe.

David hurla en même temps que son ami. Buzo tenta de se relever mais les outils étaient profondément fichés dans la terre. Il s'abattit, pantelant. Les bras en croix. Les manches de bois crevaient ses mains tels d'énormes clous. Le *capanga* qui s'était assis sur son dos lui martela la tête à coups de poing.

— Alors, gros malin, ricana-t-il, on voulait jouer au ninja ?

Les autres gloussèrent en s'expédiant des claques dans le dos.

— T'espérais te trombonner la petite Azuceña ? reprit celui qui commandait le groupe. Pauvre cloche ! Y a longtemps qu'on lui est tous passés dessus. C'est elle qu'est venue nous prévenir. Même qu'on l'a fait reluire pour la peine, à deux. Un devant, un derrière !

Buzo se contorsionnait. Du sang coulait de ses mains trouées. David voulut se débattre, la poigne de fer lui broya les bourses. Il gémit, des larmes coulèrent sur ses joues.

— Hé ! fais gaffe ! jeta le chef en se tournant vers celui qui maintenait l'enfant. N'abîme pas le neveu de la sorcière, sinon elle viendra t'épingler avec ses aiguilles pendant ton sommeil, comme elle a fait pour le père Bombicho !

L'étreinte se relâcha.

— Toi, on te veut pas de mal, cracha l'un des voyous en s'approchant de David, c'est ton copain qui t'a entraîné. Mais lui, on va le soigner. Ouais !

Il s'approcha de Buzo et lui décocha un coup de pied entre les jambes.

— T'entends ? hurla-t-il. On va te soigner ! Mais c'est pour ton bien qu'on fait ça, pour t'ôter l'idée d'aller traîner chez les Zotès. Tu sais ce qui se passerait si Zamacuco te dénichait en train de barbouiller ses frigos ? Il est tellement pété qu'il te prendrait pour un chat et qu'il t'écartèlerait ! Une jambe à droite, l'autre à gauche, et crac ! Il te déchirerait en deux, le père Zama ! Pas vrai, les gars ?

— Ouais ! vociférèrent les autres. Crac ! Crac !

Ils gesticulaient en mimant une danse de guerre. Le plus vieux d'entre eux n'avait pas quinze ans.

Buzo griffait la poussière. Celui qui le chevauchait avait entrepris de lui frictionner le visage avec une poignée de gravillons.

— Alors tu voulais ridiculiser les *capangas*, reprit le leader. Tu voulais t'envoyer la petite Azuceña ? Azuceña c'est une de nos femmes, mets-toi ça dans la tête. On a droit de cuissage sur toutes les filles du bidonville. Et crois-moi, elles ne se font pas prier pour se faire décapsuler ! Elles nous obéissent au doigt et à l'œil. Elles suceraient un âne si on le leur ordonnait.

Il éclata d'un rire sauvage que les autres imitèrent.

— Oh ! mais tu saignes, mon pauvre chou ! dit-il d'un ton doucereux. Tu t'es piqué en touchant aux barbelés ? Attends, frère Miko va te désinfecter…

Et, extirpant son pénis de sa braguette, il se mit à uriner sur les mains percées de Buzo. Lorsqu'il se fut soulagé, il ne prit pas la peine de rentrer son sexe dans son pantalon, et continua à parader, le membre à l'air.

— On va te laisser un souvenir, rigola-t-il. Puisque tu l'aimes tant, Azuceña, on va t'éviter de graver son nom sur les arbres, hein, les amis ?

— Ouais ! On va lui graver un beau cœur percé d'une flèche ! Un vrai gage d'amour !

David comprit que tout avait été réglé à l'avance. Les voyous échangeaient leurs répliques comme des comédiens, ménageant leurs effets, prenant des poses. D'un même élan, ils s'abattirent sur Buzo pour lui arracher son pantalon et son slip.

— Un beau cœur ! hoqueta celui qui le chevauchait. Un beau cœur sur chaque fesse. Comme ça, chaque fois qu'il s'assiéra, il pensera à sa bien-aimée !

Il brandissait un couteau dont la lame jaillit d'un déclic. ●

David ferma les yeux au moment où la pointe de l'arme mordait la chair de Buzo. Il entendit le garçon gémir.

— Tiens-lui les jambes ! ordonna le chef. Et écris Azuceña avec des grandes lettres.

— J'vois rien, protesta celui qui tenait le couteau, ça saigne trop.

— Les cochons ça saigne toujours beaucoup, ça fait rien, continue !

Une longue minute s'écoula, puis un ordre claqua :

— OK, ça suffit, il a son compte. On s'en va !

Une bourrade jeta David sur le sol. Quand il ouvrit les yeux, les *capangas* avaient disparu. Buzo se plaignait sourdement. Le sang ruisselait de ses fesses tailladées. La blessure, ridicule, n'était pas de celles dont on peut s'enorgueillir. C'était ce qu'avaient voulu les voyous.

David s'agenouilla à côté de son camarade. Les tournevis fichés dans la terre jaune l'hypnotisaient.

— Décloue-moi, souffla Buzo. Oh ! bon Dieu ! arrache-les !

— Je vais te faire mal…

— Ça fait rien, vas-y d'un seul coup.

David empoigna les manches de bois, un dans chaque main, et tira de toutes ses forces. Buzo hurla et se recroquevilla, les mains pressées contre le ventre.

— On va chez tante Abaca, chuchota David, elle va te soigner. Il ne faut pas que ton père te voie comme ça !

Buzo se redressa maladroitement. Le sang coulait le long de ses cuisses, et il avait les poils du pubis saupoudrés de terre jaune. David le reculotta tant bien que mal. La bombe à peinture, abandonnée près des barbelés, brillait d'un éclat ironique.

Appuyés l'un à l'autre ils remontèrent vers la maison-citerne. Abaca officiait, penchée sur ses gamelles. Elle ne fit aucun commentaire en découvrant Buzo.

— Déshabille-le, dit-elle à son neveu. Il faut le désinfecter, sinon le venin des Zotès le pourrira de la tête aux pieds.

Buzo se laissa faire sans desserrer les dents. Il avait honte. David devina qu'il ne lui pardonnerait jamais d'avoir été témoin de son infortune.

« Tu viens de perdre ton seul ami », songea-t-il avec un pincement de cœur.

Tante Abaca apportait de la charpie, des onguents… David s'écarta pour qu'elle puisse examiner le blessé. Elle s'agenouilla en chantonnant.

*

Ils raccompagnèrent Buzo deux heures plus tard, après lui avoir fait absorber une potion sédative. Le garçon semblait prostré. Abaca lui avait enveloppé les mains dans de la charpie. Il avait été convenu qu'on parlerait pudiquement d'« accident du travail » si le père de l'apprenti voyou venait aux nouvelles. Buzo se glissa dans sa baraque sans un mot. Il titubait. David se mordit la lèvre pour retenir un sanglot.

— Tu te rends compte, murmura-t-il en étreignant la main de sa tante, ils l'ont crucifié… avec des tournevis !

Abaca lui caressa la nuque mais ne dit rien. Ses doigts étaient rugueux comme un cuir bon marché.

David eut du mal à trouver le sommeil. Jusqu'à l'aube, il ne cessa de se retourner d'un flanc sur l'autre, obsédé par la vision de Buzo, Christ de pacotille, crucifié sur le ventre, les fesses balafrées. Jamais il ne se remettrait d'un tel affront.

20

Un manteau en peau de singe

Maria da Bôa retira le bac à glaçons du réfrigérateur, fit tomber les petits cubes translucides dans un gant de toilette et promena la poche de tissu-éponge glacée sur sa gorge. Elle mourait de chaud. La climatisation, déréglée depuis deux jours, transformait l'appartement en étuve. Des veines gonflées cognaient à ses tempes, et dès qu'elle penchait la tête, un sang lourd dilatait sa boîte crânienne, faisant voleter des papillons rouges sur sa rétine.

Elle qui avait horreur du négligé vivait en chemise de nuit, les poils des aisselles collés par la transpiration. De temps à autre elle secouait le vêtement, fronçait le nez avant de conclure : « Je sens l'urine… »

Elle s'approcha des volets à la recherche d'un peu de fraîcheur, mais la tôle surchauffée craquait comme un four qui refroidit.

Maria se laissa tomber sur le canapé. Son regard ne pouvait se détacher des fentes lumineuses trouant les panneaux articulés des volets. Le moindre craquement la faisait sursauter. Le plus petit frémissement du rideau de fer lui donnait l'impression qu'une ombre venait

de sauter sur la barre d'appui… Alors elle se mettait
à fixer les fentes de plus belle, attendant la minute où
des doigts velus s'y glisseraient, masquant la lumière.
« Il va venir, pensait-elle dans le brouillard sanguin de
la confusion mentale, il va venir… *Benito*… Il aura
emprunté la peau d'un singe pour arriver jusqu'ici. Il
me punira de l'avoir enterré à la sauvette. Il me grif-
fera, me mordra. »

Elle avait conscience de perdre la raison sans parvenir à juguler cette dégringolade. « Hystérie, murmura-
t-elle, je sombre dans l'hystérie ! »

Elle promena le gant de toilette sur son visage, ses
seins. Hélas ! les glaçons fondaient trop rapidement,
la laissant mouillée et moite. Les heures s'écoulaient,
interminables, sans qu'elle cesse de penser à son mari.

A son mari *mort*.

A son mari mort et *enterré*…

Enterré chez les singes !

La culpabilité et la honte lui emplissaient le cerveau
d'images insupportables. Pourquoi ne s'était-elle pas
davantage souciée des modalités d'ensevelissement ?
Elle n'en avait aucune idée. A l'époque tout lui avait
paru correct. Le cimetière enchâssé dans l'étau végétal
de la jungle lui avait laissé une impression charmante,
pittoresque. Elle se souvenait des murs blancs… De
cet autel de marbre dressé en plein air, des angelots de
pierre polie qui sortaient de terre au détour de chaque
allée. Lorsqu'elle était venue se recueillir sur la dalle,
elle avait été frappée par le ballet multicolore des perroquets dans les branches et leurs jacassements nasillards.
Elle avait pensé que ce champ du dernier repos valait
cent fois mieux que ses homologues urbains, noyés
dans le brouillard des pots d'échappement, et sur les

dalles desquels on découvrait souvent des clochards se chauffant au soleil ! A présent, elle ne savait plus. Pourquoi n'était-elle jamais retournée fleurir la tombe de Benito ? Quelque chose l'en avait empêchée. Une angoisse secrète ? La peur de se retrouver seule dans l'enceinte du cimetière ? A Sâo Carmino on n'évoquait jamais les rites funéraires, et des fêtes comme celle de toutes les âmes, si joliment célébrée à Rio, se déroulaient dans une clandestinité honteuse. Les morts appréciaient-ils cet abandon ? Sans doute pas.

Le gant n'était plus qu'une poche tiède, elle le laissa tomber sur la moquette. Une idée traversa soudain son esprit, fulgurante : « *La tombe de Benito était peut-être intacte, après tout !* » Elle s'inquiétait sûrement à tort. Les singes n'avaient pas profané la totalité du cimetière, par tous les saints ! Le cercueil de son mari avait sans doute été épargné, Benito n'avait eu à souffrir d'aucune souillure. Il reposait en paix, dans une boîte hermétique et solide qui résisterait à la pourriture, des années durant.

Une semaine plus tôt, le père Papanatas lui avait affirmé qu'il se rendrait au cimetière pour dresser un état des lieux, depuis, il n'avait plus donné signe de vie. Que lui était-il arrivé ? Peut-être pourrait-elle demander au petit David de se rendre là-bas, et d'inspecter la tombe de Benito ? Le gosse lui devait ce petit service. Ne l'avait-elle pas toujours bien traité ?

*

Au matin, David dut sortir du bidonville pour aller au ravitaillement. A peine eut-il dépassé les chevaux de frise qu'il vit qu'une voiture le suivait. L'homme au volant semblait chauve et arborait une énorme paire de moustaches dignes de Pancho Villa. David hésita entre prendre la fuite ou réintégrer la *favela*. Pendant qu'il tergiversait, le véhicule arriva à sa hauteur. Quand il s'arrêta, l'homme se pencha et ouvrit la portière.

— Monte, petit, dit-il avec une voix teintée d'accent *yanqui*, on doit parler tous les deux.

Meetchum, s'il possédait de bonnes notions d'espagnol, maîtrisait mal le *brasileiro*. Il avait tendance à mélanger les deux idiomes en un cocktail parfois surprenant.

David esquissa un mouvement de recul.

— Tu m'as vu au commissariat, reprit le moustachu, mais je ne suis pas flic. Ne crains rien. Je suis journaliste. *Periodista*… Tu comprends?

Il arrêta l'automobile le long du trottoir. David se glissa sur le siège avant.

— Vous voulez m'interviewer?

L'homme sourit.

— Non, pas vraiment. Les faits divers ne m'intéressent pas. Je m'appelle Meetchum. Matt Meetchum. Je voulais juste te dire que je vous sais innocents, ta tante et toi.

— Ça tombe bien, moi aussi, gouailla David en forçant sur la désinvolture.

Le reporter sortit un étui à cigares en cuir d'autruche de sa poche. Il le tendit à David qui refusa.

— Il y a un truc qui me gêne dans cette affaire, dit-il en mordillant son épaisse moustache. Ce flic… le lieutenant Corco, il me fait peur. Il a l'air de vouloir ta peau.

David pâlit.

— J'ai l'impression qu'il est un peu dérangé, continua Meetchum. Il y a de drôles de rumeurs qui circulent à son sujet. Des histoires d'escadron de la mort… On l'a muté ici pour le mettre à l'abri. Il a bénéficié de protections occultes. Je crois qu'il t'a jugé d'avance. Pour lui, tu es coupable.

Il alluma le cigare, souffla un nuage de fumée âcre.

— Pour le lancer sur une fausse piste, je lui ai suggéré qu'un singe avait fait le coup, reprit-il. Mais je n'y crois pas. Pour moi, l'assassin c'est le Maître d'école. Je voudrais que tu me parles de lui.

David sursauta. Avait-il le droit d'aborder ce sujet avec un *Yanqui* ?

— Je ne l'ai jamais vu, murmura-t-il après un temps d'hésitation. On ne sait pas d'où il vient. Il est habillé d'un costume de lin blanc, très chic, comme un bourgeois.

— Comme un bourgeois ?

— Oui. Certains disent qu'il vit à Sâo Carmino, qu'il a beaucoup d'argent… d'autres que c'est un fantôme qui sort de la jungle pour punir les méchants, une fois par mois. Mais il n'a pas pu tuer Bombicho, on n'est pas encore le 31. C'est donc quelqu'un d'autre.

Meetchum fronça les sourcils, manifestement contrarié.

— D'accord, soupira-t-il, déçu, il vaut mieux que tu partes maintenant. Je préfère n'être pas vu en ta compagnie. J'aurai peut-être encore besoin de te parler. Tu veux être mon informateur ?

Il tira de sa poche une poignée de petites coupures qu'il tendit à l'enfant.

21

Dans la maison de l'ogre

Ajo Zotès regardait tomber la nuit. La brume bienfaisante de la *cacha* lui engourdissait le cerveau. Allongé dans son hamac, il voyait la nuit descendre sur la *favela* avec la lenteur de cette brusque fumée rougeâtre qui trouble la mer lorsqu'un requin passe à l'attaque et emporte dans sa gueule la jambe d'un pêcheur de corail. Malgré la chaleur humide, Ajo frissonna.

Du fond de son ivresse, une voix lui criait qu'il aurait mieux fait de se lever pour aller fermer la porte du hangar. Quelle idiotie ! N'était-il pas chez lui, retranché derrière sa ceinture de barbelés, protégé par Zamacuco…

Pourtant la voix continuait à chantonner : « Quelqu'un va venir… du fond de la nuit. Il t'emmaillotera dans le hamac comme un animal qu'on prend au filet. Tu pourras toujours te débattre, les mailles t'envelopperont, entravant tes gestes. Alors l'être surgi des ténèbres t'emportera sur son dos et… »

Ajo se redressa d'un coup de reins. Ses yeux cherchèrent la porte du hangar. Elle semblait si loin, cette porte. Et si lourde !

L'obscurité poursuivait ses épanchements. Le ciel ne serait bientôt plus qu'un noir pelage, une espèce de toison un peu grasse, un peu humide. Une fourrure intime aux odeurs de marée. « Je perds la boule », songea le malfrat. Il posa le pied sur le sol. Un pressentiment lui tenaillait l'estomac. L'imminence d'un danger inconnu. « Tu es en sécurité, se répéta-t-il, il y a la clôture. Il y a Zama… »

Il se figea. *Et si la menace venait justement de Zamacuco?* N'avait-il pas rêvé à plusieurs reprises que son frère s'introduisait dans le hangar pour l'étouffer durant son sommeil?

Ajo s'arracha à l'étreinte mouvante du hamac et tituba vers le vantail. « Je le ferme ! décida-t-il, et ensuite je boucle le cadenas. » Mais il s'immobilisa, les mains sur le montant de fer rouillé. Zamacuco était dehors, tout près des barbelés. Les bras au ciel, il paraissait prier ou saluer un public invisible. Ou tout bonnement faire des mouvements d'assouplissement. Comment savoir avec lui?

A nouveau la mauvaise petite voix chuinta comme un moustique dans l'oreille d'Ajo : « Profite de ce qu'il est occupé… Va donc faire un tour chez lui pour voir ce qu'il magouille. Cela fait combien de temps que tu n'es pas entré dans sa cahute? » La voix bourdonnait, revenait, s'éloignait… « Je dois me renseigner, décida fermement Ajo. Je vis avec lui et je dois me protéger. Ce n'est que de la légitime défense. Je suis en première ligne, après tout ! »

Il avança le pied gauche, s'arrêta… La casemate de Zama se dressait à moins de six mètres. C'était une vulgaire remise accolée à la paroi du hangar, un entrepôt sans fenêtres et couvert de papier goudronné. Ajo hésitait, de plus en plus mal à l'aise. Pourquoi éprouvait-il soudain ce besoin impérieux d'aller perquisitionner chez Zama ? « S'il me découvre chez lui, il est foutu de ne pas me reconnaître et de me briser les reins, se dit-il. J'ai l'impression que son cerveau se détraque tous les jours un peu plus. Sait-il encore seulement comment je m'appelle ? »

Il vérifia d'un coup d'œil que le lutteur lui tournait le dos et se coula contre la paroi de l'entrepôt. Instinctivement, il chercha des yeux un objet qui pourrait, le cas échéant, lui servir d'arme. Il ramassa une barre de fer, prit une inspiration et poussa la porte de la cahute.

Il s'arrêta net, frappé par l'odeur. Une véritable puanteur de porcherie. Il supposa que le géant urinait et déféquait à l'intérieur de la bicoque pour s'éviter la peine de sortir. Et cela depuis des années… Suffoquant, Ajo se plaqua la main sur le nez et la bouche en se demandant s'il devait vraiment poursuivre ses investigations… ou s'enfuir à toutes jambes. La pestilence le submergeait. Il crut qu'il allait perdre connaissance.

Enfin ses yeux s'habituèrent à la pénombre et il discerna les contours du cloaque. Un matelas pourri étendu sur le sol. Autour de la paillasse, des coupes d'argent ramenées des championnats. Il y en avait une dizaine, remarquablement astiquées. Les murs disparaissaient sous les affiches de catch : *Zamacuco, le sacrificateur aztèque, contre Borilla, l'étrangleur de l'Amazone !* Des vieilleries, jaunies par les ans.

Ajo s'agenouilla. Des couvertures indiennes avaient été étendues sur le sol, aux abords du matelas, pour masquer la terre nue. De l'autre côté de la paillasse, un gros coffre de fer montait la garde. Une cantine bosselée, constellée d'étiquettes.

Ajo plissa les yeux, cherchant à localiser les excréments qui devaient s'entasser dans l'un ou l'autre coin

de la baraque. Il ne vit rien. Cela l'étonna. D'où provenait donc l'odeur effroyable ? Du matelas, peut-être ?
La laine de la paillasse abritait sans doute des rongeurs,
des dizaines de souris que Zamacuco écrasait en se
retournant d'un flanc sur l'autre… Oui, ce devait être
ça. Le matelas était rempli de minuscules cadavres
broyés. Des souriceaux imprudents que le colosse avait
écrabouillés en s'étendant pour la nuit. Au fil des mois,
le matelas s'était changé en un agglomérat de musa-
raignes dont les cadavres se mêlaient aux ressorts. Et ce
charnier puait comme une carcasse de cheval oubliée au
soleil ! Ajo cracha de dégoût. Il lui fallait encore regarder dans le coffre. Il se redressa et se déplaça en évitant
de frôler la paillasse. Bon sang ! Comment pouvait-on
être aussi dégueulasse ? N'était-ce pas là une preuve de
folie ?

Il s'agenouilla près de la cantine. Malgré lui son
regard revint en arrière. Quand Zamacuco se couchait,
il devait entendre craquer sous son dos les os minuscules de toutes les bêtes prisonnières des ressorts.
Dieu ! il faudrait le convaincre de brûler cette horreur
avant qu'il attrape la peste !

Ajo ouvrit le coffre. Il contenait des poids de fonte.
De vieux haltères que la rouille avait fini par souder
entre eux. Il grogna, déçu. Somme toute, le catcheur
vivait dans une cellule monacale et la casemate ne dissimulait aucun secret. Il se releva, hésita. Il allait devoir
se laver en sortant et s'asperger de cette eau de Cologne
qu'il gardait d'ordinaire pour les petites putains du
bidonville. Il traversa la pièce en diagonale, foulant les
couvertures indiennes étendues sur le sol et soudain…

Le talon de sa botte sonna sur une surface métallique… Il se figea. Puis frappa de nouveau la terre. Un

bruit de tôle résonna. Un bruit creux comme peut en produire un coffre ou un bidon. Il y avait quelque chose sous la natte ! « J'avais raison ! » exulta-t-il en écartant le pan d'étoffe amidonné par la crasse. Aussitôt il écarquilla les yeux. On avait creusé une grande fosse. Une fosse rectangulaire dans laquelle avait été encastré un réfrigérateur *king size* à l'émail écaillé. La puanteur provenait de ce cercueil improvisé…

Ajo se frictionna le menton. Sa barbe grise émit un crissement métallique.

« Oh ! non ! gémit-il, pourvu que ce ne soit pas *ça*… »

Il se pencha au bord de la fosse. Le frigo mesurait 1,80 mètre ; on l'avait enterré de manière que sa porte soit tournée vers le plafond… *comme le couvercle d'un cercueil.* « Bon Dieu ! Non ! » haleta Ajo. Il étendit le bras, referma les doigts sur la poignée et tira. La pestilence le gifla. Il faillit s'enfuir.

Il y avait un corps au fond du réfrigérateur. Un cadavre recroquevillé à la façon des momies précolombiennes. Il n'était pas décomposé et, d'un certain point de vue, on pouvait considérer qu'il était bien conservé. En effet, les chairs préservées de l'humidité, des insectes, avaient durci, conférant à la dépouille l'aspect d'un mannequin de cuir froissé qui n'avait rien d'horrible. On était même obligé d'y regarder à deux fois pour s'assurer qu'il s'agissait bien d'un corps humain et non d'un épouvantail confectionné à l'aide de chutes de cuir. Mais Ajo savait, lui. Il n'avait pas besoin de lorgner le mort sous le nez pour reconnaître l'homme qu'il avait lui-même enterré derrière le hangar douze mois plus tôt ! C'était le *Yanqui* qui avait dévalisé la bijouterie de Mario Danza. Cet imbécile avait cru trouver refuge chez les frères Zotès, et Zamacuco lui avait brisé les reins sans lui laisser le temps de dévoiler où se trouvait caché le butin du hold-up. Ajo ne s'en était jamais tout à fait remis.

Ainsi Zamacuco avait déterré le cadavre pour l'entreposer avec ses trophées ! Sans doute chaque soir, avant de s'endormir, roulait-il la natte pour jeter un coup d'œil au dernier adversaire qu'il lui avait été donné d'affronter ? « Mon frère est fou à lier », haleta Ajo en sentant la chair de poule le gagner. Fou à lier. *Fou à tuer…* à abattre sur-le-champ ! Comment pouvait-il dormir à moins de trente centimètres d'un cadavre putréfié… et cela depuis douze mois ? Une terreur superstitieuse s'empara d'Ajo. Il dut serrer les mâchoires pour se retenir de hurler.

Un mort en guise de table de chevet !

Il eut un mouvement de recul et se surprit à essuyer frénétiquement la main dont il s'était servi pour ouvrir le réfrigérateur. Puis, s'étant ressaisi, il demeura un moment penché au bord de la fosse. Son regard errait sur la dépouille du voleur anonyme. Il remarqua que, çà et là, entre les os, la chair s'était déchirée sous son propre poids. Les organes, les muscles étaient retournés à la poussière, et il ne restait du détrousseur de bijouterie que cette peau parcheminée, tendue sur le squelette comme une toile de tente amidonnée par la crasse.

« Il me suffirait de trois coups de pied pour l'éparpiller ! » songea méchamment Ajo-le-Maigre. Le mort, tassé au fond du réfrigérateur, n'avait pas plus de poids qu'un poisson taxidermisé. C'était une guenille, un chiffon de peau durcie… « *Câo imundo !* marmonna-t-il, toi seul savais où sont cachés les diamants volés chez Mario Danza. Toi seul… Si seulement j'avais pu te faire parler ! »

Il décida qu'il avait assez perdu de temps et se redressa après avoir fait disparaître les traces de son passage. Il lui fallait maintenant passer à une autre sorte d'exercice, et, notamment, s'occuper du confort de son locataire clandestin, celui qui, en réalité, était le vrai maître du cimetière de voitures. Ce n'était pas qu'Ajo aimât jouer les larbins, mais les termes du contrat ne lui laissaient pas le choix. Il devait assurer le *room service* du démon, les choses avaient été décidées ainsi, bien des années auparavant, et il n'était pas question de revenir sur cet accord. Pas avec un tel pensionnaire, oh non !

Nerveux, Ajo quitta le réduit pour se glisser dans le hangar où dix congélateurs gorgés de nourriture tournaient en permanence. Là, il entreprit de remplir un carton à l'aide de denrées d'excellente qualité. C'est que le client avait des goûts de luxe et ne tolérait la médiocrité en aucun domaine ! Quand la boîte fut pleine, Ajo déplaça un énorme réfrigérateur monté sur roulettes. Derrière s'ouvrait une porte permettant d'accéder aux caves. De manière surprenante, les fondations de la maison Zotès dissimulaient les méandres d'un bunker flambant neuf. Une dizaine de marches au-dessous du terrain vague s'étendait un monde de béton, rectiligne, épuré, d'une blancheur immaculée. Un blockhaus enterré, dont rien, à la surface, ne laissait soupçonner la présence.

Ajo s'immobilisa au bas de l'escalier. Chaque fois qu'il s'aventurait ici, une angoisse sourde s'emparait de lui. Assez stupidement, il avait l'impression de pénétrer dans l'antre de Xango[1], le maître du tonnerre, ça n'avait rien d'agréable.

« *Tu es dans la maison de l'ogre*, chantonna une voix enfantine sous son crâne, *dans la maison de l'ogre… S'il te surprend chez lui, celui qui vit en ces murs te dévorera tout cru !* »

Des rampes lumineuses assuraient l'éclairage du bunker, ne laissant aucun recoin dans l'ombre. Peint en blanc du sol au plafond, le béton était d'une propreté irréelle.

— *Illustrissimo Senhor ?* lança Ajo d'une voix mal affermie. Vous êtes là ? C'est moi… j'apporte les vivres.

Personne ne daignant répondre, il s'avança dans la coursive. De grandes photographies en noir et blanc couvraient les parois. Elles représentaient des bâtiments aux allures tout à la fois futuristes et démodées. Quelque chose qui n'était pas loin d'évoquer le *Metropolis* de Fritz Lang. Ajo savait que chacune de ces constructions était l'œuvre du « locataire ». Pressé d'en finir, il gagna la cuisine pour regarnir le réfrigérateur. Fréquemment, il tournait la tête pour jeter un coup d'œil par-dessus son épaule, car l'occupant des lieux avait la détestable manie de surgir dans votre dos sans qu'on l'entende approcher. Ces manières de fantôme exaspéraient Ajo.

— *Senhor ?* lança-t-il encore une fois.

Par acquit de conscience, il empoigna l'aspirateur et décida de faire le tour de l'abri souterrain. Le « patron » était maniaque, la moindre saleté provoquait chez lui des crises de rage. « Vaut mieux pas qu'il s'énerve, songea Ajo en branchant l'appareil. Ça pourrait faire

---

1. Divinité tutélaire de la *macumba*.

du vilain. Putain de cinglé ! » Rapidement, telle une femme de ménage consciencieuse, il nettoya les pièces contiguës.

La plupart étaient vides, ou sobrement meublées de classeurs en acier chirurgical. Dans la grande salle, une table de trois mètres sur quatre supportait une maquette de Sâo Carmino. Rien n'y manquait, ni les bornes d'incendie ni les réverbères. Les habitants y étaient figurés par de minuscules personnages asexués de porcelaine blanche. Les voitures, sans marques distinctes, avaient, elles aussi, été fabriquées dans la même matière. Cela perturbait considérablement Ajo Zotès. Des autos de porcelaine, ça n'existait pas ! Cette fantaisie le mettait mal à l'aise. Il n'était pas loin d'y voir la main du diable. Des voitures de porcelaine blanche… Non, ça n'allait pas du tout.

Sur les murs, autour de la maquette, s'étalaient des photographies représentant Miguel Munoz-Teclan, l'architecte qui avait conçu Sâo Carmino. On l'y voyait paradant, entourés d'hommes célèbres aujourd'hui décédés, ou en fuite.

Ajo s'approcha de la table, scrutant avec anxiété les petits bâtiments de carton blanc, découpés avec un soin maniaque du détail. Munoz-Teclan était intraitable : « *Jamais le moindre grain de poussière sur la maquette, sinon…* » Une fois, il avait piqué une crise de nerfs parce qu'un gros cafard s'était mis en tête de remonter l'avenue Isabella, renversant au passage dix piétons de porcelaine.

Ajo entrebâilla la porte de la chambre. Le lit était fait. Dans la penderie, trois costumes de lin blanc attendaient sagement, suspendus à des cintres. Au-dessus, alignés sur une étagère, on distinguait trois chapeaux immaculés, en paille tropicale. Des traités d'architecture s'empilaient sur le sol, leurs marges remplies d'annotations gribouillées. Il ne fallait surtout pas y toucher.

La dernière pièce faisait monter une boule d'angoisse dans la gorge d'Ajo. Il la surnommait « le PC de tir nucléaire ». Elle abritait une console d'acier munie d'une centaine d'interrupteurs rouges, tous numérotés. Au centre du pupitre, une serrure verrouillait l'accès aux boutons. Méfiant, Miguel Munoz-Teclan conservait en permanence autour du cou la clef qui permettait d'activer la console. Parfois, lorsqu'il était en veine de confidences, il prenait Ajo Zotès à témoin et détaillait à haute voix le dispositif secret dont les ramifications s'étendaient telle une toile d'araignée à travers toute la ville.

« C'était une œuvre d'art, radotait-il, une cité pour les dieux. Ils ne l'ont pas compris. Je voulais qu'on y loge des esprits supérieurs, savants, artistes, penseurs… Une humanité sélectionnée. Sâo Carmino devait devenir un réservoir fabuleux, un territoire d'harmonie où l'on aurait trouvé ce qui se faisait de mieux au monde. Des génies accourus des quatre coins de la planète. Les plus belles actrices qu'on puisse imaginer… Au lieu de cela, ils en ont fait un dortoir pour vieillards aux poches pleines. Un hospice pour milliardaires perclus de rhumatismes. Mais j'ai pris mes précautions. Pendant les travaux, j'ai fait noyer dans les fondations de chaque immeuble des caissons de TNT. Assez d'explosifs pour réduire la ville en cendres. Toutes ces charges peuvent être mises à feu de ce pupitre. Et c'est d'ici que partira le grand feu d'artifice, quand je l'aurai décidé. Ce sera comme si les enfers s'entrebâillaient pour avaler la cité.

Quand ce sera fini, il ne restera plus qu'un immense cratère fumant. »

Dans ces moments-là, Ajo ne le contrariait pas. Miguel Munoz-Teclan était fou, c'était entendu, mais c'était un fou richissime qui payait bien ses serviteurs. C'est lui qui avait recruté les Zotès, lui encore qui les avait installés sur le terrain vague, dans cette bicoque sordide dissimulant l'entrée du bunker. En échange de cette protection, une coquette somme était virée, chaque mois, sur le compte bancaire d'Ajo, dans une banque privée de Rio de Janeiro.

Jadis, Munoz-Teclan avait été un homme célèbre, un architecte mondialement connu. La déception éprouvée lorsqu'il avait vu Sâo Carmino, son chef-d'œuvre, transformé en asile de vieux, avait eu raison de sa santé mentale. Il avait renoncé à toute vie publique pour se terrer dans cet abri souterrain, remâchant ses rancunes, ses haines.

C'est alors qu'Ajo avait commis l'erreur, un soir, pour meubler la conversation, de lui parler de la légende du Maître d'école. Cette fable avait éveillé l'intérêt de l'architecte. Il y avait vu, soudain, un moyen de tromper l'ennui, un passe-temps qui lui permettrait de fustiger les tristes habitants de Sâo Carmino, ceux qu'il surnommait : « les envahisseurs ».

« C'était peut-être pas une bonne idée, se disait souvent Ajo. Ce soir-là, j'aurais mieux fait de tenir ma langue. D'un autre côté, pendant qu'il joue au Maître d'école, il ne pense pas à faire sauter la ville. » Ce en quoi il se trompait.

22

Le remplaçant

Maria savait qu'*il* allait venir, tôt ou tard. *Le remplaçant… Il* finirait par s'introduire dans l'appartement, c'était inévitable, et le pire, c'est qu'elle ne ferait rien pour l'en empêcher.

Depuis trois jours, *il* rôdait au pied de l'immeuble. Elle le surveillait à travers les fentes des volets. Elle avait eu beau s'appliquer à demeurer invisible, chaque fois, il avait deviné sa présence et levé les yeux vers elle, pour la fixer, comme s'ils se trouvaient face à face, de part et d'autre de la table du dîner. Chaque fois, elle avait reculé, incapable de supporter le choc de ces yeux durs, emplis de bestialité. *Ces yeux de singe.* Car il s'agissait d'un vieux mâle sorti de la forêt. Le poil gris, le crâne dénudé, assis au milieu de la pelouse, il semblait réfléchir… ou préparer un mauvais coup. « C'est Benito, avait compris Maria en l'apercevant. Il est venu pour moi. Pour me réprimander. Son âme est passée dans le corps du macaque qui a mangé sa dépouille. A présent le voilà condamné à revenir parmi nous sous les traits d'un primate. Il doit être furieux, lui, de son vivant si soucieux de son apparence… »

De toute évidence, le singe ne s'intéressait qu'à elle. Il lorgnait le balcon, l'œil fixe, dédaignant les autres fenêtres. Maria ne savait que faire. Elle n'osait verrouiller les baies vitrées. Après tout, cet appartement appartenait à Benito, il y était chez lui. S'il voulait s'y installer, elle n'avait aucunement le droit de le repousser.

Elle allait et venait dans la pénombre, incapable de s'asseoir pour réfléchir. L'oreille tendue, elle guettait le moment où le singe… où *Benito* prendrait pied sur le balcon. En prévision de cet événement, elle avait laissé la porte entrebâillée. Depuis un moment elle se demandait s'il ne serait pas habile de disposer de menues offrandes sur la table basse du salon. Des amandes salées dans une coupelle, des cacahuètes, un verre de whisky? Mais les singes aiment-ils le whisky? L'indécision la torturait. Elle opta pour un verre de *pisco*. Ses mains tremblaient pendant qu'elle versait le marc de raisin. Il lui sembla qu'une ombre trapue s'agitait derrière les volets. Le macaque avait escaladé sans bruit les balcons des étages inférieurs.

« Ça y est, songea-t-elle. *Il est là.* »

Une soudaine répulsion s'empara d'elle. Elle sut qu'il lui serait impossible d'accueillir son visiteur sans se mettre à hurler. Elle recula précipitamment vers le couloir, et ferma la porte du séjour derrière elle. Comme la clef se trouvait dans la serrure, elle la tourna deux fois et demeura l'oreille collée au battant, cherchant à deviner ce qui se passait de l'autre côté. Elle crut entendre grincer la porte du balcon. *Benito venait d'entrer…* « Je suis une mauvaise femme, se dit-elle. Je me cache alors que je devrais l'accueillir avec un sourire pour me faire pardonner. N'est-ce pas ma faute s'il a été inhumé en dépit du bon sens? »

Elle essaya d'imaginer ce qui se passerait si elle ouvrait la porte. Benito lui ferait-il du mal ? De son vivant, il ne s'était jamais montré brutal. Il l'avait toujours considérée comme une agréable fofolle, un colibri décoratif qu'on exhibait dans les soirées officielles. Dans son milieu, il était de bon ton que les femmes ne se mêlent point d'avoir de l'esprit. Elle s'était acquittée de cette tâche sans trop se forcer, n'ayant jamais été portée à la réflexion.

Des bruits sourds, en provenance du salon, la firent tressaillir. Elle imagina Benito arpentant la pièce avec mauvaise humeur. « Il va se rendre compte que ses vêtements ne lui vont plus, pensa-t-elle. Il est tout petit à présent. Il ne pourra enfiler aucun de ses anciens costumes. Et comment en faire couper de nouveaux ? Comment expliquer au tailleur : "Mon mari est revenu, il a beaucoup changé. En fait, il s'est transformé en macaque"?... » Le rouge lui monta aux joues à cette seule idée. Elle s'appliqua à se représenter le primate revêtu d'un costume de lin blanc, assis dans le fauteuil club de Benito, essayant maladroitement de fumer un cigare, un de ces *Rey del mundo* qu'il appréciait tant... « Il faudra bien que je lui parle pour meubler les soirées, réalisa-t-elle. Que peut-on raconter à un homme qui vient de ressusciter dans le corps d'un singe ? Je n'en ai pas la moindre idée. »

Comme s'il avait lu dans ses pensées, l'animal qui déambulait dans le salon entra dans une vive colère. Bondissant sur les meubles, il se mit à tout saccager. Peut-être n'a-t-il pas apprécié le *pisco* ?

Le vacarme dura un quart d'heure, puis le calme revint. Benito était parti, sans doute ulcéré par la lâcheté d'une épouse dont il avait deviné la présence derrière la porte verrouillée.

Maria attendit une demi-heure avant de se décider à tourner la clef. Lorsqu'elle passa la tête dans l'entre-bâillement, ce fut pour découvrir un champ de bataille. La bête avait saccagé le living, éparpillant les bibelots, déchirant rideaux et coussins.

Maria se dépêcha de courir au balcon dont elle ferma l'accès. Incapable d'affronter le désordre, elle se retira dans sa chambre, avala un somnifère et plongea dans le sommeil.

Un peu avant l'aube, elle fit un cauchemar. Elle avançait dans la jungle, vêtue d'une robe trop légère que les épines lacéraient en même temps que sa peau. Levant la tête vers la cime des arbres, elle apercevait soudain d'étranges boîtes rectangulaires suspendues en l'air. Des caisses oblongues dont certaines étaient trans-percées par des branches. La végétation proliférante enveloppait les boîtes fracassées dans sa toile d'arai-gnée. Oscillant à vingt mètres du sol, les caisses res-semblaient à ces décorations qu'on accroche dans les sapins de Noël. Maria s'immobilisa, des insectes cou-raient sur ses mollets, s'insinuaient sous sa jupe, dans sa culotte, mais elle n'en avait cure, seules comptaient les curieuses boîtes piquées à la cime des arbres et dont les rayons du soleil faisaient luire les poignées. *Les poi-gnées ?* Elle comprit enfin qu'il s'agissait de cercueils, ces cercueils que les pilotes superstitieux refusaient de rapatrier dans leur avion et dont ils se débarrassaient en pleine jungle, par la trappe de largage… Les caisses funéraires étaient là, telles qu'elles avaient échoué au terme d'une chute de plusieurs centaines de mètres.

Certaines avaient explosé comme des bombes, d'autres étaient restées coincées à la fourche des branches. Les lianes, les plantes grimpantes les avaient recouvertes d'un linceul verdâtre. Il y en avait des dizaines qui se balançaient au gré du vent. La fiente des perroquets les avait badigeonnées d'un blanc croûteux.

« Mon Dieu, pensa Maria. Mon Dieu, tant de morts sans sépulture… Tant de corps dont on s'est débarrassé sans respect. Oh! le temps du châtiment est proche… »

Elle s'éveilla en haletant, le visage en feu, et, malgré la lumière de la lampe de chevet, ne put effacer de sa rétine la vision effroyable.

Elle se toucha le front, persuadée d'avoir contracté une de ces fièvres tropicales qui tuent un cheval en quarante-huit heures. Elle décida de s'aérer, de rompre avec un enfermement qui générait chez elle d'étranges névroses. Il y avait une éternité qu'elle n'avait pas mis les pieds dans un salon de thé, c'était le moment ou jamais de renouer avec un rite assidûment pratiqué du temps où elle habitait le joli quartier de Leblon, à Rio de Janeiro.

Elle s'habilla de blanc, prit une ombrelle et descendit sur le boulevard Sâo Emilio. La psychose provoquée par les agressions simiesques commençait à se dissiper, et les artères réservées à la promenade retrouvaient leurs contingents de flâneurs. Çà et là, les petits broyeurs de canne à sucre avaient arrêté leur échoppe à roulettes. Après avoir actionné la manivelle de la déchiqueteuse, ils vendaient aux passants ces gobelets de jus brut dont Maria avait été si gourmande dans son enfance. Elle choisit d'aller à la Duchesse de Trinidad, un salon de

thé aux décorations baroques tout en torsades et angelots mulâtres. Deux licornes immaculées encadraient la
porte d'entrée, soutenant un vélum de drap bleu.

Maria entra, s'assit à un petit guéridon de marbre,
non loin d'un homme en costume de lin blanc, très
comme il faut, absorbé dans la lecture d'une revue
d'architecture.

Des femmes la saluèrent, qu'elle ne reconnut pas.
Elle répondit avec réserve. Elle n'avait pas encore la
force de supporter les ragots de ces dames. Le salon
était presque vide. Trois *senhoras* à cheveux gris par-
laient à voix feutrée, étouffant des gloussements.

Un petit chien jaune, dont le cou s'ornait d'un ruban,
attendait, vautré sur les dalles, près d'une écuelle d'eau
en argent ciselé.

Maria da Bôa commanda du thé de Chine fumé, du
Lapsang-souchong, trois gâteaux et une coupe de blanc-
manger. Le sucre avait toujours été sa drogue, c'était un
miracle qu'elle soit parvenue à la soixantaine sans devenir obèse. On lui apporta un plat d'argent couvert de
petites boursouflures nappées de crème Chantilly. Elle
dut faire un effort pour ne pas les porter sur-le-champ à
sa bouche. Elle avait toujours besoin de glucose quand
les choses allaient mal.

Sur le carrelage, le petit chien jaune se mordillait
la patte pour tromper l'ennui. Maria piqua l'un des
gâteaux au bout de sa fourchette. Elle songea que les
fruits confits ressemblaient à des rubis. Le chien s'agitait. Maria eut l'impression qu'il se mordillait la patte
avec un entrain anormal et que… *du sang tachait son
museau*! Elle se figea. L'animal s'acharnait, grognant
sourdement. Ses petites dents avaient entamé la peau

de sa patte avant droite, lacérant la chair. « Oh, non ! songea Maria, il est en train de la ronger comme si c'était une cuisse de poulet ! » Elle ne savait que faire. Devait-elle s'approcher des dames qui bavardaient pour leur déclarer : « Excusez-moi, chère amie, mais il me semble que votre petit chien est en train de se dévorer une patte, est-ce dans ses habitudes ? »

L'animal redoublait de frénésie. Il paraissait insensible à la douleur, tels ces déments qui pratiquent l'automutilation sans proférer une plainte. Ses dents pointues avaient mis l'os à nu sur une dizaine de centimètres, le sang commençait à former une flaque sur les dalles.

Maria ne pouvait se résoudre à intervenir. Elle demeura statufiée, la fourchette à la main, fixant la bête à travers la vapeur s'élevant de sa tasse de thé.

Le chien s'arrêta, haletant, et releva la tête. Il tirait une langue écarlate. Son museau était barbouillé de sang. Ses yeux cherchèrent ceux de Maria da Bôa comme s'il essayait de lui dire quelque chose. Quelque chose de capital. Il présentait son moignon à l'horizontale, dans un geste de bon toutou accoutumé à « donner la patte ».

« C'est une hallucination, se dit Maria, rien de tout cela n'est réel. Je ne dois pas faire de scandale. Il faut attendre que l'image se dissipe… voilà tout. »

— Nigrito, dit soudain l'une des dames, qu'est-ce que tu grignotes encore ?

Elle s'était penchée pour flatter l'encolure de l'animal mais son geste se figea et elle poussa un hurlement.

« Ainsi c'était vrai », nota Maria avec un curieux détachement. Dès lors un vent de panique souffla sur le salon. Les dames se levèrent d'un bond, renversant guéridons, théières et plateaux de friandises. La maîtresse de Nigrito criait plus fort que les autres. L'une des serveuses s'évanouit, sa tête heurta le coin d'une table mais personne n'y prit garde, tous les regards se focalisant sur le chien mutilé.

L'animal fixait toujours Maria. Ses flancs palpitaient comme s'il allait succomber à une crise cardiaque. « Il me regarde », songea Maria, sans savoir ce qu'il fallait en conclure. Oui, Nigrito la fixait, avec, au fond des yeux, une étonnante gravité.

— On dirait qu'il sait très exactement ce qu'il fait, murmura Maria d'une voix éteinte.

A présent les gens vociféraient, se bousculaient en brandissant des téléphones cellulaires. On évoquait déjà la rage, une contamination dont les singes auraient été le vecteur.

— *Não mecham em nada antes de chegar a policia*[1] ! cria quelqu'un.

— Nous sommes tous les deux, chuchota Maria en se penchant vers l'animal, et tu veux me parler… C'est ça, mon chien ? *Tu veux me dire quelque chose à propos de Benito, n'est-ce pas ?* Il est en colère parce que je l'ai mal reçu. J'ai eu peur, c'est vrai. Tu lui diras qu'il doit me laisser un peu de temps… pour m'habituer. Je lui ferai couper de nouveaux costumes à sa taille… et un uniforme aussi. Je n'ai pas oublié qu'il aimait se mettre en uniforme lors des réceptions.

Nigrito poussa un bref jappement et se roula en boule pour mourir. Ses pattes postérieures ébauchèrent une brève ruade puis griffèrent les dalles. Au bout d'une dizaine de secondes, tout était terminé.

---

1. Ne touchez à rien avant l'arrivée de la police.

— Que se passe-t-il ici ? rugit le lieutenant Corco en poussant la porte. Que personne ne touche à ce chien. Il y a des blessés ? Quelqu'un a été mordu ?

Personne n'avait été mordu. Le policier fit le tour du salon de thé, et constata qu'il fallait évacuer la serveuse qui s'était fracturée le crâne en heurtant le coin de la table.

— A qui appartient cette bête ? demanda le lieutenant en s'asseyant à la table des *senhoras*. Elle était vaccinée ?

— Oui, sanglota la maîtresse du pauvre Nigrito.

Le lieutenant sortit un carnet, gribouilla quelques mots. Il semblait las. Encore plus maigre que d'ordinaire.

Maria avait pâli. Son regard s'attardait sur le chien mort, dans l'attente d'une improbable réponse. Elle repoussa l'assiette de gâteaux et se leva. Corco lui jeta un bref regard mais ne fit pas mine de la retenir.

Maria retrouva la lumière blanche du boulevard. Ses pieds la conduisirent vers le fleuve. Un paquebot blanc, chargé de touristes américains, descendait vers l'embouchure. Comme elle aurait voulu se trouver parmi eux ! « Le chien, se répéta-t-elle, il a voulu me dire quelque chose. C'était à propos de Benito. Benito est très en colère contre moi, sinon il n'aurait pas poussé ce pauvre animal à se mutiler. Benito m'en veut de l'avoir rejeté quand il est rentré à la maison. Il attendait plus d'empressement de ma part. »

Elle sentait que sa vie se trouvait à un tournant capital… Elle contempla le fleuve, immense, durant une minute puis tourna les talons.

Une ambulance stationnait devant la Duchesse de Trinidad, c'était l'un de ces véhicules banalisés dont le maire avait le secret. Un homme en blouse blanche, ganté de caoutchouc, était occupé à glisser le corps du chien mutilé dans un sac.

— Un chien fou, expliquait le lieutenant Corco au téléphone. Peut-être la rage… Oui, vraiment fou. Il paraît qu'il s'est bouffé la patte, comme ça, d'un seul coup… Vous n'avez jamais entendu parler d'un tel symptôme ? Ah, bon…

Il paraissait ennuyé.

La patronne du salon de thé avait débouché une bouteille de cognac français et en versait force rasades aux dames pâlichonnes rassemblées au fond du magasin.

Corco posa le téléphone et se retourna. Son visage était passé de l'incrédulité bougonne à la perplexité inquiète.

— Non, non et non ! Il n'a pas été mordu par un singe, répéta la maîtresse du chien. Il était en parfaite santé. Je suis allée la semaine dernière chez le vétérinaire pour un check-up complet.

Maria s'éloigna. Elle marchait vite, indifférente à la sueur qui perlait sous ses aisselles et dégoulinait le long de ses flancs. La nouvelle du scandale dont la Duchesse de Trinidad venait d'être le théâtre s'était déjà répandue à travers la ville. De toutes parts des groupes de vieilles gens en costume blanc et chapeau de toile convergeaient vers le salon de thé. On accourait aux nouvelles.

Que se passait-il ? Voilà qu'après les singes, les chiens d'appartement devenaient à leur tour enragés ! Mais où allait le monde ?

Maria, elle, remonta le boulevard à contre-courant, laissant les imbéciles caqueter, les yeux ronds, la bouche humide. Quand elle arriva chez elle, la tête

lui tournait comme au seuil de l'ivresse ou aux premiers symptômes d'un coup de sang. Elle dut se retenir au chambranle de la porte. Des pulsations sourdes
gonflaient douloureusement les veines de ses tempes.
« Mon Dieu ! songea-t-elle, je vais avoir une embolie
moi aussi… » Un voile noir devant les yeux, elle arracha le col de son corsage et tituba jusqu'à la chambre
où elle s'abattit en travers du lit. Elle eut l'impression
d'être prisonnière d'un ascenseur en chute libre tombant dans un puits d'encre.

*

Le diable au chapeau blanc s'éloigna sans se presser
de la Duchesse de Trinidad. Personne n'avait fait attention à lui. Il était trop correctement vêtu pour qu'on ose
le soupçonner d'une mauvaise action. Pourtant il s'était
bien amusé… En entrant dans le salon de thé, il s'était
penché pour caresser gentiment Nigrito. Ce faisant, il
en avait profité pour verser le contenu du flacon dissimulé au creux de sa paume dans l'écuelle du chien. Le
résultat ne s'était pas fait attendre. « J'ai eu la main trop
lourde, réfléchit-il en allumant un cigare. La toxine a
provoqué une crise cardiaque. Je regrette que la bestiole
se soit automutilée, j'aurais préféré qu'elle saute à la
gorge de sa maîtresse ou lui arrache la main, ç'aurait été
plus spectaculaire. » Il haussa les épaules. Il était impossible de contrôler les effets du produit qui dépendaient
uniquement de l'état d'esprit du sujet. Nigrito, domesti-
qué à l'extrême, incapable de s'en prendre aux humains,
avait retourné sa rage contre lui-même. Dommage.

Il remonta l'avenue Sâo Emilio d'un pas alerte.
Même si sa nouvelle stratégie demandait à être affi-

née, elle était bonne. Judicieusement appliquée, elle plongerait Sâo Carmino dans le chaos, on verrait alors comment se comporteraient ses habitants. C'était tout ce qui lui importait. Il voulait les pousser à réagir pour avoir l'occasion de les noter. Cette fois, finis les enfantillages, il avait décidé de se montrer d'une sévérité exemplaire.

23

Le vestiaire du démon

Matt Meetchum arrêta la Jeep à la lisière de la forêt.
Se dressant dans le véhicule, il prit appui sur l'encadrement métallique du pare-brise, et porta les jumelles à ses
yeux. Les singes demeuraient invisibles. Le journaliste
soupira. Peut-être aurait-il dû s'avancer davantage ?

La raison lui soufflait de n'en rien faire. Au moment
où il se rasseyait, Meetchum perçut une présence dans
son dos. Immédiatement sa main vola vers la boîte à
gants pour saisir le pistolet automatique qu'il y tenait
caché.

— Du calme, mon fils, fit la voix du père Papanatas.
Vous n'allez tout de même pas ouvrir le feu sur un
prêtre ?

Le journaliste tourna la tête. Papanatas venait de
surgir de derrière un monticule, poussant sa ridicule
mobylette d'une main. Sa soutane était constellée de
poussière jaune.

— Vous étiez là ? dit l'Américain pris de court.

— Oui, je vous suis depuis un moment, admit le
prêtre.

— *Vous me suivez ?*

Papanatas esquissa une grimace qui trahissait sa gêne.

— Je voudrais vous parler, attaqua-t-il. Je sais que vous n'avez jamais eu l'intention d'écrire un seul article sur l'architecture de Sâo Carmino. Ce reportage, c'est une couverture pour vous protéger de la curiosité de la police, n'est-ce pas ?

Meetchum fronça les sourcils et chercha nerveusement un cigare dans la poche de sa chemise. Le sang s'était retiré de son visage d'ordinaire coloré.

— Que savez-vous au juste ? grogna-t-il.

— C'est évident, répliqua le prêtre. Qui s'intéresserait encore aujourd'hui aux créations architecturales de Miguel Munoz-Teclan ? Vous savez, comme moi, que Sâo Carmino est aussi démodée que Brasilia. Je suis certain que vous ne travaillez pas pour une revue d'urbanisme. Qui êtes-vous réellement ? Pourquoi posez-vous toutes ces questions à propos du Maître d'école ?

Le journaliste tendit son étui à cigares au prêtre qui refusa.

— Je m'intéresse aux légendes urbaines, avoua-t-il enfin. Je suis parapsychologue. Vous avez raison, l'architecture de Sâo Carmino me laisse froid. Seuls les contes à dormir debout me passionnent…

Papanatas se passa la main sur le visage. Il transpirait.

— Il n'y a qu'une légende à Sâo Carmino, fit-il dans un souffle, une seule, et vous savez laquelle…

Meetchum plissa les paupières et l'examina du coin de l'œil.

— Vous savez quelque chose, *padre*, affirma-t-il, vous savez quelque chose et vous n'osez pas m'en parler…

Le prêtre eut un geste incontrôlé, faillit lâcher son vélomoteur qu'il rattrapa de justesse.

— Je ne peux pas me confier à la police, gémit-il. Le lieutenant Corco est une brute, il s'obstine à nier l'évidence.

— Mettez votre pétrolette à l'arrière et venez me rejoindre, décida Meetchum, nous discuterons en roulant. Il ne faut pas rester ici, la nuit tombe.

Papanatas s'exécuta. Le ciel virait au rouge. Les feuilles des arbres ressemblaient à de petites mains velues rassemblées en bouquets. Meetchum mit le contact. Le véhicule démarra en soulevant un nuage de détritus.

— Il se passe des choses anormales à Sâo Carmino, soliloquait Papanatas, une espèce de folie sourde qui gagne le cœur des gens. Vous savez que cet après-midi un chien s'est automutilé dans un salon de thé ? J'y vois… j'y vois…

— La marque du diable ?

— Non, celle du Maître d'école. Mais cela revient au même.

— Tiens ! s'exclama Meetchum, enfin quelqu'un qui reconnaît l'existence de ce fantôme… Racontez-moi ce que vous savez sur lui. J'en ai assez de voir les gens se défiler dès qu'on prononce le nom du croque-mitaine.

— Il faut être prudent, murmura le prêtre. Ça remonte à trois siècles, vous savez ! Tout a commencé lorsqu'on a dépêché une mission, ici même, au cœur de la jungle. Un prêtre, le père Marcato, et deux nonnes, des sœurs de la Sainte-Bénédiction de Vorâo qui devaient faire office d'infirmières.

— Trois siècles ? bougonna le journaliste, vous êtes sûr de ne pas exagérer ?

— Non, laissez-moi parler. Sâo Carmino était alors un petit village de pêcheurs. Il y avait encore une communauté indienne importante. Une tribu Ayacamaras qui vivait le long du littoral.

— Le village se dressait au même emplacement que la ville ?

— Oui. Ils détestaient les missionnaires, ils réprouvaient la morale des Blancs. Ils avaient leurs propres coutumes. Il n'y avait pas de police chez eux, mais une sorte de comptable qu'ils surnommaient « *l'Homme du dernier Jour* » et dont la fonction consistait moins à punir qu'à remettre les compteurs à zéro.

— Je m'en doutais, ricana Meetchum en étreignant le volant. Ils avaient le droit de tuer, de voler, de violer, à condition de se soumettre ensuite à l'appréciation de ce type qui les notait, comme un maître d'école. Une bonne action pouvait compenser un crime. On avait parfaitement le droit d'assassiner ses voisins à condition de sauver ensuite un bébé d'un incendie. Il fallait que les notes s'équilibrent... D'où tenez-vous ces renseignements, mon père ?

— J'ai retrouvé un mémoire dans les archives de la mission. Une étude rédigée par mon prédécesseur, Dom Felipe. Elle était là depuis longtemps, mais je ne l'avais jamais ouverte. Pour moi, il s'agissait d'une légende païenne sans intérêt.

La voix de Papanatas n'était plus qu'un murmure. Meetchum sentit se dresser les poils de ses avant-bras. La nuit courait derrière la Jeep comme pour la rattraper.

— Parlez ! Mais parlez donc ! rugit-il. Qu'avez-vous découvert ? Nous allons chez vous ?

— Non, haleta le prêtre, je dois vous montrer quelque chose… Il faudrait se rendre à l'ancienne mission. Mais la nuit s'installe, il vaudrait peut-être mieux remettre cette expédition à plus tard ?

— J'ai des lampes dans le coffre, trancha Meetchum, continuez votre histoire et indiquez-moi la route.

— Il semblerait que la tradition du… du Maître d'école se soit transmise de génération en génération, reprit Papanatas.

Meetchum serra les dents. Ses mains moites glissaient sur le volant.

— Je veux vous montrer quelque chose, dit le prêtre, un endroit que j'ai découvert tout récemment. Roulez lentement, et prenez le chemin de terre. Avant ce soir, je n'avais jamais parlé de ceci à personne. J'avais peur du ridicule. Ralentissez, nous y sommes.

Meetchum obéit. La nuit était là, maintenant. Une nuit de goudron qui barbouillait la lune. Une de ces nuits qu'on aime laisser de l'autre côté des volets, une de ces nuits qui vous font vous relever pour vérifier que la porte est fermée à double tour. Une mauvaise nuit.

Le journaliste arrêta la Jeep. Le pinceau des phares éclaira quatre pans de maçonnerie envahis par la végétation. Des décombres que surmontait le tronçon d'un clocher. Tout cela devait grouiller d'insectes et de vermine tropicale. L'Américain réprima une grimace.

— Il faut entrer là-dedans ? aboya-t-il.

Papanatas hocha la tête.

— Dans le clocher, confirma-t-il, il y a une trappe qui mène aux caves. Ce que je veux vous montrer se trouve là.

— OK, haleta Meetchum en jetant son cigare. Prenons les torches et finissons-en.

Mais avant de descendre, il glissa l'automatique dans la poche de sa veste. Il se sentait mal à l'aise. Papanatas avait raison, peut-être aurait-il mieux valu attendre le jour ?

Le prêtre ouvrit la marche. La jungle avait enveloppé les ruines dans un cocon fibreux à la manière d'une araignée emballant l'une de ses victimes. Une nuée de moustiques s'abattit sur les deux hommes, leur emplissant les oreilles d'un bourdonnement infernal. Papanatas s'engagea entre les blocs de maçonnerie que recouvraient la mousse et les lichens. Le clocher ressemblait à un phare décapité par la tempête. Un arbre avait commencé à pousser à l'ancien emplacement des escaliers, ses branches sortaient par les fenêtres, laissant pendre ses guirlandes de mousse espagnole. La nuit s'épaississait rapidement, telle la bouillie de maïs sur le feu. Une bouillie noire. Hors du halo des phares, on ne distinguait plus rien. La forêt était là, béante. « Une vraie fosse marine », songea Meetchum.

— C'est là ! déclara Papanatas en désignant une porte entrebâillée dont le bois malade s'ornait de champignons. Il y a une douzaine de marches, précisa-t-il. Ne parlez pas trop fort et évitez de vous cogner aux poutres, l'église pourrait nous tomber dessus.

Meetchum se pencha dans l'ouverture. Le rayon de sa lampe éclaira un escalier aux marches duveteuses de moisissure. Une odeur de terre remuée montait du trou. Il hésita, éclaira la voûte, cherchant à détecter les araignées. Il avait rentré la tête dans les épaules. Il redoutait les gros arachnides d'Amérique latine, ces amas de pattes velues qui se laissent tomber sur leur proie dès qu'on fait mine d'effleurer la toile qu'elles ont patiemment tissée. Derrière lui, Papanatas s'impatientait. Meetchum eut peur de paraître ridicule et s'engagea dans le passage. Les marches étaient glissantes. Des racines avaient crevé la voûte et pendaient du plafond, étranges stalactites de chair blanche. Les parois étaient déformées, bosselées, comme si la terre avait entrepris de malaxer et d'écraser cette tranchée ouverte par les hommes. Çà et là, des briques détachées formaient des tas épars sur le sol. Tout cela grouillait d'une vie larvaire. La lumière semait la panique chez les scolopendres géantes qui s'enfuyaient, cherchant à s'abriter dans les fissures de la maçonnerie.

Le journaliste serra les dents. La vermine rampante l'avait toujours terrifié. Il lui semblait déjà qu'une armée de cloportes se lançait à l'assaut de ses chevilles, sous son pantalon. Il dut faire un effort pour ne pas se gratter.

— Venez, commanda Papanatas, il ne faudrait pas qu'*Il* nous surprenne en ces lieux.

— Qui ça « *Il* » ? Le Maître d'école ? aboya l'Américain, mais le prêtre ne répondit pas.

Au même moment il buta sur une grosse corbeille de chanvre tressé, remplie à ras bord de bons points jaunis. Il y plongea machinalement la main.

Au fond de la salle s'ouvrait un couloir étroit. De part et d'autre du passage, on avait creusé des cellules qu'emplissait à présent un fouillis de racines. Le journaliste sentit son estomac se contracter. Chaque geôle était colonisée par une jungle de tubercules terreux dont les ramifications avaient crevé les parois. Cet enchevêtrement figé évoquait un nœud de serpents aveugles, à la peau dépigmentée, comme on en rencontre parfois dans les gouffres où ne pénètre jamais la lumière du jour.

— Regardez dans chacune des cellules, ordonna le prêtre.

Meetchum obéit. Le pinceau de sa lampe éclaira une forme qu'il prit tout d'abord pour le cadavre d'un pendu. En y regardant de plus près, il vit qu'il s'agissait d'un mannequin de paille accroché au plafond, et sur lequel avait été drapée une robe de bure blanchâtre mangée par la moisissure. Dans les autres geôles, d'autres mannequins portaient des vêtements, également blancs, et qui dataient du XVIIIe et du XIXe siècles.

— On se croirait dans un musée, ricana-t-il. Trois siècles de mode en quinze costumes…

— Ne jouez pas les malins, siffla Papanatas. Je sais que vous êtes impressionné. Vous contemplez les tenues des différents Maîtres d'école ayant officié à Sâo Carmino. Certaines sont si anciennes qu'elles tomberaient en poussière si vous les touchiez. Vous comprenez où je veux en venir ? *C'était une confrérie.* Ils se passaient le relais quand ils devenaient trop vieux. Ils ont toujours été là, dans l'ombre. A nous observer, à nous noter…

Meetchum aurait voulu dire quelque chose mais demeura coi. Les défroques pourries le mettaient mal à l'aise.

— La fascination vous gagne, constata Papanatas, reprenez-vous. J'ai connu cela. Ces objets dégagent une aura maléfique… Il reste en eux comme une odeur nocive. L'odeur de ceux qu'ils ont habillés durant tant d'années.

Meetchum s'ébroua.

— Vous avez raison, haleta-t-il, partons.

Les deux hommes se rabattirent vers la sortie. Leurs respirations chuintaient sous la voûte, trahissant leur oppression.

— Tout cela pour vous dire qu'en ce moment même un nouveau Maître d'école sévit à Sâo Carmino, conclut le prêtre. La police nie son existence, mais les petites gens savent qu'il est là. Ils n'en parlent jamais, voilà tout. Il y a autre chose... de plus inquiétant encore.

— Quoi donc ?

— Les textes que j'ai déchiffrés disent qu'à la fin, si l'un des Maîtres d'école estime son action vouée à l'échec du fait de la trop grande immoralité de la population, il aura le devoir de détruire la ville et ses habitants. Vous comprenez ? Cela se produira si le trop-plein de crimes n'est pas compensé par un poids égal de bonnes actions. Si le sacro-saint équilibre est rompu.

Ils s'étaient tous deux immobilisés au bas des marches. Ils chuchotaient à présent.

Meetchum leva les yeux. « *Il* nous attend en haut de l'escalier, ne put-il s'empêcher de penser. *Il* va bloquer la porte pour nous enfermer ici, à la merci de la vermine... »

Ils grimpèrent les marches à la hâte, se bousculant presque, tels des naufragés se battant pour accéder à l'unique canot de sauvetage encore accroché au bastingage.

Quand l'air de la nuit les frappa au visage, Meetchum dut faire un effort pour conserver un semblant de dignité, et ne pas se mettre à courir vers la Jeep.

— Vous comprenez ? haleta Papanatas. Il va nous noter, *pour la dernière fois*. Si la balance penche du mauvais côté, il nous tuera, tous.

— Et comment s'y prendrait-il ? riposta Meetchum qui avait recouvré son sang-froid. Vous délirez, il travaille seul, c'est un petit artisan de la mort, il ne dispose pas des moyens nécessaires. Ne vous laissez pas emporter par votre imagination.

24

Mort d'un fonctionnaire soupçonneux

Le lieutenant Miguel Corco franchit le seuil de la salle de soins. Grâce au puissant système de climatisation régulant la température à l'intérieur de l'officine de pompes funèbres, le cadavre n'avait pas encore commencé à pourrir, c'était toujours ça…

— On n'a touché à rien, déclara Segovio en désignant la table d'acier inoxydable. On est venus dès que le gosse a donné l'alerte.

Corco ne répondit pas. Il y avait du sang partout. A croire qu'on avait essayé de repeindre les murs au tuyau d'arrosage. Les éclaboussures couvraient même le plafond.

— C'est à cause de la scie électrique, expliqua Segovio. Elle a vaporisé le sang aux quatre coins de la pièce. Un vrai pistolet à peinture!

Corco se pencha sur ce qui restait du cadavre. Il identifia Octavio Bagazo, le croque-mort de Sâo Carmino. Sur une console, près de la table où l'on préparait habituellement les défunts, s'entassaient des seringues usagées, des flacons médicaux.

— En résumé, grogna le lieutenant, ça se présente comment?

— On a torturé Bagazo en l'amputant progressivement au moyen d'une scie électrique, commença Segovio. Comme il était vieux et que la souffrance excessive risquait de provoquer une crise cardiaque, l'assassin a procédé à une série d'anesthésies locales à l'aide d'un produit très puissant.

— En somme, il a inventé la torture sans douleur ?

— Oui, je crois qu'il comptait sur l'effet psychologique. Même si on ne souffre pas, ce n'est jamais plaisant de voir qu'on vous débite la jambe en rondelles comme un vulgaire chorizo.

Corco examina les débris. Garrots et piqûres anesthésiantes avaient permis au bourreau de découper Bagazo bout après bout. Les orteils, d'abord, puis le pied, la jambe jusqu'au genou… Tout cela avait été jeté au petit bonheur, éparpillé à la manière d'un puzzle horrifique. Bagazo avait assisté à son propre dépeçage sans éprouver la moindre souffrance. De quoi ébranler le caractère le mieux trempé !

— Qu'est-ce qui a causé la mort ? s'enquit-il.

— Hémorragie massive. Les garrots n'ont pas pu empêcher qu'il se vide. Mais ça a dû prendre un moment.

Le lieutenant osait à peine bouger de peur de déraper sur une flaque de sang. Il songea que le meurtrier avait dû s'équiper d'une combinaison plastifiée avant de procéder au découpage du pauvre vieux. Une combinaison intégrale, munie d'une cagoule, comme on en utilise pour la désinsectisation à grande échelle. « Quand il est sorti d'ici, il devait être rouge de la tête aux pieds », se dit-il.

— Qui a découvert le corps ?

— David, le neveu de la sorcière. Vous savez, le gosse qui a déjà trouvé Bombicho, l'ancien juge transformé en pelote d'épingles. Il venait travailler. Il servait de garçon de salle à Bagazo.

« Encore lui ! » ragea intérieurement le lieutenant. Ça devenait une habitude. Il allait poser une autre question quand Matt Meetchum apparut au seuil de la salle. D'un œil froid, l'Américain détailla la scène sans faire mine d'utiliser son appareil photo.

— Vous n'allez pas encore accuser le gosse, au moins ? lança-t-il d'une voix sourde. Ce n'est pas un travail d'enfant.

— Et vous, s'impatienta Corco, vous n'allez pas encore me parler de votre foutu Maître d'école, j'espère ?

— Peut-être bien que si, fit le journaliste en se penchant sur le cadavre. A votre place, je regarderais ce que le mort a dans la bouche.

— *Quoi ?*

— Quelque chose dépasse d'entre ses lèvres. Un bout de papier. Vous auriez dû déjà vous en apercevoir, ça saute aux yeux.

Le lieutenant enfila des gants de latex pour entrouvrir la mâchoire du cadavre. Un rectangle de carton apparut, souillé de salive et de sang. Un bon point. Meetchum laissa échapper un sifflement intéressé.

— Je ne veux pas vous apprendre votre boulot, fit-il en reculant de trois pas, mais vous devriez aller discuter avec le père Papanatas, il m'a récemment fait visiter une ruine pleine de ces trucs. A mon avis, tout ça porte la signature du Maître d'école, que vous le vouliez ou non.

Manuel Corco éprouvait un curieux malaise. Cédant à l'insistance du journaliste il avait rencontré le prêtre. Celui-ci, très agité, lui avait raconté une histoire embrouillée de légion blanche, de juges clandestins officiant dans l'ombre depuis des temps reculés… Voyant qu'il ne parvenait pas à convaincre son interlocuteur, Papanatas l'avait alors traîné à la lisière de la jungle, dans un presbytère effondré, pour lui faire visiter des cellules monacales emplies de défroques pourrissantes. Il surnommait ce lieu « le vestiaire du diable »… Un panier de bons points rongés par l'humidité trônait effectivement dans le couloir. Rien de tout cela n'avait convaincu le lieutenant. L'exaltation du prêtre sentait le délabrement mental. Corco le remercia et prit congé.

Il ne croyait pas à la théorie du Maître d'école. Si l'on avait torturé Bagazo, c'était à coup sûr pour le faire parler. Quel secret un croque-mort pouvait-il détenir ? « Et un ancien juge ? lui souffla une voix intérieure. N'oublie pas Bombicho… » Bagazo, Bombicho, deux vieillards torturés à mort. *Pourquoi ? Qu'est-ce qui liait ces deux morts ?*

Manuel Corco s'était toujours fié à son intuition, ses haines spontanées, ses méfiances instinctives, or, depuis le début, quelque chose… ou plutôt *quelqu'un* l'avait toujours dérangé. Quelqu'un de déplacé dans le paysage, et dont la présence n'était guère crédible. Cette répulsion irraisonnée s'était trouvée renforcée lors de son entretien avec Papanatas, lorsque le prêtre, pour souligner ses propos, avait présenté Matt Meetchum comme « un parapsychologue de renom ». Or, Corco s'en souvenait parfaitement, l'Américain, lorsqu'ils avaient fait connaissance, ne s'était pas privé de brandir de luxueuses revues d'architecture imprimées sur papier glacé. Des revues remplies de savants articles signés de son nom : Matthew Reginald Meetchum. Pouvait-on être expert en urbanisme et s'occuper d'histoires de fantômes ? Non, le lieutenant n'y croyait pas. Il y avait là une inexplicable fausse note qui heurtait sa logique. La parapsychologie, c'était pour les vieilles femmes esseulées, les étudiants à la cervelle ravagée par le *shit*… Non, Meetchum n'avait décidément pas la tête de l'emploi !

Maintenant qu'il prenait la peine d'y réfléchir, d'autres détails troublants lui sautaient aux yeux. Ainsi, cette manie qu'avait Meetchum d'être toujours fourré à l'hôtel de police comme un scribouillard affecté aux chiens écrasés… Etait-ce là le comportement d'un urbaniste ? Et puis, cette façon de se mêler de l'enquête, ses efforts redoublés pour aiguiller les flics sur la piste du Maître d'école… Pour finir, il y avait le bon point qu'il avait extrait de la bouche du cadavre. Ce bout de carton que l'Américain avait été le seul à repérer au premier coup d'œil, n'était-ce pas *trop* ? Les journalistes détectives, ça n'existe que dans les romans, jamais Corco n'en avait rencontré dans la vie réelle !

Dès son retour à l'hôtel de police, il se connecta sur Internet. Au bout de trente secondes, il vit s'afficher une centaine d'entrées comportant les mots M.R. Meetchum. Matthew Reginald Meetchum existait bel et bien. Il était apparemment fort connu dans le milieu de l'architecture. Il écrivait dans de nombreuses revues, il enseignait même à l'UCLA… Le seul ennui, c'est qu'il avait soixante-quinze ans et, d'après sa photo, pesait soixante kilos tout habillé ! Rien à voir avec le géant moustachu qui arpentait les rues de Sâo Carmino depuis plusieurs mois. « J'aurais dû m'en douter, se dit

Corco. Il y a chez lui un côté *Hell's Angel* à la retraite
qui m'a toujours déplu. »

Ainsi, l'homme qui se faisait appeler Meetchum
les avait tous bernés, lui, Corco, mais aussi le maire,
les gens du comité d'urbanisme… Que cherchait-il ?
« C'cst peut-être réellement un parapsychologue, réfléchit le lieutenant, déstabilisé. Il a jugé plus habile de
s'affubler d'une couverture honorable pour enquêter
à son aise. » Il devait éviter de commettre un impair.
Le maire ne le lui pardonnerait pas. Ce « Meetchum »
jouissait peut-être de puissantes protections. Avec les
Américains, il convenait de se méfier. Il suffisait de
bousculer l'un d'entre eux pour voir la 5e Flotte débarquer ! Corco décida de ne parler de sa découverte à personne. Une erreur étant toujours possible, il ne tenait
pas à se couvrir de ridicule.

Préoccupé, il quitta l'hôtel de police pour prendre
sa voiture. Il savait que « Meetchum » logeait dans
un appartement luxueux prêté par la municipalité. Ce
genre de resquillage pouvait expliquer la fausse iden-
tité. « Meetchum » était peut-être coutumier du fait.
Vingt minutes plus tard, le lieutenant garait son véhicule sur le parking « visiteurs » de ladite résidence.
Il décida de ne pas s'annoncer pour mieux jouir de
l'effet de surprise. En tant qu'officier de police, il possédait un passe magnétique permettant de déverrouiller
n'importe quelle serrure électronique à Sâo Carmino,
il ne rencontra donc aucune difficulté pour s'introduire
chez le faux Matt Meetchum.

L'appartement était vide, en désordre. Corco alla
droit à l'armoire de la chambre. Il en sortit un sac de
voyage dont le double fond contenait un passeport au
nom de Douglas Standford Seaburn. Cinquante-cinq

ans. Monteur en charpente métallique itinérant. Cette fois, la photo correspondait.

Un grincement le fit se retourner. « Meetchum » se tenait sur le seuil de la chambre, une arme à la main. En guise de silencieux, il avait enfilé une bouteille de plastique vide sur le canon. La détonation fut à peine perceptible. Corco eut l'impression de recevoir un coup de poing en pleine poitrine. Il fut projeté à l'intérieur de l'armoire dont les portes se refermèrent sur lui.

25

Une nourriture trop riche

Douglas Seaburn mordilla nerveusement sa moustache gauloise d'ancien *biker*. Il s'en était fallu d'un cheveu ! S'il n'avait pas eu la chance de voir Corco traverser le parking une minute plus tôt, il se serait laissé surprendre. Heureusement, ses vieux réflexes avaient joué à la perfection. Saisissant son arme, ainsi que la bouteille d'eau minérale posée sur la table basse du salon, il s'était tout bêtement glissé sous le canapé géant. Il ne s'agissait, après tout, que de gagner dix secondes, le temps de prendre le flic par surprise. Il y avait peu de chances, en effet, pour que Corco commence sa perquisition en regardant sous les lits !

Seaburn jeta un coup d'œil par la fenêtre pour s'assurer que personne n'avait entendu la détonation. Satisfait, il marcha vers l'armoire dont il entrouvrit les battants. Corco avait le regard fixe, la bouche béante. La mort avait plaqué sur son visage, d'ordinaire rusé, un masque d'idiotie. La balle du .45, elle, lui avait fait éclater le cœur.

Seaburn regagna le salon, posa l'automatique sur la table basse et alluma un cigare. Ses mains tremblaient encore un peu. A présent, il s'agissait de réfléchir. Il s'interrogea sur la raison pour laquelle Corco avait soudain conçu des soupçons à son égard. Il avait commis une maladresse, c'était sûr, mais laquelle ? Bah ! ça n'avait plus d'importance, tout allait se régler très vite, désormais. La confusion créée par les singes le servait admirablement, elle lui permettrait de s'éclipser à l'insu de tous.

Maintenant que Bagazo avait parlé, il avait une vision beaucoup plus nette de la stratégie qu'il convenait d'adopter. Bon sang ! le vieil entêté lui avait donné du fil à retordre. Pendant un moment, Seaburn s'était même demandé si le croque-mort n'allait pas mourir avant d'avoir avoué son secret. Jusqu'au bout, le vieillard l'avait couvert d'injures, jamais il n'avait supplié son bourreau. Un sacré tempérament, oui ! « Tu peux y aller, *Maricón !* avait-il craché. Tu crois que j'ai toujours été croque-mort ? Tu te goures ! J'ai été soldat. Para-commando. Des interrogatoires de communistes j'en ai mené plus que tu ne peux l'imaginer. Je connais les ficelles, va… Je sais que tu vas me tuer de toute façon. Alors je ne dirai rien, pour t'emmerder ! »

A la fin, tout de même, lorsque Seaburn lui avait extrait la rotule, il avait flanché. « Ça ne te servira à rien de savoir ça, avait-il balbutié, quelques secondes avant que la crise cardiaque ne le foudroie. Tu ne trouveras jamais… et même si tu trouves, tu n'en sortiras pas vivant. Les singes te feront la peau ! » Le sale petit vieux ! L'arrogant bout de merde !

Le juge, Bombicho, lui, s'était montré moins effronté. Chaque fois que Seaburn lui enfonçait une nouvelle tige d'acier dans le corps, il gémissait telle une femme qu'on pénètre. L'Américain avait jugé cela gênant. Mais Bombicho ne savait pas grand-chose, il avait toutefois bredouillé : « J'ai commandé les diamants chez Mario Danza, le bijoutier, c'est vrai… mais c'est Bagazo, le croque-mort, qui s'occupait de l'aspect technique de l'opération. La livraison, tout ça… Moi, je n'étais que l'initiateur, le garant. Danza savait que j'étais juge, il avait confiance, c'est pour cette raison qu'il a accepté de commander les diamants sans réclamer de caution. Sans moi, le coup n'aurait pas fonctionné… *Doem-me… Tenho escarro sangre*[1]… arrêtez, par pitié ! »

Ça n'avait pas fonctionné, de toute manière, et c'était bien là le problème…

*

Douglas Seaburn était né trop tard. Vingt ans plus tôt, il aurait fait un casseur de coffres légendaire. Hélas, s'il avait été le meilleur dans sa partie tant qu'il s'agissait de désamorcer des défenses mécaniques, il n'en alla plus de même lorsque les chambres fortes s'équipèrent de systèmes électroniques. Seaburn ne comprenait rien aux histoires d'informatique, de programmes, de puces au silicium… Pour lui, c'était du chinois. Très vite, il se retrouva au chômage, réduit à casser des tirelires de quincailliers au fin fond du Dakota. Beaucoup de risques pour pas grand-chose, car les villageois avaient la détente facile, et dormaient un fusil chargé à la tête du lit. Oui, ç'avait été des années noires, des années de dégringolade dont il n'aimait pas se souvenir. Mor-

---

1. J'ai mal. Je crache du sang.

tifié, honteux, il avait même tenté de suivre des cours d'électronique par correspondance « pour se mettre à niveau », comme disait la publicité, mais ça n'avait pas marché. Il n'avait pas la tête aux études, lire lui donnait la migraine.

Il se voyait mal parti quand son fils, Jonathan, était venu lui rendre visite dans son motel minable au bord du lac Shonashie. Seaburn n'avait pas vu Jonathan depuis cinq ans. Il n'existait pas de réel contentieux entre eux, non, simplement ils n'avaient jamais eu grand-chose à se dire et chacun allait son chemin, voilà tout. C'est souvent de cette manière que la vie tourne, pas de quoi en faire un drame !

Comme beaucoup d'hommes, Seaburn n'avait fait montre d'aucun don pour la paternité. Quant au gosse, à partir de douze ans, il n'était plus rentré à la maison que pour y dormir, et encore pas tous les jours ! Jonathan avait aujourd'hui vingt-cinq ans, il était de haute taille, comme son père, les cheveux longs, blonds, musclé, pas encore enrobé de graisse. Cela viendrait… s'il vivait assez longtemps, bien sûr.

Sa mère était serveuse dans un restau de routiers planté à l'entrée du désert, du côté de Barstow, en Californie. Quand Seaburn l'avait connue, elle dansait nue sur les comptoirs, des billets de cinq dollars fichés dans le string. *C'était loin tout ça.* Elle non plus, Seaburn ne l'avait pas vue depuis longtemps.

« Salut p'pa, avait lancé Jonathan. Je suis venu te proposer une affaire. J'ai besoin de quelqu'un de confiance et, à part toi, je ne vois personne capable de jouer ce rôle. Il s'agit d'un gros coup. Des diamants. Un bon million de dollars. Tu veux en être ? »

Seaburn avait grimacé, comme s'il avait le choix !

« Ça va se passer au Brésil, avait expliqué le gosse. Dans une ville appelée Sâo Carmino. Un truc futuriste bâti en pleine jungle par un architecte mégalo. Il y a là-bas un ancien juge, un vicelard nommé Bombicho, qui a besoin d'argent pour satisfaire sa passion des petits garçons… »

Voilà, c'est ainsi que ça avait commencé. Par une longue discussion à voix basse, une bière à la main, le père et le fils penchés au-dessus de la table basse du motel sur laquelle dix générations de clients avaient gravé leurs initiales. Seaburn avait aimé ça, ce moment d'intimité, ces chuchotements, cette complicité mêlée d'excitation. Ça lui avait rappelé certains soirs de Noël, avec les cadeaux, le sapin, toutes ces conneries auxquelles on n'accorde aucune importance quand on est jeune.

Puis Jonathan avait étalé les photos des divers protagonistes : Bombicho, le juge, argentin d'origine, naturalisé brésilien depuis peu. Un vicieux, tripoteur de garçonnets. Compromis avec la junte militaire, contraint de prendre une retraite anticipée. Gros besoins d'argent.

Bagazo, le croque-mort, un rouage très important. Le plus important, peut-être… Ancien sergent parachutiste commis aux basses œuvres et ayant accompagné Bombicho dans son exil. Faussement débonnaire. Dangereux.

Danza, le joaillier, unique fournisseur de Sâo Carmino. Clientèle de vieilles perruches très riches. A l'habitude des grosses transactions : rivières de diamants, colliers, bagues.

« Voilà comment les choses se dérouleront, avait conclu Jonathan. Bombicho va passer commande à Danza d'un gros paquet de diamants en expliquant qu'il veut placer une partie de sa fortune en valeurs sûres. La ritournelle habituelle. Danza a confiance, il croit le juge riche. Il ne réclamera aucune caution. Le jour de la présentation des pierres, j'accompagnerai Bombicho au magasin. Danza croira que je suis son nouveau gigolo. Je m'habillerai en conséquence, dans le style tarlouze. La boutique est minuscule et Danza travaille seul, toujours sur commande, avec une clientèle attitrée.

— Pas de caméras, d'enregistreurs vidéo ? s'était enquis Seaburn dont c'était la bête noire.

— Non, on est là entre gens de qualité, avait répondu Jonathan. Il y a sûrement un bouton d'alarme sous le comptoir, mais je ne laisserai pas à Danza le temps d'appuyer dessus. Quand les cailloux seront sortis du coffre et présentés devant moi, je le braquerai… *et je le forcerai à avaler les diamants.*

— Quoi ?

— Ouais, c'est ça l'astuce. Je m'enfuirai dc la bijouterie les poches vides. Je contraindrai Danza à bouffer les cailloux. Ce sera facile, les pierres sont minuscules. Il aura l'impression d'avaler des cacahuètes. Des cacahuètes à un million de dollars. »

Seaburn s'était agité au creux de son fauteuil de velours pelé. Il n'aimait pas la fantaisie dans le boulot, mais c'était peut-être un défaut… sans doute qu'il n'était pas assez « créatif » comme on disait aujourd'hui. De toute manière, vu la débine dans laquelle il se morfondait, il n'allait pas la ramener.

« Quand le magot sera dans l'estomac du bijoutier, avait poursuivi Jonathan, je tuerai le bonhomme d'une

balle dans la tête. Bombicho fera semblant d'être cho-
qué et se recroquevillera en claquant des dents dans un
coin du magasin. C'est ainsi que les flics le découvri-
ront, en pleine crise de nerfs. Il donnera du voleur une
description fantaisiste : un Indien, un Noir, n'importe
quoi, pourvu que ça ne me ressemble pas. C'est un
ancien juge, les flics ne le soumettront pas à un interrogatoire musclé. De toute façon, même s'il avait la
malchance de tomber sur un teigneux ou un méfiant,
on ne trouverait rien sur lui, les cailloux étant planqués dans le ventre du cadavre. Si on lui impose une
fouille anale ou une radiographie de l'estomac, il en
sortira blanc comme neige. Tu vois, je n'ai rien laissé
au hasard. »

Seaburn avait hoché la tête. Il commençait à voir où
son fils voulait en venir.

« Il n'y aura pas d'autopsie, avait soufflé le jeune
homme, un sourire de contentement aux lèvres. La
cause de la mort sera évidente, en outre il y aura un
témoin oculaire : toujours le juge. Le cadavre filera
droit chez Bagazo, le croque-mort, qui s'en occupera
avec un soin tout particulier. Bagazo marche avec nous,
bien sûr. Il fera tout ce que lui dira Bombicho, comme
au bon vieux temps de la *junte*.

— Ensuite ?

— La famille de Mario Danza, le joaillier, vit à
Miami. C'est là-bas que le corps sera rapatrié, enfermé
dans un cercueil plombé, avec tous les certificats offi-
ciels nécessaires. Personne ne l'ouvrira à la douane.

— Je vois, et je serai là pour en prendre livraison ?

— Tu as tout pigé. Moi, je quitterai Sâo Carmino
les mains dans les poches, alors même que la ville sera
en état d'alerte maximum, les bagnoles arrêtées, les

bagages ouverts… En tant que *gringo* je serai bien évidemment soupçonné. Mais si les flics examinent mes valises ou le trou de mon cul ils feront chou blanc. Ils ne trouveront que la panoplie du parfait touriste. Pendant ce temps, le cadavre s'envolera sous leur nez. J'ai un bon receleur à Miami. Un type fiable qui ne nous escroquera pas. Chacun aura sa part. Une bonne part. »

Voilà, c'est ainsi que l'opération avait été planifiée. Un coup d'enfer, très gonflé. Un de ces trucs dingues que seuls les jeunes sont capables d'imaginer. Seaburn en avait été impressionné. Irrité et jaloux, également. Jamais une idée pareille ne lui serait venue, mais il était de la vieille école. Jonathan était un créatif, lui. Un foutu créatif.

Le lendemain, le père et le fils avaient loué un canot, des cannes, et étaient allés pêcher sur le lac voisin. En fait, ils découvrirent très vite qu'ils n'avaient rien à se dire. Ils meublèrent les temps morts en ressassant les détails du coup en préparation. C'était là un sujet commode, inépuisable, et ils furent tous deux soulagés de pouvoir s'y accrocher.

Seaburn aurait voulu dire des choses comme : « Fais gaffe, une fois là-bas »… ou : « Tu seras tout seul en territoire ennemi… » Mais, comme il avait eu honte de paraître sentimental, il préféra se taire. D'ailleurs il n'était pas sûr d'éprouver de l'affection pour cet étranger de vingt-cinq ans en qui il ne se reconnaissait pas. Jamais, même jeune, il n'avait possédé cette arrogance.

Ils déjeunèrent dans une gargote à poisson plantée au bord du lac. Les frites étaient grosses comme des doigts de bûcheron, le *snaper* fricassé à l'huile de vidange, et la bière éventée servie dans des chopes d'un litre. Malgré tout, ils firent semblant d'aimer ça et d'être heureux de se retrouver. Ce genre de comédie a sauvé plus d'une famille, mais là, il était trop tard. Vraiment trop tard.

A un moment, Seaburn faillit prononcer une phrase définitive. Un truc du genre : « C'est sympa de me proposer ça, fils, mais je suis trop vieux… »

Il eut peur de lire le mépris dans les yeux du gosse, et s'abstint. Au lieu de ça, il demanda :

— Et ta mère, ça va ?

Jonathan n'en savait rien, il n'avait pas vu sa mère depuis sept ans.

— Je lui envoie du fric, éluda-t-il, quand j'en ai en rab. C'est-à-dire pas souvent. Mais après le coup, ça ira mieux.

Oui, tout s'arrangerait après *Le Coup*, c'était certain, aussi décidèrent-ils d'en parler de nouveau afin de peaufiner les détails.

En définitive, ils furent assez soulagés de se séparer, le soir même.

— Quand je serai là-bas, murmura Jonathan avant de grimper dans le *Greyhound*, je ne te téléphonerai pas. Les flics peuvent avoir dans l'idée d'écouter les communications, on ne sait jamais. Bagazo, le croque-mort, t'expédiera un double antidaté des papiers qui permettront de retirer le cercueil. Il s'arrangera pour que la famille reçoive des renseignements erronés et ne se présente à l'aéroport que le lendemain. Loue un fourgon pour transporter la caisse, et un hangar où tu pourras travailler tranquille. Je préfère te prévenir, ce sera un boulot dégueulasse, tu devras ouvrir le bonhomme pour sortir les diamants de son estomac. Equipe-toi en conséquence. Achète un masque à gaz ; le corps aura été embaumé, mais on ne sait jamais…

Le ton sans réplique adopté par Jonathan agaça Seaburn. Il se maîtrisa. Le gosse lui décocha une dernière bourrade puis lui glissa une enveloppe pleine de billets de banque. Pour les frais.

Les portières chuintèrent et le *Greyhound* s'éloigna. *Enfin*. Seaburn levait déjà la main pour esquisser un signe d'adieu lorsqu'il réalisa que Jonathan ne le regardait pas. Il remit la main dans sa poche, un peu honteux.

Il regagna le motel à pas lents, ne parvenant pas à démêler ce qu'il éprouvait. De la tristesse, de l'excitation, du dégoût… du soulagement ?

Le lendemain il avait quitté le lac pour gagner Miami, loué une chambre dans un motel, et laissé un message sur le portable de son fils afin de lui communiquer sa nouvelle adresse. Tout était en place, il suffisait de prendre son mal en patience et d'attendre l'arrivée du « colis ».

Comme promis, il reçut, deux jours plus tard, les documents antidatés qui lui permettraient de retirer le cercueil, ainsi que le numéro du vol, la date et l'heure de son arrivée. Il se mit en quête d'un fourgon d'occasion, corbillard ou vieille ambulance, et d'un box dans un coin tranquille. Puis il se procura de solides cisailles, un masque à gaz, une combinaison de protection avec cagoule et respirateur, comme on en utilise pour les traitements antitermites.

Il était inquiet, pressé d'en finir. Il n'osait pas échafauder de projets quant à l'utilisation de sa part du butin car il croyait dur comme fer que cela lui porterait malheur.

Le jour fixé pour le hold-up, il était dans un tel état de nervosité qu'il eut peur de faire un infarctus. Comble de malchance, il découvrit qu'il détestait Miami et sa chaleur moite. Il transpirait comme un bœuf, la chemise collée au corps. Son état de surexcitation n'arrangeait rien. Il aurait été davantage à son aise dans un bar climatisé mais il ne pouvait rester en place. Il lui fallait marcher, marcher pour s'user les nerfs… Les yeux fous, il imaginait, seconde après seconde, le déroulement du hold-up. « En ce moment, ils se dirigent vers la bijouterie, se disait-il. Jonathan s'est déguisé en pédale, ça doit valoir le coup d'œil ! Il va rejoindre Bombicho à la dernière seconde, juste avant d'entrer dans la boutique, afin de ne pas être vus trop longtemps ensemble. Ça y est, ils entrent. »

Il lui arrivait de « visionner » la même séquence à plusieurs reprises, pour la corriger, y ajouter un détail. Sans en avoir conscience, il s'inspirait des films policiers de sa jeunesse. Peu à peu, les protagonistes perdaient leur vrai visage pour adopter ceux d'acteurs célèbres des années 50. Jack Palance, Richard Widmark… Il se « projeta » ainsi une dizaine de fois le moment où Jonathan forçait le bijoutier à avaler les diamants un à un. Dans un film, l'acteur tenant le rôle de son fils aurait lancé une remarque spirituelle, quelque chose du genre : « Ça va vous rester sur l'estomac, c'est une nourriture trop riche ! » et les adolescents auraient pouffé de rire dans la salle.

Ensuite, c'était l'exécution de Danza, le joaillier, puis Jonathan prenait la fuite. Il se débarrassait de son arme en sortant de la boutique, dans une poubelle, un pot de fleurs, n'importe quoi, puis, les mains dans les poches, tranquillement, il gagnait la plage, se mettait en slip de bain et plongeait dans le fleuve.

« La veille, avait expliqué le gosse, je serai allé cacher des fringues de rechange dans un buisson. De cette manière, en quittant la plage, je n'aurai plus rien de commun avec la tarlouze entrée chez Danza. »

Le juge, lui, expliquerait que le voleur lui avait sauté dessus à l'instant où il se préparait à franchir le seuil de la boutique. « Il m'a mis un pistolet dans les reins, et m'a ordonné de sourire, mentirait-il. Son idée, c'était de faire croire à Mario Danza que nous étions ensemble. C'était le seul moyen de se faire ouvrir la porte, car Mario ne travaillait que sur rendez-vous, il n'aurait jamais déverrouillé le sas pour laisser entrer un inconnu. »

Ça se tenait. Sur le papier tout se tenait. *Sur le papier, oui…*

A la fin de la matinée, Seaburn était si épuisé qu'il s'abattit sur son lit et dormit trois heures d'affilée, comme une brute. Il dut accomplir un terrible effort de volonté pour ne pas bondir sur le téléphone et former le numéro du portable de son fils. Il ne savait comment obtenir des nouvelles du hold-up puisque la chose n'avait pas eu lieu aux Etats-Unis. Sans doute en parlait-on sur l'une des chaînes hispaniques du satellite. Hélas, si, comme tout bon Californien, il se débrouillait en espagnol, il ne comprenait rien au *brasileiro.*

Les choses se gâtèrent réellement quand, trois jours plus tard, il se présenta à l'aéroport pour récupérer le cercueil et que celui-ci demeura introuvable. « Il y a sûrement eu une erreur d'aiguillage, c'est assez fréquent avec ce genre de compagnie, lui répondit-on. Ne vous inquiétez pas, nous allons le retrouver. Laissez votre numéro de téléphone, on vous appellera. »

Le cercueil de Mario Danza demeura introuvable. Sa famille, pas plus que Seaburn, ne put rentrer en sa possession. Jonathan ne donnant aucun signe de vie, Seaburn crut que le coup avait foiré. Il lui fallut beaucoup de patience et de démarches pour réussir à mettre la main sur un article relatant le hold-up. A son grand étonnement, il y lut que l'attaque s'était déroulée selon le plan établi par Jonathan. Le voleur n'avait été ni arrêté ni identifié. Il était déclaré *toujours en fuite avec le fruit de son larcin.* On savait juste qu'il s'agissait d'un homme de couleur d'une quarantaine d'années présentant une cicatrice en étoile sous l'œil gauche.

Seaburn décida d'attendre et d'espérer. Mais les semaines passèrent, puis les mois, sans que Jonathan ne refasse surface. Il dut se rendre à l'évidence, le cercueil n'était jamais parvenu à destination, quant à son fils, il s'était évaporé dans la nature. Il en conçut de la rage. Peu à peu, la conviction lui vint que Jonathan s'était fait doubler par ses partenaires. Il prit la décision de se rendre à Sâo Carmino, dès qu'il aurait réuni assez d'argent, pour tirer les choses au clair.

Cela avait demandé plus de temps qu'il ne pensait. Il dut trouver un emploi et économiser, deux choses fort inhabituelles chez lui ! Pendant ses loisirs, il hantait les bibliothèques et se documentait sur Sâo Carmino. Il apprit ainsi qu'il s'agissait de la dernière réalisation d'un architecte mégalomane peu apprécié des urbanistes contemporains : Miguel Munoz-Teclan sur-

nommé le « Albert Speer[1] sud-américain ». Un certain
Matthew Reginald Meetchum, universitaire de renom,
avait écrit une longue étude à son sujet. Il y parlait de
style fascisant, et comparait Sâo Carmino à la mythique
Germania[2], dont Speer avait tracé les plans d'après les
idées d'Adolf Hitler. Seaburn vit là un moyen de circuler librement à Sâo Carmino et, même, de s'y faire
accueillir à bras ouverts. Pourquoi ne se présenterait-
il pas comme un journaliste désireux de réhabiliter
l'œuvre de Munoz-Teclan ?

A mesure que le plan prenait forme, il se sentait
mieux. Son projet lui donnait la force de supporter la
médiocrité de sa vie quotidienne, son travail de manu-
tentionnaire au *K-Mart*, sa solitude, la chambre minable
où il végétait. Désormais, durant le week-end, il lisait
des traités d'architecture afin d'être en mesure de faire
illusion si on l'interrogeait. Il devint ainsi incollable
sur Arno Breker, Toots, Gropius… Il étudia le temple
des Héros, dynamité en 1947 par les Russes, l'espla-
nade Zeppelin, de Berlin, le Soldatenhalle… prémices
d'une architecture impériale d'où devait surgir la nouvelle Babylone. Pour finir, il s'initia au *brasileiro* au
moyen d'une méthode d'apprentissage rapide qui eut
le mérite de lui fournir les cinq mille mots en usage
auprès des interprètes de guerre lors du dernier conflit
mondial.

Par une relation de bar, il obtint une fausse carte
de journaliste au nom de Matt Meetchum. Il fit même
coller sur l'un des ouvrages de l'universitaire une cou-

---

1. Architecte allemand choisi par Adolf Hitler pour concrétiser
ses rêves en matière d'urbanisme.

2. Capitale mythique du IIIe Reich qui devait régner sur l'Europe,
voire sur la terre entière !

verture falsifiée où figurait sa photo. Ces préparatifs
achevés, il démissionna et s'envola pour Sâo Carmino.
Comme il l'avait espéré, il fut reçu chaleureusement, et
personne ne mit en doute ses intentions. Le maire, admi-
rateur fervent de Munoz-Teclan – dont on était sans
nouvelles depuis des années ! –, offrit même de le loger
gracieusement.

Dès lors, Seaburn commença son lent travail de
repérage. La seule ombre au tableau fut l'antipathie
instinctive que lui manifesta d'emblée le lieutenant
Manuel Corco. Le cochon avait du flair ! En dépit de
cette fausse note, Seaburn s'appliqua à se fondre dans
le paysage, usant de sa qualité de journaliste pour poser
des questions et reconstituer l'affaire. Comme il ne pouvait se permettre d'être trop direct, la chose lui prit du
temps. Lentement, le puzzle s'était complété.

« Ça n'a pas tourné comme on le prévoyait, lui avoua
Bombicho, le corps lardé de tiges d'acier, ses bourrelets parcourus de tremblements incoercibles. Le bijoutier a bien avalé les diamants, mais, ensuite, il a feint
de s'étouffer. Il en a profité pour se jeter sur Jonathan
et essayer de lui arracher son arme. C'est là que le coup
est parti, et que votre fils s'est lui-même tiré dessus. La
balle est entrée quelque part au-dessus de la hanche…
Je ne sais pas où exactement. Il avait l'air d'avoir très
mal. D'un coup d'épaule, il a repoussé Danza et lui a
tiré en pleine tête. Puis il a dit : "Ça ne change rien, on
continue comme prévu… Joue ton rôle, ne t'occupe pas
de moi." Je l'ai vu partir en titubant, le long de l'avenue. Je me suis recroquevillé dans un coin de la boutique, et j'ai simulé une crise de nerfs. Je n'ai jamais
revu Jonathan… Le lieutenant Corco m'a dit qu'une

voiture de patrouille l'avait pris en chasse, à cause du
sang qui souillait ses vêtements, mais qu'il leur avait
filé entre les doigts. On n'a plus jamais entendu parler
de lui. Bagazo, le croque-mort, en sait peut-être davantage… Je vous supplie de me laisser, je ne suis qu'un
vieil homme. Je n'ai retiré aucune compensation de
cette aventure, pas une pierre, pas un sou. Je suis aussi
pauvre qu'avant. »

Bagazo s'était montré moins poli, plus *macho*, également, mais, dans les grandes lignes, il avait confirmé
les révélations du juge.

« Ton fils ? avait-il grogné. Il est allé crever quelque
part dans la jungle sans doute. Il avait une balle dans le
ventre, ça ne pardonne pas. La jungle non plus, surtout
pour un *Yanqui* ! J'ai fait ma part du boulot, honnête-
ment. J'ai embaumé Danza sans toucher aux pierres,
j'ai scellé la boîte. Tout était parfait. J'avais soudoyé
un pilote pour qu'il garde un œil sur la caisse… Malheureusement ce connard s'est saoulé la veille du départ, et
ne s'est pas présenté à l'aérodrome à l'heure du décol-
lage. On l'a remplacé au pied levé par un abruti pourri
de superstition. Un métisse d'Indien. Quand il a vu
le cercueil dans la soute, ce crétin a paniqué. Le mauvais œil, tout ça… Ici, à Sâo Carmino, on croit à ces
choses. Alors il a fait ce que font souvent nos pilotes
dans ce cas : il a ouvert la trappe de largage et balancé
le cercueil au-dessus de la jungle, en plein territoire des
singes. »

Seaburn n'en avait pas cru ses oreilles. Hélas, Bagazo
ne mentait pas.

« On a tous été marrons sur ce coup-là…, poursuivit-
il. On n'avait pas prévu ça. C'était une petite compa-

gnie minable d'avions-cargos. On était passés par eux
parce qu'il n'y avait pas d'autre vol avant une semaine,
ça faisait trop long. Tout le monde voulait sa part du
magot pour ficher le camp. Et puis, c'était la seule
compagnie où je connaissais un pilote capable de surveiller le colis pendant la durée du vol. Je ne pouvais
pas prévoir que… » Il avait joué de malchance.

La première surprise passée, Seaburn était revenu à
la charge.

— Les coordonnées de largage, martela-t-il, tu les
as obtenues ?

— Oui, souffla Bagazo à bout de forces, mais ça ne
te servira à rien. La jungle te bouffera. C'est le territoire des singes, la montagne d'ordures, personne ne va
jamais dans ce coin-là…   .

— La montagne d'ordures ? Qu'est-ce que tu
racontes ?

— Il n'y a pas de déchetterie à Sâo Carmino, ça ne
serait pas « classe ». Une fois par semaine, le maire
fait entasser les ordures dans un avion-cargo… Le
zinc s'éloigne de la ville et largue toutes ces merdes
au-dessus de la jungle. Au fil des années, ça a fini par
former une espèce de montagne… C'est l'enfer là-bas.
Tu n'en reviendras jamais.

C'est à ce moment-là que son cœur avait lâché, laissant Seaburn comme un idiot, la scie circulaire à la
main, barbouillé de sang de la tête aux pieds.

*

Douglas Seaburn éteignit son cigare dans le cendrier
et se leva. Il avait commis une erreur, c'était évident.
Une bourde qui avait éveillé la méfiance de Corco.

« Sûrement cette histoire de bon point, songea-t-il. J'ai voulu jouer les malins. »

Lorsque le père Papanatas lui avait fait visiter le vestiaire de la légion blanche, Seaburn n'avait pu s'empêcher de puiser dans la corbeille pleine de bons points en se disant que cela pourrait toujours servir. En fait, depuis le début, sa stratégie avait consisté à utiliser la légende du Maître d'école pour détourner les soupçons, à se servir du fantôme comme d'un bouc émissaire. Hélas, en glissant le bon point dans la bouche de Bagazo, il avait poussé le bouchon trop loin. « Je n'aurais pas dû le découvrir moi-même, se dit-il. C'était trop… Mais ces flics sont tellement lourdingues qu'ils auraient pu passer à côté sans même s'en apercevoir. » Tant pis, ce qui était fait était fait. Restait à se débarrasser du cadavre.

Il décida de gagner du temps en entreposant le corps dans l'immense congélateur de la cuisine. Une fois recroquevillé en chien de fusil le lieutenant y tiendrait à l'aise, toutefois il fallait procéder avant que la rigidité cadavérique fasse son œuvre.

Seaburn entreprit d'extraire le mort de l'armoire et de le traîner dans la cuisine. Là, il récupéra le portefeuille et le ceinturon du policier, avec ses clefs et son arme de service, puis il le souleva dans ses bras et le déposa au fond du caisson frigorifique, sous une couche de produits surgelés. Plus tard, il le transporterait jusqu'au fleuve, roulé dans un tapis, et le balancerait à la flotte. Les *piranhas* et les petits caïmans qui pullulaient le long des berges s'en occuperaient à merveille.

Il consulta sa montre. Dès que la nuit serait tombée, il déplacerait la voiture de patrouille. Il était hors

de question de la laisser plantée sur le parking, juste
devant chez lui. Ensuite, il lui faudrait sérieusement
songer à cette histoire de montagne d'ordures et recruter un guide capable de le mener là-bas. Il n'avait plus
le choix, il devait aller jusqu'au bout.

26

Le petit mari de la senhora da Bôa

Maria da Bôa déposa sur la table de la salle de séjour le long carton plat rapporté de chez Sarasita Escoxa, la couturière de la rue do Espelho. Avec d'infinies précautions, elle ôta le couvercle puis la feuille de papier de soie enveloppant les vêtements. L'uniforme apparut dans toute sa splendeur. Un *petit* uniforme…

Au cours des derniers jours, Maria avait beaucoup réfléchi au moyen de prouver sa bonne volonté à Benito, son mari. Elle se reprochait vivement l'échec de la première rencontre avec le sin… avec le *remplaçant.* Elle ne cherchait pas d'excuse. Tout était sa faute, elle avait mal réagi, voilà tout. Il était donc capital qu'elle fasse comprendre à Benito qu'il était désormais le bienvenu dans sa demeure, et pour cela, un acte symbolique s'imposait.

L'idée lui était venue de faire couper, à taille réduite, une copie de l'uniforme d'apparat porté par le défunt lors des cérémonies officielles. Elle avait donc sorti de la naphtaline la tenue de colonel réservée aux grandes circonstances et demandé à Sarasita d'en tailler une semblable aux mesures… « *d'un enfant de huit ans aux bras un peu longs* ».

La couturière avait paru interloquée mais s'était abstenue de toute question. Dès qu'il s'agissait d'une bonne cliente, elle mettait son sens critique en veilleuse. « C'est pour mon petit-neveu, Jôaquim, avait inventé Maria. Il voudrait être militaire, et comme c'est bientôt son anniversaire… » Sarasita avait bien travaillé. Le petit uniforme était en tout point semblable au vrai. Elle avait recousu les décorations, les grades (tous ces emblèmes auxquels Maria ne comprenait rien) à la bonne place. La petite casquette était adorable !

Maria suspendit l'uniforme à un cintre qu'elle accrocha dans la salle de séjour, à la poignée d'un meuble. « Lorsqu'il entrera, se dit-elle, il ne pourra pas manquer de le voir. Il comprendra aussitôt que je fais amende honorable. » Elle était nerveuse. Convaincue d'avoir trouvé la bonne solution, mais nerveuse tout de même.

Elle fit le ménage, puis disposa sur la table basse des offrandes diverses : bananes coupées en rondelles, mangues artistement taillées en quartiers… Pas de *pisco* ! Elle ne ferait pas deux fois la même erreur. Elle s'adapterait au nouveau régime alimentaire de Benito, promis, juré ! Si tout se passait comme elle l'espérait, elle ferait couper d'autres vêtements par Sarasita. Un costume trois pièces, un pyjama, une robe de chambre. Des chemises… beaucoup de chemises, car, de son vivant, Benito avait l'habitude d'en changer plusieurs fois par jour, dès qu'il commençait à transpirer.

Ces préparatifs achevés, elle alla entrouvrir les volets métalliques et jeta un coup d'œil par l'entrebâillement. Les singes étaient là, gambadant sur les pelouses, se chamaillant avec des cris aigus. Benito se tenait parmi eux, plus tranquille en raison de son âge. Au premier grincement du volet il avait levé les yeux vers le balcon. Maria lui adressa un geste de connivence et un sourire désolé.

— On efface tout, murmura-t-elle, convaincue que Benito pouvait lire sur ses lèvres malgré la distance. On recommence de zéro, d'accord ?

Puis elle s'éloigna à reculons, et sortit. Il n'y avait plus qu'à attendre. Elle alla dans la cuisine et se fit une tasse de maté en essayant de ne pas tendre l'oreille pour détecter les bruits en provenance du living. Il allait venir, elle le sentait. Alléché par l'odeur des fruits disposés en offrande, il escaladerait les balcons des étages inférieurs. Si la prise de contact était bonne cette fois, il faudrait envisager les modalités de leur nouvelle cohabitation. (Maria n'osait penser *vie commune*, en raison de l'aspect sexuel qu'impliquait une telle expression.) « Il faudra faire chambre à part, se dit-elle. L'idéal serait que j'arrive à le persuader de se laver… Pas au début, bien sûr, mais au bout de quelques semaines. »

Ses mains devenant moites, elle comprit qu'elle s'excitait et décida de détacher son esprit des problèmes qui l'assaillaient. Elle ne devait pas éprouver d'angoisse, si l'animal en percevait les effluves, il pouvait devenir agressif. Elle avait lu quelque part que l'odeur de la peur éveille l'instinct de prédation chez les bêtes. Elle reporta son attention sur la gazette de Sâo Carmino qui traînait sur la table. Il y était encore question de la disparition mystérieuse du lieutenant de police Manuel Corco. Cette absence, inexplicable, préoccupait grandement le maire et le syndicat général des copropriétaires. Pour beaucoup, en effet, le lieutenant, au cours des dernières années, était devenu un symbole vivant d'ordre et de sécurité et, d'ailleurs, depuis sa disparition tout semblait partir à la dérive. On racontait que plusieurs flics avaient déjà demandé leur mutation à Belem ou à Manaus, car la situation à Sâo Carmino leur semblait définitivement compromise.

Personne ne savait ce qu'était devenu Corco. On avait découvert sa voiture, abandonnée sur un parking, au bord du fleuve, quant à lui, depuis une semaine, il restait introuvable. « Il a été capturé par ces damnés singes ! avait balbutié la *senhora* Comboio, la voisine de palier de Maria. J'en suis sûre. Ces horribles bestioles l'ont enlevé, traîné dans la jungle et assassiné. C'est le début de la fin. Les macaques vont nous éliminer les uns après les autres… Ah ! comme je regrette ne n'avoir pas conservé mon appartement à Belem ! Si j'avais la possibilité de déménager, je le ferais sans attendre ! »

Pour des raisons très personnelles Maria ne voulait pas dire du mal des singes, elle admettait néanmoins que la situation devenait préoccupante. Le journal prétendait que les effectifs des forces de police avaient diminué en raison des mutations et des congés de maladie qui s'étaient multipliés. Le commandement se trouvait présentement placé entre les mains du sergent Segovio dont on répétait à l'envi qu'il n'avait pas inventé l'eau chaude. Tout cela n'avait rien de rassurant.

Maria se prit à rêver d'une ville désertée par ses habitants, d'un Sâo Carmino aux avenues vides, aux immeubles abandonnés. N'était-ce pas ce qui s'était produit à Manaus, la capitale mondiale du caoutchouc, lorsque l'industrie locale de l'hévéa s'était effondrée à cause de la concurrence asiatique ? La ville, florissante, avait vu son train de vie s'écrouler, les riches bourgeois prendre la fuite, les financiers s'évaporer comme neige au soleil. En l'espace de quelques années, Manaus s'était changée en cité fantôme, et son prétentieux opéra, privé de public, n'avait plus attiré les ténors du *bel canto* italien. En irait-il de même pour Sâo Carmino ? « Seuls ceux qui accepteront de vivre avec les *remplaçants* seront tolérés par les singes, songea Maria. Les autres seront chassés ou mis en pièces. Il va falloir collaborer avec l'envahisseur ou se résoudre à mourir. » *Collaborer…* n'était-ce pas ce à quoi elle s'employait de toutes ses forces ?

Elle avait cessé de se révolter, de s'interroger. C'était ainsi, voilà tout. Les hommes avaient volé le territoire des singes, ces derniers avaient décidé de le reconquérir. Point à la ligne. Tout ce qu'on dirait n'y changerait rien. Les choses étaient en marche. Il convenait de s'adapter ou de périr.

Un bruit en provenance de la salle de séjour la fit frémir. Elle identifia le grincement des volets qu'on repoussait. « Ça y est ! pensa-t-elle. Il est entré. »

Cette impression lui fut aussitôt confirmée par l'odeur *sui generis* du singe qui envahit l'appartement. Les doigts crispés sur la tasse de maté, elle attendit, le souffle court. Allait-il se ruer dans la cuisine pour la tuer ? Elle avait décidé de ne pas se défendre, de subir la punition en femme soumise. Elle jouait son va-tout sur l'uniforme modèle réduit que le sin… que Benito ne manquerait pas d'apercevoir, suspendu à son cintre, bien en évidence. Elle ferma les yeux, terrifiée à l'idée de voir s'encadrer dans la découpe de la porte la petite silhouette velue. Elle se força à chantonner… Une vieille berceuse lui vint aux lèvres, qu'elle fredonna comme s'il s'agissait d'endormir un enfant. Des échos de mastication lui apprirent que Benito avait apprécié les offrandes et se goinfrait sans retenue. Rassemblant son courage, Maria se redressa et, à petits pas, s'avança vers la salle de séjour. L'odeur du singe prenait à la gorge.

Maria s'arrêta sur le seuil. L'animal se tenait là, assis sur la table basse du salon, puisant dans les rondelles de banane à pleines poignées. « Il n'a pas enfilé l'uniforme, constata Maria. C'est aussi bien car il le souillerait avec ses mains gluantes. Il va falloir lui réapprendre la propreté. Ce ne sera pas facile. »

Sentant la présence de la femme, le singe s'arrêta de manger. Des idées confuses s'agitaient dans sa boîte crânienne, des idées de saccage, de meurtre, mais la gourmandise fut la plus forte, et il se remit à mastiquer.

27

Safari

Douglas Seaburn s'étonnait de la rapidité avec laquelle les cadres institutionnels de la ville se désagrégeaient. On eût dit que « la disparition mystérieuse » du lieutenant Corco avait sonné le signal de l'exode. L'avion qui, jusqu'à ces derniers temps, n'atterrissait que deux fois par semaine, avait dû augmenter la fréquence de ses rotations pour faire face à la soudaine explosion des départs.

Beaucoup de vieillards, cédant au climat de psychose qui planait sur la cité, prenaient la fuite en direction de Belem, Natal ou Bahia où ils espéraient trouver refuge « en attendant que la police reprenne le contrôle de la situation ». L'ennui, c'est que de nombreux flics suivaient le même chemin, à la plus grande joie de Seaburn qui avait vu les enquêtes en cours s'enliser.

Pour les fonctionnaires de l'hôtel de police, il semblait acquis que Corco avait été « kidnappé » par les singes, plusieurs de ses collègues s'étant souvenu, fort judicieusement, des persécutions absurdes auxquelles le lieutenant s'était jadis livré sur ces animaux. *Qui sème le vent…*

Les patrouilles nocturnes s'étant raréfiées, Seaburn n'avait eu aucun mal à se débarrasser du corps de Corco qu'il avait jeté dans l'Amazone depuis la Promenade des Iguanes. A présent, il lui fallait préparer le safari qui le conduirait au pied de la montagne d'ordures où s'était fiché le cercueil tombé du haut des nuages. Pour ce faire, il avait repris contact avec le gosse, David, le neveu de la sorcière. C'était, en effet, le seul habitant du bidonville qui comprenait à peu près le *sabir* hispano-brésilien dans lequel il s'exprimait. Seaburn espérait que l'adolescent lui permettrait de recruter un guide capable de le mener sans encombre à destination. Il savait la jungle dangereuse et n'envisageait à aucun moment de s'y engager seul. Il comptait bien qu'un *Caboclo* lui ouvrirait un chemin à travers cet amas effrayant de lianes et de racines enchevêtrées.

— La montagne d'ordures, demanda-t-il à David, *montanha… Pâo do lixo*[1]… Tu comprends ce que j'essaie de t'expliquer ?

David sourit, comme tous les habitants de Sâo Carmino il connaissait l'existence de la montagne de déchets sans l'avoir jamais vue. Les enfants l'évoquaient souvent en des termes effrayants, lorsqu'ils jouaient à se faire peur.

— *Senhor*, dit-il, c'est un endroit terrible. Pensez donc, ça fait trente ans que l'avion-poubelle la bombarde trois fois par semaine avec les saloperies ramassées par les éboueurs dans les rues de la ville.

— Pourquoi ne pas les avoir brûlées ? s'étonna l'Américain.

---

1. Jeu de mots sur Pâo do Açucar, célèbre colline de Rio de Janeiro.

— Ça aurait pué, objecta l'enfant. Le vent aurait rabattu la fumée sur la ville. Le maire ne voulait pas courir ce risque. Il a pensé qu'au fond de la jungle, les ordures se décomposeraient au soleil, que la forêt les digérerait. Mais pourquoi voulez-vous aller là-bas? C'est dangereux, c'est le territoire des singes, il n'y a pas de piste. Il faut s'ouvrir un chemin au sabre d'abattis… Tout ça pour voir des saloperies en train de pourrir?

— C'est pour mon journal, mentit Seaburn, je dois ramener des photos. C'est un truc exceptionnel, tu comprends? On n'a jamais vu ça ailleurs. Je paierai bien.

David fit la moue.

— Je vais en parler à mon copain Buzo, lâcha-t-il. Peut-être qu'il en sait plus que moi là-dessus. Je vous préviendrai.

Sitôt l'Américain parti, David se rendit chez Buzo qu'il avait très peu vu depuis le triste incident des *capangas*. Buzo avait changé. Maussade, souvent irritable, il avait perdu cette part d'enfance sur laquelle leurs rapports étaient fondés. David avait accueilli ce changement avec tristesse, devinant que leur amitié était sur le point de se défaire.

Quand il franchit le seuil de la cabane, Buzo le rabroua d'emblée.

— Qu'est-ce que tu viens foutre ici? grogna-t-il. Tu ne m'apportes pas encore un gâteau, j'espère? J'ai passé l'âge.

Meurtri, David s'appliqua à ne rien laisser paraître de son désarroi et se dépêcha d'exposer la raison de sa visite. D'abord renfrogné, Buzo s'anima au fur et à mesure que son ami déroulait ses explications.

— La montagne d'ordures, ouais, j'en ai entendu parler par mon père, lâcha le voyou. On la surnomme la « *Chaleira*[1] » ou le « *Fogão*[2] »… parce que les déchets, en pourrissant, dégagent beaucoup de chaleur, et que ça finit par former une espèce de brouillard puant au sommet de la colline.

— Ça chauffe ? s'étonna David.

— Bien sûr, s'impatienta Buzo, tu ne connais donc rien ? La pourriture est toujours bouillante, parfois même elle prend feu. C'est un truc chimique… Un machin dû à l'oxydation. En tout cas c'est ce que raconte mon père. S'il y a du fric à gagner je vais me renseigner. Laisse-moi du temps. Ça ne va pas être facile d'aller là-bas. Y a guère que les *Caboclos* qui connaissent le territoire.

*

Ajo Zotès ne tenait plus en place. La ville se vidait de ses habitants et il commençait à craindre que l'architecte fou logeant dans le sous-sol du terrain vague ne finisse par décider de les expédier tous en enfer. Pour obtenir ce résultat, il n'aurait qu'à insérer dans le pupitre de mise à feu la clef qu'il portait en permanence autour du cou. Ensuite, il lui suffirait d'abaisser les interrupteurs, l'un après l'autre. On verrait alors s'effondrer les immeubles. Cela ferait tant de bruit que des millions de perroquets multicolores prendraient leur envol au milieu des nuages de plâtre soulevés par les explosions. Ce serait très beau, à n'en pas douter,

1. La bouilloire.
2. La cuisinière.

mais, si Ajo se moquait totalement du sort de la ville, il n'en allait pas de même de celui du terrain vague, or il était prêt à parier que le blockhaus était miné, comme le reste, et que le dernier bouton enfoncé par Miguel Munoz-Teclan serait celui commandant la destruction de son repaire. « On y passera tous. Ce dingue nous réduira en bouillie. »

Il s'était un moment demandé s'il ne serait pas prudent de tuer l'architecte, ou, encore plus simple, de le faire étrangler par Zamacuco. Cette option présentait toutefois un grave défaut. Les frères Zotès avaient peur du Maître d'école… Zamacuco encore plus qu'Ajo. Cela ne se raisonnait pas. Il leur semblait qu'un esprit démoniaque habitait Munoz-Teclan, l'esprit du diable au chapeau blanc qui, depuis des siècles, imposait sa loi dans la région. L'architecte n'était qu'un pantin entre ses mains, un corps d'emprunt, un véhicule, comme l'avaient été tous les Maîtres d'école l'ayant précédé au fil des ans. « Si l'on projette de l'assassiner, se répétait Ajo, il le devinera… il lira dans nos pensées et se dépêchera de s'enfermer dans le bunker pour tout faire sauter. Non, il ne faut pas envisager de lui faire du mal. Surtout pas. »

Il avait, jadis, travaillé dans une concession minière, dans la région de Mines Geraes, et connaissait la formidable puissance de destruction d'un simple bâton de dynamite. Si Munoz-Teclan en avait enterré une caisse sous chaque immeuble, la ville disparaîtrait au fond d'un cratère. Il était même possible que le fleuve sorte de son lit pour transformer cette cavité en lac ! Pour toutes ces raisons, Ajo était prêt à sauter sur la première occasion qui lui permettrait de quitter Sâo Carmino.

Or, depuis quelques jours, une rumeur étrange courait à travers le bidonville. Un journaliste américain cherchait à recruter une équipe pour rejoindre la *Chaleira*, en pleine jungle. Il payait bien. Ajo avait froncé les sourcils. Son instinct lui soufflait qu'il y avait anguille sous roche. La *Chaleira*, il connaissait… C'était l'enfer ! D'abord il fallait traverser le territoire des singes, ce qui représentait un réel danger car ces bestioles ne supportaient pas qu'un humain pénètre dans la forêt. Même les *Caboclos* qui, jadis, les chassaient à coups de fléchettes empoisonnées pour en faire leur bifteck quotidien avaient renoncé à leur chercher noise, plusieurs guerriers ayant été retrouvés démembrés.

Si l'on réussissait néanmoins à franchir ce premier cercle, on devait alors affronter l'épouvantable puanteur de la colline de déchets, avec ses rejets de méthane inflammables. Une telle entreprise n'avait rien d'une promenade touristique, et si l'Américain voulait l'entreprendre, c'est qu'il avait forcément une idée derrière la tête. Une idée lucrative… Les photos, c'était de la foutaise ! Un prétexte. « Il cherche quelque chose, pensait-il. Quelque chose qui se trouve dans la colline d'ordures, un truc tombé du ciel… Un truc largué par un avion, que ce soit l'avion-poubelle de la ville ou un autre… » Comme il fallait s'y attendre, ses pensées le ramenèrent au cadavre desséché que Zamacuco gardait enfermé dans un réfrigérateur, dans sa cabane. Le cadavre du voleur de diamants… *Des diamants qu'on n'avait jamais retrouvés.* « C'était un Américain, lui aussi… », se dit Ajo sentant que les deux hommes pouvaient être liés. Etait-il possible que les diamants n'aient jamais quitté Sâo Carmino et que le « journaliste » soit venu les récupérer ? « Les cailloux se trouvaient peut-être à l'intérieur d'un récipient qu'on a foutu à la poubelle, décida-t-il en arpentant furieusement la passerelle du mirador dominant le terrain vague. Un récipient que l'avion a largué sur la décharge, avec trois mille autres saloperies. »

Plus il y réfléchissait, plus il avait la certitude d'être sur la bonne voie. Un million de dollars en diamants, ça c'était une bonne raison d'affronter l'armée des singes pour atteindre la *Chaleira* !

« Je sais où se trouve la colline, songea-t-il, je le sais d'autant mieux que, à mon arrivée à Sâo Carmino, j'ai travaillé au chargement de cette merde d'avion-poubelle, et que c'est moi qui ouvrais la trappe de largage au-dessus de la jungle ! » Oui, il en conservait d'ailleurs un fort mauvais souvenir, ayant un jour failli passer par-dessus bord en même temps que les ballots de déchets. Heureusement, il n'avait exercé ce boulot que deux mois, l'architecte lui ayant très vite proposé de régner sur la décharge publique et le bunker souterrain. La *Chaleira*, il l'avait vue d'en haut… Une sorte de volcan grisâtre couronné de fumerolles, et dont les flancs rougeoyaient par endroits sous l'effet de combustions spontanées résultant de l'oxydation des ordures.

A l'idée de devoir l'escalader, il sentit la sueur lui mouiller les tempes. L'Américain ne se rendait pas compte. C'était un piège, oui ! Un foutu piège. Malgré tout, il décida d'accepter l'offre du prétendu journaliste. Par les *capangas*, il fit prévenir Buzo qu'il désirait le voir. Le gosse se présenta, l'air buté, mauvais petit taurillon au crâne rasé.

— Ton truc, ça m'intéresse, lui dit-il. Je sais où se trouve la *Chaleira*. Contre les singes je dispose d'une arme secrète : Zamacuco. Il se fera un plaisir de les réduire en miettes, il y a trop longtemps qu'il n'a pas combattu.

— Peut-être, s'entêta Buzo. Mais je veux en être, c'est moi qui apporte l'affaire !

Ajo fit mine de réfléchir. Pourquoi pas, après tout ? Mieux valait partir en nombre pour affronter les bonobos car il y aurait forcément des pertes. Ceux qui survivraient, Zamacuco leur casserait le cou d'une main, à la fin du voyage, quand on n'aurait plus besoin d'eux.

— D'accord, fit-il. Va chercher l'Américain, faut que je lui parle. Ça va nécessiter des frais, on ne peut pas partir là-bas les mains dans les poches.

28

Sainte Maria da Bôa,
protectrice des animaux

Maria était tout à la fois pleine d'espoir et folle furieuse. Pleine d'espoir parce que Benito semblait parfaitement s'acclimater, folle furieuse parce que sa voisine de palier, cette gourdasse de Serafina Comboio, avait repéré Benito en train d'escalader les balcons pour se faufiler dans l'appartement, et qu'elle avait aussitôt averti le conseil syndical des copropriétaires. « Quel dommage ! se lamentait Maria, tout se passait si bien… »

A sa grande surprise, le singe avait pris l'habitude de se glisser chaque jour dans le salon pour dévorer les offrandes disposées à son intention sur la table basse. Au début, il n'avait fait qu'entrer et sortir, sitôt sa pitance avalée, mais, avec le temps, il avait fini par s'enhardir et, au lieu de bondir vers le balcon dès que Maria s'avançait au seuil de la pièce, l'avait laissée s'approcher sans lui prodiguer de grimaces menaçantes. Elle en avait profité, avançant mètre après mètre, décomposant chacun de ses gestes, s'asseyant dans un fauteuil et demeurant là, figée, en s'appliquant à regarder ailleurs car elle avait lu dans une revue que les animaux détestaient être fixés dans les yeux.

Le singe avait commencé par faire la sieste sur le canapé. Il ronflait et pétait dans son sommeil, mais Maria avait décidé de ne pas s'en offusquer. D'ailleurs, de son vivant, il arrivait que Benito se comporte de même. Cette coïncidence la conforta dans son opinion que son mari était bien revenu dans le corps d'un « remplaçant ».

Au bout de trois jours de cette étrange cohabitation, elle décida de lui parler. Elle le fit à voix basse, du ton qu'elle aurait pris pour s'adresser à un nouveau-né. La première fois, le singe tressaillit, puis parut prendre goût à cette mélopée. A présent, il s'étalait sans honte sur le sofa, les jambes écartées, les parties génitales exposées. Maria jugeait cela un peu gênant mais n'osait lui adresser de reproches, il ne fallait rien hasarder qui puisse faire dérailler le processus d'acclimatation.

Pour raviver la mémoire engourdie du primate, elle entreprit de lui raconter leur vie commune, d'évoquer leurs souvenirs de jeunesse. Il écoutait avec attention, lui semblait-il. « Cette révision lui sera bénéfique, décida-t-elle. Les souvenirs humains sont probablement mélangés à ceux de l'animal. Le plus grand désordre règne sous cette caboche velue. Benito doit avoir le plus grand mal à s'y retrouver, le malheureux. »

Le quatrième jour, elle s'enhardit et décida de lui montrer des photographies. Très lentement, elle les lui tendait. Il s'en saisissait, les flairait, les examinait, les mâchouillait, puis les jetait sur le tapis. Maria ne s'en offusqua point. Maintenant qu'elle pouvait l'observer tout à son aise, elle voyait bien qu'il était vieux, lui aussi.

Aussi vieux que l'avait été Benito. Cela se devinait à son poil gris, son crâne à demi pelé, sa chair flasque. « Mon pauvre bonhomme ! songea-t-elle, j'espère que tu vas me durer plus longtemps cette fois-ci. »

Tout semblait donc se présenter sous les meilleurs auspices quand un coup de sonnette avait retenti, mettant Benito en fuite. Mécontente, Maria alla ouvrir, c'était Serafina Comboio, l'air pincé, les mains jointes comme si elle s'apprêtait à s'agenouiller devant l'autel de la *Candeilaria*[1].

— *Il était encore là !* s'exclama-t-elle d'une voix aiguë. Ne prétendez pas le contraire, je sens son odeur !

C'est ainsi que Maria apprit que Serafina savait tout des visites de Benito.

— Où avez-vous la tête ? haleta la *senhora* Comboio. Vous avez perdu la raison ? Tout le monde se barricade contre les singes et vous… vous les attirez à l'intérieur de l'immeuble en leur donnant à manger… C'est inadmissible. Vous nous mettez en danger. Sachez que j'ai averti le conseil syndical. Son président, le *senhor* Selim Câmara, a fort mal réagi. Il envisage de porter plainte auprès de la police. Nous déciderons de cela ce soir, au cours d'une réunion à laquelle vous êtes conviée. Ainsi vous aurez la possibilité de vous défendre de vive voix… bien que je ne puisse imaginer ce que vous pourriez avancer pour vous disculper.

La Comboio continua sur ce ton dix bonnes minutes encore. Maria, elle, garda le silence. Elle venait de comprendre que ces imbéciles allaient l'empêcher de

---

1. Cathédrale de Rio de Janeiro, exemple typique du baroque portugais.

récupérer Benito et la condamner à la solitude. Il n'en était pas question.

— Je vais consulter mon avocat, lança-t-elle pour mettre fin au soliloque de la voisine.

— Quoi ? Quoi ? hoqueta Serafina Comboio. Très bien... si vous voulez jouer à ce petit jeu, nous en avons, nous aussi, des avocats !

Maria lui claqua la porte au nez.

Dans la minute qui suivit, elle lutta contre le besoin de sangloter qui montait en elle. « Ne craque pas ! se dit-elle, pas maintenant ! Tu es si près du but ! » Non, elle ne devait pas laisser ces imbéciles tout gâcher. Il fallait qu'elle trouve une solution. Une solution définitive.

Elle s'installa dans un fauteuil, se versa un grand verre de *cacha*, et se mit à réfléchir. Elle finit par perdre la notion du temps. Ce fut un bruit de papier froissé qui la ramena à la réalité. On avait glissé une enveloppe sous la porte. La fameuse convocation. Elle la décacheta. En termes à peine polis, on lui signifiait de se présenter à l'assemblée générale extraordinaire qui se tiendrait à 18 heures au quatrième étage, appartement 407, chez l'*illustrissimo Senhor* Selim Câmara. Il y serait décidé de la conduite à tenir et des sanctions à prendre à son égard. Le signataire lui rappelait que le conseil syndical était en droit d'exiger son départ et la mise en vente de son appartement. Maria déchiqueta la convocation et réintégra son fauteuil. Peu à peu, une idée se dessina dans son esprit. C'était d'avoir remué ces vieilles photographies, cela lui avait remis en mémoire que...

Elle se leva et, titubante, se dirigea vers le cagibi, au bout du couloir. Il y avait là, au fond, une cantine métallique dans laquelle Benito avait enfermé les souvenirs de sa vie militaire. « N'y touche pas ! lui avait-il ordonné à maintes reprises, ça pourrait être dangereux. » Curieuse, Maria avait tout de même regardé, un jour, mais le contenu de la malle mystérieuse n'avait guère retenu son attention. Aujourd'hui, pourtant, elle se rappelait avoir entraperçu certains objets qui pourraient s'avérer utiles dans la situation présente.

Agenouillée dans la penderie, elle souleva le couvercle de la cantine kaki. Oui, ce qu'elle était venue y chercher s'y trouvait encore. Elle s'en empara délicatement, regagna le fauteuil et posa les deux objets sur la table basse. Quand les battements de son cœur eurent recouvré leur rythme normal, elle mit à sac l'ancien bureau de Benito afin de dénicher les manuels militaires qu'il utilisait jadis dans ses cours aux nouvelles recrues. Studieusement, elle les compulsa. Ce n'était pas compliqué… Elle sourit, soulagée.

Le singe ne se montra pas de tout l'après-midi, et Maria s'en trouva confortée dans sa décision. Elle sauverait son couple. Rien ne la ferait changer d'avis. Surtout pas une bande de vieillards assemblés en tribunal révolutionnaire.

Quand l'heure de la convocation sonna, elle s'habilla, prit son sac à main et gagna l'ascenseur en se récitant le mode d'emploi du manuel militaire. Ce qu'elle allait entreprendre ne serait pas sans danger, mais elle était résolue à courir le risque. En débarquant sur le palier du quatrième, elle fit jouer le fermoir du sac pour l'entrebâiller, et sonna chez l'*illustrissimo Senhor* Selim Câmara. Ce fut cette peste de Serafina qui vint ouvrir, le visage pincé, la peau cireuse.

— Tout le monde vous attend dans le salon jaune, annonça-t-elle.

Maria accueillit la nouvelle avec soulagement. Elle connaissait la pièce. Elle y avait déjà assisté à de semblables réunions. L'exiguïté du lieu convenait à son projet.

— Je vous rejoins dans un instant, fit-elle, je dois me repoudrer.

— Comme vous voulez, siffla Serafina avec agacement.

Puis elle tourna les talons et disparut dans le salon jaune. Maria attendit que la porte soit refermée. Alors elle plongea la main dans son sac pour en sortir la première grenade offensive. Comme le recommandait le manuel du soldat en campagne, elle arracha la goupille d'un geste sec. La cuiller s'envola, armant le détonateur. Elle disposait de six ou sept secondes avant de se débarrasser de l'objet. Elle compta, à haute voix, puis, entrouvrant la porte du salon, fit rouler la grenade sous la table autour de laquelle se trouvaient rassemblés les vieillards courroucés. Elle claqua le battant, sachant que, ne comprenant pas la signification de son geste, ses juges perdraient un temps précieux à regarder sous leurs pieds. Comme ils étaient perclus de rhumatismes, ce changement de position ne pourrait s'effectuer qu'au ralenti…

Maria se plaqua le dos au mur, se boucha les oreilles avec les index en prenant soin d'ouvrir grand la bouche, ainsi que le conseillait l'opuscule. Elle espérait que la cloison ne s'effondrerait pas, ou qu'un éclat ne traverserait pas le plâtre pour se ficher entre ses omoplates.

L'explosion lui parut étonnamment sourde et brève, elle en fut surprise car les mensonges du cinématographe l'avaient habituée à d'interminables déflagrations déployant encore et encore des volutes de flammes jaunes dans un tonnerre d'apocalypse. La porte du salon fut arrachée de ses gonds et traversa le couloir pour aller broyer la vitrine d'un meuble rempli de délicates porcelaines françaises.

Une fumée piquante flottait dans l'air, aveuglant en partie Maria. Sans attendre, elle sortit la seconde grenade et gagna la sortie. Au passage, elle jeta un bref coup d'œil dans le salon jaune. Si l'épaisse table d'okoumé avait protégé le visage et le torse des participants, il n'en allait pas de même en ce qui concernait les jambes et le bassin qui, criblés d'éclats, avaient été déchiquetés. Les blessés se traînaient sur le sol en gémissant, ne comprenant rien à ce qui leur arrivait. Par souci de prudence, Maria dégoupilla la seconde grenade et la jeta dans la pièce depuis le palier. La porte claquée, elle s'éloigna vivement en direction de l'ascenseur. L'odeur de produit chimique prenait à la gorge et brûlait les yeux. Ne voulant pas courir le risque de se retrouver coincée dans la cabine, elle se rua dans l'escalier d'évacuation dont la porte coupe-feu se referma avec un chuintement rassurant. Une vibration parcourut le béton, l'avertissant que la grenade avait explosé. Déjà, à tous les étages, des portes s'ouvraient, des appels retentissaient. Maria se composa une expression effrayée et abandonna l'escalier au huitième étage, là où se trouvait son appartement.

— Que se passe-t-il ? se lamentaient les femmes.

— Y a-t-il des blessés ? demandaient les hommes.

Profitant de la bousculade, et poussant des cris de souris effarouchée, Maria rentra chez elle avec la satisfaction du devoir accompli. Son premier réflexe fut de prendre une douche pour se débarrasser de l'horrible odeur d'explosif imprégnant ses cheveux et sa peau. Une fois sortie de la salle de bains, en peignoir, elle se laissa tomber dans un fauteuil et dégusta un verre de *cacha* en fixant l'entrebâillement des volets par où s'était enfui Benito.

Elle venait d'assassiner une douzaine de personnes mais ne s'en inquiétait pas. Selon l'antique loi appliquée par le Maître d'école, un grand crime pouvait aisément être racheté par une bonne action. Tout était question d'équilibre. Dans un plateau de la balance, le mal. Dans l'autre, le bien. « J'ai tué ces vieux grincheux, songea-t-elle, mais j'accueille un *remplaçant*. Je suis probablement la première à le faire, je donne l'exemple, j'ouvre la voie, et cela, le Maître d'école ne peut que l'approuver. Il ne me punira pas, bien au contraire. »

Indifférente au brouhaha qui se répandait à travers les étages, elle sirota son alcool. Une étrange béatitude s'emparait d'elle. Au troisième verre, elle commença à se voir sous les traits d'une sainte laïque : Maria da Bôa, protectrice des animaux « remplaçants » investis par l'âme des défunts. Elle finit par s'assoupir.

Le carillon de la porte d'entrée la réveilla. C'était le sergent Segovio, un gros plein-de-soupe à l'air égaré, qui essayait de recueillir des témoignages. Maria vit tout de suite qu'il n'était pas à la hauteur, et décida de pousser son avantage.

— Ce qui vient de se produire ne m'étonne pas, soupira-t-elle. Certaines rumeurs circulaient... Je n'y avais pas prêté foi, je vois que j'ai eu tort.

— Quelles rumeurs ? demanda Segovio, dont l'uniforme trempé de sueur nuisait à sa prestance.

— Disons les choses comme elles sont, lâcha Maria après avoir, faussement, hésité. Ce Selim Câmara était un excité de la pire espèce. Obsédé par l'invasion des singes, il tenait des propos alarmistes. Il répétait que, la police ayant fait preuve de son incapacité à protéger les citoyens, il convenait de s'organiser sans plus tarder. Il avait constitué un comité de défense... Je pense qu'aidé de Serafina Comboio, sa maîtresse, il s'employait à rassembler des armes. Des explosifs... A plusieurs reprises il a tenté de m'attirer dans sa... *secte.* Je l'ai repoussé, il m'en a tenu rigueur au point de répandre des calomnies sur mon compte. Il allait jusqu'à raconter que j'hébergeais, en secret, un élevage de singes dans mon appartement ! Je crois qu'il avait perdu la raison. De toute manière, c'est de notoriété publique, Serafina Comboio était une folle mystique. Elle portait un cilice et se flagellait chaque vendredi saint.

— Je vois, fit sobrement Segovio, reproduisant sans en avoir conscience l'une des attitudes favorites du lieutenant Corco. Je vous remercie, *Senhora*, vous m'avez été d'une grande utilité.

Maria le reconduisit. Lorsqu'elle le salua, elle s'aperçut que le regard de Segovio s'égarait dans l'échancrure de son peignoir, et s'en amusa. *Les hommes !*

Elle s'allongea sur le sofa et reprit sa sieste interrompue. Elle se sentait bien. En règle avec sa conscience. Il lui plaisait de vivre sous la loi du Maître d'école, cela simplifiait bien des choses…

Quand le tumulte des étages se fut enfin calmé, les policiers partis, les habitants barricadés chez eux, le *remplaçant* de Benito da Bôa escalada les balcons, écarta les volets et se faufila dans le salon où Maria avait déjà disposé de nouveaux bols de cacahuètes.

29

Veillée d'armes

Ajo était satisfait, les choses se mettaient en place. Buzo lui avait amené l'Américain, un grand type pas commode, taillé comme un catcheur, avec une moustache à la Pancho Villa, et qui prétendait s'appeler Matt Meetchum. « Si ce type-là est journaliste, moi je suis Miss Samba 2006 et j'ai les seins comme deux pastèques ! » songea l'aîné des Zotès en regardant son invité prendre place de l'autre côté de la table branlante plantée à l'ombre du hangar. Il avait trop fréquenté ce genre d'individu pour ne pas les reconnaître au premier coup d'œil. Une canaille, comme lui, à n'en pas douter. Tant mieux, ça signifiait que son histoire de reportage photographique était bidon, et que la *Chaleira* recelait un trésor.

— Il y aura des frais, expliqua d'emblée Ajo-le-Maigre. On va être forcés de faire la route à pied, en taillant dans les lianes mètre par mètre. Ce sera long. Il faudra des fusils, des vivres. A part les singes, les paresseux et les tatous, il n'y a rien à manger dans la forêt. Le mieux, ce sont les pécaris, encore faut-il tomber dessus ! Des fois, on crapahute des jours entiers sans croiser une seule bestiole consommable. On peut crever de faim dans la jungle. C'est pour ça que les *Caboclos* se mitonnent d'infâmes ratatouilles à base de cancrelats et mille-pattes. Je suppose que ça ne vous tente pas, l'ami ? Donc, on aura besoin de porteurs. Mais le plus compliqué, ce sera lorsqu'on approchera de la *Chaleira*. Là, on devra enfiler des combinaisons protectrices et des masques à oxygène, comme les pompiers. Si vous voulez explorer la montagne d'ordures, vous devrez être enveloppé d'amiante.

— Pourquoi ? s'étonna Meetchum qui jugeait ces précautions disproportionnées et soupçonnait Ajo de vouloir l'escroquer.

— A cause du « feu lent », ricana l'aîné des Zotès. C'est comme ça qu'on appelle l'incendie qui couve au creux des déchets. La colline est très friable, elle forme une espèce de cône fibreux dont les pentes peuvent s'effondrer sous le poids d'un homme à tout moment. Ça signifie que, si la chose se produit, vous serez avalé par les ordures comme par des sables mouvants, et que les braises qui couvent en leur sein vous brûleront vif… Vous serez rôti avant qu'on ait pu vous extraire de là. Seule une combinaison d'amiante vous protégera de ça. Il va falloir que je m'arrange pour voler des équipements à la caserne des pompiers. Ne croyez pas que j'exagère. Vous vous attaquez à une sacrée saloperie. La *Chaleira* se présente sous l'aspect d'un volcan mou… Les déchets anciens ont fini par constituer une pâte cendreuse. L'oxydation les a brûlés. En pourrissant, les substances organiques produisent des gaz qui s'évaporent dans l'air, le méthane… Sans masque à oxygène, nous serons asphyxiés par ce mélange. Ce sera comme si nous nous promenions aux abords d'une cuve géante d'eau-de-vie en train de fermenter. Rien que l'odeur nous enivrera. Vous commencez à piger?

— Comment savez-vous tout ça? s'étonna Meetchum.

— J'ai travaillé à la déchetterie de Sâo Carmino, lâcha Ajo. Je sais comment ça fonctionne. Plus d'un *Caboclos* a fini brûlé vif en essayant d'escalader la dune pour récupérer les trucs largués par l'avion-poubelle. Il y en avait qui campaient exprès aux abords de la *Chaleira* pour se saouler avec les effluves alcoolisés dont l'air était saturé. On les retrouvait morts, confits comme des fruits dans l'eau-de-vie. Vous pouvez imaginer ça? C'est pourtant ce qui nous guette, si nous ne prenons pas les précautions nécessaires. Ça n'a rien à voir avec les déchetteries auxquelles vous êtes habitué, mon vieux. Songez qu'il y a trente ans qu'on bombarde ce coin de jungle avec nos merdes. Ça représente environ cinq mille raids aériens d'un avion-cargo, la soute bourrée à craquer de sacs-poubelle compressés. Je vous laisse imaginer les conséquences. Contrairement à ce qu'espérait le maire, la jungle n'a pas digéré ce cadeau tombé du ciel.

— D'accord, capitula Seaburn, va pour les scaphandres.

Il commençait à comprendre qu'Ajo l'avait percé à jour. Son histoire de reportage photographique avait fait long feu. C'était ennuyeux. Ce salopard décharné avait de toute évidence flairé la bonne affaire. Il faudrait l'avoir à l'œil. « De toute manière je ne peux pas me passer de lui, songea-t-il. Je manque de moyens logistiques et je ne connais pas le terrain. »

Les choses se gâteraient sur place, lorsqu'il faudrait explorer la montagne de déchets et localiser le cercueil de Mario Danza. Ajo exigerait sa part… « Allons, ne sois pas niais, pensa Seaburn. A tous les coups il essaiera de s'approprier la totalité du magot. Ce sera à toi de le prendre de vitesse. »

— Très bien, *illustrissimo Senhor*, lança Ajo Zotès avec une ironie à peine dissimulée, puisque nous sommes d'accord, je m'occupe de rassembler le matériel. J'enverrai l'un des gosses vous prévenir lorsque l'expédition sera sur le pied de guerre.

Seaburn parti, Ajo distribua ses ordres. Il comptait sur les *capangas* pour cambrioler la caserne des pompiers. Il leur expliqua longuement ce qu'ils devaient y voler : les scaphandres, les bouteilles, des échelles métalliques pliables et très légères, en titane, indispensables à l'escalade de la montagne de déchets. Il décida que Buzo les accompagnerait en tant que superviseur, car le gosse semblait plus malin que les autres. Ces dispositions prises, il descendit rendre visite à Zamacuco, dans sa bauge. Le géant était nu, assis sur sa paillasse, feuilletant un *comic book* chilien relatant les aventures d'un catcheur justicier, surnommé *Joao la jaqueca*[1] parce que son maître coup consistait à laisser ses adversaires retomber sur la tête. Tout d'abord le débile feignit de ne pas remarquer la présence de son frère. Il déchiffrait le contenu des phylactères à voix basse. Ses grosses lèvres remuaient de manière exagérée : « Tu… vas… payer tes… tes crimes… chi… chi… chien im… mon… de… » Brusquement, sans détacher le regard de l'illustré, il demanda, d'une voix tendue :

— Le grand blond qui sort d'ici… c'était un catcheur, hein ? Il venait pour me défier ? Il veut me

---

1. La migraine.

prendre le titre ? C'est un *Yanqui*, ça veut dire que ma renommée est allée jusqu'aux Etats-Unis. C'est bien. Je suis très honoré. Je veux bien le tuer. Tu lui diras ?

— Tu l'affronteras, répondit Ajo. Mais pas tout de suite. Avant, il te faudra mener plusieurs batailles. De dures batailles, mais qui te serviront d'entraînement. Mieux vaut procéder ainsi, il y a longtemps que tu n'es pas monté sur un ring. Ecraser un frigo ne remplace pas un vrai combat.

— C'est vrai, admit Zamacuco, soudain plein d'humilité. Je me rouille.

— Ça va changer, annonça Ajo. J'ai du travail pour toi…

Parvenu à ce point de son discours, il hésita. Si leur mère avait su ce qu'il s'apprêtait à faire, elle lui aurait arraché les yeux. « Désolé, *Mama*, s'excusa-t-il mentalement, mais j'y suis obligé. Zama est ma force de frappe. Sans lui nous n'arriverons jamais jusqu'à la *Chaleira*. »

— Zamacuco, se décida-t-il à murmurer. Les singes sont venus te défier. Ils paradent dans la ville en se moquant de toi. Nous allons leur donner une bonne leçon, hein ?

Le géant abandonna l'illustré. Ses yeux s'étaient mis à briller, comme si son esprit venait enfin de se remettre à fonctionner.

— Ils me défient, gronda-t-il, les sales petits sacs de poil… Zamacuco leur chie dessus ! Il les réduira en miettes, oui. Il leur arrachera les oreilles, et les bras, et…

— D'accord, coupa Ajo. Tu leur feras tout ça, *mais seulement lorsque nous serons dans la forêt*. Tu comprends ? Nous allons donner une série de combats

dans la jungle pour prouver aux bonobos que tu es toujours le plus fort. Il y aura beaucoup d'affrontements,
beaucoup d'adversaires et, cette fois, tu pourras les
tuer tous… Ce sera permis. Tu saisis ? Il n'y aura pas
d'arbitre, pas de flics… Tu feras à ta guise. Je te dirai
avec qui te battre, et tu le feras. D'accord ?

— Oui, mais le catcheur à la moustache jaune,
l'Américain ?

— Tu le combattras à la fin, pas avant… Il est très
fort. Il… il a des pouvoirs magiques. C'est pour ça
que tu dois d'abord t'entraîner avec les singes, on est
d'accord ?

— OK, répondit Zamacuco.

— OK[1], soupira Ajo, en se faisant la réflexion qu'en
l'occurrence l'expression était bien mal choisie !

Lorsqu'il sortit de la cabane, il dégoulinait de sueur.
Il avait conscience d'avoir amorcé une bombe à retarde-
ment aux effets dévastateurs et s'en alarmait. Il venait
de commettre une mauvaise action. Si leur défunte mère
l'observait du haut des nuages, elle devait le maudire.

« Je ne pouvais pas faire autrement, songea-t-il en
manière d'excuse. J'ai besoin de Zama. Une fois dans
la jungle, les *capangas* ne feront pas le poids contre les
singes, et les munitions ne seront pas inépuisables. Il
faut se préparer à subir de lourdes pertes. Seul Zama
peut faire la différence. Lorsqu'il aura massacré une
trentaine d'entre eux, les bonobos renonceront à nous
attaquer. Ils verront en lui un prédateur devant lequel

---

1. OK est en réalité une abréviation militaire qui signifie « zero
killed » ou plus simplement « aucun tué ». On l'utilise à la fin d'un
affrontement, lors de l'évaluation des pertes.

il leur faut s'effacer. Oui, c'est ainsi que ça se passera. Zama les aplatira tous. »

*

Une fois seul, Zamacuco se mit à froisser l'illustré entre ses mains énormes. Il était agacé à l'idée que les singes aient pu avoir l'audace d'envahir la ville pour se moquer de lui. Il aurait pourtant dû s'y attendre, les singes étaient insolents, il l'avait lu dans *Les Aventures de Tarzan*.

Incapable de tenir en place, il s'agenouilla pour fouiller dans sa malle à trophées et en sortit la tenue rouge sang qu'il avait jadis portée sur le ring. Il eut un coup d'œil nostalgique pour l'affiche qui s'effritait sur le mur : *Zamacuco, le sacrificateur aztèque, contre Borilla, l'étrangleur de l'Amazone !*

Ce souvenir le fortifia. Lentement, il entreprit de revêtir son déguisement. La culotte, la cagoule qui lui masquait entièrement le visage, les grosses chaussures… Un frisson étrange le parcourut, comme s'il avait dormi durant toutes ces dernières années et qu'il se réveillait enfin, en pleine forme, bouillonnant d'une énergie inemployée. Oui, il était comme une chaudière sur le point d'éclater. Alors, d'un pas lourd, il quitta la baraque et s'avança vers la sortie du terrain vague. Au seuil du bidonville, il poussa un rugissement terrible et se frappa la poitrine des deux poings, comme il en avait l'habitude jadis, au début des combats.

Les bonobos allaient apprendre ce qu'il coûtait de défier Zamacuco, le sacrificateur aztèque !

Au sommet du mirador, les mâchoires serrées, Ajo-le-Maigre contemplait son frère qui, après avoir traversé le labyrinthe des baraques, s'élançait en direction de Sâo Carmino. « Manquerait plus que les flics me le tuent! pensa-t-il en crispant les doigts sur le garde-fou de la tour. Pour une fois qu'il pouvait être utile à quelque chose... »

La danse du guerrier

Zamacuco remonta lentement l'artère principale de Sâo Carmino. Chaque fois qu'il repérait des singes rassemblés sur une pelouse ou dans un jardin public, il se portait à leur rencontre pour les défier.

Le plus souvent les primates s'enfuyaient, effrayés par ses provocations, mais il arrivait que certains refusent de céder un pouce de terrain. Il s'ensuivait alors un affrontement terrible. Zamacuco savait qu'il devait à tout prix éviter les morsures des bonobos. Leurs dents auraient pu le déchiqueter. Mordu à la veine jugulaire, il se serait vidé de son sang en quelques minutes. Il s'appliquait à éviter le corps à corps, et les frappait à la face dès qu'ils se trouvaient à sa portée. Le géant savait qu'il suffisait d'un coup de paume sur le nez, appliqué de bas en haut, pour provoquer un enfoncement de l'os nasal et un éclatement du cerveau. Cette estocade exigeait une force exceptionnelle, mais la puissance musculaire ne lui faisait pas défaut. Il tua ainsi une demi-douzaine de singes sans subir d'autres blessures que des lacérations bénignes. Ses exhibitions provoquèrent la stupeur des habitants massés derrière leurs baies vitrées. La vision de cette créature gigantesque cagoulée de rouge, et qui massacrait les singes à coups de poing, éveilla chez les vieillards une étrange peur superstitieuse. Quelques-uns se laissèrent aller à chuchoter les noms de Xango et d'Ogoun Ferraille, d'autres s'empressèrent de prévenir la police, mais le sergent Segovio demeura les bras ballants. Qu'aurait-il pu faire, au reste ? Zamacuco ne contrevenait à aucune loi, bien au contraire puisqu'il travaillait à débarrasser la ville de ses envahisseurs. On n'allait tout de même pas lui passer les menottes et le boucler en cellule pour avoir rendu les rues plus sûres ! D'ailleurs, qui s'y serait risqué ?

Consulté par téléphone, le maire déclara : « Laissez cet énergumène faire le ménage puisque vous n'en avez pas été capables ! Peut-être son action ramènera-t-elle la confiance dans les rangs de mes administrés ? » Segovio laissa donc le champ libre au sacrificateur aztèque qui continua à parcourir la ville de son pas impérial.

Hélas, son action n'eut pas l'effet escompté et, dès le lendemain, on enregistra une nette augmentation des réservations aériennes sur le vol desservant Belem, Bahia et Rio. L'hémorragie s'amplifiait. Sâo Carmino se vidait. Il ne resterait bientôt plus sur place que les habitants ne disposant d'aucune possibilité de repli. C'était le cas de tous ceux qui s'étaient endettés pour acheter leur appartement ou qu'aucune famille ou ami ne pouvait héberger. Ceux-là resteraient prisonniers de la cité blanche, quoi qu'il arrive.

Accoudée à son balcon, Maria da Bôa assistait à cet exode, sans s'en inquiéter outre mesure. Elle n'avait aucune intention de suivre ces poltrons. D'ailleurs, où serait-elle allée ? Qui se souvenait d'elle à Rio ? De toute façon la compagnie aérienne n'aurait pas accepté que Benito voyage assis à ses côtés, quant à l'enfermer dans une cage, au fond de la soute, il n'en était pas question ! Si elle n'avait pas craint d'être arrêtée, elle aurait épaulé l'une des carabines de son mari et abattu ce ridicule catcheur qui gesticulait sous ses fenêtres. Désormais, elle était du côté des singes. En les tuant, cet imbécile empêchait les « remplaçants » de rentrer dans leurs foyers. Joignant les mains, elle se mit à prier pour qu'un primate plus fort que les autres lui brise la nuque. Elle comprit alors qu'elle n'avait plus rien de commun avec les habitants de Sâo Carmino. Elle était passée de l'autre côté du miroir. Elle en éprouva un secret contentement.

Premiers combats

Ils constituaient un groupe d'une vingtaine de marcheurs. Zamacuco allait en tête de la colonne, affublé de sa tenue de catcheur, s'ouvrant un chemin à mains nues à travers la broussaille ligneuse. Dix jeunes voyous lui emboîtaient le pas, certains armés de fusils à pompe, d'autres portant des ballots. Au milieu, se tenait le noyau de commandement : Douglas Seaburn et Ajo Zotès. Le reste des adolescents constituait l'arrière-garde.

Seaburn les avait jaugés d'un regard. Ils avaient beau n'avoir qu'une quinzaine d'années, ils exsudaient la cruauté par tous les pores de la peau. Jadis, il y avait de cela des siècles, il avait été comme eux. Une petite frappe impitoyable, n'ayant peur de rien. Pour l'heure, ils paradaient, fiers de brandir des fusils, de sentir une cartouchière leur battre les flancs. Seul David (le gosse qui lui servait d'interprète et venait à son aide lorsqu'il ne trouvait plus ses mots) était différent. Plus vulnérable.

Dès qu'ils s'enfoncèrent sous la voûte de feuillage, la moiteur devint insupportable. La forêt suintait de partout, à croire que chaque branche, chaque liane, dissimulait une canalisation percée. Seaburn avait l'impression d'évoluer dans un bain de vapeur. Il haletait, cherchant vainement un peu d'air. Au bout d'une vingtaine de minutes, ses vêtements furent aussi trempés qu'au sortir d'une baignoire. Mais le pire, c'étaient les moustiques. Un véritable brouillard mouvant qui vous recouvrait le dos des mains de sa peluche noire et grouillante dès qu'on commettait l'erreur de rester immobile. Seaburn les sentait bourdonner dans ses oreilles, dans ses narines. Il ne cessait de se frotter le visage pour se nettoyer de cette suie vibrionnante aux dards gloutons.

— Frictionnez-vous avec ça, l'ami, grommela Ajo en lui tendant un bâtonnet de pommade au parfum acide.

Honteux, Seaburn s'exécuta. Il avait conscience d'être ridicule, inadapté. Son excédent de poids le faisait souffrir et il se tordait les chevilles tous les dix mètres. Il cuisait dans ses *rangers*. Les gosses, eux, allaient nu-pieds, les orteils caparaçonnés de callosités. Seaburn les aurait bien imités mais sa phobie des serpents le lui interdisait. Il en avait déjà repéré plusieurs, entortillés autour des basses branches et des lianes. Des anacondas. Il se révulsait à l'idée que l'un d'eux puisse lui tomber dans le cou. Il avait lu quelque part que c'était le plus grand serpent du monde, sa taille pouvant aisément dépasser les dix mètres !

Ce qui l'horripilait plus que tout, c'était le regard ironique d'Ajo. Ce salopard s'amusait.

— Ça, expliqua le voyou décharné, c'est la partie facile du trajet. Pour le moment, on emprunte un chemin fréquenté par les *Caboclos*. Ça va se gâter quand on l'abandonnera pour s'enfoncer dans la vraie jungle, là où les hommes ne se risquent jamais.

Seaburn mourait de soif mais n'osait déboucher sa gourde. Il ne voulait pas donner l'image d'un *gringo* geignard, déjà épuisé la course à peine commencée.

A deux reprises, ils durent contourner l'épave pourrissante d'un bateau échoué au milieu de la végétation.

— C'est à cause des inondations, expliqua nonchalamment Ajo. L'Amazone sort souvent de son lit. Elle emporte tout un tas de trucs qu'elle abandonne ensuite dans la forêt[1].

Au-dessus d'eux, les perroquets et les toucans jacassaient, s'entrecroisant dans un grand déploiement de plumes multicolores. Leur présence installait dans le paysage une touche irréelle, un aspect *cartoon* particulièrement insolite. On avait du mal à se persuader que de tels oiseaux vivaient en liberté.

— Combien de temps pour atteindre la *Chaleira*? demanda l'Américain, les yeux brûlés par la sueur qui lui dégoulinait des sourcils.

Ajo haussa les épaules.

— Impossible à dire. Ça dépendra des difficultés du terrain. Deux jours? Trois peut-être… Les vraies difficultés commenceront lorsqu'on entrera sur le territoire des singes, je vous l'ai déjà dit. Ils n'aimeront pas ça. Il faut s'attendre à des manifestations hostiles. Un singe isolé s'enfuit quand il aperçoit un homme mais, une fois en groupe, il se sent fort, il n'hésite plus à attaquer. Et comme ces petits salopards se déplacent dans les arbres, il leur sera facile de nous submerger.

— Nous avons des fusils…

---

1. Authentique.

— Oui, mais les munitions ne sont pas inépuisables et les singes constituent des cibles mouvantes, réduites, difficiles à atteindre. Ne vous faites pas d'illusions, ça ne se passera pas comme au stand de tir, quand on canarde des silhouettes immobiles. Ils bondiront de partout. Vous n'aurez même pas le temps de les voir arriver.

— On dirait que vous avez peur d'eux !

— Bien sûr ! Sinon je serais le dernier des crétins. Les bonobos de Sâo Carmino ont une revanche à prendre. Ils nous détestent. Nous les avons chassés de chez eux, les Indiens les abattaient systématiquement pour les bouffer, ils entendent bien nous le faire payer. La plupart des singes vivent en groupe d'une dizaine d'individus, guère plus, les bonobos, eux, ont l'habitude de constituer des clans d'une bonne centaine de têtes. Ils sont foutrement intelligents.

Seaburn cessa de poser des questions car il s'essoufflait.

Une heure s'écoula, rythmée par le bruit des sabres d'abattis cisaillant la végétation. La sève coulait à flots des lianes tranchées, s'égouttant en interminable hémorragie sur la tête et les épaules des marcheurs. Seaburn se sentait pris de dégoût pour cette forêt *trop vivante*, dont les herbes se redressaient à peine foulées. Il comprenait que l'homme n'y avait pas sa place. C'était un territoire des premiers âges, conçu pour des créatures gigantesques (les dinosaures) ou au contraire minuscules (les cancrelats). L'être humain, lui, n'avait pas la taille adéquate.

Son passé de cambrioleur lui avait toutefois appris à gérer ses angoisses, aussi parvint-il à reprendre le contrôle de ses nerfs. Il eut alors l'impression d'être observé. Des dizaines de regards épiaient ses gestes entre les feuilles, les plantes, la mousse espagnole accrochée aux branches. Comme il se tournait vers Ajo, celui-ci le devança :

— *Je sais*, souffla-t-il. Les singes. Ils nous encerclent. Ils nous suivent en passant d'un arbre à l'autre. Pour le moment, ils hésitent encore sur la conduite à tenir. Zamacuco les tient en respect. Ils sentent qu'il n'a pas peur d'eux, et même, qu'il a envie d'en découdre. Ça les impressionne. Je comptais là-dessus. Reste à savoir combien de temps ça fonctionnera.

Instinctivement, Seaburn posa la main sur la crosse de son fusil.

— Pas encore, ordonna Ajo. Quand ils estimeront que nous avons dépassé les limites, ils commenceront par faire beaucoup de bruit. Ils hurleront, secoueront les branches, et nous bombarderont avec des fruits, des bouts de bois, tout ce qui leur tombera sous la main.

— Et ensuite ?

— Ensuite les vieux mâles passeront aux parades d'intimidation. Ils nous barreront la route en frappant le sol avec des gourdins. Zamacuco s'occupera d'eux. S'il parvient à tuer les dominants, le clan sera déboussolé. Il est possible que ces saloperies de bestioles battent en retraite, le temps de se réorganiser, de se donner de nouveaux chefs. Ne vous affolez pas, ne commencez pas à canarder en tous sens. Il faut épargner les munitions. Nous en aurons besoin au retour, au cas où Zamacuco serait dans l'incapacité de combattre.

Seaburn hocha la tête sous son chapeau de brousse.

Autour de lui, les adolescents avaient cessé d'échanger des blagues. Leurs doigts dessinaient des traces humides sur l'acier des fusils.

Ils marchèrent encore un quart d'heure, puis le vacarme éclata. Un concert de cris aigus, de branches remuées. Tout autour d'eux, les arbres furent pris de folie. On aurait dit qu'une tempête s'y déchaînait. Comme l'avait annoncé Ajo Zotès, des feuilles, des brindilles, des fruits, se mirent à pleuvoir, mais également des jets d'urine et d'excréments. Seaburn serra les mâchoires. Des ombres couraient, sautaient, telles de monstrueuses araignées bondissant d'un arbre à l'autre. Les hurlements atteignirent très vite une stridence insoutenable. Seaburn évita de justesse une noix de coco qui, si elle l'avait frappé de plein fouet, lui aurait fait éclater la tête. Les mains nouées sur son arme, il essayait de résister à l'envie d'arroser frénétiquement la végétation au calibre 12.

Enfin, comme la colonne continuait d'avancer, les mâles dominants décidèrent de lui barrer la route. Seaburn les vit sortir des fourrés en brandissant des gourdins. D'abord ils se livrèrent à une pantomime d'intimidation qui consistait à frapper le sol en poussant des grondements censés dissuader l'adversaire de persévérer dans ses mauvaises intentions. Zamacuco, dans sa tenue rouge sang, demeura immobile, les bras croisés sur la poitrine, dans une pose d'empereur romain, les défiant du regard. Ainsi planté, dans son maillot de catcheur, il offrait un spectacle tout à la fois grotesque et grandiose.

Seaburn pensa tout d'abord qu'il était fou à lier, que les primates allaient se jeter sur lui pour le réduire en miettes. Il fut surpris de constater que les singes hésitaient. Ajo avait vu juste. Zamacuco ignorait la peur. L'imminence du combat allumait en lui une jubilation dont les ondes troublaient les animaux. Perturbés, ils ne savaient quelle attitude adopter. D'ordinaire, les humains ne se comportaient pas de cette manière. Les phéromones de la peur leur collaient à la peau, il n'était guère difficile de les mettre en fuite… Celui-là était différent. Il avait envie de tuer. La senteur puissante de la mort l'accompagnait. C'était celle qui précède l'avance du jaguar quand il chasse dans la forêt. Une odeur pleine de dents et de griffes, de douleur et de sang. Le grand humain vêtu de rouge désirait combattre, ni les bâtons ni les cris de haine ne le feraient reculer d'un pouce.

L'espace d'une seconde, les primates furent sur le point de s'effacer, mais le plus gros des mâles décida de passer à l'attaque. C'était également le plus vieux, comme le prouvait son pelage gris. Ses bras étaient d'une longueur impressionnante. Il hurla, dévoilant des canines qui n'avaient rien à envier à celles d'un lion. Alors, Zamacuco sortit brusquement de son immobilité pour lui décocher un formidable direct en pleine face. Le maxillaire inférieur du singe se brisa en trois morceaux tandis que des éclats de dents se fichaient dans le poing du catcheur. Un homme se serait écroulé sans connaissance, mais les animaux ont l'habitude de combattre jusqu'à la mort. En outre, leur formidable résistance à la douleur en fait des adversaires difficiles à vaincre. La mâchoire pendante, désarticulée, le sang lui coulant de la gueule, le singe bondit sur le géant, essayant de le mordre à la gorge.

Une mêlée s'ensuivit, qui plongea les autres mâles dans l'hystérie. Hébété, Seaburn avait l'impression d'assister au tournage de l'un de ces vieux films de Tarzan qu'il allait voir au cinéma en plein air de son village, lorsqu'il était gosse. Jamais il n'aurait cru cela possible. La mâchoire inférieure brisée, le singe se trouvait désormais dans l'incapacité de mordre son adversaire, lui restaient cependant la force musculaire et les ongles. Son étreinte aurait brisé les reins d'un homme ordinaire, mais Zamacuco n'était pas un homme ordinaire. Enserrant le primate dans ses bras, il entreprit de lui broyer les côtes. Quand la cage thoracique du singe éclata avec un bruit de fagots, ses congénères prirent la fuite en hurlant. Zamacuco se livra alors à une étrange danse, secouant la dépouille de l'animal mort comme s'il s'agissait d'un pantin. Plus que le combat, cette pantomime macabre provoqua chez Seaburn un sentiment de profond dégoût. « Foutu cinglé ! » murmura-t-il entre ses dents. S'il s'était écouté, il aurait logé sur l'heure une balle dans la caboche du géant.

La mort du vieux mâle décupla les hurlements du clan éparpillé dans les arbres. Pendant une minute Seaburn crut qu'il allait devenir sourd, puis les animaux s'égaillèrent et le silence revint.

Les adolescents se précipitèrent sur le catcheur pour le féliciter, mais celui-ci les repoussa en grondant, croyant qu'ils voulaient lui dérober son trophée. Ajo dut intervenir pour ramener le calme.

Seaburn constata que le géant saignait d'une vilaine lacération à l'épaule, là où les ongles du singe l'avaient entaillé. Il faudrait nettoyer ça si l'on ne voulait pas que l'infection s'y loge. Sous les tropiques, la moindre piqûre d'épingle peut générer une gangrène. Mais déjà Ajo déballait une trousse de premiers secours et jouait les soigneurs. Zamacuco se laissa faire, sans pour autant lâcher le singe qui continuait à vomir du sang à chaque secousse.

Seaburn choisit de demeurer à l'écart. Il ne comprenait pas pourquoi le géant le dévisageait avec une telle insistance, comme s'il lui lançait un défi. « Qu'est-ce qu'il me veut, ce dingue ? » se demanda-t-il, angoissé.

Pendant ce temps, Ajo félicitait son frère à voix basse en posant des agrafes sur la plaie. Les gestes du soigneur, acquis sur les rings, lui revenaient d'instinct, ses doigts bougeaient presque à son insu.

— Très bien, Zama, murmura-t-il. C'était un beau combat. Mais il y en aura beaucoup d'autres. Il faut t'économiser. Tu comprends. Sinon tu vas fatiguer… Tu m'écoutes ?

— Le catcheur blond, grogna le géant, l'Américain, il me regarde avec insolence… Peut-être qu'il veut se battre, maintenant ?

— Non, pas maintenant, plus tard, maugréa Ajo dont la patience s'usait. Quand je te le dirai, pas avant.

Ajo ne se trompait pas. Si la nuit fut sans surprise, les singes tentèrent dès le lendemain une nouvelle manœuvre d'encerclement.

— Le problème, marmonna Ajo, c'est que ces sales bestioles n'entendent pas céder un pouce de terrain. Elles vont encore essayer de nous barrer la route. C'est l'occasion pour les jeunes mâles de prouver leur valeur, et d'assurer leur emprise sur la horde… et sur les femelles. On en revient toujours à ça.

— Vous croyez que votre frère va tenir le coup ? s'inquiéta Seaburn.

— Espérons-le. C'est sa seule présence qui empêche les bonobos de nous submerger. Tant qu'ils auront peur de lui, ils n'oseront pas lancer une attaque massive.

Les choses se déroulèrent comme la veille. Zamacuco brisa la mâchoire de son assaillant puis, saisi d'un délire sanglant, entreprit de lui arracher la tête. Après quoi, il sauta à pieds joints sur le cadavre du singe jusqu'à ce que sa cage thoracique soit entièrement broyée. Ce laminage terminé, il entama un démembrement général de la dépouille. Chaque fois qu'il détachait un bras ou une jambe, il faisait tournoyer le débris au-dessus de sa tête avant de l'expédier dans les fourrés en poussant d'effrayants cris de guerre.

Retranché derrière un palétuvier, Seaburn luttait contre la nausée.

*

David se demanda ce qu'il faisait là. Pourquoi il avait tenu à accompagner Buzo, et surtout, *surtout*, pourquoi tante Abaca ne lui avait pas interdit de quitter la *favela*. Lorsqu'il était allé la supplier de le laisser partir, elle avait simplement répondu :

« C'est à toi de décider, tu es assez grand maintenant. Tu dois prendre ta vie en main. Ce voyage sera ta cérémonie de passage. Si tu en reviens, c'est que tu auras dit adieu à ton enfance et que tu devras désormais te comporter en homme. Je ne peux pas t'en dire davantage. Sois sur tes gardes. Ne fais confiance à personne. Ne compte que sur toi-même. Moi, je dois rester ici car le démon qui pousse dans mon estomac va bientôt naître. Je suis à terme. »

Voilà, il avait dû se contenter de ce seul viatique. Il avait d'abord éprouvé une terrible excitation à l'idée de participer à une chasse au trésor, mais son enthousiasme était vite retombé. Buzo était maintenant un *capanga*, et ne lui adressait plus la parole. Une cartouchière en travers de la poitrine, le fusil à la main, il était devenu quelqu'un d'autre. Un inconnu.

Par-dessus tout, David s'inquiétait de la fréquence des attaques. Zamacuco devait combattre trois fois par jour… A chaque défaite, les singes se repliaient, se terraient pendant trois ou quatre heures, puis revenaient à la charge. « Zamacuco se fatigue, songea l'adolescent, on dirait que les bonobos le sentent. Il les effraie de moins en moins. »

Il est vrai que le catcheur commençait à collectionner un nombre impressionnant de blessures. Les ongles des animaux ne l'avaient pas épargné. Des plaies zébraient ses bras et sa poitrine. Ajo avait beau multiplier les soins, agrafes et sutures sautaient à chaque nouvel affrontement. Lentement mais sûrement, le géant perdait de sa superbe. Une infection s'était déclarée, lui donnant la fièvre. Cet état maladif le rendait plus irritable que jamais.

Il avait remarquablement combattu, on ne pouvait lui refuser ce mérite. Sa technique ne variait pas. Sachant que les morsures pouvaient s'avérer mortelles, il commençait toujours la rencontre en martelant la face de son adversaire afin de lui briser dents et mâchoires. L'inconvénient de cette stratégie, c'est qu'elle soumettait ses poings à rude épreuve. Examinant les mains enflées du géant, David avait estimé qu'il s'était déjà brisé plusieurs phalanges. Chaque fois qu'il cognait, il devait souffrir comme un damné. Combien de temps pourrait-il encore boxer les singes ?

Profitant d'une pause, David s'assit à côté de Buzo. Celui-ci empestait la *cacha*. « Il boit pour oublier la peur », pensa David, à la fois déçu et rassuré.

— Zamacuco n'a plus l'air d'avoir la grande forme, hein? murmura-t-il pour amorcer la conversation. Ses mains ont doublé de volume.

— Il tiendra le coup, grommela Buzo, suivant du regard les ombres mouvantes qui se dessinaient entre les lianes. Ajo lui fait mâcher de la *coca*. Si la douleur devient trop forte il le piquera à la morphine, mais pour l'instant il préfère économiser sa réserve d'ampoules en prévision du retour. C'est pas le tout d'aller jusqu'à la *Chaleira*, faudra bien revenir… et là, les singes nous attendront.

— C'est vrai qu'on va là-bas pour récupérer un trésor? s'enquit David.

— Ajo en est convaincu, marmonna Buzo. Les diamants de la bijouterie, tu te rappelles? Ils seraient planqués dans les ordures. Va falloir fouiller dans la merde pour les trouver. Ça ne va pas être une partie de plaisir.

Estimant qu'il avait déjà trop parlé, il congédia son ancien copain d'une bourrade dans les côtes.

— Va-t'en, ordonna-t-il. Tu me distrais, on ne doit pas parler aux sentinelles.

Deux heures plus tard, un grand singe se laissa tomber du haut d'un arbre sur le dos de Zamacuco qui ne s'y attendait pas, et le mordit cruellement à la naissance de l'épaule, lui sectionnant le trapèze.

Les deux adversaires roulèrent sur le sol en une mêlée effroyable. Ajo dégaina son revolver. Son premier réflexe avait été de s'approcher du bonobo pour lui tirer une balle dans la nuque mais, outre qu'une telle manœuvre restait hasardeuse, il savait que son frère ne lui pardonnerait pas d'avoir abrégé le combat, et en serait profondément humilié. « Merde ! songea Ajo Zotès, il est bien abîmé. »

Cette fois encore Zamacuco réussit à briser la nuque de son adversaire, mais il saignait d'abondance. Un large morceau de muscle pendait sur son omoplate, comme un aileron de viande crue. L'hémorragie poissait son costume. Suprême camouflet, sa cagoule de bourreau avait été arrachée par le primate. Il s'agenouilla, oscillant. La souffrance accentuait la laideur de ses traits.

« Les singes ont marqué un point, constata David. Ce coup-ci, il est bien handicapé. »

« On n'est pas dans un film de Tarzan, se dit Seaburn en mordillant sa moustache, ça ne pouvait pas durer, son truc. »

On dut faire halte, car la blessure nécessitait des soins plus compliqués qu'à l'ordinaire. Ajo entama pour la première fois sa réserve de morphine, et doubla la piqûre d'une injection d'antibiotiques. A présent, il lui fallait recoudre la plaie aux contours déchiquetés. Il jura entre ses dents car la blessure n'avait pas belle allure. Profonde, elle risquait de s'infecter. Zamacuco supporta les soins sans broncher. La morphine l'empêchait de souffrir mais il semblait abattu, conscient de s'être laissé surprendre et d'avoir fait un mauvais combat. Ses yeux ne quittaient pas la cagoule rouge sur laquelle les doigts du singe mort restaient crispés. Il n'avait jamais supporté qu'on lui arrache son masque. Chaque fois, cela le mettait en fureur. Jadis, sur le ring, plus d'un adversaire l'avait appris à ses dépens.

Ajo s'inquiétait de la réaction des primates. Ils savaient Zamacuco blessé. L'idole avait chu de son piédestal. Les singes avaient compris que le grand prédateur n'était pas invincible. Son odeur avait changé, il s'y mêlait désormais un relent d'angoisse, de faiblesse… une odeur de victime.

Ajo Zotès termina le pansement. Il se demandait dans quelle mesure le trapèze sectionné allait handicaper Zama. Sa puissance et sa liberté de mouvement s'en trouveraient-elles diminuées ?

Les singes montèrent à l'assaut une heure plus tard. Ce fut leur première attaque en nombre. Tous les membres du clan y prirent part, jeunes et femelles compris. Zamacuco, assommé par la morphine, esquissa un mouvement pour se lever mais retomba sur les fesses, un sourire idiot aux lèvres.

— Les fusils ! ordonna Ajo. Formez le cercle, vite ! Et ne flinguez qu'à coup sûr.

Il doutait de l'efficacité de ses tireurs. De la chevrotine aurait simplifié les choses, toutefois elle risquait de rester sans effet sur les bonobos déchaînés. Seules les balles à ailettes étaient capables d'arrêter cette armée de démons poilus en pleine course.

Hélas, en dépit de ses recommandations, les *capangas* déclenchèrent un feu nourri qui hacha feuilles et lianes sans atteindre sa cible. Le vacarme, effroyable, épouvanta les singes qui reculèrent. L'air empestait la poudre. Buzo, les mains crispées sur son arme, semblait avoir atteint une sorte d'extase. David ne le reconnaissait plus.

— *Es bom !* Il faut en profiter, décida Ajo. Allez ! On fiche le camp. Nous sommes à deux pas d'un ancien village indien, on pourra s'y barricader.

Il fallut les forces jointes de trois *capangas* pour mettre Zamacuco debout. Le géant, hagard, souriait comme s'il n'avait plus conscience de ce qui se passait autour de lui.

Durant la demi-heure qui suivit, la colonne progressa au pas de charge, s'ouvrant un chemin à travers la végétation aussi vite que possible. L'armée des singes, elle, avait pris les humains en filature, bondissant d'arbre en arbre, à l'abri du feuillage. Quand la peur éprouvée à l'occasion de la première salve se serait effacée de leur mémoire, les bonobos se regrouperaient pour lancer un nouvel assaut et, cette fois, le bruit ne les ferait pas reculer. Déjà, ils s'enhardissaient. L'odeur du géant avait changé. Oui, oui... il s'y mêlait de la souffrance, du désarroi, et quelque chose qui ne tarderait pas à devenir de la peur. Ce n'était plus qu'une question de temps. Cette certitude les aiguillonnait. Ils vaincraient les intrus, comme ils l'avaient déjà fait dans le passé.

David ne pouvait s'empêcher de regarder derrière lui, tous les dix pas. Chaque fois qu'il tournait la tête, il trébuchait sur les racines et se retrouvait le nez dans les cancrelats. Impatienté, l'Américain l'empoignait alors par le col de sa chemise pour le remettre sur pied. L'enfant en éprouvait de l'humiliation.

A présent, tout le monde avait peur, même les *capangas*. Il y avait trop de singes et pas assez de cartouches. Zamacuco, mal en point, n'était plus qu'un roi détrôné.

Enfin, les palmiers royaux s'espacèrent et l'on déboucha dans une clairière encombrée de huttes à demi mangées par la broussaille. Le village indien mentionné par Ajo. Certaines habitations avaient été saccagées. Çà et là, subsistaient les squelettes incomplets d'hommes et de singes. David comprit qu'il contemplait un ancien champ de bataille.

« Les bonobos ont chassé les Indiens, songea-t-il. Ce n'est pas la première fois qu'ils s'attaquent aux humains. Voilà pourquoi ils n'ont pas peur de nous. Ils savent qu'ils peuvent nous vaincre. Ils l'ont déjà fait. »

32

Territoire de fièvre

Ils s'installèrent dans la grande case du conseil tribal qui semblait la plus solide et ne comportait qu'une seule ouverture, l'entrée. Là aussi ils trouvèrent des squelettes humains démembrés.

— Les singes s'y sont mis à plusieurs pour les écarteler, grommela Ajo en se penchant sur les dépouilles. C'est ce qui nous arrivera si nous nous laissons surprendre. On va faire du feu pour les tenir en respect. Retournez-moi cette cambuse pour trouver de quoi allumer un bivouac qui se verra de loin.

David se mit au travail. Au pied d'un autel rudimentaire s'entassaient des figurines grimaçantes en bois de jacaranda. Des démons familiers, probablement, qui n'avaient pas su protéger la tribu de la haine des singes. L'adolescent les transporta au-dehors, devant la hutte. L'air, saturé d'humidité à cent pour cent, laissant peu d'espoir de collecter des matériaux inflammables à l'extérieur, mieux valait explorer les autres cabanes pour y récupérer les calebasses et les outils de bois susceptibles de prendre feu. Les dents serrées, le garçon se déplaça de hutte en hutte. Si les cadavres avaient perdu toute chair depuis longtemps, la puanteur de la décomposition, elle, imprégnait encore les lieux. L'adolescent retenait donc son souffle chaque fois qu'il franchissait le seuil d'un abri. La vérité s'imposa bientôt à lui : toute la population du village avait été massacrée. Les ongles des singes avaient laissé des traces de lacération sur les crânes et les ossements des victimes. Personne n'avait été épargné. L'ossuaire rassemblait en un même pêle-mêle hommes, femmes, enfants, bébés et animaux domestiques. David n'eut pas de mal à identifier les restes de plusieurs chiens et d'autant de pécaris. Presque tous les corps avaient été démembrés, comme si les agresseurs s'étaient acharnés sur eux. Les sarbacanes, haches et coutelas éparpillés prouvaient que les guerriers avaient essayé de se défendre mais qu'ils avaient été submergés par la horde.

Mal à l'aise, David s'empressa de collecter les objets de bois sans s'attarder. Arrivé au centre du village, il buta sur le totem mal équarri d'un démon grimaçant vêtu d'une robe et coiffé d'un couvre-chef bizarre en forme de mitre d'évêque. La peinture rudimentaire s'écaillait, mais on devinait que, à l'origine, elle avait été blanche. Le personnage tenait une balance primitive dans la main gauche, un long couteau dans la droite.

— C'est le diable au chapeau blanc, fit la voix de Buzo derrière David. Le Maître d'école, si tu préfères. C'est comme ça que le voyaient les Indiens.

— On dirait un curé…

— Normal, au début, les curés étaient aussi instituteurs. Ils s'entêtaient à éduquer les sauvages. Je crois que certains usaient de méthodes musclées. C'est comme ça qu'est née la légende…

Buzo parut hésiter puis, du canon de son fusil, signifia à son interlocuteur de regagner la grande hutte.

— Viens, dit-il. Faut pas rester seul… tu fais une proie trop tentante pour les singes. Et puis Ajo va barricader la porte de la case. Faut rentrer.

— Tu crois qu'on va s'en sortir ? demanda David. Zamacuco a l'air mal en point.

Buzo ne répondit pas.

*

Depuis leur installation dans la hutte du conseil tribal, Douglas Seaburn surveillait l'extérieur à travers les bambous disjoints de la paroi. Il commençait à se demander ce qu'il foutait là… Né à Los Angeles, il se sentait désarmé au milieu de cette nature grandiose et vorace qui semblait capable de tout digérer, les hommes comme les villes. Ayant grandi aux lisières du désert, il éprouvait une aversion pour ce bourgeonnement obscène de fleurs, de feuilles, et de végétaux. Un copain horticulteur lui avait un jour expliqué que les fleurs n'étaient rien d'autre que des organes sexuels béants en attente d'engrossement. Sa vision du règne végétal s'en était trouvée radicalement modifiée. Par la suite, il n'avait plus été capable de traverser un jardin sans éprouver une gêne diffuse. Ici, la canopée plafonnait à quarante mètres, mais les « arbres émergents », comme les appelaient les spécialistes, pouvaient culminer à soixante-cinq, voire soixante-dix mètres, c'était impressionnant.

En venant à Sâo Carmino, il n'avait pas prévu que l'affaire prendrait une telle tournure. Jamais il n'avait imaginé qu'il se retrouverait en train de jouer les explorateurs de pacotille dans la jungle. Pour lui, de telles choses n'arrivaient qu'au cinéma. Déboussolé, il se sentait vulnérable. Il lui déplaisait de dépendre des frères Zotès et de leurs sicaires. Il commençait à regretter de s'être à ce point entêté. « J'ai toujours cru que Bombicho ou Bagazo gardaient les diamants chez eux, pensa-t-il. J'aurais dû tout laisser tomber quand j'ai appris la vérité. » Brusquement, les difficultés à venir lui paraissaient insurmontables. D'abord il y avait cette colline d'ordures… ce *Pâo do lixo* où avait sombré le cercueil en zinc… Pourrait-on, vraiment, y localiser le butin ? « A peine les diamants sortis des déchets, les frères Zotès m'abattront, se répétait-il. Jamais Ajo n'a eu la moindre intention de partager… Comment faire pour les prendre de vitesse ? »

Il soupira, fatigué par la tension nerveuse. Dehors, David était en train d'allumer un feu au moyen d'objets hétéroclites auxquels se mêlaient un grand nombre d'idoles grimaçantes. Seaburn choisit d'y voir un mauvais présage.

*

Le feu brûla une partie de la nuit, sa fumée âcre fit tousser les hommes sans éloigner les moustiques.

A l'aube, les singes firent grand tapage. Il devint évident qu'ils encerclaient le village.

L'assaut surprit tout le monde par son ampleur. Ajo, la sueur au front, estima qu'il rassemblait deux ou trois cents individus.

La panique s'empara des *capangas* qui ouvrirent un feu nourri et désordonné. Par chance, les singes chargeant en rangs serrés, on n'eut pas à déplorer de balles perdues. Dès les premières salves, quarante primates boulèrent, fauchés en pleine course. Ils étaient néanmoins trop nombreux pour qu'il soit possible de les arrêter tous, aussi vingt mâles, derniers survivants de l'avant-garde, réussirent-ils à atteindre la grande hutte sur laquelle ils s'acharnèrent avec férocité, essayant de se ménager un passage à travers les diverses ouvertures qu'Ajo avait pris la précaution d'obturer. Il fut dès lors facile de les fusiller à bout portant, en engageant le canon des armes dans les interstices des bambous. Cinq bonobos, plus malins que leurs congénères, trouvèrent cependant le moyen de s'introduire dans la case par le toit et sautèrent sur les épaules des jeunes gens. Dès lors, un combat confus s'engagea dans la pénombre. La force musculaire des animaux dépassait de beaucoup celle des humains, aussi eurent-ils le temps de causer de grands ravages avant d'être abattus.

A dix reprises, David se crut mort. Des ombres monstrueuses virevoltaient autour de lui, des cris bestiaux exprimant la souffrance, la colère et le triomphe lui déchiraient les oreilles. L'air empestait le suint et le sang. « C'est fini ! pensa-t-il en se recroquevillant dans un coin. Ils vont nous mettre en pièces ! »

Les coups de feu allumaient d'effroyables éclairs dans l'obscurité de la hutte, assourdissant tout à la fois les animaux et les hommes. Quand la bataille prit fin, quand les singes eurent regagné l'abri de la forêt, on alluma les lampes. Cinq *capangas* avaient été tués. Ils gisaient sur le sol, le visage labouré, mâchoires et nez arrachés. Trois d'entre eux, les vertèbres cervicales rompues, avaient la figure tournée dans le dos, tels les *djinns* des légendes orientales. Buzo n'était pas du nombre des victimes. David en fut soulagé.

— Ils vont revenir, soupira Ajo-le-Maigre. Ils s'enhardissent. Chaque fois qu'ils tuent l'un des nôtres ils se sentent plus forts. Il n'y a pas de raison pour qu'ils renoncent. Si on reste là, ils nous auront, les uns après les autres.

— Alors quoi? grogna Seaburn, qu'est-ce que vous proposez?

Ajo passa la main sur sa face amaigrie. La fatigue des derniers jours avait creusé ses traits. Avec ses cheveux gris tondus au ras du crâne, il faisait vieux.

— Y a pas à tortiller du cul, grogna-t-il. Faut s'engager sur le territoire empoisonné. Les vapeurs d'alcool fermenté assommeront peut-être les singes. Que tout le monde mette son masque et ne le quitte sous aucun prétexte. A partir de maintenant personne n'allume plus la moindre cigarette. On ne fera pas davantage de feu. Interdiction de se servir des fusils, la détonation pourrait enflammer les nappes stagnantes de méthane. Si ça se produit, nous grillerons vifs. Compris?

Les *capangas* hochèrent la tête. On était prêt à tout accepter plutôt que de subir une autre attaque. En outre, les munitions allaient bientôt manquer. On ne pouvait se permettre la débauche d'une nouvelle fusillade.

Une fois qu'Ajo eut fait le point, la colonne quitta la hutte et s'éloigna du village fantôme aussi rapidement que le permettait la végétation. David jeta un dernier regard en arrière. Dans les cendres du bivouac, les petits dieux à demi consumés le fixaient de leurs yeux morts.

Le port des masques à gaz s'avéra une torture car il devenait désormais impossible de s'éponger le front. La sueur brûlait les yeux de David et de ses compagnons. De temps à autre, Ajo soulevait son groin de caoutchouc pour flairer l'air ambiant.

— On y est, finit-il par annoncer. Ça pue l'alcool de bois. Nous approchons du tas d'ordures. La fermentation sature l'atmosphère. On se croirait dans une distillerie, au pied d'une cuve grosse comme une maison.

David savait que les substances organiques, en pourrissant, génèrent des suintements alcoolisés, mais il n'avait jamais pensé que la *Chaleira* pouvait rivaliser avec une distillerie.

Ils ne tardèrent pas à trouver les premières victimes de ce curieux phénomène. Des singes, principalement, mais aussi quelques Indiens. Les corps, affalés dans l'herbe ou adossés contre un arbre, présentaient un aspect étrange. Leur peau avait pris une texture rappelant le cuir.

Après les avoir examinés, Ajo déclara :

— *Ils sont confits…* les vapeurs d'alcool les ont momifiés. Je pense qu'ils sont là depuis des années. Beaucoup d'animaux aiment respirer cette merde, ça leur provoque des sensations agréables, des vertiges… Je pense que les Indiens, eux, venaient ici dans l'espoir d'entrer en transe. Ce type, là, est un *chaman*… L'ivresse devait lui donner des visions. L'ennui, c'est qu'un jour il a dû s'endormir et tomber dans le coma sans même s'en rendre compte. Allez, on repart. Comme vous pouvez le constater, on n'a pas intérêt à moisir ici.

— Vous pensez que ça va arrêter les singes ? demanda anxieusement Seaburn. Je crois qu'ils sont derrière nous.

— Vous ne vous trompez pas, l'ami, soupira Ajo Zotès. Ils sont effectivement derrière nous. Ils nous ont pris en filature dès notre sortie du village. Mais je pense que les vapeurs d'alcool vont les désorganiser. Une fois saouls, ils vont s'endormir, comme tous ceux qui les ont précédés. En tout cas, je n'ai pas de plan de rechange.

Il n'y avait pas à hésiter. La colonne pressa le pas. Au bout d'une demi-heure, aucun nouvel assaut n'ayant eu lieu, les plus sceptiques durent admettre que les prédictions d'Ajo Zotès s'étaient réalisées. Les singes, ivres morts, avaient renoncé à poursuivre leurs proies.

La végétation, minée par les coulées alcoolisées saturant le sol, commençait à s'étioler. Les arbres avaient un aspect rabougri, maladif ; leur feuillage était jaune. La muraille de lianes s'amincit, rendant la progression plus aisée. David réalisa qu'il y avait moins d'insectes et presque pas d'oiseaux. Probablement évitaient-ils les émanations toxiques flottant au-dessus de la *Chaleira* ?

Tout à coup, Ajo leur fit signe de s'arrêter et désigna une espèce de borne d'incendie rouge vif fichée dans le sol.

— Encore un truc, annonça-t-il, vous voyez ça ? Il y en a tout autour du *Pâo do lixo*… Il s'agit d'un système de sécurité contre les feux de forêt. C'est le même principe que celui utilisé lorsqu'un puits de pétrole s'enflamme. Vous connaissez ?

— Oui, grogna Seaburn qui, pour survivre, avait travaillé dans un champ pétrolifère. C'est bourré d'explosifs. Quand ça pète, le souffle de la déflagration éteint l'incendie… et détruit tout ce qui se trouve au centre du cercle. C'est très efficace.

— Je ne vous le fais pas dire, ricana Ajo. Ça paraît un peu disproportionné ici, mais le maire de Sâo Carmino a peur que la montagne d'ordures ne finisse par prendre feu, spontanément. Ça arrive assez souvent dans les déchetteries, à cause de la chaleur des oxyda-tions. Avec l'alcool et les gaz de fermentation, ça pro-voque une belle explosion. Malgré le taux d'humidité, la forêt pourrait s'enflammer et l'incendie menacer la ville. Voilà pourquoi on a planté ces trucs, et voilà également pourquoi il faut à tout prix éviter d'enflam-mer connement le méthane stagnant par une fausse manœuvre. Le dispositif est réglé pour se déclencher dès qu'une certaine chaleur est atteinte. La colline d'ordures serait soufflée… *et nous avec.* Pigé ?

David regardait fixement la borne rouge sang, incongrue au milieu de la jungle. Un semis de rouille la maculait. On eût dit un *container* oublié par des extra-terrestres. « La glacière des Martiens…, songea-t-il, gagné par un fou rire nerveux. Un panier à pique-nique rempli de sandwichs à la confiture de dinosaure ! » Il dut se mordre la langue pour ne pas laisser transparaître son hilarité. Il ne contrôlait plus ses nerfs.

Ajo donna le signal du départ.

Tout à coup, le dernier rideau d'arbres franchi, la *Chaleira* se dressa devant eux, leur bouchant le pay-sage. Ils se figèrent, silencieux, la tête levée vers ce cône grisâtre, cendreux, qui sortait de terre tel un vol-can aux pentes étrangement molles. C'était un magma invraisemblable, un tumulus composite qui rappela à Seaburn certaines sculptures modernes entraperçues à Los Angeles lors d'*events* ou de *happenings* fortement médiatisés. Il y avait quelque chose de monstrueux dans cet entassement de sacs éventrés, d'objets hétéro-clites, de vêtements pourrissants. On avait l'impression de contempler la panse d'un ogre gagné par une mys-térieuse gangrène stomacale, un géant boulimique que son appétit disproportionné condamnerait à éclater un jour prochain.

— Réjouissez-vous de porter un masque, ricana Ajo. L'odeur vous tuerait.

Seaburn ne répondit pas. Il venait de remarquer que le haut de la pyramide était plus coloré, plus solide que sa base. Sans doute parce que les déchets étaient récents. Un découragement brutal s'abattit sur ses épaules. Comment retrouver le cercueil de zinc au milieu d'un tel chaos? Il ne s'en sentait pas la force. Il fut sur le point de dire : « On laisse tomber, on fait demi-tour. » Comme s'il lisait dans ses pensées, Ajo s'approcha pour murmurer :

— Vous en faites pas, l'ami. Si vous cherchez ce que je pense, je m'occuperai de la partie technique. Vous n'aurez pas à mettre la main à la pâte. Le tout est de s'entendre sur le partage des gains…

Seaburn baissa la tête, vaincu. Ajo savait tout, ou presque. Inutile de protester, de feindre… et puis, il était trop fatigué pour essayer de donner le change. Il ne pensait plus qu'à sauver les meubles, à rentrer en Californie nanti d'un petit pécule. Finalement, il avait vu juste depuis le début, lorsque son fils était venu frapper à sa porte : il était trop vieux pour ce genre de conneries.

— D'accord, soupira-t-il. On trouvera bien un terrain d'entente, n'est-ce pas?

— *Muito obligado*…, murmura Ajo Zotès, un sourire de requin fendant sa face décharnée.

Tels des généraux explorant le terrain à la veille d'une bataille décisive, ils firent le tour de la colline de déchets. Levant la tête vers la cime des arbres,

Seaburn aperçut soudain d'étranges boîtes rectangulaires suspendues en l'air. Des caisses oblongues dont certaines s'étaient embrochées sur les branches. La végétation proliférante les enveloppait dans sa toile d'araignée. Oscillant à vingt mètres du sol, les caisses ressemblaient à ces décorations qu'on accroche dans les sapins de Noël.

L'Américain s'immobilisa; les vapeurs émanant des déchets lui irritaient la peau mais il n'y prêtait plus attention, seuls comptaient les curieux coffres piqués à la cime des arbres et dont les rayons du soleil faisaient luire les poignées. *Les poignées?* Il comprit enfin qu'il s'agissait de cercueils, ces cercueils que les pilotes refusaient de rapatrier et dont ils se débarrassaient en pleine jungle, par la trappe de largage…

Les caisses funéraires étaient là, telles qu'elles avaient échoué au terme d'une chute de plusieurs centaines de mètres. Certaines avaient explosé comme des bombes, d'autres étaient restées coincées à la fourche des branches. Les lianes, la mousse espagnole les avaient ensuite recouvertes d'un pelage verdâtre. Il y en avait des dizaines qui se balançaient au gré du vent. La fiente des perroquets les avait badigeonnées d'un blanc croûteux. Seaburn sentit une bouffée d'espoir l'envahir. « Et si la boîte du joaillier était là? songeat-il. Plus besoin d'escalader la montagne d'ordures! »

D'un pas titubant, il s'avança vers l'un des flamboyants. Des perroquets morts, asphyxiés par les vapeurs toxiques, s'entassaient entre les racines.

— Attention! lança Ajo. L'un de ces trucs pourrait vous tomber dessus.

Sous son masque il esquissa une grimace rusée et ajouta :

— J'ai pigé. C'est un cercueil que tu cherches, mec, pas vrai ? *Carajo !* Toi et tes copains, vous avez sorti les diamants en les cachant dans un cercueil ! C'était couillu. Je me demandais…

Il se tut pour scruter, lui aussi, les coffres fracassés coincés à la fourche des branches.

— Qui c'était ? interrogea-t-il. Oh ! que je suis con ! Mario Danza, bien sûr ! Le bijoutier ! La victime par excellence. Un homme respectable, un richard dont personne n'aurait osé profaner la sépulture. C'était bien pensé.

— Pas tant que ça…, fit Seaburn d'une voix étouffée. La preuve.

— Vous ne pouviez pas prévoir, éluda Ajo Zotès. Vous avez eu la guigne, voilà tout. Avec un autre pilote, moins superstitieux, la caisse serait arrivée à bon port.

La proximité du trésor le rendait clément. Cela ne dura qu'une minute. Très vite, le doute revint.

— Faut pas se réjouir trop tôt, grommela-t-il. Ça ne veut pas dire que le cercueil qui nous intéresse est suspendu à un arbre. Si ça se trouve, il s'est enfoncé direct dans le tas d'ordures.

— Peut-être pas… peut-être pas, bredouilla Seaburn saisi d'un espoir enfantin.

— Va falloir les examiner tous, décida Ajo, pratique. Et explorer la jungle aux alentours. La boîte a pu dériver dans les courants aériens, si ça se trouve elle est plantée dans le sol, pas loin !

Il espérait, lui aussi, qu'ils n'auraient pas à escalader les pentes de la *Chaleira* pour plonger dans l'enfer des déchets… mais il n'y croyait guère.

— Bon, conclut-il. Faut rassembler les gosses pour leur expliquer ce qu'on attend d'eux. Tu t'es chargé du hold-up, moi je m'occupe de la récupération. On va faire 50-50, ça me paraît honnête, non ?

Seaburn hocha la tête. Il savait qu'Ajo le tuerait à la seconde même où les diamants brilleraient à la lumière du soleil.

On improvisa un campement à l'ombre des palmiers royaux. Pour manger et boire il fallut se résoudre à ôter les masques. La puanteur exhalée par la *Chaleira* coupa l'appétit à la plupart des jeunes gens. David eut très vite les yeux et la bouche irrités par les émanations de méthane. Au bout de cinq minutes, la tête lui tournait. Cette torpeur avait quelque chose d'agréable. Il comprenait sans peine que les animaux y prennent plaisir au point de perdre conscience et de sombrer dans le coma éthylique. Il se dépêcha de rajuster son groin de caoutchouc. Les *capangas*, eux, essayèrent de frimer en affirmant que l'atmosphère de la décharge leur rappelait le dissolvant qu'on *sniffe* au fond d'un sac en papier. Ajo, après les avoir traités d'imbéciles, leur ordonna d'escalader les arbres des alentours pour localiser le cercueil de Mario Danza.

— Ce sera gravé sur une plaque de cuivre, sur le couvercle, expliqua-t-il. Vous savez suffisamment lire pour déchiffrer ça, non ?

Buzo demeura en sentinelle, aux abords du camp, ce qu'il n'apprécia guère.

Ayant distribué ses ordres, Ajo s'occupa de son frère qui ne cessait d'arracher son masque sous prétexte que le latex le démangeait. La puanteur ne semblait pas l'incommoder. Il dodelinait du chef, saoulé par les vapeurs alcoolisées des végétaux en fermentation.

— Plus mal…, répétait-il. Zamacuco guéri… Il peut combattre de nouveau…

Mais, quand Ajo le retourna sur le flanc pour changer son pansement, Seaburn et David purent constater que la plaie suppurait. Son aîné lui fit plusieurs injections d'antibiotiques. Dans l'état d'hébétude où se trouvait le géant, la morphine ne s'imposait plus.

Comme il fallait s'y attendre, un accident se produisit. Un cercueil se décrocha et écrasa un *capanga* maladroit. « Crétin ! » grommela Ajo en guise d'oraison funèbre. Trois heures plus tard, on put dresser la liste des défunts suspendus aux arbres. Mario Danza n'en faisait pas partie.

— Ç'aurait été trop simple, grommela Seaburn.

— Il faut encore explorer les alentours, insista Ajo. La boîte a pu dériver, se planter dans un buisson. On procédera en décrivant des cercles de plus en plus larges. Si on rentre bredouilles, faudra se décider à escalader la montagne. Espérons qu'on n'en arrivera pas là et que la chance sera avec nous.

Mais la chance ne fut pas de leur côté. Au fur et à mesure qu'ils battaient les taillis, ils trouvèrent de plus en plus d'animaux morts, momifiés par les vapeurs de la déchetterie. Enfin, alors qu'ils s'apprêtaient à faire marche arrière, ils tombèrent sur trois cercueils, plantés à la verticale, dans l'humus, mais c'étaient ceux d'inconnus.

— Tant pis, gronda Ajo en regagnant le camp. On n'a plus le choix, maintenant qu'on est ici, faut aller jusqu'au bout.

33

Le ventre de la bête

Il n'y avait plus à tergiverser. Pour commencer, Ajo extirpa d'un sac un appareil étrange, en pièces détachées, qu'il assembla avec des gestes précis. Seaburn crut reconnaître un détecteur de mines.

— C'est plus que ça, exulta l'homme maigre. C'est un scanner de profondeur piqué dans les réserves de l'armée. Il ne se contente pas d'émettre bêtement un signal sonore quand il a localisé sa cible, non, il en dessine l'image, là, sur ce petit écran et indique à combien de mètres elle est enfouie. Ce truc est si sensible qu'il peut renifler un fer à repasser à travers dix mètres de béton.

Seaburn, impressionné, laissa échapper un sifflement.

— Je l'avais emporté à tout hasard, ajouta sournoisement Ajo. Les trucs précieux, on les planque toujours dans une boîte en fer, pas vrai ? Là, ce sera encore plus facile puisqu'il s'agit d'une *très* grosse boîte.

L'Américain éprouva un intense soulagement. Ainsi on ne se contenterait pas de sonder au petit bonheur, comme il l'avait craint. On procéderait scientifiquement. Voilà qui changeait tout !

— Faut d'abord baliser un chemin, énonça Ajo. Ausculter la colline pour savoir où poser les pieds sans courir le risque d'être englouti. Je vais expédier mes gars en éclaireurs, ça nous donnera déjà une idée.

Ayant rassemblé les *capangas*, il leur montra comment fabriquer des raquettes dans le style des trappeurs du Grand Nord, en utilisant des bambous et des lianes.

— Ça répartira votre poids, insista-t-il. Ce sera comme si vous pesiez moins lourd. Le but, c'est de sonder la pente et de tracer un chemin vers le sommet. Au fur et à mesure que vous progresserez, vous planterez des drapeaux. Compris ?

Plongeant la main dans un sac, il en tira une poignée de fanions jaune vif, du modèle en usage sur les terrains de golf.

— Enfilez-les sur des badines, commanda-t-il, et ne les plantez qu'en terrain ferme.

Les jeunes gens hochèrent la tête. Affronter les singes les avait excités, mais ça… escalader cette montagne de merde… Non, c'était trop dégueulasse. Ce n'était pas une mort digne d'un guerrier. Chacun s'imaginait, happé par la mollesse de la *Chaleira*, aspiré en son sein, coulant au cœur d'un océan de pourritures liquides dont les suintements s'infiltreraient par les interstices des scaphandres… L'horreur absolue. Comme ils avaient peur d'Ajo, ils travaillèrent sans renâcler. L'homme aux cheveux blancs, lui, continua à déballer le matériel.

— Nous ne disposons que de deux scaphandres d'amiante, expliqua-t-il à l'Américain en baissant la voix. Pas question de courir le risque de les perdre en les confiant à ces petits cons. On ne les utilisera qu'une fois le cercueil localisé. Les gosses devront se contenter des combinaisons plastifiées du traitement antitermites.

— Ça ne les empêchera pas d'être brûlés vifs si la colline les avale, fit observer Seaburn.

Ajo haussa les épaules.

— Ce sont les risques du métier, répliqua-t-il. On n'a que deux bi-packs d'air médical comprimé. Faut les économiser, eux aussi. Seuls ceux qui plongeront dans la merde pour récupérer la caisse auront le droit de s'en servir.

Pendant que les garçons tressaient leurs raquettes, un petit singe sortit de la forêt. C'était une bestiole d'une trentaine de centimètres qu'un éclat de lumière piqué au sommet de la dune (bouteille ou miroir brisé) avait attiré. Enivré par les effluves de fermentation, l'animal commença à escalader le cône de déchets. Vif, sautillant, il ne pesait pas lourd. Il se déplaçait en zigzag, par bonds successifs, touchant à peine le sol. Les *capangas* avaient cessé de travailler pour suivre les évolutions de la bête et mémoriser l'itinéraire qu'elle empruntait. Soudain, alors que la bestiole approchait du sommet, le sol grisâtre s'effondra en crachant un nuage de fumerolles. L'animal fut avalé par cette crevasse. A peine eut-il disparu qu'il se mit à hurler de façon déchirante. En dépit des filtres vissés dans les masques, les jeunes gens flairèrent une odeur nauséabonde. Une odeur de viande brûlée.

— Il est en train de rôtir…, bredouilla Buzo. De rôtir vivant.

— Ta gueule ! siffla l'un de ses compagnons.

Les cris stridents du primate finirent par s'étouffer, sans doute parce que les ordures, en s'éboulant, avaient refermé le trou qui l'avait avalé.

— C'est ce qui nous attend…, haleta Buzo.

— Tu vas la fermer, oui ? beugla son voisin.

Debout au pied de la colline, Seaburn et Ajo contemplaient le filet de fumée grasse s'échappant de la crevasse où le singe avait disparu.

— C'est comme un feu de braises, commenta pensivement Ajo Zotès. Ça couve en secret. Quand j'étais dans les Mines Geraes, j'ai vu des mines de charbon où le même incendie brûlait depuis dix ans. Un incendie souterrain, alimenté par le grisou. On avait fermé l'exploitation, mais ça continuait à brûler par en dessous, sans qu'on puisse l'éteindre. De la fumée sortait par les crevasses du sol, empoisonnant les cultures. La *Chaleira* me fait penser à ça… Une montagne de braise ardente dissimulée sous la cendre des ordures.

— Quand on descendra chercher le cercueil, fit Seaburn, la gorge sèche, comment fera-t-on pour remonter ?

— J'ai une longue corde, Zamacuco nous servira de treuil humain. Il est assez fort pour tirer un autobus.

« Oui, songea l'Américain, quand il est en pleine forme et qu'il dispose de ses deux bras, ce qui n'est plus le cas aujourd'hui. » Devinant ses pensées, Ajo aboya :

— Ne t'en fais pas, l'ami. Zama est en voie de guérison. De toute façon, avec un seul bras il pourrait déjà soulever un cheval !

Ces forfanteries ne rassurèrent nullement Seaburn.

Quand les raquettes furent prêtes, Ajo s'approcha des *capangas* et dit :

— Y a pas trente-six manières de procéder. Soit on envoie le plus léger d'entre vous, soit on tire au sort. Qu'est-ce que vous choisissez ?

— Y a qu'à choisir David, cracha l'un des jeunes gens. C'est le plus petit, il pèse moins qu'une fille.

— Non ! lança précipitamment Buzo, il est pas des nôtres, c'est pas un *capanga*. Avoue que t'as la trouille, couilles molles !

— Assez, trancha Ajo Zotès. Arrêtez de vous chamailler comme une bande de gonzesses. On tire au sort, le perdant passe le premier. Je veux le voir dans trois minutes au pied de la colline.

Les garçons obéirent. Quelques brindilles permirent d'improviser une courte paille qui désigna Jôao, un *mulatinho* aux cheveux tressés. Ajo lui remit une combinaison plastifiée comme en utilisent les désinsectiseurs, des gants de caoutchouc résistant aux attaques acides et une longue perche avec laquelle il sonderait le terrain.

— Te presse pas, recommanda-t-il. Et ne pose les fanions que si tu es sûr de toi.

L'adolescent acquiesça d'un signe de tête. Il avait la gorge si serrée qu'il n'aurait pu prononcer un mot. Sentant peser sur ses épaules les regards de ses compagnons, il s'élança bravement sur le flanc de la dune.

— On aurait dû l'encorder, fit remarquer Seaburn. Comme ça, s'il est aspiré…

— Et quoi encore ? grogna Ajo-le-Maigre. Je ne vais pas épuiser les forces de Zamacuco pour sortir ces petits trous du cul de la merde ! S'il se fait bouffer par la *Chaleira*, ça servira de leçon aux autres. On n'est pas en camp de vacances.

Jôao progressait avec lenteur, piquant sa perche dans le sol tous les cinquante centimètres. D'en bas, on avait l'impression qu'il harponnait une énorme baleine échouée au cœur de la jungle.

— Merde, c'est long, s'impatienta Ajo. A ce train-là il atteindra le sommet dans six mois !

— Du calme, coupa Seaburn. Ce n'est pas si facile. Laisse-le faire son job.

Prisonnier de la combinaison protectrice, Jôao ruisselait de sueur. La transpiration lui coulait dans les yeux, l'aveuglant. A cause du masque, il ne pouvait pas s'essuyer. Il conservait les mâchoires serrées pour empêcher ses dents de claquer. Sous ses pieds, le sol bougeait constamment. Les matériaux qui le composaient ne cessaient de réagir à la pression, et se réarrangeaient de manière à préserver un équilibre mystérieux. A chaque pas, des effondrements souterrains trahissaient la fragilité de la colline. Essayant de ne pas céder à la panique, Jôao enfonçait sa perche encore et encore… Parfois le bâton disparaissait dans le vide, parfois il rencontrait une résistance. Dans ce cas, il marquait l'emplacement d'un fanion jaune. Il s'était imaginé qu'il pourrait couper au plus court, grimper au sommet en ligne droite ; il réalisait à présent que c'était impossible. Les zones suspectes, cendreuses, l'obligeaient à zigzaguer. De temps à autre, il crevait une poche de gaz, et des fumerolles lui jaillissaient au visage. Il se déplaçait sur un tapis d'insectes morts, empoisonnés ou cuits, il ne savait au juste. La chaleur secrète de la dune était bien réelle, il la devinait sous ses semelles. Elle lui rôtissait la plante des pieds.

A trois reprises, ayant provoqué un éboulement, il avait entrevu, dans le mystère d'une crevasse, le scintillement des braises enfouies qu'avivait le brusque afflux d'oxygène. *C'était là…* Ça couvait dans les ténèbres, comme un noyau palpitant, ça n'attendait qu'une erreur de sa part, un faux pas pour… Il se prit à maudire les frères Zotès, les *capangas*, et l'Américain qui les avait conduits ici. Il regretta de n'avoir pas emporté les amulettes héritées de sa grand-mère, et qu'il avait laissées à la *favela*, de peur des moqueries de ses camarades. Il…

La colline s'ouvrit sous ses pieds, telle une bouche énorme. Ce fut comme une avalanche de choses inidentifiables qui l'entraîna toujours plus bas, là où l'attendait la pulsation rouge des braises gourmandes. Il hurla, se cramponnant inutilement à la sonde. Il aurait voulu qu'il s'agisse d'une sagaie. Une sagaie qu'il aurait plantée dans le cœur de la colline pour tuer la bête, pour…

Ajo fit passer de main en main une bouteille de *cacha*. La disparition brutale de Jôao avait fâcheusement impressionné les *capangas*. C'est que le bougre avait crié longtemps avant de mourir brûlé par les braises ou étouffé par les ordures, on ne savait au juste.

Ajo sentit qu'il était temps de remonter le moral de ses troupes. Il leur parla des diamants, pour les motiver. Tous connaissaient l'histoire de Mario Danza et du trésor perdu, les révélations d'Ajo Zotès rallumèrent en eux la flamme de l'avidité. Ils restaient néanmoins réticents quant au prix à payer. Ajo leur fit miroiter le retour à la ville, les filles, les boîtes de nuit, les voitures, Bahia, Rio… la grande vie ! Ils acceptèrent de procéder à un nouveau tirage au sort. Le hasard désigna Chinese, qu'on surnommait ainsi parce qu'il prétendait être né sur la colline de Vista Chinese, à Rio. A seize ans, il en paraissait déjà trente, les traits marqués par les excès de toutes sortes. Il affirmait avoir tué trois hommes et deux femmes. Les femmes au cours de viols ayant mal tourné.

— D'accord, cracha-t-il en découvrant la paille raccourcie au creux de sa paume, je vais vous montrer ce que c'est que de mourir en vrai *macho*, bande de petits pédés !

Chinese gagna rapidement l'endroit où Jôao avait disparu. A partir de là, il progressa avec prudence, comme l'avait fait son prédécesseur. Il réussit à planter une demi-douzaine de fanions avant d'être avalé par la montagne d'ordures. Il cria beaucoup et longtemps pendant que les braises le cuisaient à petit feu. Ce fut une agonie pénible qui donna à tout le monde l'envie de se boucher les oreilles.

— D'accord, conclut Ajo. On va s'arrêter là pour aujourd'hui.

Et il déboucha une nouvelle bouteille de *cacha*. Les adolescents se saoulèrent sans prononcer un mot. Quand ils s'abattirent, ivres morts, David se retira à l'écart pour sangloter. La nuit se passa sans autre incident.

Quand l'aube se leva, Ajo entra dans une terrible colère. Les *capangas* avaient profité des ténèbres pour prendre la fuite. Seul Buzo était resté, sans doute trop saoul pour suivre ses compagnons. Ajo le bourra de coups de pied pour lui faire payer la trahison des voyous.

— On est mal, commenta Seaburn. Le trajet n'est qu'à demi balisé.

Ajo haussa les épaules.

— Il reste encore deux gosses, fit-il, ça devrait suffire. Ensuite, on déploiera les échelles sur la pente, aux endroits marqués par les fanions. On progressera dessus en position couchée. Comme sur un lac gelé. J'ai appris ça dans les Andes. Ça répartit le poids. C'est de cette façon qu'on portait secours aux types qui se noyaient, quand la glace s'était fendue sous leurs pieds. Les échelles, c'est un bon truc. Les nôtres sont en titane, super légères. Pourvu qu'on les pose sur un terrain relativement solide, elles nous mèneront au sommet.

Une heure plus tard, on perçut l'écho de coups de feu lointains. Les *capangas* brûlaient leurs dernières cartouches.

— Ces sales petits lâches viennent de rencontrer nos amis les singes, ricana Ajo. Je doute qu'ils réussissent à passer.

— Et nous ? s'inquiéta Seaburn, comment ferons-nous ?

— J'ai des grenades, un plein sac, avoua l'aîné des Zotès. Ça devrait foutre une pétoche du diable à ces salopards de bonobos. Je ne suis pas inquiet. Je n'ai pas pour habitude de m'embarquer sans biscuits.

*

David et Buzo durent prendre le relais et continuer l'ascension de la montagne de déchets. La chance fut avec eux, et c'est sans incident qu'ils atteignirent le sommet.

— En fait, grommela Buzo, ceux qui nous ont précédés se sont tapé la partie la plus dangereuse. Nous, on a fait qu'escalader la zone compacte, celle où s'entassent les ordures récemment larguées par l'avion-poubelle. A cet endroit, la pourriture n'a pas encore fait son œuvre.

David était du même avis. Au cours de l'ascension, il avait, lui aussi, remarqué que la pente devenait plus solide au fur et à mesure qu'on se rapprochait de la cime. Le dernier tiers du trajet était d'ailleurs constitué de sacs presque intacts.

— C'est bon, fit Buzo en plantant le dernier fanion jaune au sommet de la *Chaleira*, tel un alpiniste triomphant d'une montagne inviolée. On n'a plus qu'à redescendre chercher les échelles.

David s'élança sur la pente. A présent que le trajet était balisé, il n'avait plus peur. Il évita toutefois de regarder au fond des trous où Jôao et Chinese avaient disparu, mais il ne put s'empêcher de se les représenter, recroquevillés au cœur de la dune, fœtus carbonisés qu'achevaient de rôtir les feux secrets couvant au sein du *Pâo do lixo*.

Déployer les échelles de titane fut un jeu d'enfant. D'une légèreté surprenante, elles étaient constituées de tronçons télescopiques qu'il suffisait de tirer et de verrouiller. Mises bout à bout, elles formaient une passerelle inclinée à 45 degrés s'appuyant sur le flanc de la colline. Ce chemin d'acier affranchissait les grimpeurs des risques d'engloutissement.

— *Es bom*, approuva Ajo. Maintenant vous allez prendre le détecteur et localiser le cercueil. C'est à la portée d'un gosse.

Et il leur expliqua rapidement le fonctionnement de l'appareil :

— Vous plantez la pointe de la sonde dans les ordures et vous surveillez l'écran. Si le sonar repère des objets métalliques, leur silhouette se dessinera sur le monitor. Les coordonnées s'inscriront au-dessous de l'image. Notez-les bien. La caisse mesure deux mètres de long, le détecteur devrait la scanner sans problème.

Sa démonstration achevée, il remit aux adolescents un fanion rouge qu'ils devraient planter à l'emplacement du trésor.

— Ne lâche surtout pas le détecteur, gronda-t-il au moment où Buzo posait le pied sur le premier échelon de la passerelle. C'est notre seul moyen de localiser le trésor. Si tu le perds, j'ordonnerai à Zamacuco de t'arracher les bras.

Par chance, l'appareil était plus léger qu'un aspirateur. Les garçons suivirent les recommandations d'Ajo. Tous les cinq mètres, ils plantaient la sonde dans le tas d'ordures et scrutaient l'écran. Ils s'amusèrent de voir s'y dessiner des bicyclettes tordues, des lampadaires, des casseroles… Les boîtes de conserve étaient si nombreuses qu'elles évoquaient des essaims d'abeilles. Les images, fantomatiques, s'inscrivaient en lignes argentées, palpitantes, qui ajoutaient au mystère du prodige technique.

A deux reprises la montagne de déchets bougea sous leur poids. S'ils ne s'étaient pas déplacés sur une échelle, le sol mouvant les aurait aspirés.

Se rappelant les révélations d'Ajo, David essaya d'estimer à quelle hauteur se trouvait le cercueil largué un an plus tôt. « Il ne peut pas être au sommet, ça c'est sûr. Je dirais plutôt à mi-hauteur… mais son poids a pu l'entraîner vers le fond. Je ne voudrais pas être à la place de celui qui ira le récupérer. »

Sur l'écran, les images se succédaient, plus ou moins nettes selon la profondeur des objets enfouis. David commençait à s'inquiéter. Et s'ils ne trouvaient rien ? Ajo entrerait dans une colère terrible… si terrible qu'il risquait de tous les tuer.

— Je l'ai ! cria enfin Buzo. Regarde !

David se pencha sur la fenêtre lumineuse. Un rectangle gris clair venait de s'y inscrire. Des chiffres compliqués palpitaient juste au-dessous. L'adolescent devina qu'il s'agissait de la position exacte du cercueil. Il lut : « 6 m. » Il se dépêcha de planter le fanion rouge.

Six mètres, c'était beaucoup pour celui qui devrait creuser un puits au milieu des déchets. Six mètres, c'était énorme… une excursion d'épouvante au cœur de la pourriture. Il ne put retenir un frisson de dégoût.

Quand les adolescents regagnèrent le sol, Ajo ne prit pas le temps de les féliciter. Le chiffre 6 lui arracha une grimace. Se tournant vers Seaburn, il déclara :

— On y est, c'est le moment de vérité. Faut que l'un de nous enfile un scaphandre d'amiante, endosse une paire de bouteilles d'air comprimé, et creuse un trou dans cette montagne de merde. Toi, tu es trop gros, l'ami, et trop vieux… Ça ne peut être que quelqu'un de mince. David est trop petit, il flotterait dans la combinaison et le bi-pack lui casserait le dos. Reste moi… ou Buzo. Comme on ne dispose que de deux scaphandres, je propose d'envoyer Buzo en premier. S'il ne remonte pas, ce sera mon tour.

Seaburn ne dit rien. Les yeux fixés sur la colline, il semblait calculer leurs chances de réussir.

— Voilà le principe, continua Ajo. Celui qui descend est encordé. Il emporte un second câble et une pelle. Il se creuse un puits en direction du cercueil. Une fois en bas, il attache la boîte solidement et tire trois fois sur le filin pour prévenir Zamacuco. Zama le remonte à la force des bras, ensuite c'est le tour du cercueil.

— Présenté de cette façon, ça paraît simple, grogna l'Américain, mais que fait le pauvre gars si les braises brûlent les cordes ?

Ajo haussa les épaules, agacé.

— Hé mec ! aboya-t-il, c'est pas un pique-nique.. Je croyais que tu l'avais compris.

Buzo demeurait silencieux. David le dévisagea. Avait-il peur ? Etait-il fier, au contraire, des responsabilités dont on le chargeait ?

Déjà, Ajo ouvrait un sac, déballait le scaphandre d'amiante volé aux pompiers. Un respirateur porté sous la cagoule permettrait à Buzo de s'oxygéner au sein des déchets. Grâce à la lampe frontale, il pourrait s'orienter.

A l'écouter, l'expédition serait une partie de plaisir, un grand jeu scout.

— Le plus important, insista-t-il, c'est de bien attacher le cercueil. Je vais te montrer comment faire. Tu t'y connais en nœuds marins ?

*

Seaburn aurait abandonné sa part des diamants pour ôter son masque et fumer un cigare. Il ne partageait pas l'optimisme d'Ajo. Selon lui, l'homme maigre était en train d'expédier le gosse à la mort. D'ailleurs, même si le môme s'en sortait, le plan comportait une faille importante : *Zamacuco*. Seaburn n'aurait pas parié que le catcheur soit encore en état d'effectuer les travaux herculéens planifiés par son frère. Son épaule suppurait. Ses pansements puaient. Serait-il capable de haler le cercueil d'une seule main ? Rien n'était moins sûr.

*

Buzo s'équipa en silence, tel un scaphandrier s'apprêtant à explorer une épave par soixante mètres de fond.

David aida Ajo à disposer les rouleaux de cordage sur le sol, au pied de Zamacuco. La corde jaune était nouée autour des reins de Buzo, la rouge, plus solide, servirait à amarrer le cercueil de zinc.

— Tu disposes d'une heure d'oxygène si tu ne respires pas trop vite, expliqua Ajo en assujettissant les bouteilles sur le dos de l'adolescent. Ne traîne pas. L'amiante va te protéger des brûlures mais la chaleur grimpera vite à l'intérieur du scaphandre, tu auras l'impression d'être enfermé dans une marmite. Plus tu attendras, plus ça deviendra insupportable. Essaie de ne pas te perdre. Je vais t'accompagner sur l'échelle. Je suivrai ta progression grâce au détecteur. Ta pelle et tes bouteilles renverront un écho qui me permettra de déterminer ta position. Si tu pars dans la mauvaise direction, je tirerai sur ta corde. Pigé ?

Buzo acquiesça silencieusement. Au moment d'ajuster le masque respiratoire sur son visage, il eut un bref coup d'œil en direction de David. « C'était ce que tu voulais, non ? faillit crier celui-ci. Devenir un *capanga*. Etre admis dans l'entourage des Zotès… Te voilà leur homme de confiance. Leur champion. Es-tu heureux, Buzo ? Es-tu heureux ? » Mais Buzo se détourna et, d'un pas mal assuré en raison du poids des bouteilles, se dirigea vers la première échelle.

En état second, il escalada les barreaux. Il ne savait pas exactement ce qu'il ressentait. De la fierté, peut-être, d'avoir, au final, détrôné les *capangas*, ces lâches qui avaient pris la fuite. Hélas, cette satisfaction d'amour-propre était gâchée par le fait qu'Ajo se révélait un mauvais maître. Un maître pour lequel on n'avait pas envie de mourir. Longtemps, Buzo s'était imaginé sous les traits d'un *samouraï*, respectant les règles du code d'honneur des guerriers, le *bushidô*, bataillant au service d'un *daimyô*, et se sacrifiant pour lui… Il réalisait tout à coup que, s'il avait refusé de suivre les *capangas* dans leur fuite, c'était avant tout pour ne pas abandonner David entre les pattes des Zotès. Le gosse était incapable de se défendre et, comme il ne servait pas à grand-chose, Ajo n'hésiterait pas à s'en débarrasser sitôt le trésor récupéré.

Parvenu à la hauteur du fanion rouge, Buzo prit une profonde inspiration, empoigna la pelle et commença à creuser. A cet endroit, par chance, le sol était friable. Pas trop, juste ce qu'il fallait, c'est-à-dire assez mou pour qu'on puisse creuser sans fatigue, et assez ferme pour ne pas s'ébouler aussitôt. Buzo jeta un bref regard en arrière. Ajo se cramponnait à l'échelle, trois mètres en arrière. Accrochés en bandoulière, il portait le détecteur et l'un de ces sacs de toile plastifiée qui servent à l'évacuation des gravats.

Buzo cessa de réfléchir et se concentra sur son travail. De toute manière, il se savait peu doué pour la réflexion, ça c'était l'affaire de David.

Le tranchant de la pelle mordait dans les ordures décomposées avec un feulement rappelant celui d'un chat en colère. Le terrain était constitué de pourriture séchée, cendreuse, formant une espèce de revêtement fibreux dont il aurait été difficile de déterminer la composition. Les déchets, rongés, dissous, agglomérés, avaient fini par donner naissance à quelque chose d'indéfinissable. Seules les boîtes de conserve avaient gardé leur apparence première. Assez vite, l'adolescent eut foré un trou dans lequel il put engager les jambes.

— *Es bom!* approuva Ajo. Continue comme ça. Quand tu seras complètement dedans, je descendrai le sac au bout de la corde rouge, pour que tu puisses évacuer les gravats.

Buzo ne répondit pas. Il avait très chaud ainsi empaqueté dans la combinaison d'amiante.

Ajo se rapprocha pour lui tendre une gourde.

— Bois, ordonna-t-il, quand tu auras mis la cagoule tu ne pourras plus le faire et tu risques de te déshydrater. Retiens-toi de pisser le plus longtemps possible. Dès que tu seras au milieu des braises, tu auras l'impression de cuire dans ton jus.

Il fit également absorber au garçon de menus cristaux de sel afin de fixer l'eau dans les tissus, puis l'aida à réajuster le masque respiratoire et la cagoule d'amiante percée d'une lucarne vitrée à la hauteur des yeux.

Quand Buzo eut disparu tout entier dans le puits qu'il était en train de creuser, Ajo lui envoya le sac à gravats suspendu au bout de la corde rouge.

Les choses se gâtèrent quand l'adolescent atteignit la couche brûlante des ordures en fermentation. A l'intérieur du scaphandre, la température s'éleva de plusieurs degrés et il se mit à suer comme au sauna. Il distinguait mal ce qui l'entourait. C'était mou, déliquescent, brûlant. Ses pieds pataugeaient dans la fange. C'était là, au cœur des ténèbres, que la *Chaleira* distillait ses alcools, son eau-de-vie… Les tonnes d'épluchures larguées par l'avion-poubelle l'y aidaient. Avec l'aide du soleil tropical, cette provende tombée du ciel fermentait comme dans un alambic géant. Sans la protection du masque, Buzo aurait succombé aux vapeurs alcoolisées qui saturaient le puits.

Il avait perdu la notion du temps. Il creusait, remplissait le sac à gravats, tirait sur la corde, puis reprenait son lent travail de fouissage.

— *Es bom !* hurlait Ajo depuis la surface. Continue comme ça, tu es dans la bonne direction.

La chaleur augmentait. Buzo ne cessait de battre des paupières pour chasser la sueur qui lui brûlait les yeux. Enfin, alors qu'il n'y croyait plus, la pelle heurta un objet métallique. Le container du cercueil.

Il était planté à la verticale dans la colline de déchets, et les braises avaient fini par former une croûte dans laquelle il se trouvait enchâssé. L'adolescent dut casser cette gangue pour le dégager. Il n'en pouvait plus. Ses poumons le brûlaient. L'air comprimé avait un goût métallique. Il se demanda si les bouteilles n'étaient pas en train de se vider.

Quand il eut désencroûté le cercueil, il se saisit de la corde rouge et entreprit de la fixer autour du *container* de zinc. Ce n'était pas facile. La combinaison d'amiante rendait ses gestes approximatifs. Les gros gants l'empêchaient de nouer correctement le filin.

Penché au bord du trou, Ajo s'impatientait en l'abreuvant d'injures.

— Qu'est-ce que tu fous ? T'as pas encore fini ?

Buzo s'agenouilla au fond du puits. La tête lui tournait. Il se sentait près de perdre connaissance. Il crevait de soif, tout son corps le brûlait. Il avait la certitude d'être en train de cuire.

— Ça y est ! cria-t-il. C'est arrimé.

— OK ! lança Ajo. Tu vas rester dans le trou pour guider la caisse. Si elle accroche quelque chose, tu la dégageras. Compris ?

Buzo se dit qu'il aurait dû refuser, exiger de remonter, mais il n'en avait plus la force et, de toute manière, il n'aurait pu s'extraire du puits par ses propres moyens car les parois, friables, se seraient effondrées à peine aurait-il tenté de les escalader.

Se dressant sur l'échelle, Ajo agita les bras pour avertir Zamacuco qu'il devait entamer son travail de traction. Le géant se leva avec peine. Ces deux derniers jours il était resté silencieux, presque prostré, dévoré par la fièvre.

Après s'être redressé avec la lenteur d'un *sumotori*, il s'avança jusqu'au pied de la dune et enroula la corde rouge autour de ses avant-bras pour bénéficier d'une meilleure prise. Instinctivement, Seaburn et David reculèrent. Lentement, par tractions régulières, le catcheur hissa le cercueil. Au bout d'une minute il ruisselait de sueur, ses muscles tremblaient comme de la *Crystal Jelly*. Seaburn grimaça. Ses pires craintes prenaient corps sous ses yeux. Zamacuco haletait à la façon d'une machine à vapeur prise de folie. Il avait beau tirer, tirer... la boîte en zinc n'émergeait toujours pas. Perché sur son échelle, Ajo insultait tout à la fois Buzo demeuré au fond du puits, et son frère qui peinait en vain.

— C'est coincé, expliqua-t-il, les yeux fous, le cercueil s'est foutu de travers... Buzo est en train de le dégager.

Dix minutes s'écoulèrent en travaux souterrains et mystérieux, puis Zamacuco se remit à l'ouvrage. Une plainte sourde s'échappait de ses lèvres, une plainte enfantine. Ses veines saillaient sur ses muscles, tels des serpents zigzaguant sous sa peau. Tout à coup, ce que

Douglas Seaburn craignait par-dessus tout se produisit : les sutures fermant la plaie de l'omoplate cédèrent, la blessure s'entrebâilla, laissant échapper un flot de sang et d'humeurs. Zamacuco poussa un cri sourd et lâcha la corde qui, en filant, lui cisailla la chair des paumes.

L'Américain eut l'impression de contempler un gorille blessé. Redoutant les réactions du géant, il se garda bien de l'approcher. Pendant deux minutes, le catcheur resta recroquevillé, la tête basse, poussant des grognements sourds. Ajo dégringola de l'échelle pour se porter à son secours. Hélas, quand Zamacuco se redressa, il devint évident qu'il avait perdu l'usage de son bras blessé qui pendait contre sa hanche, mort et vernissé de sang.

— C'est pas grave, haleta le géant. Zamacuco peut tirer d'une seule main, ça suffit… oui, Zama peut le faire.

Et il agita sa main gauche, à la paume entaillée, lui imprimant des moulinets, comme s'il voulait amuser une troupe d'enfants.

— D'accord, d'accord…, souffla Ajo. On y retourne, une fois la boîte sortie du trou, ça ira tout seul, elle glissera d'elle-même sur la pente, comme une luge.

Seaburn haussa les sourcils. Un homme seul, même taillé en hercule, pouvait-il tracter d'un seul bras un cercueil long de deux mètres et enveloppé dans un *container* de zinc ? Il en doutait car Bagazo, le croque-mort, lui avait révélé que le cercueil avait été fabriqué à dessein dans un bois épais, imputrescible, très lourd, et le corps protégé par une enveloppe de plomb étanche qui, elle aussi, pesait son poids. L'ensemble, défunt inclus, devait avoisiner les deux cent cinquante kilos.

« C'est foutu, songea-t-il. Si ce débile échoue, il faudra que nous nous y collions, Ajo et moi, et je doute que nous réussissions. »

Zamacuco reprit ses tractions, cette fois en usant de son seul bras gauche. Il continuait à perdre beaucoup de sang par la plaie bâillant au-dessus de l'omoplate.

Pendant un moment il lutta, paupières closes, arc-bouté au pied de la dune, le filin lui rentrant dans la chair. Le cercueil lui opposait une inertie têtue, refusant de remonter à l'air libre. Le visage du géant, convulsé par l'effort, avait viré au violet et rappelait celui des pendus. Ses lèvres étaient noires. Soudain, dans un dernier spasme accompagné d'un hurlement, il parvint à arracher la boîte de zinc aux profondeurs de la dune. Le cercueil se mit à dévaler la pente à toute vitesse. Zamacuco, qui, épuisé, n'avait pas rouvert les yeux, ne le vit pas arriver.

Seaburn et David crièrent en chœur le même avertissement, mais trop tard. Le coffre de zinc frappa le catcheur de plein fouet, le projetant deux mètres en arrière. Ajo descendit de son perchoir pour s'agenouiller près de son frère.

— Ça va... ça va bien, grommela le géant en bayant une salive teintée de rouge. Zama juste un peu étourdi...

Seaburn, qui avait été soigneur dans une équipe de football, examina le corps du débile.

— Il a plusieurs côtes cassées, diagnostiqua-t-il. Son bras gauche est fracturé en deux endroits.

— *C'est rien*, aboya Ajo. Il s'en remettra. Ses facultés de récupération sont énormes. Je vais m'en occuper. Avec des bandages serrés et un peu de morphine, il pourra prendre la route du retour.

— Si tu le dis…, soupira Seaburn, se désintéressant de la question.

En réalité cet accident arrangeait ses affaires. Zamacuco hors d'état de nuire, la balance des forces se rééquilibrait.

« Maintenant que le géant est sur la touche, songea-t-il, les choses vont se jouer entre Ajo et moi. Je me sens tout à fait capable de gérer un truc comme ça. »

David, comprenant que les deux hommes avaient déjà oublié l'existence de Buzo, escalada l'échelle pour aider son ami à s'extirper du puits. Une fois arrivé au sommet, il empoigna la corde jaune, et tira de toutes ses forces. Buzo était lourd, et il eut du mal. Enfin, le voyou émergea du trou. Son premier geste fut d'arracher sa cagoule d'amiante. Il semblait au bord de la syncope.

Incapable de tenir debout, il roula sur la pente, empruntant le même chemin que le cercueil.

34

Le gorille nu

Ajo et Seaburn, hypnotisés, tournaient autour du coffre de zinc. Si l'oxydation des déchets l'avait maculé de grandes taches roussâtres, il n'avait subi aucune déformation au moment de l'impact, ce qui signifiait qu'à l'intérieur du sarcophage métallique, le cercueil et le corps embaumé étaient probablement intacts.

— Faut l'ouvrir, haleta l'aîné des Zotès d'une voix altérée. Je vais chercher les outils.

Il semblait avoir oublié Zamacuco, étendu sur le sol, le torse barbouillé de sang. Seaburn s'était fait la réflexion que le « sacrificateur aztèque » ressemblait davantage à une victime qu'à un grand prêtre armé d'un couteau d'obsidienne. Cependant, il n'éprouvait aucune pitié pour le géant. Il était même soulagé de savoir Ajo privé de son garde du corps.

Ajo revint, exhibant une petite scie électrique se terminant par une roue dentée, du type utilisé par les carreleurs et les marbriers pour les travaux de précision.

— Ça devrait suffire, lâcha-t-il, et sans plus attendre il s'attaqua aux soudures du coffre de zinc.

La scie mordit le métal. L'enveloppe n'était pas épaisse, elle céda sans opposer de résistance. Le cercueil apparut, intact, comme s'il sortait du magasin de pompes funèbres d'Octavio Bagazo.

Sur le couvercle, une plaque de cuivre portait, gravés, le nom du défunt, sa date de naissance et celle de son décès. Il s'agissait bien de Mario Danza.

— Le corps a été embaumé, précisa Seaburn. Aucune crainte à avoir du côté décomposition. Faut juste lui inciser le ventre et récupérer les diamants dans son estomac.

Ajo saisit la clef tube qui permettait de dévisser le couvercle. Il tremblait d'impatience. Seaburn, lui, se demandait s'il ne devrait pas profiter de ce que l'aîné des Zotès avait les mains occupées pour l'abattre. Ç'aurait été facile. L'homme maigre semblait en transe. « Pas compliqué, pensa-t-il. Une balle pour Ajo, une autre pour Zamacuco, et le tour est joué… »

Le problème majeur, c'est qu'il n'était pas certain de retrouver son chemin dans cette saloperie de jungle. A l'aller, il avait bien essayé de prendre des repères mais il avait dû très vite renoncer. La forêt, c'était la forêt… tous les arbres se ressemblaient. Plus on avançait, plus on avait l'impression de faire du surplace. Non, il avait besoin d'Ajo pour rentrer à Sâo Carmino. Sans lui, il perdrait dans le labyrinthe des lianes…

— Ça y est ! triompha Ajo en jetant la dernière vis par-dessus son épaule. Aide-moi à enlever le couvercle.

Seaburn obéit avec un pincement au cœur. Cette profanation le mettait mal à l'aise. Il avait beau compter à son actif un certain nombre de saloperies, un vieux fonds religieux se révoltait contre ce qu'il était en train de faire.

Sitôt l'enveloppe de plomb découpée comme le dessus d'une boîte de conserve, le corps apparut. Le choc de l'atterrissage l'avait bousculé, lui donnant l'attitude d'un enterré vivant qui aurait lutté pour s'échapper de sa prison. Il avait perdu son chapeau ; le maquillage utilisé par le thanatopracteur s'était effrité, si bien que le trou creusé par la balle était nettement visible.

Sans autre forme de cérémonie, Ajo saisit Danza par les revers et le remit sur le dos.

— Là, dans le sac, indiqua-t-il, j'ai un scalpel et un sécateur, ça devrait suffire.

*

David, peu soucieux d'assister à cette autopsie improvisée, avait traîné Buzo à l'écart. Le voyou, épuisé par son travail de fouissage, avait du mal à récupérer. David le fit boire d'abondance. Derrière eux, Ajo et l'Américain « travaillaient » penchés au-dessus du cercueil. David serrait les mâchoires chaque fois qu'il entendait cliqueter le sécateur.

Enfin, Ajo poussa un cri de triomphe.

— *Ils y sont !* Bordel ! Ils y sont tous ! Y a qu'à les ramasser !

— C'est fini, souffla David en tendant de nouveau la gourde à Buzo. On va rentrer à la maison.

— T'as décidément rien compris, soupira le voyou. Tout commence, au contraire. Maintenant, ils vont s'entre-tuer, et nous on sera au milieu de la bagarre.

*

Seaburn rangea les diamants dans une bourse de cuir qu'il suspendit à son cou, sous sa chemise. Ajo n'osa protester car l'Américain avait ostensiblement glissé

son Colt .45 Military Model dans sa ceinture, à portée
de main.

« Tu ne perds rien pour attendre, songea le Brésilien.
Même si Zamacuco est mal en point, tu n'es pas à l'abri
pour autant. Il faudra bien que tu dormes, non ? Les
vieux *gringos* dans ton genre, ça se fatigue vite... »

S'efforçant de dissimuler sa hargne, il entreprit de soigner son frère. L'ayant forcé à s'asseoir, il lui banda la
cage thoracique puis examina les différentes blessures.
Le bras droit semblait hors d'usage. L'infection avait
gagné l'épaule, qui avait doublé de volume. Le bras
gauche, lui, souffrait d'un claquage, et la paume de la
main avait été entaillée jusqu'à l'os lorsque le catcheur
avait crispé les doigts sur la corde. Tout cela n'était pas
beau à voir. Ajo multiplia les piqûres d'antibiotiques.
Comme Zamacuco paraissait souffrir, il lui administra
une nouvelle dose de morphine. Il constata à cette occasion que la réserve s'épuisait.

— On va rentrer, lui expliqua-t-il du ton qu'on utilise pour s'adresser à un enfant. Ne t'inquiète pas pour
les singes, j'ai assez de grenades pour leur rôtir le cul.
Ils comprendront vite leur douleur, ces bâtards !

Il en rajoutait dans l'optimisme. En fait, il espérait
de toutes ses forces que sa stratégie serait efficace, car
il n'avait prévu aucun plan de remplacement !

Ils levèrent le camp, abandonnant le matériel. A quoi
pourraient bien leur servir les combinaisons d'amiante,
les bouteilles d'oxygène ? En l'absence des *capangas*
qui, à l'aller, avaient joué le rôle de porteurs, il était
capital de voyager « léger ». Il fut décidé qu'outre la
nourriture et l'eau, chacun se chargerait d'un fusil. Ajo
distribua les munitions, en prenant soin de s'en réserver

la plus grande part. De toute manière, cela ne représentait guère plus de deux minutes de feu.

Tournant le dos à la *Chaleira*, ils repartirent par où ils étaient venus. Seaburn constata avec stupeur que leurs traces avaient déjà disparu. Herbes, lianes, fourrés avaient repoussé, colmatant la brèche ouverte quelques jours auparavant. A la différence de Zamacuco, la forêt cicatrisait avec une incroyable rapidité. Ils avançaient sans échanger une parole, inquiets à l'idée de leur prochaine rencontre avec les singes. Cette fois, Zamacuco ne serait pas là pour leur ouvrir la route et assurer leur sécurité. Leur force de dissuasion avait vécu !

Quand ils eurent dépassé les bornes d'incendie – ces boîtes d'acier rouge vif bourrées de nitroglycérine –, ils piquèrent droit sur l'ancien village indien.

C'est à cet instant que Seaburn fit la grimace.

— Ça sent le brûlé, grogna-t-il. Il y a le feu quelque part.

Levant la tête, ils distinguèrent, au-dessus de la ligne des arbres, un brouillard noir dont les volutes semblaient s'amuser à contrefaire le moutonnement de la canopée.

— C'est le village, diagnostiqua Ajo. Il brûle… Ces connards de *capangas* ont probablement essayé de faire peur aux singes en allumant des bûchers. Faute de munitions, c'est ce que j'aurais fait à leur place.

Ils pressèrent le pas, angoissés à la perspective de se retrouver coincés derrière une ligne de feu leur barrant la route sur plusieurs kilomètres. Lorsqu'ils débouchèrent dans la clairière où se dressait l'enclave indienne abandonnée, ils constatèrent que plusieurs huttes brûlaient. Principalement la grande case du conseil tribal dont l'épais toit de chaume vomissait des torrents de fumée noire. L'incendie entourait le village d'un mur de chaleur presque palpable. Des picotements assaillirent les pommettes de Seaburn, et il lui sembla que la peau de son visage caramélisait comme celle d'une volaille à la broche. Ajo expédia un coup de pied rageur dans un bidon vide qui lui barrait la route.

— Du pétrole ! gronda-t-il, ces abrutis ont déniché du pétrole lampant, ils en ont aspergé les baraques en espérant s'isoler des singes au centre d'un cercle de feu.

La fumée, épaisse, grasse, obscurcissait le ciel et rendait l'atmosphère irrespirable.

— On ne peut pas rester là, haleta Seaburn, c'est atroce. (Après avoir brièvement observé l'incendie, il ajouta :) Le vent souffle en direction de la *Chaleira*. Si le feu prend, il va se rapprocher de la montagne d'ordures… *et des bornes d'incendie.*

— Je sais ! aboya Ajo, à cran.

— L'humidité de la forêt va peut-être l'étouffer ? suggéra l'Américain. Toutes ces lianes pleines d'eau, c'est comme des canalisations, non ? Et puis il va pleuvoir, il pleut tout le temps au Brésil !

— Je ne parierais pas là-dessus. Il ne faut pas oublier les vapeurs de méthane… Que le vent transporte une poignée d'étincelles jusqu'au *Pâo do lixo* et ce sera l'embrasement. Pof ! d'un coup. Comme si on allumait le gaz sous une marmite.

— La montagne d'ordures explosera ?

— Oui. Et la chaleur de la déflagration déclenchera aussitôt les détecteurs d'incendie. La nitroglycérine pétera à son tour. Le souffle de l'explosion couchera tous les arbres à l'intérieur du périmètre protégé.

Pas un seul ne restera debout. L'humus ne fait qu'un mètre d'épaisseur, les racines sont à peine enterrées. Les arbres tomberont comme des quilles au bowling, les uns entraînant les autres. Il faut sortir de la zone le plus vite possible ou nous serons tués par l'onde de choc.

Seaburn inspecta les lieux, les corps des *capangas* gisaient, çà et là. La plupart avaient été démembrés, écartelés. La mort avait figé certains d'entre eux dans des postures atroces. Malgré tout il se baissa, à la recherche de munitions. Ses semelles écrasèrent des cartouches usagées. Les voyous avaient tiré jusqu'à leur dernière balle à ailettes. Il avisa un fusil au canon tordu et frissonna.

— Y a rien à récupérer, grommela Ajo. Assez perdu de temps, fichons le camp… Tout peut péter d'une minute à l'autre, il suffit d'une braise emportée par le vent.

— Allons, fit l'Américain, sceptique, sur la colline d'ordures il y avait aussi des braises, du méthane, et pourtant ça n'a pas explosé. Tu ne crois pas que tu exagères ?

— Les braises étaient enterrées profond, c'est la seule différence, fit valoir Ajo. Et puis, nous avons eu de la chance… Une explosion aurait pu se produire n'importe quand, toutes les conditions étaient réunies pour ça. Il faut croire que les dieux étaient avec nous. Nous avons été en danger à chaque minute, tu ne t'en es pas rendu compte, c'est tout.

Irrité, il ramassa son paquetage et fit signe à Zamacuco de se remettre en route. Le géant était livide et avançait à pas lents. La fièvre l'avait tellement amaigri que sa peau semblait un vêtement mal ajusté. Elle flottait, comme cela arrive aux obèses lorsqu'ils perdent du poids trop vite.

*

David et Buzo, en prévision de l'affrontement qui ne manquerait pas d'opposer les trois hommes, avaient pris soin de se laisser distancer.

— Ajo va tuer l'Américain, avait expliqué Buzo. C'est couru d'avance. Ensuite il s'occupera de nous. Tu ne crois tout de même pas qu'il va se donner la peine de nous payer ? C'est d'un trésor qu'il s'agit, et il n'a aucune envie que quelqu'un, à la *favela*, apprenne qu'il a mis la main dessus. Ça éveillerait trop de convoitises.

— Tu as raison, approuva David. Maintenant que les *capangas* sont morts, nous sommes les derniers témoins. Qu'est-ce qu'on va faire ?

— On n'a pas besoin de leur coller au train. Je crois que je sais à peu près quel chemin suivre. A l'aller, j'ai taillé des repères sur les arbres, avec ma machette. Ils n'auront pas eu le temps de s'effacer. On les cherchera le moment venu. En attendant, il faut se mettre à l'abri et attendre que l'explosion se produise.

David tressaillit.

— Quoi ? bredouilla-t-il. Tu penses que ça va péter ?

— C'est inévitable. Tôt ou tard, le vent poussera les étincelles vers la *Chaleira*. Quand ça se produira, faudra qu'on soit bien planqués sous la terre, de manière que le souffle passe au-dessus de nos têtes.

— On va creuser un trou ?

— Pas la peine, viens voir.

Les adolescents se faufilèrent entre les huttes. Buzo se glissa dans l'une d'entre elles, et écarta les nattes disposées sur le sol, démasquant une trappe de bambous tressés.

— J'ai trouvé ça l'autre fois, expliqua-t-il. C'est une espèce de chambre secrète, de cave. Je ne sais pas à quoi ça servait. On va s'y installer en attendant l'explosion.

Il souleva le panneau et explora la cavité avec le pinceau lumineux de sa lampe torche. David aperçut une grosse jarre en terre cuite dont les flancs étaient couverts de signes cabalistiques. Une échelle rudimentaire permettait de descendre dans le réduit.

— C'est notre seule chance, insista Buzo. L'explosion va terrifier les singes. L'onde de choc en tuera un grand nombre, c'est bon pour nous… On sortira tout de suite après le grand boum pour filer d'une traite jusqu'à Sâo Carmino. Je te parie que pas un seul macaque n'osera se mettre en travers de notre chemin.

— Mais Ajo va nous chercher…

— Tu crois ça? Il pensera qu'on s'est perdus. Dans les heures qui viennent, il va être trop occupé à surveiller l'Américain pour se rappeler notre existence. Entre eux, ça va se jouer à celui qui dégainera le premier.

David renonça à discuter et posa le pied sur le premier échelon. Trente secondes plus tard, il était au fond de la cache, accroupi près de la jarre. Buzo le rejoignit après avoir soigneusement refermé la trappe.

— Et si ça n'explose pas? hasarda David. Si l'onde de choc ne tue pas les singes?

— T'inquiète! ricana Buzo. Je peux te garantir que ça va faire boum. En attendant, on devrait regarder ce qu'il y a dans ce pot, peut-être que ça se mange.

Un couvercle de bois obturait le récipient, il le fit sauter avec la lame de son couteau.

— Merde ! grogna-t-il, désappointé, c'est que de la cendre… Une pleine jarre de cendre.

— Je sais ce que c'est, souffla David. Ce pot… c'est le cimetière de la tribu. C'est là qu'ils entassaient les cendres des défunts après les avoir incinérés. C'est la coutume chez certains Indiens d'Amazonie. Ils mêlent les cendres de tous les morts dans un même récipient afin de pouvoir l'emporter avec eux si la tribu déménage[1].

Buzo s'écarta de la jarre en marmonnant une injure. David se passa nerveusement la main dans les cheveux. « Nous voilà déjà à la lisière du séjour des morts, songea-t-il. C'est comme si nous venions de prendre place dans une salle d'attente et qu'on allait bientôt appeler nos noms… »

*

Au moment de reprendre la route, Seaburn s'aperçut que les gosses avaient disparu. Il ne jugea pas utile d'en avertir Ajo. La minute de vérité approchait, et il ne tenait pas à liquider les Zotès en présence de témoins. Tout se jouerait à l'instant même où la forêt s'entrebâillerait pour laisser voir les tours de Sâo Carmino. « A cette seconde précise je cesserai d'avoir besoin d'Ajo, songea l'Américain. Je pourrai me passer de ses services en tant que guide, *et il le sait*… Il va donc essayer de m'éliminer avant que je sois capable de retrouver mon chemin tout seul. »

---

1. Authentique.

Il craignait par-dessus tout la confusion qui ne manquerait pas de s'installer lorsque les singes les attaqueraient. « Je vais être forcé de surveiller ces foutues bestioles, se dit-il, de les mettre en joue, de les abattre, pendant ce temps, il me sera impossible de garder l'œil sur Ajo. Il va en profiter, c'est sûr. Il a probablement prévu de me tuer pendant l'assaut. Je dois rester sur mes gardes, négliger les bonobos pour me concentrer sur ce salopard. »

La fatigue accentuait sa nervosité et il devait accomplir un véritable effort pour ne pas céder à la tentation de sortir son arme, là, tout de suite, pour abattre les frères Zotès d'une balle dans la nuque. « Non, se répéta-t-il, ce serait une belle connerie. Sans eux, tu tourneras en rond dans la jungle jusqu'à ce que tu crèves d'épuisement ou qu'un animal te bouffe ! »

— On pénètre sur le territoire des singes, annonça Ajo. Ils ne vont plus tarder à se manifester. J'ai cinq grenades. Je les ai achetées au marché noir, j'espère qu'elles fonctionnent. Normalement, les explosions devraient les terrifier. Je balancerai la première dès qu'ils nous chargeront. Ne reste pas debout si tu veux éviter de prendre des éclats plein la gueule.

« Touchante sollicitude chez un criminel qui projette par ailleurs de m'assassiner ! » ricana intérieurement Seaburn.

Comme cela s'était produit lors de leur premier passage, les trois hommes furent soudain assourdis par les hurlements des primates agglutinés dans les branches. Des projectiles de toutes espèces s'abattirent sur leurs têtes, suivis de jets d'urine et d'excréments. Enfin, les animaux dégringolèrent des arbres en troupeau serré avant même qu'Ajo ait eu le temps d'arracher la goupille de sa grenade. En l'espace de deux secondes, les primates couvrirent le terrain qui les séparait des humains.

« C'est foutu ! pensa Seaburn en dégainant son arme. Ils sont trop près maintenant. Si Ajo balance sa prune nous sauterons avec les bonobos ! » Pourtant il n'osait faire feu. Il lui fallait réserver ses munitions pour les frères Zotès ! Pas question de se retrouver avec un chargeur vide lorsque viendrait le moment de les affronter !

Alors qu'Ajo et Seaburn se voyaient déjà morts, les singes les bousculèrent sans faire mine de les attaquer. Les deux hommes, frappés de stupeur, virent la horde s'éloigner dans une autre direction, et demeurèrent figés, l'un la grenade brandie, l'autre le doigt sur la détente du .45.

Un cri étranglé les ramena à la réalité. Un cri curieusement enfantin. C'était Zamacuco qui courait clopin-clopant au milieu des fourrés pour fuir les bonobos lancés à sa poursuite.

« Bon sang ! haleta l'Américain, c'est après lui qu'ils en ont… »

Toute la haine des animaux s'était focalisée sur le catcheur. Ils n'avaient pas oublié les terribles préjudices que leur avait infligés le géant quelques jours plus tôt. Dans leur esprit, il symbolisait l'ennemi absolu, celui qu'il leur fallait détruire coûte que coûte. L'odeur de Zamacuco leur avait appris ce qu'ils voulaient savoir : qu'il était blessé, malade, vulnérable. L'heure de lui faire payer ses crimes avait donc sonné. Les autres humains n'avaient pas d'importance, seul comptait le géant… le gorille blanc… le gorille sans poil… le gorille nu…

Zamacuco parcourut une trentaine de mètres, puis tomba sur les genoux. Empêtré dans les lianes, il ne réussit pas à se relever. Aussitôt les singes le submergèrent et son corps tout entier disparut sous l'entassement velu des mâles déchaînés.

Ses hurlements firent s'envoler les perroquets et s'enfuir les pécaris à deux lieues à la ronde, car c'étaient ceux d'une créature écorchée vive.

Ajo avait remisé sa grenade dans son sac pour épauler son fusil. Il tira deux fois, trois fois... Malheureusement, lorsqu'un singe tombait sous les balles, trois autres le remplaçaient, reprenant le travail de dépeçage là où leurs frères l'avaient abandonné.

Seaburn recula. S'il n'avait pas eu besoin d'épargner ses cartouches, il aurait tiré, lui aussi, par solidarité, parce qu'il ne pouvait accepter de voir un humain réduit en pièces par des singes, même si, au demeurant, cet humain était son ennemi.

Pendant trois minutes, Ajo pompa avec acharnement les cartouches à l'intérieur de la chambre de tir, sans résultat notable. Ses coups au but n'impressionnaient pas les primates. Ils ne faisaient qu'ouvrir des brèches dans la mêlée, brèches que le pullulement des animaux accourus pour la curée comblait dans l'instant.

Quand il eut éjecté sa dernière cartouche, Ajo jeta le fusil sur le sol et plongea la main dans le sac pour saisir une grenade. Les cris de Zamacuco, virant à l'aigu, semblaient ceux d'une petite fille torturée. Seaburn en éprouva de la gêne. Incapable d'en supporter davantage, Ajo dégoupilla l'explosif et le jeta sur la montagne de poil qui recouvrait son frère.

Seaburn bondit derrière un arbre et se boucha les oreilles. Un souffle brûlant l'enveloppa tandis que des débris organiques pleuvaient sur tout le périmètre. Ses tympans meurtris ne percevaient plus qu'un sifflement continu. Le calme revenu, il n'osa pas quitter sa cachette. Si Ajo avait perdu l'esprit, tout était à craindre.

Zamacuco avait cessé de hurler. Ses plaintes avaient été remplacées par celles des singes qui, truffés de mitraille, se contorsionnaient sur le sol, dans les spasmes de l'agonie. Seaburn risqua la tête à l'extérieur. L'explosion avait haché la végétation et arraché les basses branches. Les deux parties d'un anaconda se tortillaient dans l'herbe. Ajo, couvert de terre et de débris végétaux, avait l'air d'un soldat émergeant d'une tranchée au terme d'un pilonnage aérien. Il esquissa un mouvement pour se s'approcher de son frère mais se figea. Seaburn lui posa la main sur l'épaule.

— Laisse tomber, murmura-t-il, il est mort. C'est mieux comme ça.

Ajo le dévisagea sans comprendre. La déflagration l'avait momentanément rendu sourd. Il se laissa entraîner sans faire de difficulté. Seaburn songea que ç'aurait été le moment idéal pour l'abattre, hélas, on était encore bien trop loin de Sâo Carmino pour envisager une exécution.

Les deux hommes s'éloignèrent en titubant. Seaburn s'empara de la musette contenant les grenades et referma la main sur l'une d'elles. Il voulait se tenir prêt à toute éventualité au cas où les bonobos tenteraient une nouvelle attaque…

*

Ajo ne savait pas ce qu'il éprouvait. De la lassitude, du dégoût… un affreux sentiment de solitude ? Tout au long de son existence, il avait secrètement souhaité être débarrassé de Zamacuco, maintenant que son vœu le plus cher était exaucé, il se sentait aspiré par une sorte de vide mystérieux, d'énorme absence dont il était le premier à s'étonner. « Ça va passer, se répétait-il, ça va passer. »

Plus que tout, il lui déplaisait d'avoir été surpris en plein désarroi par l'Américain. « Rien que pour ça, songea-t-il, je dois le tuer. »

*

Les singes demeurèrent invisibles. Tout se passait comme si la mort de Zamacuco avait satisfait leur désir de vengeance. A leurs yeux, Seaburn et Ajo Zotès n'avaient pas plus d'importance que les cancrelats fourmillant sur le sol. Ils avaient vaincu le chevalier, la piétaille ne les intéressait pas.

Seaburn se tenait pourtant sur le qui-vive, les nerfs tendus. Il marchait trois mètres derrière Ajo, trop loin pour que le salopard puisse lui sauter à la gorge. Il attendait avec impatience le moment où les contours de Sâo Carmino se dessineraient dans un trou du feuillage. Dès que la chose se produirait, il abattrait Ajo Zotès d'une balle dans la nuque. Il priait pour que ce moment arrive le plus vite possible.

Pour l'heure, les grenades l'embarrassaient. Il hésitait à s'en défaire même si elles réduisaient sa liberté de mouvement. Il aurait voulu conserver les mains libres pour dégainer à son aise. Il savait que son adversaire avait usé jusqu'à sa dernière cartouche. Néanmoins Ajo possédait une machette, ainsi qu'un poignard suspendu à sa ceinture dans un étui en peau de serpent. Il supposait que le saligaud excellait dans le maniement de ces deux armes. Inquiet, il surveillait la nuque de l'homme qui le précédait, contemplant par anticipation l'endroit où s'enfoncerait la balle. Ajo, lui, progressait d'un pas égal, sectionnant les lianes à coups réguliers. Chaque fois qu'il levait le bras, cependant, il en profitait pour examiner le reflet de l'Américain sur la lame de son sabre d'abattis. C'était là une stratégie qui lui avait plusieurs fois sauvé la vie dans le passé.

Tout à coup, la queue d'un serpent jaune à demi enroulé à une basse branche fouetta l'air au ras du visage de Seaburn. Celui-ci poussa un cri de frayeur et laissa tomber le sac de grenades. C'était le moment qu'attendait Ajo depuis le début de l'expédition. Pivotant sur ses talons, il se jeta sur Seaburn, la machette brandie. Le vieux cambrioleur réussit à parer le coup mais, déséquilibre, roula sur le sol en entraînant son adversaire dans sa chute. Alors, commença un combat confus et grotesque dans l'humus détrempé. Très vite, les deux hommes se retrouvèrent empêtrés dans l'enchevêtrement des lianes qui entravaient leurs mouvements. Le lacet de cuir retenant la bourse de cuir au cou de Seaburn s'accrocha à une branche et cassa net, inscrivant une trace sanglante sur la gorge du gros homme.

Le sachet renfermant les diamants roula sur le sol, à l'écart. Cet objet incongru piqua la curiosité d'un jeune saïmiri[1], perché non loin de là. Profitant de ce que les deux hommes essayaient mutuellement de s'étrangler, l'animal sauta à terre, s'empara de la bourse, et regagna son perchoir. Ce fut Ajo qui l'aperçut le premier, il eut

---

1. Singe écureuil.

beaucoup de mal à convaincre Seaburn qu'il ne s'agissait pas d'une ruse.

— Arrête ! *Carajo !* hurla-t-il. Le singe a piqué les
pierres… Arrête ! Bordel !

L'Américain finit par se rendre à l'évidence et
repoussa son ennemi. Le saïmiri, perché sur une
branche, à six mètres du sol, retournait la bourse en
tous sens, la flairant, la mordillant, persuadé qu'il s'agissait d'un fruit d'une espèce inconnue mais à coup sûr
délicieux. Il s'en régalerait, il en avait la conviction,
à condition toutefois de venir à bout de l'écorce qui
l'enveloppait.

— Ne bouge pas, haleta Ajo, couvert de boue, le
visage en sang. S'il prend peur, il va se mettre à bondir
d'arbre en arbre.

Seaburn peinait à recouvrer son souffle. Il saignait,
lui aussi, d'une estafilade au front.

— Mon pistolet, balbutia-t-il… Laisse-moi prendre
mon arme, je vais l'abattre…

— Tu trembles trop, protesta Ajo, laisse-moi faire,
je suis meilleur tireur que toi.

— Non…

Ils se querellèrent ainsi à voix basse, avec haine et
férocité, pendant une bonne minute, avant de réaliser
que l'automatique avait glissé hors de son étui au cours
de l'affrontement, et qu'ils ignoraient où il se trouvait.
A quatre pattes, mettant tout en œuvre pour ne pas effa-
roucher le singe écureuil, ils explorèrent les buissons.
Avec un hoquet de triomphe, l'Américain mit la main
sur le .45. Il dut aussitôt déchanter : le canon était rempli de terre et de boue. S'il pressait maintenant sur la
détente, l'arme lui exploserait au visage, lui arrachant
la moitié de la tête. Dans les *Marines*, à Biloxi, on lui

avait appris qu'il ne fallait jamais plaisanter avec ce genre de détail.

— Il faut le nettoyer, balbutia-t-il, ça va prendre un moment... je dois le démonter...

— On n'a pas le temps, siffla Ajo que la rage et l'impuissance défiguraient, le saïmiri bouge... Vite, il faut le suivre. Si on le perd de vue tout est fichu.

En effet, indisposée par le regard scrutateur des humains, la bestiole avait décidé d'emporter son butin plus loin, là où elle pourrait enfin peler l'écorce de ce curieux fruit en toute tranquillité. Elle commença donc à se déplacer de branche en branche, puis, comme les hommes s'obstinaient à la suivre, d'arbre en arbre.

Ajo et Seaburn titubaient, accrochés l'un à l'autre, pitoyables dans leurs vêtements loqueteux. Les yeux au ciel, ils s'efforçaient de ne pas perdre de vue l'animal qui venait de les dépouiller.

— S'il s'arrête un moment, haleta l'Américain, j'aurai le temps de nettoyer le flingue. A l'armée j'étais capable de démonter et de remonter mon .45 en moins d'une minute.

— Il va sûrement se lasser, hasarda Ajo. Dès qu'il se rendra compte que ce truc ne se mange pas, il le laissera tomber, on n'aura qu'à le ramasser.

Une sorte de sanglot déformait sa voix.

Une heure s'écoula, puis deux, sans que le jeu de cache-cache prenne fin. Le saïmiri s'arrêtait un instant, mordillait la bourse, puis se remettait en marche, sautant d'un arbre à l'autre. Les deux hommes se sentaient devenir fous.

— Hé! hoqueta soudain Seaburn, on est au village indien... Bon sang! on est revenus sur nos pas...

— Ta gueule ! haleta Ajo. Tu parles trop fort. Tu vas lui faire peur. Asseyons-nous au pied de cet arbre. Cette saleté de bestiole semble décidée à faire une pause.

— Je vais nettoyer le pistolet…, murmura Seaburn.

Mais ses mains tremblaient trop. Elles ne parvenaient plus à retrouver les anciens automatismes. L'Américain défit sa chemise pour l'étendre sur le sol. Il ne voulait pas courir le risque de perdre l'une des pièces du mécanisme. Ayant posé l'arme sur l'étoffe déchirée, il commença à la démonter. Du coin de l'œil, il remarqua que l'incendie s'était étendu. La grande case tribale ronflait en crachant des torrents d'étincelles que le vent emportait vers le nord… *en direction de la Chaleira.* Une dizaine de huttes avaient pris feu, elles aussi. Les flammes crépitaient, produisant un grondement assourdissant.

— On ne devrait pas moisir ici, fit remarquer Seaburn. Tu as pensé aux émanations de méthane ?

— Nettoie le flingue au lieu de bavasser ! cracha Ajo. Plus vite on aura abattu le saïmiri, plus vite on pourra ficher le camp. Ce n'est plus qu'une question de minutes. Active !

Seaburn obéit. A l'aide d'une badine, il vida le canon de l'amalgame de boue et de graviers qui le remplissait. En remontant l'arme, il se dit qu'il aurait pu abattre Ajo, là, tout de suite, s'il n'avait craint que la détonation ne fasse une fois de plus s'enfuir l'animal.

— J'y vais, annonça-t-il, d'une voix blanche.

— Non, pas question ! protesta Ajo. Tu trembles comme un vieillard ! Tu vas rater ton coup.

Sans l'écouter, Seaburn prit appui sur le tronc pour stabiliser son avant-bras mais dut se rendre à l'évidence, ce salopard de Zotès avait raison. Il tremblait trop. Le point de mire dansait devant ses yeux.

— Passe-le-moi ! grogna Ajo d'un ton impérieux. J'ai la main ferme, je vais l'avoir du premier coup.

« C'est vrai qu'il ne tremble pas, lui, constata amèrement Seaburn, mais si je lui donne l'automatique, il m'abattra tout de suite après le singe ! » La situation était bloquée. Ils se dévisagèrent avec haine.

*

Recroquevillé à la fourche d'une branche, le petit animal observait l'incendie en grignotant l'étrange fruit de cuir au parfum de vieille sueur. Chaque fois que ses dents essayaient de l'entamer, il entendait crisser une multitude de pépins à l'intérieur. *Criii... Criii... Criii...* ce bruit l'amusait. Son instinct lui soufflait qu'il aurait dû fuir le brasier, gagner les profondeurs de la forêt, mais il ne pensait qu'au bruit des pépins sous l'écorce brune. *Criii... Criii... Criii...* Comme c'était drôle !

*

Ajo secoua la tête.

— Faut prendre une décision ! gronda-t-il. Si on traîne encore, tout va nous péter à la gueule. Tu n'as qu'à ôter le chargeur. Ne laisse qu'une balle dans la chambre. Je me débrouillerai avec ça. Je suis bon tireur. Une balle, ça suffira… Il est à sept mètres, ce sera un jeu d'enfant.

Seaburn capitula. Il ne pouvait tergiverser plus longtemps. Chaque minute qui passait les rapprochait de l'explosion finale. Il éjecta le chargeur, ne laissant qu'un unique projectile dans la culasse. Désormais tout reposait sur l'adresse supposée d'Ajo Zotès. A regret, il posa l'automatique dans la paume ouverte de son adversaire.

Lentement, Ajo se mit en position. Le dos collé au tronc, il inspira et expira lentement pour recouvrer son calme, puis leva le bras au ralenti…

Au même instant le toit de la grande case tribale s'effondra en projetant dans les airs un geyser de flammèches. Le singe écureuil crut que ces abeilles de feu allaient fondre sur lui pour le piquer. Poussant un cri aigu, il lâcha la bourse et bondit dans l'arbre voisin afin de se mettre hors de portée de l'essaim lumineux. Le sachet contenant les diamants tomba aux pieds de Seaburn. « Trop tard ! » eut-il le temps de penser avant qu'Ajo n'abaisse l'arme pour lui tirer une balle entre les deux yeux. La nuque de l'Américain se volatilisa au point de sortie du projectile. Il s'effondra sur le dos, et ses jambes s'agitèrent de manière spasmodique durant cinq ou six secondes. Le relâchement des sphincters dessina une tache sombre sur son entrejambe, puis il s'immobilisa, définitivement.

Ajo enjamba le corps pour ramasser la bourse. Un formidable sentiment de triomphe le foudroya lorsqu'il sentit crisser les diamants sous ses doigts, à travers l'enveloppe de cuir.

Un million de dollars… Un million de…

Il n'eut pas le temps de finir sa phrase… Quelque chose l'enveloppa, un souffle énorme contre lequel il ne pouvait rien. Il sentit qu'il s'envolait haut, très haut au-dessus la forêt, comme s'il lui était soudain poussé des ailes. Il réalisa qu'il planait dans les airs. Ses bras et ses jambes avaient été arrachés mais il n'avait pas mal. Quant aux diamants, la bourse déchiquetée, qui tourbillonnait elle aussi dans l'espace, les semait dans la jungle, telles les graines absurdes d'une plante destinée à ne donner aucun fruit. Comme c'était beau, cette semence scintillante, disséminée au hasard et rebondissant de feuille en feuille avant de se perdre dans l'humus et les cancrelats !

La dernière vision qu'emporta Ajo Zotès fut celle de la *Chaleira* pulvérisée par le souffle des bornes de protection, et dont les débris s'éparpillaient à travers le *sertâo*, à la façon d'une nuée de sauterelles géantes.

35

Jane of the Apes[1]

Comme tout le monde à Sâo Carmino, Maria da Bôa entendit l'explosion. Le *remplaçant* de Benito fit un tel bond qu'il en tomba du canapé. Immédiatement après, il courut se cacher dans la salle de bains en poussant des cris aigus. Maria, elle, s'approcha de la fenêtre. Elle crut d'abord qu'un cyclone ravageait la jungle et qu'il allait traverser la ville en arrachant, un à un, tous les bâtiments. Une étrange tourmente agitait la canopée, brassant un tumulte de branches, de feuilles, et d'objets que la distance rendait inidentifiables. Cela ne dura qu'un instant. Le calme se réinstalla très vite. Quelque temps avant l'explosion, Maria avait repéré des fumées parcourues d'étincelles, comme en crachaient les loco-motives de son enfance. Elle avait cru à un feu de forêt, tout en sachant l'hypothèse peu crédible dans cette région saturée d'humidité où les averses étaient aussi brèves que fréquentes.

Une mystérieuse déflagration semblait s'être pro-duite au cœur de la forêt. Maria haussa les épaules,

---

1. Allusion à *Tarzan of the Apes*, titre original des aventures de Tarzan.

s'estimant peu concernée par ces bouleversements extérieurs.

Benito mit longtemps à pointer le museau dans l'entrebâillement de la porte. Dès qu'un événement insolite l'effrayait, il se recroquevillait au fond de la baignoire, la tête cachée sous une serviette éponge, offrant un spectacle pitoyable qui émouvait son « épouse » jusqu'aux larmes.

Il n'était pas heureux dans l'appartement, Maria avait fini par l'admettre. De plus en plus souvent, il se plantait devant la baie vitrée et contemplait la jungle en poussant des soupirs à fendre l'âme.

« Il s'ennuie des grands espaces, se disait alors Maria. Il a pris l'habitude de bondir d'arbre en arbre. En comparaison, le monde des humains lui paraît étriqué. »

Elle s'était trompée en l'attirant ici. Elle avait cru possible d'organiser un paradis sur mesure où il serait servi comme un pacha. Une oasis de paix et de *farniente*… Ça n'avait pas fonctionné. Un grain de sable s'était glissé dans la machine, après des débuts prometteurs les choses avaient commencé à cafouiller. Tout découlait d'une erreur de point de vue. En effet, ce n'était pas à lui de s'installer chez elle… *c'était à elle de s'installer chez lui.* La femme ne doit-elle pas toujours suivre son mari ? Le prêtre avait prononcé une phrase de ce genre le jour de leur mariage… Ou bien, était-ce le maire ?

Quoi qu'il en soit, Maria savait désormais où était son devoir. Elle pouvait encore rattraper sa bévue, tout n'était pas perdu. Elle voulait par-dessus tout éviter que Benito ne s'étiole ou ne s'abandonne à une maladie de langueur, comme ces vieux singes frappés de neurasthénie qui agonisent derrière les barreaux des jardins zoologiques.

— Je sais ce que tu essaies de me faire comprendre, lui avait-elle déclaré à deux reprises, alors qu'il se dandinait misérablement devant la fenêtre, l'œil rivé sur la forêt. *C'est d'accord.* Je te suivrai. Accorde-moi juste le temps de me préparer. Ce n'est pas une mince affaire, tu en conviendras.

Benito n'avait rien dit. Il ne disait jamais rien, au demeurant. Mais, encore une fois, ce n'était pas à lui d'apprendre à s'exprimer comme les humains, c'était à Maria d'assimiler les rudiments du langage simiesque. La mort et la réincarnation avaient donné à son mari des privilèges auxquels elle ne pouvait prétendre.

Sa décision était prise. Dans un premier temps, elle avait entassé des vêtements de rechange dans une jolie petite valise en peau de porc puis, alors qu'elle s'apprêtait à y ajouter sa trousse de toilette, elle avait pris conscience de l'aspect ridicule de ses préparatifs. Croyait-elle partir en vacances ? Tout cela était inutile. Benito s'était-il présenté au seuil de l'appartement muni d'une valise ? Non, bien sûr. Elle devait donc l'imiter et partir les mains vides, dans un état de total dénuement.

« Je mettrai des souliers plats, songea-t-elle. Ce sera plus pratique pour marcher dans la jungle. Plus tard, quand ils seront usés, j'apprendrai à me déplacer pieds nus. Je suppose qu'on doit en prendre l'habitude, les pauvres le font bien. »

Quand Benito daigna enfin sortir de la salle de bains, elle constata qu'il était plus agité que d'ordinaire. Il se planta devant la baie vitrée et reprit son dandinement névrotique en poussant des grognements sourds. Parfois il se frappait la poitrine ou s'arrachait les sourcils. Ce comportement préludait toujours à des manifestations d'agressivité au cours desquelles il retournait sa colère contre les objets, cassant les lampes, déchirant le tissu des canapés et des fauteuils.

— Je sais ce que tu veux, soupira Maria. C'est d'accord. Nous partirons ce soir, à la tombée de la nuit, ça te convient ?

Comme s'il avait compris, Benito se calma. Se laissant choir sur son derrière, il attira à lui un coussin qu'il entreprit de mordiller. Maria en profita pour faire ses adieux à l'appartement. Tant de souvenirs s'y accumulaient ! Une vie entière qui se résumait à un entassement de bibelots, de photographies, de brimborions enfermés dans des coffrets. C'était comme un musée, le musée de sa propre existence. N'y manquaient que les étiquettes explicatives. Elle décida de le visiter une dernière fois, et se promena de pièce en pièce, ouvrant les tiroirs, feuilletant les albums aux clichés déjà jaunis où s'alignaient tant de visages disparus. Tout avait filé si vite. Elle n'avait rien vu venir. Quand Benito était mort, elle avait eu l'impression d'atteindre le terminus d'un voyage en chemin de fer dont elle n'aurait pas vu défiler les stations. Elle était descendue du train en pensant : « Je suis donc déjà arrivée ? » Oui, elle avait bien cru qu'il ne se passerait plus rien, que le temps qui lui restait, elle le regarderait s'écouler, assise dans une triste salle d'attente, au milieu de visages mornes et ridés. La venue du *remplaçant* l'avait gonflée d'un nouvel espoir. A présent, ils étaient sur le point de tout recommencer, de démarrer une nouvelle vie. De prendre un autre train…

Elle avait peur, c'est vrai, mais elle était également très excitée. Benito allait lui offrir la chance d'échapper au musée, à ces vitrines pleines de souvenirs où il lui arrivait de surprendre son reflet occupé à la fixer avec des yeux cruels qui n'étaient pas les siens. Elle n'emporterait rien. La page était tournée. Elle ne referma aucun tiroir, aucune armoire. On mettrait longtemps à constater sa disparition. Cela lui convenait tout à fait.

Elle se changea, optant pour des vêtements simples et solides, faillit glisser une culotte de rechange dans sa poche, puis renonça. Non, il ne fallait pas tricher. Prendre les bonnes habitudes dès le début. S'adapter. Oui, c'était plus sage.

Elle but deux petits verres de *cacha*, en songeant que c'était la dernière fois qu'elle avalait de l'alcool. « Adieu, ma vie ! » murmura-t-elle avec un petit rire qui sonnait faux, puis elle jeta le verre droit devant elle, visant l'étagère des bibelots de porcelaine. Un délicat personnage en biscuit se fracassa sur le sol. Elle en contempla les morceaux avec la joie apeurée d'une apprentie iconoclaste.

Quand la nuit tomba elle fit signe à Benito de la suivre et déverrouilla la porte de l'appartement. Le singe, après avoir un instant hésité, lui emboîta le pas. Maria savait qu'elle ne risquait pas de rencontrer un voisin. L'immeuble était presque vide. La mort de Selim Câmara et des membres du conseil syndical avait déclenché un véritable exode, seuls trois logements étaient encore occupés par des petits rentiers ne disposant pas des fonds nécessaires pour envisager de s'installer dans une autre ville. Maria préféra gagner le rez-de-chaussée par l'escalier de secours car elle craignait que la cabine d'ascenseur n'éveille un sentiment de claustrophobie chez Benito.

La femme et le singe sortirent de l'immeuble sans avoir fait la moindre rencontre. La cité s'étendait devant eux, telle une gigantesque coquille vide. La plupart des tours étant désormais inhabitées, aucune fenêtre ne s'illuminait plus lorsque les ténèbres envahissaient les rues. Les bâtiments prenaient alors l'aspect de monolithes gigantesques dressés au milieu de la jungle. Maria jeta un dernier coup d'œil à ces montagnes creuses, aux arêtes curieusement régulières, et se demanda combien de temps mettrait la végétation pour les recouvrir.

Le singe, peu soucieux d'emprunter les chemins réservés aux piétons, coupa à travers les pelouses pour gagner plus vite la forêt. De temps à autre, il regardait par-dessus son épaule pour s'assurer que Maria le suivait. Elle pressait alors le pas, pour faire preuve de soumission.

C'était la première fois de sa vie qu'elle sortait de chez elle sans sac à main, sans lunettes noires, sans poudrier, sans tube de rouge, sans miroir, sans peigne, sans… Elle se sentait nue. C'était étrange… c'était formidable.

36

L'accouchement de la sorcière

Miguel Munoz-Teclan, l'homme au costume de lin blanc, prit la direction du bidonville. Il avait arrêté sa décision au cours de la nuit. Une nuit d'insomnie, une de plus ! Il ne les comptait plus depuis qu'il avait déserté la vie publique. Cette fois, il était bel et bien décidé à en finir. Sa grande offensive se soldait par un échec cuisant. Les habitants de Sâo Carmino n'avaient pas réagi comme il l'espérait. Au lieu de se fortifier dans les épreuves, de saisir la chance qu'on leur offrait de se tremper le caractère et de donner naissance à une race nouvelle, ils prenaient la fuite… En les voyant courir vers l'aéroport, l'ancien architecte ne pouvait s'empêcher de les imaginer sous les traits de moutons bêlants, apeurés. Ils avaient choisi d'abandonner le navire ? Fort bien ! Miguel Munoz-Teclan savait désormais à quoi s'en tenir. Puisque Sâo Carmino n'était pas assez bien pour eux, il l'effacerait de la surface du globe ! C'était son droit puisqu'il en était le créateur. Cette ville était sortie de son cerveau, il avait tout pouvoir de vie et de mort sur elle. Puisqu'ils ne voulaient rien apprendre, autant tout arrêter. Mettre fin à l'expérience, oui, c'était encore la façon la plus élégante de tirer sa révérence.

L'homme au costume de lin blanc remonta d'un pas pressé la travée centrale de la *favela* jusqu'au camion-citerne. Sous l'auvent, tante Abaca se balançait sur son rocking-chair, les yeux mi-clos.

— Encore toi? dit-elle lorsque le tueur s'immobilisa devant elle.

Miguel Munoz-Teclan frémit. Décidément, cette femme n'aurait jamais peur de lui! Peut-être était-ce ce qui lui plaisait en elle?

— Je souhaite que tu m'accompagnes, lâcha-t-il d'un ton qui n'admettait pas la contradiction. Je voudrais t'inviter chez moi, le temps d'une cérémonie…

— C'est bien ce que je disais, ricana Abaca. Tu veux m'épouser.

— Non, dit l'architecte, les traits crispés. J'essaie de te sauver, alors je t'en prie, ne me manque pas de respect.

— Me sauver?

— Oui, nous sommes pareils, toi et moi. Tu es la seule, dans tout Sâo Carmino, qui mérite de survivre. Je viens te chercher pour te mettre à l'abri. Je vais faire sauter la ville.

Le regard d'Abaca perdit son expression railleuse.

— Ah! dit-elle simplement, tu t'es enfin décidé.

— Oui, fit Munoz-Teclan. Je leur ai offert une chance de se racheter, ils n'en ont pas voulu. Ils ont continué à se comporter comme des rats. Ce sont de petites gens, des médiocres qui n'ont pas leur place ici. Cette ville avait été bâtie pour des géants, des êtres d'exception. Ils l'ont déshonorée.

— Ils sont presque tous partis, fit observer la femme aux cheveux gris.

— Je sais, soupira l'architecte, mais c'est trop tard, ils ont souillé la cité par leur présence, irrémédiablement. C'est comme l'odeur des rats, elle imprègne les murs. On a beau les avoir tués tous, leur odeur reste. Je ne veux pas d'une Olympe qui pue la pisse. Tu peux comprendre ça ?

— Oui, je crois, fit Abaca en s'arrachant du fauteuil. Allons-y, je suis prête.

Munoz-Teclan, qui s'était préparé à longuement batailler pour convaincre la sorcière, sourit, soulagé. Galamment, il lui offrit son bras, elle l'accepta, et c'est en cet équipage qu'ils quittèrent la *favela* pour se diriger vers le cimetière de voitures.

Recroquevillés au seuil des baraques, les pauvres les regardèrent passer en se signant

— C'est la fin, chuchotaient-ils, le fantôme est venu chercher la sorcière, on ne la reverra plus. De grands malheurs vont s'abattre sur nous.

Abaca avait perdu l'habitude de marcher, aussi leur fallut-il longtemps pour atteindre le quadrilatère de barbelés défendant le territoire des Zotès.

L'architecte avait le pressentiment que les deux frères ne reviendraient jamais de leur expédition dans la jungle. Le matin de leur départ, il lui avait semblé entrapercevoir un signe funeste au-dessus de leurs têtes, il avait été sur le point de les en avertir mais avait renoncé à la dernière seconde, car les Zotès ne l'auraient pas écouté. Une sotte histoire de trésor les appelait là-bas, au cœur du *sertâo*. Ils jugeaient cela très important. Quelle bêtise ! Munoz-Teclan aurait pu leur donner, sans peine, une somme au moins égale à

celle qu'ils allaient chercher… Tant pis. Il les regretterait car ils s'étaient montrés des serviteurs dévoués.

— Je suis seul à présent, crut-il bon de préciser
à l'intention d'Abaca. Mes domestiques m'ont abandonné.

La sorcière hocha la tête sans dire un mot. Elle ne
manifesta pas davantage de surprise lorsqu'il démas-
qua l'entrée secrète conduisant au bunker souterrain.
Un peu mal à l'aise, il se sentit forcé de pérorer pour
meubler le silence. Cette femme l'impressionnait.
Il ébauchait déjà des stratégies pour tenter de l'apprivoiser. Pas la séduire, non, c'était encore prématuré,
l'apprivoiser… comme une bête farouche qui peut grif-
fer à tout moment.

Il la guida à travers les coursives du bunker, lui expliquant comment il avait conçu cet abri dès le début des
travaux, alors qu'on commençait seulement à creuser
les fondations de Sâo Carmino.

— A l'époque j'étais heureux, murmura-t-il, je
croyais que mon rêve allait devenir réalité. J'avais déjà
dressé une liste des célébrités à qui je comptais offrir de
s'installer ici. Pas de simples vedettes du *show-biz*, non,
de vrais géants. Des êtres hors du commun. Des écri-
vains, des philosophes, des chercheurs de renommée
mondiale. Cette ville serait leur ville. L'Olympe d'où
ils régneraient sur l'univers. J'étais prêt à construire
des laboratoires, des ateliers, tout ce dont ils auraient
besoin pour exercer leur art… Mais ils ont décliné
mon invitation. Tous, sans exception. Quel camouflet !
Quelle déception ! La presse spécialisée m'a accusé
d'avoir voulu ériger une nouvelle Germania… d'avoir
plagié les plans d'Albert Speer… Des calomnies… Du

caca de pisse-copie ! Alors… alors je suis rentré sous terre, et j'ai attendu. J'ai observé.

Il s'effaça pour laisser Abaca pénétrer dans la salle de mise à feu, là où trônait le pupitre aux cent boutons qui avait tant effrayé Ajo Zotès. Avec complaisance, il en expliqua le fonctionnement à la sorcière. Les charges enfouies sous chaque immeuble, la ville soigneusement quadrillée, les cordons des détonateurs tissant leur gigantesque toile d'araignée sous les trottoirs.

— Les ouvriers n'ont jamais su qu'ils piégeaient les maisons, conclut-il avec un ricanement suffisant. Je leur racontais qu'il s'agissait d'un dispositif capable de détecter les tremblements de terre longtemps à l'avance. Ça leur semblait une très bonne idée. Ils étaient fiers de contribuer à une telle expérience. Il n'est pas difficile de faire s'écrouler un immeuble quand on connaît ses points faibles, ses lignes de force, quand on sait où il convient de frapper. La seule chose que j'ignorais, c'est quand j'enfoncerais ces boutons. J'espérais même n'avoir jamais à le faire. J'ai laissé leur chance aux habitants de Sâo Carmino… J'ai essayé de les éduquer en endossant la défroque du Maître d'école. Je voulais qu'ils se dépassent. Qu'ils deviennent monstrueux, amoraux. La monstruosité valait mieux que la médiocrité. Je n'avais pas pu créer l'Olympe, soit ! J'étais prêt à me contenter de Babylone… Mais non, même cela c'était trop leur demander ! Il n'y avait rien à espérer. Des nains. Des nains…

Il avait conscience de trop parler, de se rendre ridicule, mais il y avait si longtemps qu'il n'avait pu s'adresser à l'un de ses semblables ! Il sentait qu'Abaca le comprenait. Comme lui, elle n'était pas tout à fait de ce monde. Ils étaient des anachronismes, ils auraient dû vivre à une **autre** époque. Une époque de grandeur impériale : à Rome, par exemple... Dans l'Egypte des pyramides, à Athènes... Aujourd'hui, ils étaient condamnés à mourir étouffés, piétinés par une foule de boutiquiers heureux d'habiter des pavillons préfabriqués !

Sa main droite se posa sur le pupitre et caressa les boutons rouges. De la gauche, il écarta le col de sa chemise pour récupérer la clef d'acier verrouillant les détonateurs.

— Tant qu'elle n'est pas engagée dans la serrure, expliqua-t-il, les commandes restent inertes.

Il fut surpris de constater que ses doigts tremblaient. C'était compréhensible. Il vivait un grand moment. N'allait-il pas détruire sa création... son enfant ?

— Il m'a fallu des années pour dessiner chaque immeuble de Sâo Carmino, murmura-t-il. Je ne me suis jamais fait aider. Tout est sorti de ma tête et de ma main. De mon cerveau et de mon crayon. Pas d'ordinateur ! surtout pas... Rien que moi, bataillant avec la règle et le papier... Un travail de titan. Je n'ai vécu que pour cela. Sans femme, sans amis, sans enfants. Un moine, un ermite. Rien ne pouvait me distraire de ma tâche... Tout ça pour aboutir à ce gâchis.

— Que feras-tu une fois la ville détruite ? demanda Abaca. Tu te suicideras ?

— Non, protesta Munoz-Teclan, interloqué. Je pensais au contraire recommencer à vivre. Je suis riche, tu sais ? Nous pourrions, toi et moi, nous installer dans un autre pays. Je ne suis pas si vieux. Il me reste encore quelques bonnes années. J'aimerais en profiter. Mais, pour me sentir libre, je dois au préalable me libérer du passé. Noyer ce chien malade qu'est devenu Sâo Carmino. Tu ne dois pas avoir peur. Les explosions seront terribles mais ici, à l'intérieur du bunker, nous n'en percevrons qu'un écho assourdi. J'ai tout calculé. Il est possible qu'un cratère s'ouvre et que le fleuve le remplisse. Dans ce cas, le site se changera en lac; les ruines de la cité seront englouties. Nous quitterons le bunker une fois la poussière retombée. Je possède une *estancia*, dans la forêt. Mon avion est là, il nous emmènera à l'embouchure du fleuve. Ensuite, nous verrons…

Il avait la bouche sèche. Il réalisa qu'il parlait pour retarder le moment où il engagerait la clef dans la serrure de mise à feu. Il en fut agacé. Qu'est-ce qui lui arrivait? A quoi rimaient ces sermons de curé de province? Il sentait les yeux scrutateurs de la sorcière posés sur lui. Ce regard le transperçait. Il s'aperçut qu'il avait presque peur d'elle. Elle était trop silencieuse. Peut-être n'aurait-il pas dû la convier ici… Et s'il s'était trompé à son sujet? Si elle était comme les autres? Non, c'était impossible. Il fallait en finir.

— J'y vais, annonça-t-il en glissant la clef d'acier dans la serrure. Ensuite je presserai les boutons les uns après les autres. Nous ne percevrons qu'une vibration sourde. Le béton va absorber tous les chocs.

La clef engagée, il lui fit parcourir un tour complet pour allumer le circuit. Le pupitre se mit à ronronner.

— Bien, dit-il, je commence par la mairie…

Il tendit la main vers le commutateur mais ne termina pas son geste. Abaca, tirant un mince stylet de la manche de sa tunique, venait de le frapper à la gorge, juste au-dessous de la pomme d'Adam, enfonçant la lame jusqu'à la garde.

Munoz-Teclan recula en titubant, les yeux agrandis par la stupeur, étouffant déjà dans son propre sang.

Abaca en profita pour tourner la clef en sens inverse et l'ôter de la serrure. Le pupitre cessa de bourdonner.

L'architecte s'effondra sur le dos. Ses mains essayèrent maladroitement d'extraire le poignard de la blessure. Comme il semblait sur le point d'y parvenir, Abaca se pencha pour récupérer son arme et, cette fois, le frappa dans l'œil droit. La pointe du stylet pénétra le cerveau. Munoz-Teclan eut une série de spasmes, urina sous lui, puis s'immobilisa.

Abaca se redressa, livide. Une douleur terrible venait de lui traverser le ventre. Elle gémit et se cramponna au pupitre de mise à feu pour ne pas tomber. Elle comprit d'emblée ce qui lui arrivait…

Elle était en train d'accoucher.

Ainsi, après tout ce temps, elle atteignait le terme de son interminable gestation. Le démon installé dans son estomac demandait à sortir. Il exigeait de naître.

Courbée sous les élancements, Abaca se mit à zigzaguer. Ses pas la conduisirent dans la salle de la maquette géante, là où s'étendait la copie miniaturisée de Sâo Carmino. Les contractions s'amplifièrent, lui arrachant un cri. Quelque chose montait le long de son tube digestif, une bête fouisseuse qui se frayait un chemin à coups d'ongles. Tout à coup, elle vomit. Des glaires et du sang, qui s'étalèrent en pluie visqueuse sur les petites maisons blanches de la maquette.

Dès qu'elle eut rendu, elle se sentit mieux. La douleur l'avait quittée. Se penchant sur la flaque, elle repéra une forme translucide au milieu des grumeaux imprégnés de sucs digestifs. Un animal… une bête… Une créature dont l'apparence évoquait celle d'un hippocampe. *Le démon.* Il était là, gisant, fragile, au milieu de la Praia do Constituçâo, entre deux figurines et trois voitures miniatures de porcelaine blanche.

Sans hésiter, elle l'empala sur la pointe du stylet. Il fallait le détruire avant qu'il se développe. S'appuyant aux murs, elle remonta le couloir en direction de la cuisine que Munoz-Teclan lui avait fait visiter un instant plus tôt. Là, elle alluma la gazinière et fit rôtir l'homoncule sur la flamme bleue du brûleur. Juste avant de se racornir, il poussa une plainte déchirante, du moins Abaca en eut-elle l'illusion.

La créature enfin carbonisée, la femme aux cheveux gris la réduisit en cendre au fond d'une coupelle, puis s'en débarrassa dans l'évier. Alors seulement elle se sentit libérée. Elle n'avait plus mal. Elle était guérie. Elle allait pouvoir recommencer à vivre.

D'un pas déjà plus ferme, elle gagna la sortie du bunker. Quelques minutes plus tard, elle quittait le cimetière de voitures des frères Zotès.

En la voyant rentrer à la *favela*, les lèvres tachées de sang, les pauvres hochèrent la tête d'un air averti. Cette fois c'était réglé, on n'entendrait plus jamais parler du Maître d'école, Abaca la sorcière l'avait dévoré !

37

Renaissances

David et Buzo s'étaient recroquevillés contre la jarre funéraire. La bourrasque de l'explosion avait arraché la cabane. Pendant une dizaine de secondes, la forêt fut la proie d'un effroyable tumulte, comme si on avait jeté tous les arbres dans un sac pour les secouer jusqu'à ce qu'ils perdent leurs feuilles. Puis, le silence se réinstalla, plus rien ne le troublait, pas même un chant d'oiseau.

— C'est fini, décréta Buzo. On peut y aller. Faut profiter de ce que les singes sont terrifiés pour traverser leur territoire.

Une fois extirpés de l'abri, ils constatèrent que le village indien avait disparu. L'onde de choc avait désagrégé les huttes, éparpillé les débris. Seul le totem du Maître d'école avait survécu. Planté de travers, il s'obstinait à fixer les garçons d'un air ironique, comme pour leur dire : « Va, vous pouvez courir, on se retrouvera un jour ou l'autre… »

Au milieu de la clairière deux cadavres gisaient pêle-mêle, démembrés, à peine identifiables. Ajo Zotès et l'Américain. L'explosion les avait à tel point malmenés qu'ils n'avaient plus un os entier dans le corps.

— Allons-y, ordonna Buzo. C'est maintenant ou jamais.

D'un pas rapide, ils s'enfoncèrent dans la forêt.

En deçà du périmètre de l'explosion, la jungle n'avait pas souffert. Traumatisés par le récent tumulte, les animaux se terraient. David et Buzo marchaient aussi vite que possible, les dents serrées. Aucun des deux ne rompit le silence. Assez curieusement, ils n'avaient plus grand-chose à se dire.

Comme ils suivaient le chemin ouvert par Ajo, ils trouvèrent la dépouille de Zamacuco, ou plutôt ce qu'il en subsistait, mais ils ne s'arrêtèrent pas pour la contempler. Le temps pressait. C'est ce qu'ils se répétaient du moins, peut-être avaient-ils peur, en fait, de voir le catcheur se redresser s'ils commettaient l'erreur d'aller le regarder sous le nez ?

Les heures succédèrent aux heures. La fatigue aidant, David fut victime d'une bizarre hallucination. A un moment, alors qu'ils approchaient de Sâo Carmino, il crut voir Maria da Bôa se promenant au milieu de la jungle en compagnie d'un singe. Elle n'était ni coiffée ni maquillée, et ses vêtements paraissaient trempés de sueur. Malgré tout, elle souriait.

David ferma les yeux. Quand il les rouvrit, le mirage s'était dissipé.

« Bon sang ! songea-t-il, je suis en train de perdre la tête. Il est temps qu'on arrive. »

Hagards, épuisés, ils émergèrent enfin du *sertâo*.

— *Es bom*, souffla Buzo. Le mieux, je crois, c'est qu'on ne parle plus jamais de ce qui s'est passé. Quand les gens nous poseront des questions, on dira que l'Américain et les Zotès ont été avalés par l'explosion.

Nous, on s'en est sortis parce qu'on traînait à l'arrière. D'accord ?

— D'accord.

Ils se séparèrent à l'entrée de la *favela*. Quand il s'approcha du camion-citerne, David eut un coup au cœur en découvrant le rocking-chair vide, sous l'auvent de toile. Son premier réflexe fut de penser qu'il était arrivé malheur à tante Abaca. Mais sa surprise fut encore plus grande quand Abaca s'avança sur le seuil. Délaissant son éternelle robe noire, elle avait passé des vêtements normaux et s'était coiffée. C'est à peine si on la reconnaissait. David, frappé de stupeur, eut même l'impression qu'elle s'était maquillée.

En l'apercevant, elle eut un sourire.

— Je suis content que tu sois revenu, déclara-t-elle. Ça m'aurait embêtée de partir sans toi.

Alors seulement, l'adolescent vit les deux valises posées sur le sol.

— Dépêche-toi, ordonna Abaca. Tu as juste le temps de te laver et de passer des vêtements propres. Nous prenons l'avion de 17 heures.

— L'avion ? balbutia David.

— Oui, fit sa tante avec un étrange sourire. La *favela* c'est fini, nous rentrons à Rio.

*

Plus tard, quand il devint évident que les bonobos ne reviendraient plus à Sâo Carmino, le calme se réinstalla. Lentement, la ville qui, l'espace de plusieurs semaines, s'était changée en cité fantôme, retrouva son apparence habituelle. Les exilés volontaires, les fuyards, reprirent le chemin de leurs appartements. Timidement, d'abord, puis à un rythme constant, on les vit rentrer de Manaus, de Belem, de Rio, méfiants et un peu honteux d'avoir détalé ventre à terre. Avec le recul, ils ne comprenaient plus très bien pourquoi ils s'étaient à ce point affolés.

Le père Papanatas les accueillait, les visitait, leur faisait l'historique des événements. Des zones d'obscurité subsistaient cependant. Ainsi, plusieurs personnes avaient disparu de manière inexplicable : les frères Zotès d'abord (que personne ne regretterait!), et ce journaliste américain dont le nom rappelait celui d'un vieil acteur presque oublié aujourd'hui, enfin le lieutenant Corco dont on n'avait jamais retrouvé le corps. Une femme, Maria da Bôa, veuve d'un militaire de haut rang, s'était enfoncée dans la jungle pour n'en plus revenir... c'est du moins ce que prétendaient ses voisins qui affirmaient l'avoir vue disparaître en compagnie d'un singe qu'elle tenait par la main, comme un enfant.

Abaca, la fameuse sorcière du bidonville, était repartie pour Rio en compagnie de son neveu. Elle avait fondé là-bas une église spirite qui, à ce qu'on disait, « marchait très fort ». Elle était en passe de devenir riche et habitait Ipanema.

Le sergent Segovio avait été promu à la place de Manuel Corco. C'était lui, désormais, qui ferait régner l'ordre à Sâo Carmino.

Papanatas débitait ces nouvelles avec onctuosité, pour rassurer ses ouailles. Les vieillards hochaient la tête. Le prêtre savait qu'une question leur brûlait les lèvres, une question qu'ils n'osaient poser :

« Et le Maître d'école? »

Papanatas aimait les sentir tendus, presque apeurés. Ils auraient été soulagés d'apprendre la mort du Maître

d'école, les lâches! Dieu ne leur faisait plus peur, le
Maître d'école, si...

Après avoir longuement hésité, Papanatas s'était
rendu au presbytère, il en avait ramené la caisse de bons
points, le pénitentiel avec son barème de punitions,
ainsi qu'une robe blanche, celle qu'avait probablement
portée Dom Felipe, jadis, à l'époque où il exerçait son
ministère secret.

Le soir, dans la solitude de sa cure, Papanatas tirait
ces objets du coffre où il les tenait cachés tout le jour,
et les examinait avec avidité.

Depuis que le Maître d'école ne faisait plus parler de
lui, le mal s'était réinstallé à Sâo Carmino. Il pouvait en
suivre la progression constante grâce aux confessions
dont on l'accablait. Pourquoi se serait-on abstenu de
pécher puisqu'il suffisait de tout avouer à cette bonne
pâte de Papanatas pour obtenir l'absolution? Quant aux
foudres légales, on ne les craignait guère : ce n'était
certes pas cet imbécile de Segovio qui pourrait soupçonner quoi que ce soit!

Pour toutes ces raisons, le crime domestique fleuris-
sait dans le secret des intérieurs cossus. Le péché de
chair, le vice, oui, mais aussi l'assassinat feutré, sournois... Il fallait remédier à cet état de choses, insuffler
à ces gens sans morale une saine terreur, il fallait... *que
le Maître d'école revienne s'occuper d'eux.*

« Qu'ils tuent, soit, songea Papanatas, mais qu'ils
compensent aussitôt leurs crimes par de bonnes actions.
Ainsi l'équilibre sera rétabli. La balance ne doit pen-
cher ni d'un côté ni de l'autre. L'excès de mal comme
l'excès de bien conduisent le monde à sa perte. »

Il avait vaguement conscience de glisser sur la pente de l'hérésie mais il n'y pouvait rien. C'était plus fort que lui.

Une nuit, cédant à une impulsion, il enfila le costume blanc de son prédécesseur. Il eut la surprise de le découvrir à sa taille.

Alors, le pénitentiel sous le bras, des bons points plein les poches, il ouvrit la porte de sa petite maison et s'avança sur le seuil.

Contemplant la ville, il murmura d'un ton sourd :

— Sâo Carmino, me revoilà.

Table